복안인

複　　　眼　　　人

복안인

우밍이
장편소설

허유영 옮김

차례

1장

1 동굴 10
2 아트리에의 하룻밤 12
3 앨리스의 하룻밤 22

2장

4 아트리에의 섬 38
5 앨리스의 집 57

3장

6 하파이의 일곱째 시시드 Sisid 82
7 앨리스의 오하요 94

4장

8 우르슐라, 우르슐라, 정말 바다로 나갈 거야? 112
9 하파이, 하파이, 우리 하류로 가자 121
10 다허, 다허, 어떤 길로 산에 올라가야 하지? 135

5장

11 바다의 소용돌이 152
12 또 다른 섬 174

6장

13 아트리에 180
14 앨리스 192
15 다허 197
16 하파이 204

7장

17 아트리에의 섬 이야기   214
18 앨리스의 섬 이야기   227
19 다허의 섬 이야기   240
20 하파이의 섬 이야기   250

8장

21 산을 통과하다   260
22 다가오는 폭우   279
23 복안인 I   293

9장

24 해안도로   306
25 산길   322
26 복안인 II   336

10장

27 숲속 동굴   344
28 암벽 아래 동굴   359
29 복안인 III   365

11장

30 복안인 IV   376
31 해가 떠오르는 길 The Road of Rising Sun   379

일러두기
- 이 책은 중국어(번체)판을 저본으로 삼고 부분에 따라 작가와의 협의하에 영어판을 참고하여 출간되었습니다.
- 이 책은 지명 및 인명 등 고유명사는 국립국어원 외래어표기법에 준하여 표기하되, 일부 어휘는 예외적으로 현지 발음을 살려 적거나 의미 전달을 우선시하여 우리말 한자 음독을 살려 적었습니다.
- 원서 기준 영문으로만 표기된 부분은 영문 병기 하였습니다.
- 본문 내 주는 옮긴이주입니다.

날개가 날개를 덮고, 빛이 빛을 덮는다

Wing above wing, flame above flame

1장

와요와요 섬 사람들은 나이를 묻지 않는다. 그들은 나무만큼 키가 크고, 꽃처럼 생식기를 꼿꼿이 세우고, 조개처럼 고집스럽게 시간이 흐르길 기다리며, 바다거북처럼 입가에 미소를 머금고 죽는다. 그들의 영혼은 모두 겉모습보다 늙었고, 오랜 세월 바다를 응시한 눈동자는 우수에 젖어 있다가 나이가 들면 백내장이 생긴다.

1 동굴

졸졸졸, 갈라진 벽을 타고 흐르는 물소리 사이로 산이 갑자기 굉음을 토했다. 아주 먼 곳에서 온 소리 같았다.

일순간 모두 숨을 죽였다.

리룽샹이 외쳤다. "물소리가 아닙니다." 돌이 구르거나 암반이 부서지는 소리도 절대 아니었다. 물론 말소리의 메아리도 아니었다. 그보다는 아주 말끔한 유리잔이 별안간 날아온 무언가에 부딪혔는데, 언뜻 아무 흠집도 나지 않은 것처럼 보였으나 사실 어디부턴가 미세한 균열이 가기 시작한 그런 소리에 더 가까웠다. 하지만 소리는 금세 잠잠해졌고, 지하와 통제실에 있는 사람들은 서로의 숨소리와 지직거리는 무전기 소음만 들을 수 있었다.

볼트가 긴 한숨을 내쉬며 독일어 억양이 강하게 섞인 영어로 말했다. "방금 무슨 소리 못 들었어요?" 아무도 대답하지 않았다.

모두 그의 말을 들었지만, 소리를 어떤 말로 형용해야 할지 알 수 없었다. 그때 전기가 툭 꺼지고 깊은 산속 동굴이 암흑으로 변했다. 모두 눈앞의 어둠을 바라봤지만 아무것도 보이지 않았다. 그때 소리가 또 들렸다. 산속에서 거대한 무언가가 다가오는 듯, 멀어지는 듯했다.

"쉿! 조용!" 소리의 파동이 암벽에 진동을 일으켜 다시 무너질까 봐 리룽샹이 소리를 낮춰 말했다. 하지만 이미 누구도 숨소리 하나 내지 않고 있었다.

2 아트리에의 하룻밤

와요와요 섬 사람들은 이 섬이 세상의 전부라고 생각했다.

망망대해에 홀로 떠 있는 이 섬은 대륙에서 아주 멀리 떨어져 있었다. 섬사람들이 기억하는 범위 내에서 백인들이 섬을 찾아온 적은 있지만 섬사람이 섬을 떠났다가 육지의 소식을 가지고 돌아온 적은 없었다. 와요와요 섬 사람들은 세상이 바다로 이루어져 있으며, 카방(와요와요어로 '신'이라는 뜻)이 커다란 대야에 조개껍데기 하나를 띄우듯 그들에게 이 섬을 만들어줬다고 믿었다. 와요와요 섬 사람들은 밀물과 썰물에 맞춰 바다를 구석구석 돌아다니며 먹을 것을 얻었다. 하지만 먹어서는 안 되는 카방의 화신들도 있었다. 그중에 흰색과 검은색이 섞인 '아사모'라는 물고기도 있는데 그들은 카방이 와요와요 섬 사람들을 감시하기 위해 보낸 사자使者이므로 잡아먹을 수 없었다.

"실수로 그 물고기를 먹으면 배꼽 옆에 둥글게 비늘이 돋는데 아무리 뽑아도 계속 자라지." 고래 뼈 지팡이를 짚고 절룩거리는 바다의 현자가 매일 저녁, 나무 밑에 앉아 와요와요 섬에 내려오는 바다에 관한 이야기를 아이들에게 들려줬다. 태양이 바다 밑으로 가라앉을 때까지, 아이가 소년이 되어 성인식을 치를 때까지 이야기는 계속됐다. 그의 말에서는 바다 냄새가 나고 내뱉는 한마디 한마디에 소금기가 섞여 있었다.

"비늘이 돋으면 어떻게 돼요?" 한 아이가 물었다. 와요와요 섬 아이들은 모두 야행성 동물처럼 커다란 눈을 가지고 있었다.

"요 녀석아, 사람한테 비늘이 돋으면 어쩌누? 그건 바다거북이 배를 하늘로 향하고 잘 수 없는 것과 같아."

또 하루는 대지의 현자가 골짜기 사이로 아이들을 데리고 갔다. 그곳에 아카바가 자라고 있었다. 아카바는 손바닥을 닮은 풀이다. 섬에는 전분을 함유한 식물이 아주 드문데 아카바가 그중 하나였다. 덤불을 이루고 자란 모습이 마치 하늘을 향해 기도하는 수많은 손바닥처럼 보였다. 섬이 너무 작고 변변한 도구도 없어 섬사람들은 부서진 돌을 쌓아 바람을 막고 땅의 습도를 유지해 아카바를 길렀다. "사랑이 있어야 돼. 사랑으로 흙을 감싸는 거야. 흙은 와요와요 섬에서 제일 소중한 것이란다. 빗물과 여인의 마음처럼 말이다." 대지의 현자는 아이들에게 돌멩이를 쌓고 배치하는 법을 가르쳤다. 그의 살갗은 메마른 흙바닥처럼 갈라지고 등은 구릉처럼 구부정했다. "세상에 믿을 수 있는 건 카빙과 바다, 흙뿐이란다, 아이들아."

섬의 동남쪽에 산호초로 둘러싸인 석호가 있었다. 작은 그물로 물고기를 잡고 조개를 채집할 수 있어 섬사람들에게는 무척 유용한 곳이었다. 섬에서 동북쪽으로 약 '10야자껍데기'(야자를 열 번 던져서 닿을 수 있는 거리라는 뜻) 떨어진 곳에 산호초가 있는데 썰물 때가 되면 완전히 모습을 드러냈다. 그곳은 바닷새가 모이는 곳이었다. 섬사람들은 나뭇가지를 엮어 만든 '구와나'라는 도구로 새를 잡았다. 구와나는 한쪽 끝이 뾰족한 막대기처럼 생겼는데 뭉툭한 쪽에 구멍을 뚫고, 갯강활을 엮어 만든 밧줄을 끼우면 사냥 도구가 됐다. 와요와요 섬 사람들은 구와나를 쪽배에 싣고 산호초 근처에 가서 해류를 따라 섬의 가장자리를 떠다녔다. 그들은 일부러 바닷새에게 눈길을 주지 않고 마음속으로 카방에게 기도하다가 해류를 따라 떠다니던 배가 새에 가까워지는 순간, 구와나를 힘껏 던졌다. 카방의 축복을 받은 밧줄이 바닷새의 목에 걸리면 뾰족한 끝으로 새를 찔러 죽였다. 바닷새의 피가 구와나를 타고 흘러내리면 구와나가 피를 흘리는 것 같았다. 앨버트로스, 갈색얼가니새, 군함조, 바다제비, 갈매기는 번식력으로 구와나에 저항했다. 그들이 섬에 둥지를 틀고 산란하는 봄이 되면 와요와요 섬 사람들은 매일 새알을 먹으면서 잔인하고도 흡족한 미소를 지었다.

모든 섬이 그렇듯 와요와요 섬에서는 빗물과 섬 한가운데 있는 호수가 아니고서는 담수를 구하기 어려웠다. 바닷새와 물고기를 위주로 한 음식은 염분이 높기 때문에 와요와요 섬 사람들은 피부가 검고 말랐으며 만성변비를 앓았다. 와요와요 섬 사람들은 이른 새벽 집집마다 파놓은 변소에서 바다를 등지고 앉아 똥을 누며 눈물이 흐르도록 힘을 줬다.

 섬은 크지 않았다. 보통 사람 걸음으로 아침 먹을 때 출발하면 점심 먹을 무렵이 조금 지나 한 바퀴를 다 돌 수 있었다. 섬이 크지 않기 때문에 섬사람들은 습관적으로 지금 '바다를 향해 있다' 또는 '바다를 등지고 있다'라고 말했다. 바다를 향하는 것과 등지는 것의 기준은 섬 한가운데 있는 야트막한 산이었다. 그들은 대화를 할 때는 바다를 향하고, 밥을 먹을 때는 바다를 등졌으며, 제사를 지낼 때는 바다를 향하고, 사랑을 나눌 때는 바다를 등졌다. 카방의 심기를 거스르지 않기 위함이었다. 와요와요 섬에는 추장이 없고 '노인'만 있다. 노인 중 가장 지혜로운 사람을 '바다를 닮은 노인'이라고 불렀다. 바다를 닮은 노인을 배출한 집은 바다를 향해 대문을 냈다. 뒤집힌 쪽배처럼 생긴 집의 양옆을 조개 장식과 조각으로 꾸미고, 담벼락에 물고기 거죽을 붙였으며, 섬사람들이 가져온 암초로 집 앞에 울타리를 세워 바람을 막았다. 섬사람들은 '바닷소리가 들리지 않는 곳'을 찾을 수 없고, 바다를 말하지 않고 대화를 할 수도 없다. 그들은 아침에 만나면 "오늘 바다에 나가?" 하고 묻고, 낮에 만나면 "바다에 나가서 운을 시험해볼래?" 하고 말을 건넸다. 심한 풍랑에 바다에 나가지 못한 날에도 저녁에 만나면 "다음에 내게 바다 이야기를 들려줘" 하고 약속했다. 섬사람들은 날마다 바다에 나가 물고기를 잡았는데, 바닷가를 지나가다가 물고기를 잡고 있는 사람을 보면 "모나이에게 이름을 뺏기지 마!" 하고 외쳤다. 모나이란 그들 말로 파도를 의미했다. 또 누구를 만나든 "오늘 바다 날씨가 어때?" 하고 인사를 건넸는데 파도가 세차게 출렁이는 날에도 "아주 맑아" 하고 대답해야 했다. 와요와요 섬 사람들의 말소리는 바닷새의 울음처럼 날카롭고 우렁차며, 바닷새의 날개처럼 꺾을 때 미묘한 떨림이 있고, 말미에는 항상 바닷새가 물속을 파고들 때 파도에 부딪히는 듯한 끝소리가 붙었다.

  와요와요 섬에는 가끔 먹을 것이 부족하기도 하고, 이따금 날씨가 너무 나빠 바다에 나가지 못하기도, 어쩌다 두 부족 간에 다툼이 일어나기도 했다. 하지만 어떤 하루를 보내든 누구나 바다에 관한 갖가지 이야기를 할 수 있었다. 밥을 먹을 때, 인사를 나눌 때, 제사를 지낼 때, 사랑을 나눌 때, 심지어 잠꼬대를 할 때도 그들은 바다 이야기를 했다. 온전한 기록을 남기지는 않았지만, 먼 훗날 인류학자는 와요와요 섬이 바나에 내한 이야기를 가장 많이 품은 섬이었으며, 이곳 사람들이 "바다에 대한 이야기를 들려줄게"라는 말을 입버릇처럼 한 사실을 알게 될 것이다. 와요와요 섬 사람들은 나이를 묻지 않는다. 그들은 나무만큼 키가 크고, 꽃처럼 생식기를 꼿꼿이 세우고, 조개처럼 고집스럽게 시간이 흐르길 기다리며, 바다거북처럼 입가에 미소를 머금고 죽는다. 그들의 영혼은 모두 겉모습보다 늙었고, 오랜 세월 바다를 응시한 눈동자는 우수에 젖어 있다가 나이가 들면 백내장이 생긴다. 죽기 전, 이미 시력을 잃은 대부분의 노인은 침대 곁에 있는 자식과 손자에게 "지금 바다 날씨가 어떠니?"라고 물었다.

와요와요 섬 사람들에게 바다를 보며 죽을 수 있는 건 카방이 내린 은총이자 일생의 꿈이었다. 그들은 숨을 거두는 순간에도 바다의 잔상이 머릿속에 남아 있길 간절히 원했다.

와요와요 섬에서 남자아이가 태어나면 아버지가 나무 한 그루를 골라 달이 죽었다 되살아날 때마다 나무에 금을 하나씩 그었다. 금이 백 개가 되면 아이는 자기만의 '타라와카'를 만들어야 했다. 몇 해 전 이 섬에 잠시 머무른 영국인 인류학자 테디는 타라와카를 '나무 쪽배'라고 기록했지만 사실 풀 배에 가깝다. 섬이 워낙 작아서 쪽배를 만들 굵은 나무가 많지 않다. 테디의 기록은 인류학사에 남을 우스꽝스러운 사건이지만 아주 멍청한 얘기는 아니다. 사실 누구든 타라와카를 보면 나무로 만들었다고 생각할 것이다. 와요와요인은 우선 나뭇가지와 등나무 줄기, 서너 가지 억새풀을 엮어 골격을 만들고, 섬유식물을 물에 개어 만든 반죽을 세 번 부은 뒤, 늪에서 퍼온 진흙으로 틈을 메우고 겉에 수액을 발라 물이 스미지 않게 했다. 그래서 겉모습만 보면 큰 나무를 뽑아 만든 배처럼 튼튼하고 완벽해 보였다.

지금 바닷가에 앉아 있는 이는 와요와요 섬에서 가장 멋지고 튼튼한 타라와카를 가진 소년이었다. 소년의 얼굴에는 와요와요인의 모든 특징이 들어 있었다. 납작한 코, 깊은 눈동자, 태양을 닮은 피부, 우울한 등과 화살 같은 팔다리까지.

"아트리에, 거기 앉아 있지 마! 바다 마귀한테 들킬라!" 지나가던 노인이 소년을 향해 외쳤다.

아트리에도 예전에는 다른 와요와요인처럼 이 섬이 세상의 전부이며 조개껍데기 하나가 바다에 떠 있는 것 같다고 생각했다.

그는 아버지에게 배 만드는 기술을 배웠다. 섬사람들은 섬 소년 중에서 아트리에가 배를 제일 잘 만든다고 칭찬했다. 아트리에의 형 나리에다도 그만큼 멋진 배를 만들지는 못했다. 아트리에는 나이는 어리지만 물고기를 잡기 좋은 체격을 가지고 있었다. 한번 숨을 참고 물속에 들어가면 만새기를 세 마리씩 잡아 나왔다. 섬 소녀들은 모두 아트리에를 짝사랑했다. 숲길에서 아트리에가 불쑥 나타나 자신을 번쩍 안아 덤불로 들어가는 날이 오기를 고대했다. 그날부터 세 번째 보름달이 뜬 뒤 임신이 확실해지면 조용히 아트리에에게 알려준 다음, 아트리에가 고래 뼈로 만든 칼을 들고 집에 찾아와 청혼하기를 기다리는 것이다. 이 섬에서 가장 아름다운 소녀 우르슐라도 예외가 아니었다.

"아트리에는 둘째 아들로 태어났을 때 이미 운명이 정해졌어. 둘째 아들은 잠수를 잘해도 소용없어. 바다신은 둘째 아들을 원하지만 섬은 원치 않으니까." 아트리에의 어머니는 입버릇처럼 이렇게 말했고 사람들도 이미 알고 있다는 듯 고개를 끄덕였다. 특출한 둘째 아들을 기르는 것은 와요와요 섬에서 가장 고통스러운 일이다. 아트리에의 어머니는 아침저녁으로 두툼한 입술을 가늘게 떨며 되뇌었다. 마치 계속 중얼거리면 둘째 아들의 운명을 피할 수 있는 것처럼.

맏아들이 일찍 죽는 경우를 제외하면 와요와요 섬의 둘째 아들은 거의 결혼하지 않고 바다를 닮은 노인이 됐다. 그들은 태어나서 백팔십 번째 보름달이 뜰 때 돌아올 수 없는 항해를 떠날 책임을 부여받는다. 이 항해에는 열흘치 물만 가져갈 수 있으며 섬으로 돌아와서는 안 된다. 그래서 와요와요 섬에는 차남에 관한 속담이 하나 있다. "너희 집 둘째 아들이 돌아오면 다시 이야기하자." 말인즉 절대 안 될 일이라는 것이다.

아트리에의 속눈썹이 까닥였다. 바닷물이 마르고 남은 소금 결정에 몸이 반짝거려 마치 그가 바다신의 아들처럼 보였다. 아트리에는 내일 타라와카를 타고 바다로 나갈 것이다. 그는 섬에서 제일 높은 암초에 올라가 한 겹 한 겹 흰 주름을 안고 밀려오는 파도를 응시했다. 해안을 따라 날아가는 바닷새를 보고 새의 그림자처럼 가뿐가뿐 몸을 움직이는 우르슐라를 떠올렸다. 마음이 수백만 년 동안 파도를 맞은 듯 산산이 부서졌다.

땅거미가 내려앉자 그를 흠모하는 섬 소녀들이 풍습에 따라 길옆에 숨어 그를 기다렸다. 아트리에가 풀숲에 조금만 가까이 다가가도 누군가 그를 잡아끌었다. 그는 우르슐라가 와주길 기다렸지만 우르슐라는 나타나지 않았다. 아트리에는 풀숲마다 숨어 있는 소녀들과 사랑을 나누었다. 그가 이 섬에 마지막으로 남기고 갈 수 있는 것이었다. 누가 풀숲에서 끌어당기든 순순이 사랑을 나눠야 하는 것이 와요와요 섬의 규칙이자 윤리이며, 섬에 와요와요 아이를 남기고 떠날 수 있는 기회였다. 소녀들은 차남이 바다로 나가기 전날 밤에만 풀숲에 숨어 소년을 기다릴 수 있었다. 아트리에는 우르슐라의 집으로 가는 풀숲을 통과하기 위해 온 힘 다해 사랑을 나눴다. 쾌락을 위해서가 아니라 여명이 밝아오기 전 우르슐라의 집 가까이 가기 위해서였다. 아트리에는 우르슐라를 꼭 만날 것만 같은 예감이 들었다. 소녀들은 몸 안에 들어온 아트리에가 서둘러 떠나려는 것을 느낄 수 있었다. 소녀들이 슬픈 표정으로 물었다.

"아트리에, 왜 날 사랑하지 않아?"

"사람의 감정은 바다에 맞설 수 없다는 걸 너도 알잖아."

아트리에는 하늘빛이 물고기 배처럼 밝아진 뒤에야 우르슐라의 집 근처에 도착했다. 풀숲에서 손 하나가 나와 그를 잡아당겼다. 번개를 피해 바위 옆에 웅크린 바닷새처럼 아트리에의 몸이 파르르 떨렸다. 거의 발기가 되지 않았다. 지쳐서가 아니었다. 우르슐라의 눈동자를 본 순간 가슴이 해파리에 쏘인 것 같았기 때문이다.

"아트리에, 왜 날 사랑하지 않아?"

"누가 그래? 사람의 감정은 바다에 맞설 수 없어."

그들은 오랫동안 부둥켜안고 있었다. 아트리에는 눈을 감고 있지만 허공에 붕 떠서 아득한 바다를 내려다보는 것 같았다. 그의 몸이 점점 깨어났다. 곧 바다로 나가야 한다는 사실을 애써 잊고 아직 단단할 때 우르슐라의 체온을 최대한 느끼려고 했다. 날이 밝자 섬사람 모두가 항구에 나와 그를 배웅했다. 바다의 현자와 대지의 현자를 제외하고, 그 어떤 와요와요인도 그날 밤 이제껏 섬을 떠난 모든 차남들의 영혼이 섬으로 돌아왔다는 사실을 알지 못했다. 바다신의 아들처럼 반짝이는 피부를 가진 아트리에가 우르슐라에게 받은 '말하는 피리'를 가지고 직접 만든 타라와카의 노를 저어 차남의 공통된 운명을 향해 떠나는 동안, 그들이 아트리에의 곁을 지켜줄 것이다.

3 앨리스의 하룻밤

이른 아침 눈을 뜬 앨리스는 자살하기로 결심했다.

사실 자살에 필요한 모든 준비를 마쳤으므로 이런 말이 어울리지 않을 수도 있다. 마음에 걸리는 것도 없고, 누군가에게 줄 것도 전혀 없다. 그는 그저 죽고 싶은 사람일 뿐이다. 오로지 죽기만을 구하는 사람에게 재산 따위는 중요하지 않다.

하지만 앨리스는 고지식한 사람이었고, 아끼는 사람들이 걱정됐다. 아끼는 것 중 아직 세상에 남은 건 토토, 그리고 꿈을 이루기 위해 그에게 희망을 건 학생들이었다. 그도 한때는 자신의 미래에 무엇이 필요한지 분명히 알았지만, 지금은 아무것도 알 수 없었다.

앨리스는 먼저 사직서를 내고 직원증을 반납한 뒤 긴 한숨을 내쉬었다. 평소와 같은 한숨이 아니라, 고통스러운 생을 마치고 마침내 다음 생으로 환생하게 됐을 때 내뱉는 한숨 같은 것이었다. 젊은 시절, 그는 작가가 되고 싶어 대학원에서 문학을 전공했고 순조롭게 교원 자격을 취득했다. 섬세하고 예민해 보이는 앨리스의 외모가 보수적인 사회에서 문학이 지닌 고루한 이미지와 잘 맞아떨어졌기 때문에 사람들은 문학계에서 가장 안정적인 길을 걷는 그를 부러워했다. 하지만 앨리스는 알고 있었다. 교수가 된 뒤 훌륭한 작가가 되기는 고사하고 심지어 가끔은 문학의 냄새조차 맡을 수 없었다. 학과의 행정 업무와 연구만으로 벅차서 글을 쓸 시간이 없었기 때문이다. 연구실 불을 끄고 집에 돌아오면 이미 동틀 무렵이었다.

연구실에 있던 책과 물건은 전부 학생들에게 주기로 했다. 지도하던 학생들과 일일이 밥을 먹으며 최대한 감정을 배제하고 작별 인사를 했다. 음식 맛이 고약한 교내식당에서 학생들의 각기 다른 눈동자를 보며 그는 생각했다. '정말 젊구나.'

학생들은 자기 삶이 어떤 신비한 곳으로 들어갈 거라고 생각하지만, 사실 거기에는 아무것도 없다. 잡동사니만 쌓인 휑한 지하실일 뿐이다. 앨리스는 마지막 남은 한 가닥 온기를 최대한 눈빛에 담아 자신이 그들의 말을 듣고 있으며 아직 관심이 있는 것처럼 보이게 했다. 사실은 빈 껍데기 같은 육신 사이로 공기가 드나들 뿐, 창문조차 없는 방에 돌을 던지는 것과 같았다. 가끔 스치는 생각의 대부분은 토토에 관한 기억과 실행 가능한 자살 방식이었다.

기실 쓸데없는 고민이었다. 바로 집 앞이 바다가 아닌가?

동료들과는 거의 작별 인사를 하지 않았다. 몸 안에 똬리를 튼

염세적인 감정을 들킬까 봐 대화를 나누기가 두려웠다. 차를 몰고 시내를 지날 때 문득 이곳 풍경이 십여 년 전 처음 왔을 때와 별반 달라진 게 없다는 생각이 들었다. 그저 지금 이 순간, 이곳이 더는 처음 자신을 매료한 그때 그 협곡과 마을이 아니라는 점을 깨달았을 뿐. 커다란 나뭇잎, 갑자기 모여든 구름, 철제 건물의 물결무늬 지붕, 수시로 마주치는 마른 개울, 속되고 과장된 간판……. 한때 친근하게 느꼈으나 시들고 거짓된 느낌에 더는 매력을 느낄 수 없었다. 그는 동부에 정착한 첫해를 떠올렸다. 그때만 해도 좌우를 둘러싼 관목 숲과 식물군락이 사람 가까이 있었고, 풍경과 동물이 사람을 두려워하지 않았다. 하지만 지금의 산과 바다는 도로에 떠밀려 멀리 있었다.

앨리스는 이곳이 원래 원주민의 땅이었고 그 뒤에는 일본인, 한족, 관광객의 것이었으며 지금은 누구 것인지 모르겠다고 생각했다. 아마도 이곳에 땅을 사서 농장을 지은 뒤, 머리에 비곗덩어리만 가득 찬 현장縣長을 선출해 기어이 새 도로를 개통한 사람들의 것이겠지. 도로가 건설된 후 해안과 산골짜기마다 가지각색의 이국적인 건물이 속속 지어졌다. 풍토에 맞는 건물이 하나도 없어 장난으로 지은 세계 민속촌 같았지만, 부자들은 휴가에만 나타날 뿐이고 도처에 버려진 농지와 빈집이 널려 있었다. 현지 문화계 인사들은 H현이 이 섬에 얼마 남지 않은 순수한 땅이라는 둥 케케묵은 싸구려 토지정체성*을 끌어다 공허한

---

* 타이완 땅을 사랑하고 자부심을 갖자는 관념.

토론만 늘어놓는다. 전시를 위해 일부 남겨둔 원주민 건축물과 일치시기 건물을 제외하고, 인공으로 조성한 대부분의 경관은 풍경을 훼손하기 위한 목적으로 일부러 지어놓은 것 같았다.

언젠가 학술 심포지엄의 티타임 때 동료 왕王 교수가 "H현의 자연경관은 사람을 매료해요"라며 위선적인 말치레를 했을 때 앨리스는 참지 못하고 이렇게 말했다. "온갖 양식의 가짜 농장과 가짜 게스트하우스가 수두룩하고, 농장에 있는 나무조차도 가짜인데 모르시겠어요? 그 건물들이, 쯧! 꼭 그런 것만 좋아하는 위선자만 매료한다면 어디다 써먹겠어요?"

왕 교수는 말문이 막혀 후배 앞에서 노교수의 체통을 지켜야 한다는 사실조차 잊었다. 사나운 눈초리와 반백의 머리칼, 번들거리는 얼굴 때문에 그는 더욱 장사꾼처럼 보였다. 실제로 앨리스는 가끔 그가 교수인지 장사꾼인지 구분할 수 없었다. 노교수가 한참 뒤에야 되물었다. "그럼 여기가 어떤 모습이어야 하는데요?"

어떤 모습이어야 할까? 앨리스는 차를 몰고 달리는 내내 생각했다.

지금은 4월. 곳곳에 축축하고 나른한 냄새가 가득했다. 마치 사랑을 나눈 뒤의 냄새처럼. 오른쪽의 높은 산은 이 섬에서 상징성을 가진 중앙 산맥이었다. 그는 요즘도 가끔, 아니 매일, 어린 병사처럼 카무플라주 모자를 쓴 머리를 차창 밖으로 내밀고 산을 바라보던 그날의 토토가 생각났다. 기억 속 토토는 바람막이를 입고 있을 때도 입고 있지 않을 때도 있고, 손을 흔들 때도 흔들지 않을 때도 있었다. 앨리스는 그때 토토가 발을 디딘 자동차 좌석에 옴폭 파인 작은 자국이 남았을 거라고 생각했다. 그가 기억하는 토토와 야콥센의 마지막 모습이었다.

두 사람과 연락이 닿지 않을 때 앨리스가 제일 먼저 전화를 걸어 도움을 요청한 사람은 다허였다. 그는 야콥센의 등산 친구이자 구조대원이기 때문에 이곳 산에 대해 잘 알았다.

"다 야콥센 탓이야. 야콥센 때문이라고!" 앨리스가 상기된 목소리로 외쳤다.

"걱정 마. 산속에 있기만 하면 내가 찾을 수 있어." 다허가 그를 위로했다.

야콥센은 지세가 평탄하고, '산'이라고 부를 만한 산은 하나도 없는 덴마크에서 왔다. 그는 타이완에 온 지 얼마 안 됐을 때부터 각지로 등산을 다니기 시작했다. 다허와 함께 흔치 않은 루트를 골라 여러 산을 등반한 뒤에는 해외에 나가 자율 훈련을 이어가며 알파인 스타일*로 해발 7천 미터가 넘는 고산을 등반하기 위한 준비를 했다. 그 후 타이완은 그에게 가끔 들렀다 가는 곳이 됐다. 하루하루 나이를 먹을수록 앨리스는 어느 날 갑자기 야콥센이 다시는 돌아오지 않을지 모르는 이런 생활을 견디기 힘들었다. 게다가 그의 곁에 있을 때도 야콥센의 시선은 늘 먼 곳을 부유했다.

---

* 소규모 등반대가 셰르파나 산소통 없이 최소한의 상비와 식량을 직접 짊어지고 정상까지 최대한 빨리 등반하는 방식.

아마 그래서일 것이다. 요즘 앨리스는 먼저 토토가 떠오르고 그다음 다허가 생각났으며, 야콥센은 그 뒤에야 생각났다. 아니, 야콥센은 별로 생각나지 않았다. 그는 자기가 산을 잘 안다고 자신했고, 모국에 산이 없다는 사실을 거의 망각했다. 그가 어떻게 이럴 수 있단 말인가? 어떻게 아들을 산에 데리고 갔다가 돌아오지 않을 수 있단 말인가? 앨리스는 상상을 반복했다. 그날 야콥센이 아팠거나, 차를 충전해놓는 걸 잊었거나, 아니면 늦잠이라도 잤더라면…… 모든 게 변했을 것이다.

"걱정 마. 그냥 곤충 잡으러 가는 거야. 위험한 곳에 안 데려갈 거야. 괜찮아." 야콥센은 앨리스를 안심시켰지만 앨리스는 그의 말투에 섞인 짜증을 읽을 수 있었다. "게다가 흔히 알려진 루트라고."

열 살밖에 안 된 토토가 암벽등반과 등산에 능하다는 걸 사람들은 믿지 못했다. 그뿐 아니었다. 토토는 산과 숲에 대해 산림학 전공자보다 더 풍부한 지식을 갖고 있었다. 그는 산의 아이였다. 앨리스는 토토가 진심으로 좋아하는 일을 말리지 말자고 반복해서 다짐했다. 어쩌면 정말 다허의 말대로 운명적인 순간은 그 자체로 운명이기 때문에, 결국엔 멧돼지를 찾아가는 화살처럼 움직이는 것일지도 몰랐다.

다허는 앨리스와 야콥센의 친한 친구였다. 그는 택시 기사, 구조대원, 아마추어 조각가, 산림 보호원이라는 몇 가지 직업을 가졌으며 동해안에서 활동하는 여러 NGO단체에서 봉사활동도

하고 있었다. 여느 부눈족*처럼 체격은 작고 다부지지만 시선을 똑바로 마주하고 대화할 수 없을 만큼 매혹적인 눈빛을 갖고 있었다. 그의 눈을 똑바로 보고 대화한다면 그가 당신에게 반했다고 착각하거나 아니면 당신이 그에게 반할지도 모른다.

다허의 아내는 몇 년 전, 딸 우마프Umav와 쪽지 한 장을 남기고 떠났다. 쪽지에 특별한 내용은 없었고, 인출해가는 현금의 액수와 챙겨가는 물건 목록이 적혀 있었다. '난 이것들을 가져갈 권리가 있어'라는 말도. 우마프는 그 정산 목록에서 다허의 몫으로 남겨진 항목 중 하나였다. 마치 반려동물처럼. 다허는 슬픔에 빠진 앨리스를 위해 우마프를 그의 집에 데려다 놓고 곁을 지키게 했다. 하지만 며칠 못 가 그 방법으로는 앨리스의 우울을 달랠 수 없다는 것을 알았다. 아니 사실은 우마프와 앨리스의 우울이 서로를 더 깊은 곳으로 밀어 넣고 있었다. 앨리스는 문득 오후 내내 우마프와 한마디도 나누지 않았다는 걸 깨달았고, 우마프는 멍하니 바다만 응시하며 헝클어진 앞머리에 적당한 위치를 찾지 못한 듯 핀을 꽂았다 빼기만 하염없이 반복했다. 앨리스는 다허에게 딸을 집에 맡기지 말아달라고 완곡하게 부탁했고, 수색 작업이 일단락된 뒤에는 다허가 주기적으로 걸어오는 안부 전화도 받지 않았다.

앨리스는 벽처럼 살기로 했다. 그가 유일하게 기대를 거는 대상은 잠이었다. 때로는 눈을 뜨고 있을 때보다 눈을 감고 잘 때

---

* 한족이 타이완 섬으로 이주하기 전부터 타이완과 그 주변 섬에 살던 말레이계 원주민 중 한 부족.

더 많은 것을 볼 수 있었다. 처음에는 꿈에서라도 토토를 만나기 위해 '일부러' 잠들기 직전에 명상을 했지만 시간이 갈수록 꿈을 꾸지 않길 바랐다. 하지만 꿈에서조차 만나지 않는 것이 더 고통스러웠으므로 앨리스는 꿈에서 깨어났을 때 토토가 곁에 없는 고통을 감내하기로 했다. 가끔 밤에 잠이 오지 않으면 손전등을 들고 예전처럼 조용히 토토의 방에 들어가 아이의 고른 숨소리를 확인하듯 빈 침대를 살폈다. 기억은 복싱선수의 강펀치처럼 피할 겨를도 없이 그를 덮쳤다. 가끔은 차라리 자신에게 욕망이 남아 있길 바랐다. 청춘을 겪어본 이라면 누구든 욕망이 최고의 항우울제라는 걸 안다. 욕망은 기억을 무력화하고 현재에 집중하게 한다. 하지만 꿈속의 야콥센은 더는 앨리스의 욕망을 불러일으키지 못했다. 꿈속에서 야콥센은 오른손에 피켈을 들고 왼손은 암벽으로 변해 피켈로 자기 왼손을 힘껏 두드릴 뿐, 아무 말도 하지 않았다. 앨리스는 매번 꿈의 암시를 놓치지 않으려고 경찰서에 전화를 걸어 토토의 소식이 없는지 물었다. "아직 아무 소식도 없어요. 있다면 저희가 먼저 교수님께 연락했을 거예요." 앨리스는 경찰의 응대가 친절에서 동정으로 바뀌었다가 이제는 동정조차 사라졌음을 느꼈다. 그의 전화에 응대하는 일은 이제 일상적인 업무가 된 듯했고 이따금 평온한 목소리에 혐오감이 묻어났다. "또 그 여자야. 귀찮아 죽겠군." 앨리스는 그들이 전화를 끊은 뒤 동료에게 이렇게 말하는 상상을 했다.

  올해 4월은 연일 비가 내렸지만 때 이른 더위도 동반됐다. 저녁이면 학교 가로등 아래 몸을 가누지 못하고 뒤집힌 풍뎅이가 즐비했다. 풍뎅이 한 마리가 앨리스의 차에 갇혀 있다가 차가 출발하자 앞 유리에 딱딱 부딪혔다. 차창을 활짝 열었지만 출구를 찾지 못한 풍뎅이가 유리창에 계속 몸을 부딪혔고 겉날개에서 푸른빛이 반짝였다.

최근 몇 달 동안 앨리스는 자신이 토토에게 무척 의지해왔다는 것을 알았다. 토토가 있었기에 매일 아침 식사를 하고, 시간 맞춰 잠자리에 들고, 요리도 배웠다. 또 자신의 안전이 아이의 안전이기에 신중함도 배웠다. 밖에서 빌어먹을 음주운전 차량을 만나 어리고 따뜻한 얼굴을 바닥에 찧지 않을까 걱정하고, 학교에서 아이와 가까운 친구나 교사가 상상을 초월하는 잔인한 짓을 저지르지 않을까 걱정했다. 앨리스는 어릴 적 항상 지저분한 옷을 입고 다니던 한 여자아이를 기억했다. 친구들은 매일 그 아이를 놀리고 괴롭히고, 자기 옷이 더 돋보이게 하려는 듯 도시락 반찬 국물을 일부러 튀겨 더 더럽혔다.

몇 년 전 홍수 때 끊어졌다가 산 쪽으로 3킬로미터 가까이 들여서 다시 지은 도로를 따라 차를 달렸다. 요란한 경적에 앨리스가 정신을 차리고 현실로 돌아왔다.

몇 분쯤 달리자 한때 H현에서 가장 유명했던 해안이 나타났다. 오래 전 한 대기업이 산자락의 일부를 억지로 깎아 놀이공원을 건설한 뒤, 비리 스캔들이 끊이지 않는 현장의 적극적인 지원을 받아 옆 절벽을 계속 깎았다. 그러나 구 년 전쯤 발생한 대지진에 대부분의 놀이기구가 원래 자리를 이탈했고 더는 사용할 수 없게 됐다. 기업은 배상책임을 피하기 위해 파산을 선택했고, 설상가상으로 몇 년 사이 수위가 상승해 해안선이 육지 쪽으로 후퇴하면서 대관람차와 케이블카 기둥이 바다 위에 쓸쓸하게 방치되어 있었다. 그 옆 바위(원래는 산의 일부였을 것이다)에 한 낚시꾼이 낚싯대를 드리우고, 작은 배는 케이블카 기둥에 묶여 있었다. 비교적 높은 언덕에 건설된 이 도로는 '신新해안도로'라고 불렸다. 멀리 해변에 독특한 형태로 지어진 앨리스의 집이 보였다. 햇빛이 가랑비를 뚫고 대지에 내려앉았다. 아직 비는 그치지 않았지만 오랜만에 좋은 날씨였다.

앨리스의 집은 바닷가에 있었다. 언제부터인지 모르지만 바다가 성큼 다가와 있었다.

앨리스는 이미 제 의미를 상실한 문을 열고 얼마 안 되는 자신의 모든 것을 둘러봤다. 소파, 야콥센와 함께 그린 벽화, 미켈레 데 루키가 디자인한 샹들리에, 한때 살아있었으나 지금은 말라 죽은 화분……. 집 안 물건은 전부 야콥센과 함께 고른 것이었다. 베개 중간에 푹 들어간 자국, 욕실의 작은 수건, 벽에 꽂힌 그림책은 모두 토토의 흔적이었다. 마지막으로 집 안을 둘러보던 그는 아직 수조를 처리하지 않았음을 알았다. 자신이 죽으면 물고기들은 아무 영문도 모르고, 아무런 저항 능력도 없이 그 안에서 조용히 죽음을 기다릴 것이라는 사실이 너무 가여웠다. 그는 소파에 앉아 물고기를 좋아하는 미키라는 학생을 떠올렸다. 어쩌면 미키가 데려갈지도 모른다는 생각이 들었으나 자신에게 이미 휴대전화가 없다는 사실이 생각났다. 인터넷 전화도 끊은 뒤였다. 한참 생각하다가 학교에 다녀오기로 했다. 수초와 물고기를 미키에게 줄 것이다. 물론 미키가 원한다면 수조까지 통째로 줄 수도 있다. 다시 차에 올랐다. 다행히 30킬로미터 남짓 달릴 수 있는 배터리 잔량이 남아 있었다.

학과 사무실에서 미키에게 전화를 건 지 얼마 되지 않아서 그가 한 여학생과 함께 나타나 앨리스의 차에 탔다. 미키는 운동선수 같은 체격과 어울리지 않는 주눅 든 눈빛을 갖고 있었다. 앨리스가 생각하는 미키는 문학에 대한 열정은 있으나 재능은 없는 전형적인 타입의 학생이었다. 미키가 자기 여자친구 샤오제를 소개했다. 장난기 어린 눈빛에 온몸에 액세서리를 주렁주렁 매단 중간 체격의 학생이었다. 피부가 무척 희고 웃는 얼굴이 예쁘장했는데 특별히 눈에 띄는 스타일은 아니었다. 샤오제는 블랙 스키니진을 입고 있었다. 그는 앨리스의 강의를 두 과목 수강한 적 있다고 했지만, 이상하게 앨리스는 이런 학생이 있던 것 같은 막연한 느낌만 있을 뿐 정확히 기억나지 않았다. 달리는 차 안이 조용했다. 샤오제와 미키는 창밖 풍경을 보는 척하며 앨리스와의 대화를 피했다.

세 사람이 말없이 정원을 가로질렀다. 앨리스가 문을 여는 순간 미키가 탄성을 지르며 수조 앞으로 달려갔다. "타이완쿠피시*인가요?"

"맞아." 몇 년 전 다허의 친구가 복원에 성공해 야생에 방사할

---

* Taiwan ku fish, 타이완 동부 하천에 서식하는 잉어과 담수어. 타이완 고유종으로 한때 멸종위기종으로 지정돼 보호받다가 해제됐다.

때 토토에게 몇 마리 남겨준 것이었다.

"와, 희귀종이잖아요. 수조 살펴봐도 되나요?"

"그래."

미키는 수조 아래 수납장을 열어보더니 더욱 흥분했다. "와, 수조에 냉각기와 ph 조절기도 달려 있네요!"

"다 가져가도 좋아." 앨리스는 감탄사를 연발하는 이 학생이 신경에 거슬렸다.

미키는 믿지 못하겠다는 듯 재차 확인한 뒤 친구에게 전화를 걸었다. 잠시 후 남학생 세 명이 SUV를 몰고 와 수조를 빠르게 차에 실었다. 그사이 샤오제는 조용히 집 안에 걸린 디지털 액자를 구경하고 책장에 꽂힌 책의 제목을 살펴보고 있었다. 앨리스가 말했다.

"읽고 싶은 책을 골라서 가져가렴."

"그래도 돼요?"

"몇 권 정도는 괜찮아." 샤오제가 덴마크어로 된 카렌 블릭센의 단편 소설집을 고르자 앨리스가 비스듬히 고개를 들어 물었다. "덴마크어를 할 줄 아니?"

"아뇨. 그냥 기념으로요. 덴마크어가 독특해 보여요."

차에 오르기 전 샤오제가 앨리스에게 다가왔다.

"교수님, 학교에 또 오실 거예요?"

"아마 안 갈 거야."

"그럼 제가 쓴 글을 교수님께 보내도 될까요? 거절하셔도 괜찮아요."

앨리스가 고개를 끄덕이다가 다시 저었다. 그 순간 이 학생이 기억났다. 아무 감정도 없이 그저 기억났다.

미키와 샤오제가 돌아간 뒤 앨리스는 아무 생각 없이 토토의 방에 가서 익숙한 냄새가 배어 있는 침대에 털썩 앉았다. 이제는 물고기가 죽지 않을까 걱정할 필요가 없었다. 어떻게 죽을지 생각하기만 하면 된다. 그는 물고기의 죽음보다 제 죽음에 더 무관심한 듯했다. 고개를 들어 천장을 올려다봤다. 야콥센이 토토를 데리고 다닌 트레킹 지도가 있었다. 그들 부자가 그린 것이었다. 앨리스가 주방에서 음식을 만들 때 부자는 방에서 비밀스러운 짓을 꾸몄다. 등산도 둘만의 것이었다. 야콥센이 숱하게 노력했지만 앨리스는 등산을 하지 않았고 종교도 믿지 않았다. '누구에게나 거절할 권리가 있어.' 앨리스는 이렇게 생각했다.

앨리스는 첫 등산 경험을 잊을 수 없었다. 아니, 산이라는 표현은 정확하지 않았다. 스딩 지역 인근의 '황제전皇帝殿'이라는 곳이었다. 당시 대학생들 사이에서는 단체 미팅이 유행이었고, 앨리스도 친구에게 끌려 미팅에 나갔다. 앨리스는 원래 운동신경이 없는 편이었다. 처음 절반까지는 길이 괜찮은 편이었지만 작은 사당을 지난 후로는 로프를 붙잡고 나무뿌리를 디뎌가며 간신히 산등성이에 도착했다. 거기서부터는 양쪽에 의지할 만한 것이 하나도 없었다. 더 올라가자는 사람들의 부추김을 거절하기가 부끄러워 억지로 올라가기 시작했지만 몇 분 못 가서 식은땀이 흐르고 무서워서 올라갈 수가 없었다. 하지만 그는 다른 학생들처럼 비명을 질러 부축을 받거나 하지 않고 말없이 눈물만 흘렸다. 왜 이런 곳에 왔을까? 그는 점잖게 생겼지만 머리는 텅 빈(바이크 뒷좌석에서 확인한 바였다) 남학생의 도움을 거절한 뒤 혼자서 거의 기다시피 내려왔고, 다시는 등산을 가지 않았다.

천장 지도에 붉은색, 푸른색 루트가 종횡으로 교차하고 여러 색의 깃발이 그려져 있지만 무엇을 의미하는지 알 수 없었다. 그가 보지 못한 또 어떤 풍경이 있을까? 두 사람이 얼마나 오랜 시간에 걸쳐, 어떤 괴상한 꿍꿍이를 가지고 이 일을 했는지 알 수 없었다. 앨리스는 눈으로 루트를 따라갔다. 등산은 하지 않지만 토토와 지도를 보며 놀이하듯 등산 계획을 짜기도 했다. 익숙한 지도지만 어딘가 모르게 몇몇 루트는 이상하다는 느낌이 들었다. 침대에 누워 지도를 자세히 살펴보려는데 얼마 안 가서 눈앞이 흐려졌다. 해가 저물어 지도가 차츰 어둠에 파묻혔다. 앨리스는 토토가 높은 의자에 앉거나 야콥센의 어깨를 밟고 올라가 지도를 그리는 모습을 상상하다가 시간이 얼마나 흐른지 모른 채 깊이 잠들었다.

얼마나 잤을까, 한밤중에 강한 지진이 발생했다. 모든 사람의 유년기를 흔들어 깨울 만큼 강한 진동이었다. 지진이 시작됐을 때 앨리스는 잠에서 완전히 깨지 않았다. 지진이 빈발하는 H현에서 오래 살았으므로 이보다 더 강한 지진도 겪어본 적 있었다. 하지만 진동이 일 분 넘게 지속되고 강도가 점점 강해지자 앨리스의 몸이 반사적으로 침대에서 튕기듯 일어났다. 그는 본능적으로 엄호물을 찾아 몸을 숨길지 밖으로 뛰쳐나갈지 생각하다가 문득 이런 생각을 하는 자신이 우스웠다. 자살을 결심한 사람이 어떻게 죽은들 뭐 그리 중요할까? 다시 침대에 누웠다. 산이 움직이는 듯, 먹먹하면서도 거대한 진동음이 어딘가에서 다가오는 것 같았다. 어릴 적 경험한 대지진이 떠올랐다. 그의 가족은 모두 무사했지만 그가 다니던 학교가 무너졌고, 그를 예뻐하던 자연 선생님 린리쥐안과, 원시 안경을 쓴 탓에 눈이 커 보이고 늘 함께 간식을 먹던 옆자리 남자아이가 목숨을 잃었다. 지진이 발생하기 전날 줄 서서 하교할 때 그 아이가 준 누에 다섯 마리는 지진 후 닷새가 되던 날, 깨끗이 씻지 않은 뽕잎을 먹은 탓인지 검은 물똥을 싸며 죽었다. 누에 사체가 점점 말라 쪼그라들었다. 지진에 관해 가장 피부에 와닿는 두 가지 기억이었다. 지진은 생명을 앗아가지 않고도 아주 쉽게 사람을 극한의 공포로 밀어 넣을 수 있다. 삶에서 어떤 것을 빼앗거나, 그것을 말라 쪼그라들게 하면 된다.

  거대한 진동음이 몇 분간 계속된 뒤 모든 것이 고요해졌다. 앨리스는 너무 지쳐 다시 잠이 들었다. 규칙적인 파도 소리에 눈을 떠보니 아직 날이 밝기 전이었다. 앨리스가 침대에서 일어나 창밖을 내다봤을 때, 바다 위 무인도에 서 있는 듯한 착각이 들었다. 멀리서 파도가 미세한 포말을 일으키며 고집스럽게 한 겹 한 겹 육지를 향해 다가오고 있었다.

2장

앨리스는 하루에 두 번씩 밀물에 감금됐다가 몇 시간 뒤 풀려났다. 만조 수위가 높은 사리 기간에는 바다가 조용히 집의 배수로를 에돌아 포위한 뒤 후문 앞에 각양각색의 물체를 남기고 갔다.

4 아트리에의 섬

 심해에서 피어오른 듯 자욱한 안개가 사방을 휘감았다. 세상 어디에든 깃들어 있는 카방처럼 모든 것에 스며들었다. 아트리에는 바닷속에 가라앉은 것 같은 착각이 들었다. 노를 젓지도 않았다. 이런 안개 속에서 노를 저어봐야 무슨 의미가 있을까? 와요와요 섬을 떠난 지 이레째. 진정한 바다에서 노가 얼마나 무력한지 그는 확신할 수 있었다. 섬사람들이 고기잡이하는 해역에 보이지 않는 경계선을 그어놓는 이유를 알 것 같았다. 그 경계를 넘는 순간, 돌아올 가능성은 희박해진다. 그는 또 중요한 현실을 깨달았다. 먹을 것과 물이 다 떨어졌다는 것. 머리는 절망적인 현실을 인정했고, 다른 '와요와요의 차남'처럼 다시는 돌아갈 수 없을까 봐 두려웠지만, 몸은 아직 절망하지 않았으므로 바닷물을 마셔보기로 했다.
 자정이 가까운 무렵 빗방울이 떨어지기 시작했다. 바다와 하늘이 비와 안개에 엉켜 한 덩어리가 됐다. 빗속에서 아트리에는 자신이 이미 바다의 문을 넘었다고 생각했다. 와요와요의 전설에 따르면, 비와 안개 끝에 바다의 문이 있고 그 문 너머에 카방과 모든 물고기 신이 사는 '진짜 섬'이 있으며, 와요와요는 섬의 그림자에 불과했다. 진짜 섬은 평소에는 바다 밑에 가라앉아 있다가 정해진 시간에만 수면 위로 떠올랐다.

아트리에는 종려잎으로 만든 비가림막 안으로 들어갔다. 그 안에도 빗방울이 뚝뚝 떨어져 바깥에 있는 것과 별반 다르지 않았다. 그가 중얼거렸다. "큰 물고기가 도망쳤어. 큰 물고기가 도망쳤어." 와요와요어에서 '됐어, 됐어'라는 뜻이었다. 소리 내어 말하지는 않았지만 아트리에는 불경한 생각을 품고 있었다. 바다에서는 바다가 신보다 훨씬 강한데 신이 어떻게 바다를 다스릴 수 있지? 바다가 바로 신이야.

동틀 무렵 아트리에는 타라와카가 가라앉고 있음을 알았다. 부질없는 일임을 알지만 물을 밖으로 퍼내야 했다. 그는 배가 완전히 물속으로 사라지기 직전에야 배를 버리고 헤엄치기 시작했다. 아트리에는 와요와요에서 헤엄을 제일 잘 치는 소년이었다. 그의 발은 물고기 꼬리처럼 유연하고, 손은 지느러미처럼 빠르게 물살을 갈랐다. 하지만 바다에서 사람은 해파리보다도 못한 존재고 아트리에도 별수 없었다. 그는 있는 힘을 다해 헤엄쳤다. 포기하겠다는 생각조차 사라지고, 연못에 빠진 개미처럼 결코 절망하지도, 결코 희망을 품지도 않았다. 단지 그의 몸이 낼 수 있는 저항력의 극한까지 가보는 것이었다.

카방을 향한 불경스러운 마음은 여전했으나 아트리에의 입은 계속 기도했다. "바다를 마르게 할 수 있는 유일한 존재 카방이시여, 저를 버리시려거든 제 시체가 산호가 되어 고향으로 흘러가게 해주소서. 우르슐라가 저를 줍게 해주소서." 그는 기도를 마친 뒤 정신을 잃었다.

눈을 떴을 때 아트리에는 자신이 여전히 바다에 떠 있는 걸 알았다. 꿈을 꾼 것 같았다. 꿈속에서 그는 어느 섬에 닿을 뻔했다. 섬 가장자리에 소년들이 서 있었는데 하나같이 암울한 눈빛에, 손이 있어야 할 곳에 지느러미가 있었으며, 한평생 산호초 위에서 뒹군 것처럼 온몸이 얼룩덜룩했다. 아트리에의 타라와카가 아주 가까이 다가갔을 때 회색 머리칼의 소년이 말했다. "네가 우리 쪽에 와서 합류할 거라고 며칠 전 참다랑어가 알려줬어." 다른 소년들이 구슬픈 노래를 부르기 시작했다. 구슬픈 파도가 밀려오듯 노랫소리가 점점 커졌다. 와요와요 섬 사람들이 바다에 나갈 때 부르는 노래였다. 아트리에 역시 자기도 모르게 따라 불렀다.

 파도가 다가오면
 우리 노랫소리로 막아요
 폭풍우가 불어닥치면
 나의 아가씨여, 걱정해줘요
 우리가 참다랑어로 변할지도 몰라요

참다랑어로 변할지도 몰라요

소년들의 노랫소리가 별처럼 어둠을 위로하고 비처럼 우울하게 바다를 적셨다. 이때 외눈을 가진 소년이 말했다. "들어봐. 저 아이의 노랫소리는 우리와 달라. 와, 저 아이의 노랫소리는 우리와 달라. 저 아이의 노랫소리는 자기 섬으로 흘러가는 것 같아." 그때 파도가 훅 밀려드는 바람에 아트리에의 몸이 휘청이더니 꿈에서 밀려 떨어졌다.

잠에서 깬 아트리에는 정말로 파도에 떠밀려 어느 섬에 도착해 있었다. 섬은 끝없이 넓어 보였지만 진흙이 아닌 온갖 색깔이 뒤섞인 이상한 것으로 이루어져 있고, 섬 전체에 이상한 냄새가 둥둥 떠다녔다. 태양은 수평선 위에 걸쳐 있고 그의 옷과 장신구는 파도에 떠내려가 거의 벌거벗은 것과 다름없었다. 무엇보다도 우르슐라가 준 치차술* 한 병이 사라진 게 제일 속상했다. 우르슐라의 치차술을 생각하자 심한 갈증을 느꼈다. 말하는 피리는 잃어버리지 않아 다행이었다. 그가 의식을 잃고도 손에 꼭 쥐고 있었기 때문이다. '사후 세계가 틀림없어.' 아트리에는 생각했다. 주위를 돌아다녀봤다. 섬의 대부분은 그리 단단하지 않았다. 어떤 곳은 함정을 숨겨놓은 것처럼 물렁물렁하고, 심지어 어떤 곳은 불룩 튀어나온 곳과 움푹 들어간 곳의 높이가 몇

---

* 아마존, 페루 등 남미 지역의 전통 발효주. 주로 옥수수를 기본 재료로 만들어지며 고대에는 입으로 씹어 발효시키는 방식도 있었다.

길이나 됐다.

햇빛에 유난히 반짝이며 오색 광채를 내는 둥근 물체가 아트리에의 눈길을 붙잡았다. 그것에 자신을 비춰보면 검고 얼룩덜룩하고 상처투성이인 얼굴이 보일 것 같았다. 아트리에는 생각에 잠겼다. 이렇게 단단한 물건이 물로 만들어졌다고? 하지만 그게 아니면 어떻게 내 모습이 거꾸로 비칠 수 있지?

잠시 후 섬 곳곳에서 형형색색의 자루를 발견했다. 삼으로 짠 자루와 달리 그 자루에는 물을 담을 수 있었다. 어떤 것은 집어 올리면 물이 주르륵 쏟아지고 조개, 불가사리, 이상한 잡동사니가 들어 있었다. 와요와요 섬에도 이런 자루가 있다. 노인들은 백인이 두고 간 것이라고 했지만, 근래에도 바다에 나가면 흔히 주울 수 있었다. 섬사람들이 그걸 주워다가 물을 담아 저장했는데 돌보다 더 긴 시간을 견딜 수 있었다. 아트리에는 조개를 열어 살을 먹고 자루에 든 물을 마시려고 했나. 비릿한 냄새가 나기는 했지만 담수가 분명했다. 아트리에는 눈물이 날 만큼 감격스러웠다. 물이 있으니 살 수 있을 것이다.

아트리에는 섬 탐험을 계속했다. 해가 중천에 떴을 때쯤 갖가지 물건 사이에 갇힌 새우와 물고기를 발견하고 날것인 상태로 먹었다. 배를 조금 채우고 나니 해가 저물었다. 그는 축축하게 젖고 찢어진, 옷 같은 것을 꽤 많이 주웠다. 하지만 너무 흐느적거렸고, 익숙한 마직물이 아니었다. 그래도 햇볕에 대충 말리자 몸에 걸칠 만했다. 병도 여러 개 주웠다. 색이 선명하고 예쁜 데다가 물에 띄울 수 있어 나중에 배를 만들거나 할 때 요긴히 쓸 수 있을 것 같았다.

"여긴 사후 세계가 틀림없어. 사후 세계에 뭐가 필요할지 누가 알겠어?" 그는 주워 온 깡통과 기이하게 생긴 물건을 한데 쌓아 놓고, 바다가 비로 변하지 않고 내일 날이 맑게 개어 이것들이 잘 마르게 해달라고 기도했다.

깜깜한 어둠이 내려앉고 아트리에는 자신이 아직 죽지 않았음을 확신했다. 와요와요 섬에 전해 내려오는 얘기로 저승은 반년은 해가 계속 떠 있고, 나머지 반년은 어둠이 지배한다고 했다. 그런데 이 섬의 시간 리듬은 와요와요와 똑같았다. 적어도 그가 느끼기로 낮의 길이가 반년에 못 미친다는 점은 분명했다. 바다에서의 밤은 보통 상상하는 것처럼 완전한 암흑이 아니다. 별빛과 달빛이 구름을 뚫고 내려오고, 갖가지 색의 기묘한 반딧불이 돌연 바다 위에 나타나 잠을 이룰 수 없을 만큼 눈이 부실 때도 있다. 아트리에는 섬의 가장자리에 앉아 눈앞의 광경에 매료된 채 막막한 미래를 생각했다.

달이 기울어지기 시작할 때쯤 아트리에는 문득 자신이 혼자가 아님을 느꼈다. 꿈에서 본 소년들이 어디선가 나타나 그를 둘러쌌다. 그들은 웃을 듯 말 듯한 표정으로 아트리에의 근심 어린 얼굴을 응시했다. 아트리에가 손바닥을 위로 향해 들고 손가락을 약간 구부렸다. 와요와요 사람들이 친근함을 표현하는 손짓이었다. 그가 뭔가 물으려는 순간, 왼쪽 어깨에서 배까지 긴 상처가 있는 소년이 말했다.

"맞아. 우린 사람이 아니라 유령이야. 와요와요 차남들의 영혼이 모두 여기에 있어."

"날 기다린 거야?"

"응."

"그런 줄은 몰랐어. 여기가 저승이야? 아니면 저승으로 가는 중간 지대?"

"바다가 널 축복할 거야. 솔직히 우리도 여기가 어딘지 몰라. 오랫동안 떠돌아다녔지만 바다에 이런 섬이 있는 줄 몰랐어. 얼마 전에 이 섬이 물결에 밀려왔어." 꿈에서 본 회색 머리 소년이 말했다.

"그래서 나를 데려갈 거야?"

"아니. 우린 사신死神이 아니야. 우린 그저 네가 오길 기다렸을 뿐이야. 하지만 네가 아직 살아있으니 더 기다릴 수밖에." 큰 흉터를 가진 소년이 말했다.

"와요와요의 차남들은 죽어도 바다를 떠날 수 없어." 회색 머리 소년이 말하자 다른 소년들도 고개를 끄덕였다.

와요와요 차남들의 영혼은 거짓말을 하지 않았다. 정말로 그들도 이 섬을 처음 봤다. "우린 며칠 전 바닷새 암초에서 만나 새로운 일원을 맞이할 준비를 하기로 했어. 바로 너 말이야. 그때 이 떠다니는 섬의 가장자리를 처음 봤어. 네가 섬을 떠나는 의식을 하던 날, 우리도 와요와요 섬에 가서 노인들이 부르는 송별가를 들으며 카방의 지혜와 섬의 풍요, 네 용기와 우르슐라의 아름다움을 자랑스러워했지. 낮에는 향유고래로 변해 네 배를 따라다녔어. 배가 가라앉는 것도 봤고. 우릴 원망하진 마. 우린 와요와요의 차남에게 도움의 손길을 뻗어서도, 일부러 해쳐서도 안 된다는 원칙을 따라야만 해. 어떤 일이 일어나든 그저 지켜볼 수밖에 없어. 네가 물고기 같은 체력으로 죽지 않고 이겨낼 줄은 몰랐어. 우린 계속 널 따라왔고 그러다 네가 해류에 밀려 이 섬에 도착하는 걸 봤어." 회색 머리 소년이 우두머리인 듯했다.

작고 다부진 몸을 가진 다른 소년이 치아가 다 빠진 입을 동굴처럼 벌려 말했다. "처음엔 우리도 참 이상한 섬이라고 생각했어. 카방이 파놓은 함정이나 시험이 아닐까 의심도 했지."

"하지만 한 가지 사실을 발견했어." 회색 머리 소년이 말했다.

"그게 뭔데?"

"섬이 계속 떠다니고 있어. 어쩌면 와요와요의 영혼이 닿을 수 있는 경계를 벗어날지도 몰라."

"와요와요의 영혼이 닿을 수 있는 경계?"

"응. 영혼은 와요와요 섬에서 일정 거리 이상 벗어날 수 없어. 보이지 않는 선이 그어져 있거든."

"이 섬이 너희가 닿을 수 있는 경계를 벗어나면 내가 죽지 않고 살아있어도 너희가 내 곁에 있을 수 없다는 뜻이야?"

"바다가 널 축복할 거야. 그때 죽는다면 네 영혼은 경계도 없는 바다에서 외롭게 떠돌겠지."

"내가 너희와 함께 있으려면 지금 물에 뛰어들어 죽어야 한다는 거야?"

"절대 안 돼. 자살한 와요와요인은 해파리로 변해. 해파리는 서로를 알아보지 못해. 너도 해파리가 되긴 싫겠지?"

아트리에는 해파리가 되고 싶지 않았지만, 와요와요 차남들의 영혼도 별다른 방법이 없었다. 그들이 할 수 있는 건 함께 섬에 앉아 해가 뜨길 기다리는 것뿐이었다. 사실 영혼에게 일출은 더는 의미를 갖지 못한다. 유일한 의미는 하늘이 처음 밝아지는 순간 그들이 물속으로 뛰어들어 향유고래로 변한다는 것뿐. 다시 날이 저물면 영혼의 몸으로 돌아와 바다 위를 떠다니며 노래하고, 멍하니 시간을 보내며 와요와요를 떠나는 또 다른 차남을 기다린다. 영혼이 변한 향유고래는 진짜 향유고래와 거의 차이가 없다. 유일한 차이점은 영혼이 변한 향유고래는 눈물을 흘릴 수 있다는 것이다.

섬이 바람, 비, 조류, 꿈조차 막지 못하는 어떤 통제 불가한 속도로 와요와요 차남의 영혼들이 닿을 수 있는 경계를 조용히 벗어났다. 그동안 아트리에는 섬 가장자리에 앉아 기다리는 것 외에는 아무것도 할 수 없었다. 세 번의 낮과 밤이 바뀌고 와요와요 차남들의 영혼이 수면 위로 올라왔을 때, 영혼들에게는 섬의 둘레밖에 보이지 않았다. "아트리에! 아트리에!" 그들의 외침이 날치가 되어 풍덩풍덩 바다에 빠졌다.

"이제 나 혼자야." 깨어나서 해와 달이 두 번 바뀐 뒤에야 아트리에는 마침내 이 사실을 인정했다. 살기 위해 힘을 내야 했다. 물고기를 잡고, 빗물을 모으고, 각종 물건을 엮어 추위를 막을 옷을 만들어야 했다. 물고기를 잡는 데는 능숙했지만 천을 짜는 데는 서툴러서 천 조각을 얼기설기 몸에 걸치자 요란한 깃털을 가진 새 같았다.

　유연한 재질로 된 막대기를 발견한 며칠 뒤 좋은 생각이 났다. 막대기의 한쪽 끝을 뾰족하게 갈아내고, 여기저기에서 주운 탄성을 가진 물건을 이용해 작살 발사 장치를 만들어보기로 한 것이다. 똑같은 방식으로 구와나도 만들었다. 와요와요 섬에서 쓰던 구와나보다 더 탄탄하고 탄력이 좋았다. 열매보다 단단하지만 탄성을 가진 공도 있었다. 구와나의 사정거리보다 높이 나는 새를 향해 던져 쓸 수 있을 것 같았다. 아트리에의 던지기 자세는 와요와요 섬에 있을 때, 색칠된 그림이 있고 '글자'가 빼곡하게 적힌 '책'에서 배운 것이었다(와요와요 섬에는 문자가 없지만 대지의 현자와 바다의 현자는 책을 여러 권 갖고 있었다). 책에는 그와 똑같이 갈색 피부를 가진 사람이 있었는데, 아트리에는 그의 던지기 자세가 무척 아름다우며 그의 손이 눈부시게 빛난다고 느꼈다.

　밤은 아트리에가 만든 특제 구와나로 물새와 바다거북을 잡을 수 있는 적기였다. 처음에는 바다거북을 맞혀 기절시킨 뒤 목을 뽑아 피를 빨아 먹었지만, 어느 날 섬의 다른 쪽에서 예리하게 반짝이는 칼을 주운 뒤로는(와요와요에도 칼이 있지만 그들이 쓰는 것은 돌칼이다) 바다거북의 살도 먹을 수 있었다. 바다거북의 살은 단단한 해삼 같았다. 가끔 배를 가르고 한참 지났는데도 바다거북이 바다 밑을 기듯 천천히 사지를 움직이기도 했다.

　하지만 얼마 후 아트리에는 섬 부근에 죽은 바다거북이 아주 많다는 것을 알았다. 죽은 바다거북의 배를 가르면 위에서 영원히 썩지 않는 물건이 발견됐다. '섬의 조각을 먹고 죽은 걸까?' 아트리에는 물 외에 이 섬에 있는 어떤 것도 먹지 않는 게 좋겠다고 생각했다.

바다 밑을 들락이며 잠수를 하다가 '섬 아래 섬'이 훨씬 더 크다는 것을 알았다. '또 하나의 바다'가 있다고 해도 될 만큼 거대한 수중 미로였다. 아트리에로서는 그것을 형용할 만한 더 나은 말이 떠오르지 않았다. 그에게 있어서 거대한 것이란 모두 바다 같았다. 표류물이 바다 밑에서 서로 엉켜 있다가 큰 파도가 왈카닥 덮치면 배열과 순서가 흐트러졌다. 끊임없이 변형하는 반투명의 섬이기 때문에 아트리에는 잠수할 때마다 길을 잃었다. 아트리에는 바닷속에서 쓸 만한 것을 건져다가 한곳에 모았다. 머지않아 아트리에의 채집품이 수북하게 쌓였다. 실용적인 것도 있지만 그냥 신기하고 재미있어 보이거나 마음에 들어서 주워 온 것도 있었다. 와요와요 섬 사람들이 가리비를 주워다가 해가 뜨는 쪽을 향해 쌓은 집 '장식벽'에 붙이는 것처럼, 아트리에도 자신이 쌓은 장식벽을 장식하려고 했다. 하지만 이 섬에는 해가 뜨는 쪽을 바라 보는 벽이 있을 수 없었다. 섬이 계속 회전하는 것처럼 태양이 날마다 다른 방향에서 떴기 때문이다.

얼마 후 아트리에는 얇은 상자를 모으기 시작했다. 상자 윗면 그림이 아직 바닷물에 부식되지 않아 여자의 나체 그림인 걸 알아볼 수 있었다. 그가 한 번도 본 적 없는 흰 피부의, 유방을 드러낸 여자들이 감미로운 눈동자로 그를 응시했다. 물론 우르슐라의 아름다움도 뒤지지 않았다. 우르슐라는 그 여자들과 와요와요인을 반씩 섞은 것처럼 생겼다. 하지만 지금의 아트리에는 어떤 여자의 나체를 봐도 음경이 커지며 카와루루를 하고 싶었다. 그는 우르슐라를 생각하며 카와루루를 했다. 이것 또한 일종의 사랑일 거라고 생각했다.

아트리에는 책도 모았다. 그는 이 책이라는 것을 대지의 현자에게서 본 적이 있었다. 하지만 자주 보지는 못했고, 그나마도 투명한 자루에 담겨 있어야 찢어지거나 썩지 않고 남아 있었다. 대지의 현자가 가진 책 몇 권은 백인이 남기고 간 것이라고 했다. 대지의 현자는 그들이 그 기호를 '문자'라고 부른다고 했다. 와요와요인에게는 문자가 없다. 그들은 이 세상이 글자의 형식으로 기억될 필요가 없다고 생각했다. 그들에게 삶이란 일종의 소리이며, 노랫소리와 이야기 속에 존재하는 것으로 충분했다.

어떤 기호를 사용했든, 그림이 있든 없든, 두껍든 낱장이든, 아트리에는 글자만 있으면 모두 책이라고 생각했다. 책마다 기호는 조금씩 다르지만 모두 어떤 규칙을 간직한 듯했다. 규칙을 누가 정했는지, 어디에서 비롯됐는지 알 수 없기 때문인지 아트리에는 여러 가지 기호에 알 수 없는 존경심을 느꼈다. 이 섬에는 나뭇가지, 죽은 물고기, 돌멩이처럼 아트리에가 이해할 수 있는 것도 있지만, 대부분 그의 감각과 지식 밖의 세계였다. 그중에서도 가장 의아한 것은 책과 그 안의 기호였다. 기호가 한 종류만 있는 게 아니었다. 백인이나 다른 와요와요인은 어째서 이렇게 아무 쓸모도 없는 물건을 만들었을까? 기호들을 보며 그의 몸이 뜨거워지고 미세하게 떨렸다.

"바다가 널 축복할 거야. 카방에게는 카방의 이유가 있어." 그는 이렇게 중얼거리며 섬에서 주운 책을 한곳에 쌓았다. 책더미가 점점 무거워지며 아랫부분에 있는 책이 바다에 잠겼다.

처음에는 신기한 채집품을 향한 호기심에 의지해 쇠잔해지는 마음을 붙잡았다. 하지만 오래도록 홀로인 사람은 시간과 시간 사이의 틈이 해구만큼이나 넓고 깊어서 사람의 마음만으로는 뛰어넘을 수 없음을 깨닫는다. 그 순간 유일하게 틈을 채울 수 있는 건 추억이다. 아트리에는 해파리가 될 순 없다는 의지로 피폐해진 몸을 지탱하며 살아남기 위해 구차하게 추억에 매달렸다. 섬을 떠나기 전날 밤의 추억으로 욕망을 풀고, 아버지와 노인들의 말을 돌이켜 바다를 이해했으며, 섬사람들의 노랫소리를 기억해 사랑을 이해했다.

아트리에는 와요와요가 어느 쪽에 있는지도 거의 잊어버렸다.
와요와요인은 바다에서 난류亂流에 휩쓸리거나 위기가 닥치면 눈을 감고 고개를 최대한 길게 빼 몸을 늘린다. 그렇게 하면 경험이 풍부한 사람은 와요와요가 있는 쪽의 '냄새'를 맡을 수 있다고 했다. 처음에는 아트리에도 비릿한 바다 냄새와 비 냄새 사이로 진한 와요와요의 냄새를 맡을 수 있었다. 하지만 노래 일곱 곡만큼의 시간이 흐른 뒤, 냄새가 거미줄만큼 희미해지더니 다시 노래 일곱 곡만큼의 시간이 흐르자 해가 저무는 쪽에 와요와요가 있다고 대략 짐작만 할 수 있었다. 하지만 와요와요인은 태양이 언제나 같은 방향으로 저물지 않는다는 걸 알았으므로 그것은 정확한 방향이 아니었다.

 아트리에는 바다의 다양한 풍경을 보고 난생처음 보는 이상한 날씨도 겪었다. 불같이 뜨겁다가 또 금세 참을 수 없는 혹독한 추위가 닥치고, 분명 하늘이 맑게 개어 있었는데 물고기 한 마리 잡는 시간도 안 돼서 먹구름이 하늘을 가리고 거센 폭풍이 불었다. 또 어떤 때는 별안간 밤이 찾아오고, 정오가 지나자마자 어둠이 드리우고, 별빛이 반짝이는 하늘에 돌연 해가 떠올랐다. 한번은 바다에서 회오리 기둥 아홉 개가 동시에 나타났다. 구름 속에서 전광이 잇달아 번쩍이다가 먹구름에서 가느다란 다리가 자라나듯 빛이 바다로 내리꽂혔고, 수면에 닿는 순간 바닷물이 소용돌이를 일으키며 튀어 올랐다. 회오리바람이 멈추고 폭우가 쏟아지자 아트리에는 제발 자기도 데려가달라고 카방에게 기도했다. 날이 갠 뒤 바다 위에 길게 검은 그림자가 드리웠다. 헤엄쳐 가까이 가보니 어디서 왔는지 알 수 없는 나비떼의 사체였다. 긴 줄을 이룬 채 떠다니는 무수한 나비 날개는 그의 표류처럼 어디가 끝인지 알 수 없었다.

 아트리에는 아침, 정오, 해 질 녘, 밤의 개념을 점점 잃어갔다. 별을 보고 자기가 어느 방향에 있는지 판단하는 일도 포기했다. 그는 낙엽처럼, 죽은 물고기처럼, 바다 위를 둥둥 떠다녔다. 배가 고프면 먹고, 피곤하면 잠을 잤다. 심지어 와요와요가 자신의 고통스러운 환각이자 허상이 아니었을까 하는 착각도 들었지만, 사실 와요와요를 다시 볼 수 있길 간절히 바랐다. 단 한 사람의 영혼이라도 좋았다. 와요와요의 차남들이 낮에는 고래로 변한다고 했으므로 고래가 보일 때마다 바다를 향해 외쳤다. 그 애달픈 외침에 북쪽으로 날아가는 매조차 슬퍼했다. 우르슐라와 그의 어머니 사리야가 있다면 좋을 텐데, 하고 아트리에는 생각했다. 와요와요에서 오직 그들의 노랫소리만이 마스마가오(와요와요어로 '몸이 바다 같은 고래'라는 뜻)를 부르는 힘을 가졌기 때문이다. 바다의 현자는 마스마가오가 유영하는 자세를 통해 미래를 내다볼 수 있었다. 그런데 어느 날 아트리에가 노래를 다 부르자 정말로 마스마가오 한 쌍이 섬 근처에 나타나 교미를 하더니 섬의 가장 취약한 부분을 뚫고 들어갔다. 형형색색의 물건을 뒤집어쓴 채 다시 수면 위로 나온 그들은 마치 제례에 참석한 신처럼 보였다.

한번은 아트리에가 섬 가장자리에서 헤엄치는 돛새치에게 작살을 던졌다. 돛새치가 몸에 작살이 꽂힌 채 도망치자 작살을 쥔 아트리에가 돛새치에게 끌려 바다에 빠졌다. 포기하려는 찰나 너무 빠른 속도로 물에 빠지는 바람에 잠시 정신을 잃었다. 머리는 작살을 놓으라고 했지만 손이 말을 듣지 않았다. 그때 돛새치가 수중 미로로 들어가더니 다시 수면 위로 떠올랐다가 또다시 온갖 기이한 물건 틈으로 가라앉았기를 반복했다. 아트리에는 작살을 꼭 붙잡고 속으로 기도했다. '바다를 마르게 할 수 있는 유일한 존재 카방이시여, 저를 버리시려거든 제 시체가 산호가 되어 고향으로 흘러가게 해주소서. 우르슐라가 저를 줍게 해주소서.'

얼마나 지났을까 돛새치가 수중 미로에 갇혔다. 예리한 물건에 온몸이 긁히고 머리에 온갖 잡동사니가 얽혀 점점 만신창이가 되고 힘이 빠졌다. 작살을 잡고 있던 아트리에가 재빨리 양손을 휙 돌려 섬 한쪽 모서리를 붙잡고 기어오르다가 섬 밑바닥의 공기층을 찾아냈다. 살아야겠다는 본능적인 의지가 그를 살려낸 것이다. 그는 돛새치의 살점을 한 조각밖에 먹지 못했고, 섬 바닥에 묶어둔 돛새치는 다음 날 뼈조차 남지 않고 사라졌다.

언제 와요와요 섬에 돌아갈 수 있을지 알 수 없다면 계속 이렇게 혼자 살아야 할지도 몰랐다. 그렇다면 최소한 비바람을 피할 곳이 있어야 했다. 방수 효과가 좋은 푸른색 천을 발견한 뒤 단단하고 탄성이 있는 금속 막대기를 이용해 작은 천막을 만들었다. 하지만 얼마 안 가서 폭풍우에 힘없이 무너졌다. 이번에는 작은 집을 짓기로 했다. 물론 폭우에 대항할 수는 없겠지만(세상 어디에도 그런 건 없겠지?) 적어도 너무 쉽게 무너지지는 않아야 한다. 와요와요 속담에 '집이 약한 것은 남자가 약한 것이다'라는 말도 있었다. 비에 젖어도 썩지 않고 바닷물에도 부식되지 않을 것 같은 물건을 골라 집을 짓기로 했다. 어쩌면 집이 해류를 따라 표류하다가 어느 날 와요와요 섬으로 돌아갈 수도 있고, 아트리에가 죽더라도 집이 남아서 그를 대신해 바다 소식을 전해 줄 수도 있다.

집을 지어야겠다는 생각이 들자 이 섬에서 구할 수 있는 부식되지 않는 재료가 아주 귀하게 느껴졌다. 천막을 지었던 금속 막대기와 고래의 턱뼈, 갈비뼈를 이용해 골격을 만들고, 작살을 만들었던 막대기를 지지대 삼고, 힘껏 당겨도 끊어지지 않는 선명한 색깔의 어떤 것으로 골격을 묶어 고정했다. 세 사람이 나란히 누울 수 있는 크기로 골격이 만들어지고, 해와 달이 교차할수록 차츰 집의 형태가 갖춰졌다. 따로 창고도 짓고 물을 저장할 수 있는 곳도 만들었다. 아트리에는 그것을 바다의 우물이라는 뜻의 '사커루만'이라고 불렀다. 섬에서 주운 물건으로 지었기 때문에 멀리서 보면 섬과 하나인 듯했고 일부러 은폐하기 위해 만든 것 같았다. 아트리에는 완성된 집을 보며 자신이 정말 부자가 됐다고 생각했다.

하지만 섬 주위로 바다 생물의 사체가 가득했다. 바다거북처럼 섬 일부를 먹고 죽은 것 같았다. 때로는 이 섬이 바다에 뜬 거대한 감옥 같았다. 암울한 저주, 뿌리 없는 땅, 중생의 무덤. 여러 종의 바닷새가 어쩌다 둥지를 짓고 산란하는 것 외에 어떤 생명도 섬에 의지해 살 수 없었다. 섬 일부를 먹고 죽은 생물은 결국 섬의 일부가 됐고, 아트리에는 자신도 종국에는 이 섬의 일부가 되리라고 생각했다. 이곳이 바로 지옥이자 저승인 것이다.

타라와카보다도 훨씬 큰 배가 멀리서 지나가기도 하고, 쇠로 된 새가 굉음을 내며 날아가기도 했다. 아트리에는 그것이 대지의 현자가 말한 '백인의 지옥새와 유령선'이라고 믿었다.

아트리에는 와요와요 이외의 세상에 대해 아무것도 알지 못했다. 와요와요인이 처음 백인을 봤을 때 그들은 이렇게 물었다. "하늘의 길에서 온 사람입니까?"

무지개는 하늘의 길이다. 대지의 현자는 "무지개 위를 걸을 수 있을 만큼 가벼운 것은 영혼뿐이란다"라고 말했다. 아트리에는 가끔 멀리 있는 무지개를 보며 어느 날 백인을 만나면 어떻게 해야 할까 생각했다. 어떻게 대화하지? 그들이 나를 와요와요 섬에 데려다줄 수 있을까? 대지의 현자가 무심코 한 말이 생각났다. "백인이 떠난 뒤 우리는 와요와요의 율법에 따라 살았어. 백인은 필요 없어. 그들이 남긴 건 상처와 약탈, 이 쓸모없는 손목시계와 책 몇 권 그리고 우르슐라 같은 여자아이뿐이야." 대지의 현자가 한숨을 내쉬었다. "하지만 언젠가 와요와요는 이 세계에 사는 다른 자들 때문에 사라질지도 몰라."

이 세계에 사는 다른 자들. 아마 그들조차 그를 잊었을 것이다. 하지만 아트리에는 꼭 그렇지만은 않다는 것도 알았다. 와요와요인 모두 그가 섬을 떠난 걸 알고 있다. 단지 애써 그를 잊으려, 일부러 잊으려 하는 것이다. 이런 생각이 들자 아트리에는 이렇게 사는 것이 죽는 것보다 고통스럽다는 생각이 들었다. 원래의 세계보다 더 큰 세계에 갇혀 침묵이라는 끔찍한 형벌을 받는 것 같았다. 어째서 내가 이런 형벌을 감당해야 하지? 이것이 전지전능하신 카방께서 하는 일인가? 이것이 차남의 운명인가?

책에 그림을 그릴 수 있는 짧은 막대기를 발견하면서 고통이 조금 해소됐다. 비슷하게 생긴 짧은 막대기가 많았지만 처음에는 섬에 널브러진 물건을 들추거나 집 골격에 연결해 고정하는 용도로 사용했다. 그런데 이 막대기로 어떤 물체에 흔적을 남길 수 있는 걸 알고 그는 깜짝 놀랐다. 시간이 흐를수록 아트리에가 맞서야 하는 가장 큰 적은 적막함이었다. 이 섬에는 그에게 말을 걸어줄 사람도, 그의 헤엄 기술을 칭찬해주는 사람도, 그와 싸울 사람도, 잠수 대결을 벌일 사람도 없었다. 하지만 이 막대기가 생긴 뒤로 그는 자기가 보고 생각하는 것을 그림으로 그릴 수 있었다.

아트리에는 작은 막대기와 막대기로 긁을 수 있는 재료를 찾아다녔다. 굵은 것, 가는 것, 색깔 있는 것…… 막대기도 여러 종류가 있고, 아무리 문질러도 그림을 그릴 수 없는 것도 있었다. 책 말고도 그림을 그릴 수 있는 많은 재료를 찾았는데 그중에는 그의 몸도 있었다. 어느 날 문득 좋은 생각이 났다. 발바닥부터 시작해 종아리, 허벅지, 배, 가슴, 어깨, 목, 얼굴, 심지어 등까지 손이 닿는 곳이라면 전부 활용할 수 있었다. 그림 위에 또 그림을 그리고, 그림이 비에 젖어 지워지면 새 그림을 그렸다.

그날 새벽 아트리에는 섬 곳곳을 분주히 돌아다녔다. 멀리서 보면 아트리에가 아닌 다른 생물처럼 보였다. 귀신 같기도 하고, 신 같기도 했다.

5 앨리스의 집

 토토는 앨리스와 야콥센이 만난 지 삼 년째 되는 해에 태어났다. 뜻밖의 사건이라고도, 운명이라고도 할 수 있었다. 두 사람 모두 둘 사이에 아이가 있는 상상을 해본 적 없기 때문이다. 심리적으로든 생리적으로든 그럴 가능성은 없다고 생각했으므로 토토는 분명 두 사람 계획 밖의 존재였다. 야콥센과 앨리스는 많은 일에서 의견이 달랐지만, 아이를 이 세상에 데려오는 것이 아이에게 일종의 형벌이자 고난이라는 생각은 일치했다.

 마침 집을 짓겠다는 계획을 세웠을 때이므로 토토의 미래까지 염두에 두고 설계할 수 있었다. 설계도는 야콥센이 직접 그렸다. 외관은 스웨덴 건축가 에릭 군나르 아스플룬드의 '여름의 집'을 모방하고 세부적인 부분을 조금 바꿨다. 제일 큰 차이는 가장 오른쪽 방을 이 층으로 올리고 안방의 지붕도 더 높인 것이다. 그 때문에 외부에서 보면 숲속에 엎드린 듯 아늑해 보이는

'여름의 집'과 약간 달라 보였다. 외관뿐만 아니라 집의 구조도 달랐다. 아스플룬드의 '여름의 집'은 바다를 향해 나 있지 않았고 한결같이 밀려오는 파도와 예측 불가능한 해풍을 걱정할 필요가 없었다. 자연히 두 집의 구조는 다를 수밖에 없었다.

  몇 년 전 그해, 앨리스는 처음 만난 야콥센과 덴마크에서 스웨덴까지 함께 여행했다. 스톡홀름에 도착해 사흘째 되던 날 오후, 아스플룬드가 설계한 스톡홀름 공공도서관을 보러 갔다. 도서관에 들어서자마자 훅 밀려드는 경이로움에 앨리스는 깊은숨을 들이마셨다. 클로드 드뷔시의 현악 4중주처럼 유려한 운율에 따라 한 층 한 층 끝없이 이어진 서가가 마치 천국으로 향하는 것 같은 착각이 들었다. 아마 이제껏 본 가장 아름다운 '책 담는 그릇'이었을 것이다.

  H현은 자연 경치는 아름답지만 인문적 풍경이라고는 몇몇 고적지가 전부였다. 새로 지은 건물은 하나같이 흉물스러웠고, 특히 끔찍한 외관의 새 기차역 부근에 지은 도서관은 더더욱 끔찍했다. 앨리스는 비교적 잘 지은 타이베이의 베이터우 공공도서관을 기억했다. 하지만 그릇의 겉모습만 그럴듯할 뿐 내용은 빈약하기 짝이 없었다. 아스플룬드는 도서관의 의미를 아주 잘 이해하고 있었다. 책으로 쌓아 올린 듯한 벽이 역사처럼 인간을 압도하지만 오만하거나 고압적이지 않았고, 높이 난 작은 창을 통해 들어오는 빛줄기는 인간이 까치발을 하고 책을 꺼내는 행위에 일종의 의식 같은 분위기를 부여했다. 심지어 앨리스는 책을

꺼낼 때 손이 떨리는 것을 느꼈으며 빛의 하녀가 된 것 같기도, 책의 주인이 된 것 같기도 했다.

앨리스는 시공을 거꾸로 돌릴 수 있을 것 같은 '스토리텔링 룸'이 특히 마음에 들었다. 어린이전문관 한가운데 있는 그 방에 들어가면 요정 나라의 동굴로 들어가는 기분이 들었다. 벽에는 스웨덴 전래동화가 벽화로 그려져 있고, 중앙에 낭독자를 위한 의자가 놓여 있었다(그 의자에 앉으면 마술 같은 이야기가 저절로 나올 것 같았다). 아이들은 양쪽에 놓인 둥근 의자에 앉거나 바닥에 앉았다. 부드러운 불빛이 벽화를 감싸고, 바람이 후 불어오면 그림 속 요정이 깨어나 이야기를 들려줄 것만 같았다. 이야기를 들을 때 아이들의 눈동자가 반짝반짝 빛이 났다. 문득 앨리스는 태어나 처음으로 자신에게 아이가 있어도 좋을 것 같다는 생각을 했다.

"요정은 원래 이런 곳에만 나타나잖아. 안 그래?" 앨리스가 야콥센에게 말했다.

야콥센은 아스플룬드에게 매료된 앨리스를 보고 좋은 생각이 났다. "내일 계획 있어? 근처에 아스플룬드가 설계한 개인주택이 있는데 보러 갈까?"

"원래 있었는데, 방금 없어졌어."

다음 날 그들은 캠프장을 출발해 두 시간 가까이 버스를 타고 간 뒤 다시 십여 분쯤 걸어 숲길로 들어갔다. 마침 여름이었다. 나뭇잎 사이로 쏟아진 햇빛이 뭔가 암시하듯 길 위에 어룽졌다. 특히 야콥센과 함께 걸으며 앨리스는 자신이 훨씬 젊어진 기분이 들었다. 마치 연인의 미소로 새로운 삶을 직조하는 소녀가 된 기분이었다.

숲 끝에 완만한 경사를 따라 구불구불 올라가는 길이 있었다. 짧은 길은 아니지만 아름다운 경치 때문에 피로감이 느껴지지 않았다. 그들이 서 있는 곳을 기점으로 시야를 따라 풀밭이 넓게 펼쳐지고, 왼쪽에는 절대로 물러서지 않을 것처럼 단단한 바위산이, 오른쪽에는 유명한 피오르로 통하는 길이 있었다. 그리고 바로 정면에 '여름의 집'이 있었다. 집주인이 집에 없어서 예의를 지키며 멀리서 볼 수밖에 없었지만, 앨리스는 그때를 회상할 때마다 건물이 아닌 삶 자체를 본 것 같다고 느꼈다.

"내가 나중에 이런 집에 살 수 있을까?" 앨리스가 장난스러운 농담처럼 물었다.

"물론이지." 야콥센이 아무렇지 않게 대답했다. 그 순간 앨리스는 스스로가 낯설게 느껴졌다. 평소 그는 한눈에도 자기보다 어려 보이는 남자에게는 이런 말을 하지 않기 때문이다.

지금 앨리스에게 유일한 위안은 이 '바닷가 집'이었다. 그는 야콥센을 처음 만났을 때를 회상하며 모든 게 공상을 좋아하는 제 성격 탓이라고 생각했다. 그해 여름 앨리스는 마침내 따분하기 짝이 없는 문학 박사학위를 취득한 뒤 아무 기대도 없는 이력서를 제출해놓고 텐트와 카메라, 노트북만 들고 혼자 유럽 여행에 나섰다. 유랑기에 가까운 여행 에세이를 써서 작가가 되어 볼 생각이었다. 어쩌다 그 책이 베스트셀러가 되면 학교로 돌아갈 필요도 없을 것 같았다.

 코펜하겐에 내려 처음 간 곳은 교외에 있는 어느 캠프장이었다. 오래된 역사를 증명하듯 캠프장 안에 오래된 대포와 마구간이 카무플라주 방수 천에 덮여 남아 있었다. 그곳을 베이스캠프 삼아 코펜하겐에서 일주일간 체류할 계획이었다. 첫날 밤 버스 막차를 놓치는 바람에 천천히 길을 따라 캠프장까지 걸어가야 했다. 민가도 보이지 않는 교외 도로를 저녁에 혼자 걸으려니 조금 겁이 났다. 게다가 길을 잘못 드는 바람에 꽤 넓은 공원을 가로질러야 했다. 이름은 공원이지만 슈바르츠발트*를 연상시킬 만큼 넓었다(사실 그곳이야말로 검은 숲 그 자체였다). 수령이 수백 년, 심지어 천 년도 넘은 듯한 나무가 쭉쭉 뻗어 있고, 쓰러진 나무가 이미 희미해진 길을 덮고 있었다. 어스름이 내려앉은 검은 숲은 낮과는 완전히 다른 얼굴이었다. 개를 산책시키러 나온 사람도, 조깅하는 사람도 없고, 부엉이 우는 소리만 들렸다. 그가 불안감을 느끼며 걸음을 재촉할 때 멀리서 작은 불빛이 나타나더니 잘강잘강 소리가 들렸다.

 앨리스는 본능적으로 경계심이 불쑥 생겨 심장이 거세게 뛰었다. 오솔길에서 숨을 곳을 찾는데 예상치 못한 빠른 속도로 누군가 다가왔다. 키가 아주 크고 수염이 덥수룩하지만 아직 앳된 티가 나는 남자가 자전거를 타고 다가와 옆에 멈췄다.

 "안녕하세요."

---

* 독일 서남부에 위치한 드넓은 산림 지대. 빽빽하게 자라나는 나무 때문에 숲이 검게 보인다 하여 '검은 숲'으로 불린다.

"안녕하세요." 앨리스가 마지못해 대꾸했다.

"캠프장에 가세요?"

"네."

"타세요. 태워줄게요."

"괜찮아요."

"겁내지 마세요. 여기 캠프장 직원증이에요. 어제 당신을 봤어요. '캠핑샬로텐룬요새 Camping Charlottenlund Fort'에 묵고 있죠? 혼자 걸어가면 무섭잖아요. 금방 어두워질 거예요. 걱정 말고 날 믿어요. 이 숲이 내 자전거를 알아보니까."

지금 계절에는 밤 9시는 넘어야 날이 어두워지는 걸 알았지만 앨리스의 심장은 계속 빠르게 뛰었다. 겁이 나서인지 다른 이유 때문인지 판단할 수 없었다. 남자의 자전거는 뒷안장이 없는 로드바이크였다.

"어떻게 타죠?"

남자가 배낭에서 탈부착식 받침대를 꺼내 싯포스트에 설치했다. "사십오 킬로그램쯤 되죠? 이 받침대는 육십삼 킬로그램까지 지탱해요. 문제없어요."

남자는 배낭을 앞으로 메고 뒤에 짐과 앨리스를 실었다. 앨리스는 남자의 단단한 허리를 살짝 잡았다. 심장이 여전히 빠르게 뛰고 있었다. 캠프장에 도착한 뒤, 두 사람은 땅거미가 완전히 내려앉을 때까지 얘기를 나눴다. 남자는 텐트에서 기타를 가지고 나와 노래를 여러 곡 불렀다. 앨리스 세대가 듣고 자란 익숙한 노래들이었다. 그들은 멀리 있는 발전용 풍차가 어둠에 가려

보이지 않게 된 후에야 각자 텐트로 돌아갔다.

그는 야콥센이라는 덴마크 남자(나중에 알고 보니 야콥센은 덴마크의 한 재래시장 이름이었다)에 대해 조금 알게 됐다. 수염이 덥수룩한 그 남자는 앨리스보다 나이는 세 살 적지만 경험은 훨씬 많았다. 자전거를 타고 아프리카를 일주하고, 무동력 요트로 대서양을 횡단했는데 중간에 요트가 고장 나는 바람에 표류하다가 작은 무인도에 닿은 적도 있다고 했다. 또 팔극권八極拳을 연마하고 마라톤팀을 따라 사하라를 횡단하기도 했으며, 몇 년 전에는 재미난 수면 실험에 참여한 적도 있었다. 1972년 텍사스주 미드나잇 동굴Midnight Cave에서 진행된 동굴 실험*을 재현한 것으로 실험 조건만 일부 수정해서 진행했는데 깊이 30여 미터 땅굴에서 꼬박 반년을 지냈다고 했다.

"땅속은 어떤 느낌이에요?"

"어떤 느낌이냐고요? 솔직히 말하면 땅속에 있는 것 같지 않았어요. 어떤 살아있는 생물 안에 사는 기분이었어요."

야콥센은 박학다식하고 모험심이 투철하며 스스로에게 닥친 어려움을 즐겁게 받아들였다. 앨리스네 섬 남자들이 보편적으로 갖지 못한 성격이었고, 앨리스는 그와 대화하며 희미한 현기증을 느꼈다. 특히 야콥센은 온화하고 빛나는 눈동자를 가지고 있었다.

"아주 많은 일을 했군요. 또 무슨 계획이 있어요?"

---

* 1972년 프랑스 지질학자 미셸 시프르가 미국 텍사스 주 지하 30미터 깊이 동굴에서 약 육 개월간 혼자 지내며 자신에게 일어나는 변화를 기록한 실험.

"덴마크는 산이 없는 나라예요. 높은 산을 등반하고 싶어서 독일에서 암벽등반을 배우고 있어요. 요즘은 등산 장비를 마련하려고 아르바이트를 해서 일주일에 이삼일 정도 전문 훈련을 받아요."

앨리스는 덴마크어를 전혀 몰랐기 때문에 영어로 그와 대화를 나눠야 했다. 두 사람 모두 영어가 모국어가 아니었으므로 대화가 잘 통하지는 않았지만 언어는 중요하지 않았다. 앨리스는 대화에 집중하지 못하고 자꾸 다른 생각이 났다. 심지어 시 한 구절이 떠올랐다. '그늘에서 그늘로 나른하게 다가와'* 큰일 났어. 앨리스는 속으로 외쳤다. 어쩌지. 큰일 났어.

야콥센도 가녀린 체구에 가끔 중국어로 혼잣말을 중얼거리는 이 여자에게 끌렸다. 그는 피오르에 카약을 타러 가려던 계획을 포기했다. 그에게 앨리스와의 만남은 대자연을 모험하는 것만큼이나 자극적이고 예측할 수 없으며 어쩌면 더 치명적인 일이었다. 야콥센이 앨리스의 가이드가 되어 각자 텐트를 짊어지고 길을 떠났다. 이 여행은 두 사람을 어린아이처럼 설레고 기쁘게 했다. 삼 주 뒤 북유럽 일주를 마친 앨리스가 코펜하겐에서 귀국행 비행기를 탔다. 원래 야콥센은 배웅만 하려고 했으나 이내 슈트케이스를 끌고 비행기에 올랐다. 야콥센은 한 번도 가보지 않은 타이완을 여행해보기로 했다. 앨리스가 예약한 비행기는 만석이었기 때문에 야콥센은 다음 항공편을 타고 타이완에 도착

---

* 'For shade to shade will come too drowsily', 존 키츠 〈우수에 부치는 송시〉의 시구.

했다. 타이베이에 도착한 앨리스는 집에 가지 않고 공항에서 시간을 보내며, 코펜하겐에서 방콕을 거쳐 타이베이로 오는 항공편을 기다렸다. 그날 밤 입국장 앞에서 서로를 다시 만난 순간, 두 사람은 줄곧 품고 있던 의문에 해답을 얻었다. 더 의문은 없었다.

  타이완에 돌아온 뒤 앨리스는 우체통을 가득 채운 우편물에서 교원 채용에 합격했다는 통지서를 발견했다. 고민의 여지 없이 즉시 H현으로 이사하기로 했다. 자신이 왜 이 대학에 지원서를 넣었는지 생각났다. 역시 몽상을 좋아하는 성격 때문이었다. 절반은 바다 때문이고, 절반은 포기하지 못한 작가의 꿈 때문이었다. 글을 쓰기 위해서는 사람들과 멀리 떨어진 듯하지만 사실 적당한 거리를 유지하며 사람들을 관찰할 수 있는 곳을 선택해야 한다. H현으로 이사하기 일주일 전, 타이완의 한 등산동호회를 따라 대설산*을 등반하고 돌아온 야콥센은 앨리스에게 H현에 대한 얘기를 듣고 함께 가기로 결정했다.

  그때 두 사람은 학교 기숙사에 살고 있었다. 정식으로 결혼한 사이가 아니라 좁은 일인실을 배정받을 수밖에 없었다. 게다가 공공기관에서 설계한 기숙사는 통상적으로 사람이 살기에 적합하지 않아서 여름날 초저녁이면 이불이 축축해질 만큼 몹시 습했다. 지형이 평탄한 나라에서 온 야콥센은 산이 많은 섬나라에

---

* 인도와 중국 티베트 사이에 있는 산맥.

오자마자 등산에 푹 빠져 현지에서 사귄 친구들과 암벽등반을 연습하기 시작했다. 등반가가 되기에는 출발이 늦었지만, 할 수 있는 최대치까지 해보겠다는 생각인 것 같았다.

"여긴 정말 습해. 스칸디나비아와는 완전히 달라."

"물론이지, 여긴 열대 지역인걸. 당신, 돈 걱정은 안 해도 돼?"

"덴마크의 여행 잡지에 원고를 보냈으니 당분간은 문제없어. 설마 내가 당신한테 사기 쳐서 돈 뜯어내려고 여기 왔을까 봐?" 야콥센이 오른눈을 깜빡였다. 앨리스는 야콥센이 거짓말을 할 때 오른눈을 깜빡인다는 걸 알았으므로 그에게 잡지를 보여달라고 하지 않았고, 야콥센의 상황과 가정환경에 대해 더 묻지 않았다.

멋지지 않은가? 가정환경도 모르는 사람과 함께 살 수 있다니. 야콥센은 상기된 표정으로 자신이 등산에 매료된 이유를 얘기했다. "암벽을 기어오를 때는 하늘을 올려다볼 수 없어. 발을 통해 인간의 보잘것없는 힘을 느끼며 바위틈에 손가락을 집어넣지. 그때 눈에 보이는 것과 코에 닿는 냄새는 형언할 수 없어. 그런 느낌 알아? 내 심장박동 소리가 들리고 숨이 거칠어지는 느낌. 게다가 수천 미터 높이의 암벽을 기어오르면 언제든 죽을 수 있어. 그 느낌은……." 야콥센의 눈동자가 반짝였다. "언제든 신을 만날 수 있는 느낌이라고 할까."

앨리스는 자신을 매료한, 변함없이 여전한 그 눈동자를 응시했다. 이유는 알 수 없지만, 처음 앨리스를 강하게 끌어당긴 그의 이 점이 지금은 외려 앨리스의 가장 큰 근심이 됐다.

시간이 갈수록 앨리스는 이 섹시한 남자가 언제라도 자신을 버리고 떠날 수 있을 것 같아 견딜 수 없이 불안했다. 그를 포기하고 싶다가도, 그가 돌아올 때마다 그의 깊고, 푸르고, 천진한 눈동자에 매료됐다. 이러다 제 마음이 눅눅한 기숙사와 함께 썩어버릴 것 같았지만 어떻게 하면 좋을지 알 수 없었다.

앨리스는 H현에 거주하는 작가 K를 오랫동안 연구해온 인연으로 K의 젊은 아내와 자연스럽게 친해졌다. K의 아내는 작가를 인터뷰하다가 사랑에 빠져 결혼까지 했는데(여기에 또 다른 이야기가 있다) 말이 느린 편이고, 샌들과 짧은 머리를 좋아했으며, 미인이라고 할 수는 없지만 깔끔한 분위기를 풍겼고, 특히 폴 오스터를 사랑하는 사람이었다. K와는 서른 살 가까이 나이 차이가 났다. 사랑은 종종 사람으로 하여금 이상한 판단을 내리게 만든다. 삼십 년 나이 차의 섹스와 현실적인 결혼 장벽이 고려 대상에 포함된다 해도. 처음에는 다들 두 사람이 플라토닉한 연애를 할 거라고 생각했지만, 노작가는 모두의 예상을 깨고 아내와 이혼한 뒤 그 여자와 결혼했다. 친구들은 K가 산더미 같은 자필 원고와 젊은 아내를 남기고 세상을 떠나거나, 노인과 오래 한곳에 머물러 지내는 생활에 염증을 느낀 젊은 아내가 마침내 문학의 미망에서 깨어나는 것으로 이 결혼의 막이 내릴 것이라고 예상했다. 작가의 젊은 아내가 남편보다 먼저 세상을 떠날 줄은 누구도 예상하지 못했다.

K의 젊은 아내는 K와 함께 산책하다가 갑자기 덮친 큰 파도에 휩쓸렸다. 바로 전날 발생한 비교적 큰 규모의 해저지진 때문

에 국부적으로 급속한 밀물이 해안을 덮쳤다고 했다. 그때 K는 화장실에 있었는데 관광국에서 설치한 간이화장실로 순식간에 바닷물이 들어와 무릎까지 찼다. 그는 멀리 백사장에 서 있던 젊은 아내가 갑자기 덮친 파도에 발목이 감겨 넘어진 뒤, 소리 없이 떠내려가 흔적 없이 사라지는 것을 창문을 통해 봤다.

현장에 목격자가 없었기 때문에 경찰이 조서를 작성하고 조사를 마치기까지 근 이 주가 걸렸다. 그렇게 사건 처리가 끝난 이튿날 K가 자살했다.

K의 자살 방식은 평범하다고 하면 평범하고, 특별하다고 하면 특별했다. 그는 집 안의 모든 문과 창을 단단히 잠근 뒤 자필 원고와 서신을 천천히 하나씩 불태워 자신의 언어가 만든 연기와 유독가스를 마시고 숨을 거뒀다.

K의 외아들 원양은 어머니를 버리고 젊은 여자와 결혼한 아버지에게 몹시 실망해 원수처럼 대하다가 어머니와 함께 동부를 떠나 타이베이에서 스포츠용품 사업을 하고 있었다.

K가 자살한 후 원양은 앨리스와 의논해 아버지의 재산을 전부 처분하기로 했다.

"아무것도 받지 않겠어요. 집도 땅도, 그 어느 것도. 작품집의 출판은 교수님께 전권을 위임할게요. 인세와 집 판 돈을 어머니에게 송금만 잘 해주세요." 그는 어머니의 계좌번호를 앨리스에게 건넸다. 사실 작가가 소장해온 책은 큰 문제가 아니었다. 학교를 설득해 연구실 하나를 비워달라고 하면 해결할 수 있었다. 시내에 있는 집도 중개인에게 맡겨 팔면 그만이었다. 하지만 앨리스는 작가가 가끔 가던, 작은 오두막 하나뿐인 해변의 이차림*을 사랑했다. 앨리스는 연금저축을 해지한 돈으로 그 땅을 산 뒤 K의 전 부인에게 송금했다.

앨리스는 K가 자살하기 전날 쓴 일기를 볼 수 있었다. 일기에는 그날 순식간에 일어난 일이 적혀 있었다. '눈 깜짝할 사이에 파도가 들이닥친 것이 아니라 바다가 조용히 솟아올랐다가 사람이 미처 알아차리기도 전에 소리 없이 원래 자리로 돌아갔다. 바다는 몇 가지를 가져갔을 뿐이다. 그저 그뿐이었다.'

그때 야콥센은 몽블랑 겨울 등반을 위해 다국적 등반대를 따라 샤모니에 가 있었다. 몇 주 뒤 어느 날 새벽, 야콥센이 갑자기 기숙사 주방에 나타나 아침밥을 만들었다.

"안녕."

"안녕."

"베이컨 오믈렛에 양파 넣어?"

"응." 앨리스는 이미 이런 만남에 익숙했다. 일부러 아무렇지 않은 척했지만 사실 자신의 나약함에 몹시 화가 났다. 밥을 먹으며, 설산의 강한 반사광에 하마터면 실명할 뻔했다는 야콥센의 탐험기를 듣다가(그가 일부러 고글을 벗은 것이 아닐까 의심했다, 1786년 몽블랑을 처음 등반한 의사 미셸 파카르가 실명할 뻔한 일이 있었기 때문이다, 그는 항상 탐험가들이 거의 '목숨을 잃을' 뻔한 경험

---

* 여러 가지 교란 요인으로 인해 이차적으로 발달한 숲. 자연림에 대응되는 개념이다.

을 일부러 따라 했다) 은근슬쩍 건축에 관한 화제로 유도했다.

"그럼 언제 나를 샤모니에 데려갈 거야?"

"언제든 좋아."

"샤모니의 집은 예뻐?"

"당신에게 어울리는 집이 많아."

"'여름의 집' 기억해?" 앨리스가 불쑥 본론을 꺼냈다.

"응. 아주 아름답고 재미있는 집이었어." 그가 가벼운 키스로 앨리스의 입가에 묻은 케첩을 닦아줬다.

"그런 집을 짓고 싶어."

"정말이야?"

"땅을 샀어."

"땅을 샀다고? 집 지을 수 있는 땅을 샀단 말이야?"

옆에 해안림이 있고 전면에 바다가 가까이 있는 곳이었다. 그곳의 해안선은 주로 암석층이고 그리 깊지 않은 토층이 조금 섞여 있어 등기상으로는 농지이지만 실제로 그 땅에 농사를 짓기는 쉽지 않았다. 앨리스는 K의 일기를 다 읽어도 그가 그 땅을 산 이유를 알 수 없었다. 부지를 둘러보며 바다 쪽으로 천천히 산책하던 야콥센이 갑자기 옷을 훌훌 벗어 던지더니 벌거벗은 채 바다로 뛰어들어 헤엄쳤다. 연인을 너무 오랫동안 떠나 있었다는 걸 갑자기 깨닫고 이번에 돌아가면 뜨겁게 끌어안고 섹스를 하겠노라 결심한 사람처럼. 앨리스는 자기 땅에 서서 그의 금빛 곱슬머리가 언제 사라질지 모를 신물信物처럼 푸른 바다에서 가라앉았다 떠오르는 것을 조용히 바라봤다. 해변으로 올라온 그가 앨리스에게 집한 입맞춤을 한 뒤 말했다.

"우리 여기에 '여름의 집' 같은 집을 짓자."

야콥센은 도서관에서 건축 관련 책을 빌려다가 연구하기 시작했다. 등산도 거의 가지 않았다. 앨리스는 그가 천재는 아니지만 스스로 원해서 몰입하기 시작하면 원하는 바를 반드시 이뤄낸다는 걸 알았다. 이런 사람을 곁에 붙잡아둘 수 있을까?

야콥센이 말했다. "건물 외관은 '여름의 집'을 모방하더라도 전체적인 개념은 달라야 해. 이곳에 맞는 '여름의 집'을 짓고 싶어." 그는 해풍의 방향을 고려해 건물의 각도를 조금 돌리기로 했다. 자세히 말하면, '여름의 집'은 전면이 피오르를 향해 있지만 여기서는 태평양을 바라보게 되므로 집이 바다를 정면으로 바라보지 않도록 30도 정도 방향을 돌려야 한다는 것이었다. 강한 해풍과 수면에서 직접 반사되는 강한 햇빛은 사람을 불안하게 하고, 아침에 편안한 분위기에서 눈을 뜰 수 없을 것이므로 방향을 30도 정도 틀면 건물의 각 모서리가 충분한 햇빛을 받으면서도 너무 눈부신 빛이 집 안으로 들어오지 않는다고 했다. 또 세 동으로 이루어진 집에서 오른쪽 동을 이 층으로 만들고 다락방을 1미터 높이면 태평양을 더 멀리까지 바라볼 수 있다고 했다.

앨리스는 야콥센의 설명을 들으며 그런 창 앞에서 글을 쓰는 자신을 상상하기 시작했다. 앨리스는 그 창을 '바다 창'이라고 부르고 싶어졌다. 야콥센은 또 세 동 사이에 좁은 길을 낸 아스플룬드의 설계를 그대로 재현해, 세 동이 서로 독립적인 듯하지만 친구처럼 암묵적인 유대감을 갖도록 하겠다고 했다. "당신은 오른쪽 동에 살고, 난 왼쪽을 쓸게. 왼쪽 동을 약간 뒤로 물러나게 지을 거야. 그러면 당신도 바다가 보이는 창을 가질 수 있어." 앨리스도 이런 거리감이 마음에 들었다.

주 건물 안팎으로 각종 식물을 가득 채워 열대의 매력이 풍기는 거실을 만들기로 했다. 야콥센이 바닷가 게스트하우스를 돌아다니며 묵어보고 온 뒤 자신만만하게 말했다. "난 그 사람들이 집을 지을 때 사람이 집 안에 '산다'는 사실을 이해하지 못했다고 생각해. 특히 어떤 타이완 사람은 그저 게스트하우스를 열기 위해 집을 짓는 것 같아. 손님이 우르르 몰려와서 '하룻밤 묵고 가버리는' 용도인 거지. 십 년, 이십 년 살기 위해 짓는 집은 달라야 해. 난 우리가 아주 오랫동안 살 수 있는 집을 짓고 싶어." 그 말 때문에 앨리스는 눈앞에 이 남자를 다시 미친 듯이 사랑하게 됐다.

따뜻한 타이완 동부의 경우 난방이 필요하지 않으므로 '여름의 집'에 있는 유명한 벽난로는 불필요했다. 대부분의 타이완 게스트하우스는 장작 태우는 시늉을 낸 장식용 벽난로를 설치해놓았지만 야콥센의 눈에는 너무 유치하고 바보 같은 짓이었다. 하지만 앨리스에게 타이완 각지에 퍼져 있는 '부뚜막 문화'에 대해 들은 뒤로는 부뚜막에 매료되어 현대식 주방 외에 부뚜막이 있는 전통적 부엌을 하나 더 만들기로 했다.

"이건 정말로 사용할 수 있는 거야. 현지의 전통 음식을 만들 수 있는 집이야말로 진정한 집이지." 야콥센이 말했다.

야콥센은 전기 배선을 설계하는 데만 꼬박 일 년의 시간을 할애했다. 여러 회사의 태양광 패널을 반복해서 비교하고, 각도를 조정해 경사진 처마의 윗부분을 패널로 덮고, 돌출된 패널 밑부분을 따라 동마다 시원한 바람을 쐬거나 사색이나 낮잠을 즐길 수 있는 툇마루를 만들었다. 또 인터넷으로 독일의 한 회사를 통해 소형 해수담수화 장비를 주문 제작하고, 집의 모든 배관을 해수와 빗물 두 가지로 나누어 설계해 각각 다른 용도로 사용할 수 있게 했다. 경치를 감상하는 방향을 제외하고는 일정 거리를 두고 인도너도밤나무, 회색 맹그로브 등 현지에서 자라는 내염성 원생식물을 심고, 오십 년 뒤까지의 성장 속도를 계산해 나무가 무성해진 뒤에도 나무 그늘이 태양광 패널을 가리지 않도록 설계했다.

일 년 반 뒤 야콥센은 평면 설계도와 3D 도면, 배전 도면, 배관 도면을 모두 완성했다. 날마다 조금씩 집의 퍼즐을 완성해가는 그를 보고, 그의 설명을 들으며 앨리스는 가슴 깊은 곳에서 미세한 떨림을 느꼈다. 수도꼭지가 아주 살짝 열린 듯 작디작은 행복감이 조금씩 새어 나오는 것 같았다.

공사를 시작하기 전 앨리스는 자신이 가진 모든 조건을 동원해 은행에서 목돈을 빌렸다. 집 짓는 일에 몰두할 때만큼은 상상력이라고는 조금도 없는 짜증스러운 학술 활동에서 잠시 빠져나와 어떤 목표를 위해 살고 있다는 느낌을 가질 수 있었다. 땅

파기 작업을 하던 어느 날 오후, 몸이 좋지 않아 병원에 간 앨리스에게 의사는 임신 테스트를 해보라고 권했다.

나중에 앨리스는 토토가 바닷가 집과 같이 나이 먹어간다는 사실이 근사하다고 생각했다. 토토가 찾아온 것에 대한 야콥센의 반응은 보통의 아빠들과 다르지 않았다. 그는 신이 나서 좌우 양쪽 동에 토토를 위한 공간을 추가했다. 부모 모두 아이와 단둘이 있을 공간을 갖게 된다는 것을 의미했다.

토토가 태어난 뒤에도 집이 다 완성되지 않았다. 석 달 뒤 앨리스는 집의 조경을 완성했다. 그는 토토를 처마 밑에 눕혀놓고 집 앞에 나비의 먹이가 될 여러 풀을 심었다. 학교 동창이자 나비 에세이를 쓴 소설가 M과 친했기 때문에 그의 조언을 받아 바닷가에 심기에 적합한 식물을 고르고 관리 방법도 배웠다.

야콥센은 불도저로 단단하게 다져놓은 흙길을 다시 파고 양쪽에 방풍수를 심은 뒤, 바닷가로 나가는 숲길을 만들었다.

하지만 집이 완성된 그해에 태풍 몇 개가 연달아 상륙했다. 육지 쪽으로 10미터 물러나 다시 지은 도로의 지반이 느슨해지기 시작하더니 얼마 되지 않아 도로 전체가 무너졌다. 건설국은 30미터 더 물러나 산맥의 일부를 뚫고, 약간 높은 위치에 '해안' 도로를 다시 건설했다. 역사적인 재해로 기록된 88수해* 이후 '십 년 뒤에는 섬 대부분이 바다에 잠길지도 모른다'와 같은 의

---

* 2009년 8월, 8호 태풍 모라꼿이 타이완을 강타해 산사태 등 큰 피해를 냈다.

제로 한동안 시끌시끌했지만, 많은 이들에게 그것은 아직 비현실적인 일이었다. 앨리스가 보기에 재난이 앗아간 생명은 인간이 재난을 극복할 수 있다는 착각만 심어준 듯했다. 어떤 이들은 재난을 의인화해 대자연의 '잔인함' '비정함' 같은 말만 떠들어댔다.

앨리스가 자기 생각을 얘기하면 가끔 야콥센은 덴마크인의 관점을 자랑했다. "사실 자연은 잔인하지 않아. 적어도 인류에게 특별히 잔인하지는 않지. 자연은 반격도 하지 않아. 의지가 없는 존재는 '반격'할 줄 모르거든. 자연은 그저 그가 당연히 해야 하는 일을 하고 있을 뿐이야. 바다가 불어나야 한다면 불어나는 거지. 그때가 되면 우린 이사를 하면 되고, 미처 이사하지 못한다 해도 기껏해야 바다에 빠져 물고기 밥이 되기밖에 더 하겠어? 이렇게 생각하면 괜찮지 않아?"

"괜찮다고?"

앨리스는 처음에 야콥센의 말을 이해할 수 없었다. 이 땅과 이 집에 전재산을 투자했고 대출금도 있지 않은가! 하지만 점점 그의 말을 이해할 수 있을 것 같았다. 어쨌든 지금 잘 살면 그만이다. 도망쳐야 하면 도망치고, 대항해야 하면 대항하고, 죽어야 하면 죽는 것이다. 한 마리 종달새처럼.

얼마 후부터 바다는 느닷없이 떠오르는 기억처럼 순식간에 집 앞까지 들이닥쳤다. 작년 크리스마스 이후로 만조 때는 앞문으로 출입할 수 없었고, 앨리스는 하루에 두 번씩 밀물에 감금됐다가 몇 시간 뒤 풀려났다. 만조 수위가 높은 사리 기간에는 바다가 조용히 집의 배수로를 에돌아 포위한 뒤 후문 앞에 각양각색의 물체를 남기고 갔다. 죽은 가시복, 기이하게 생긴 유목, 선박에서 떨어져 나온 구조물, 고래 해골, 찢어진 옷 등. 다음 날 썰물 때 문을 열고 나가면 여러 종류의 사체를 넘어야만 밖으로 나갈 수 있었다.

지방정부에서 집이 위험해질 수 있다며 이사를 권고했다. 그러나 앨리스는 고집을 꺾지 않았다. "집이 부서지면 내가 책임질게요. 내 자유를 간섭하지 마세요. 난 합법적으로 여기에 집을 지은 거예요." 가십거리를 다루는 잡지에 해변의 태양광 집에 여교수가 혼자 산다는 기사가 실린 적도 있었다. 그 기사의 유일한 가치는 태양을 따라 회전하는 태양광 패널을 포함해, 야콥센이 세심하게 신경 쓴 부분을 일일이 열거한 데에 있었다.

다허는 물론, 집 근처에서 선술집을 운영하는 주인 하파이도 이 문제로 앨리스를 몇 번 설득하려고 했지만 결국 포기했다.

"머리가 멧돼지 이빨만큼이나 단단하군." 다허가 말했다.

"맞아. 이게 나야." 앨리스는 집 안에 앉아 잿빛 안개가 자욱한 바다를 바라보며 마치 살아있는 다른 생명체의 몸 안에 앉아 있는 기분이 들었다. 집은 너무도 아름다웠다. 그의 인생에서 지난 몇 년만큼 아름다운 시간은 없었다. 작은 요철조차 없는 매끈한 유리구슬처럼, 누런 잎 하나 없는 먼나무처럼 완벽했다. 어쩌면 너무 완벽하다는 사실이 그것이 존재해선 안 되는 유일한 이유가 됐는지도 모른다.

그녀는 결국 바다 창 앞에서 글을 쓰지 않았고, 말없이 창 앞에 앉아 있기만 했다. 바다는 기억이 없지만, 바다가 무언가를 기억한다고 할 수도 있었다. 어쨌든 파도와 바위에 시간의 흔적은 존재했다. 그는 어떤 때는 이 고통스러운 기억을 안겨준 바다를 원망했고, 또 어떤 때는 바다를 믿고 의지했다. 미끼 없는 낚싯바늘을 발견한 물고기처럼 고통스러울 걸 알면서도 기꺼이 달려들었다.

앨리스는 조용히 누워 멀리 있는 달빛을 눈꺼풀로 느끼고 파도 소리를 들었다. 먼 곳에서 유리가 깨진 것 같았다. 밖에서 별만 한 빗방울이 후드득 떨어지며 축축하고 불안하고 터질 듯한 공기로 대지를 감쌌다.

그날 저녁, 연내에 대규모 지진이 발생할 수 있다는 기상국의 예측이 있었음에도 지진이 닥친 순간 사람들은 '올 것이 왔다'라는 절망감을 느꼈다. 땅이 요동칠 때 집이 온몸을 떨며 울부짖었지만 앨리스는 차라리 모든 게 파묻혀버리면 좋겠다고 생각했다. 도망칠 의욕도 생기지 않았다. 지진이 점점 강해지자 본능적으로 몸을 숨길 곳을 찾으려다가 자신이 자살을 계획하고 있었다는 사실이 떠오르자 쓴웃음이 나왔다. 야콥센이 설계하고 건축한 이 집은 예상보다 견고했다. 지진이 잠시 소강상태가 된 뒤 중심 기둥이 약간 기울어진 것 같다고 느꼈지만 집은 무너지지 않았다. 하지만 밀물 때가 되자 바닷물이 집을 에워싸고도 더 밀려들어 도로 바로 아래까지 파고들었다. 도로에서 내려다보면 그의 집이 바다에 떠 있는 것처럼 보였다.

앨리스는 창 앞으로 가서 밖을 봤다. 넘쳐 들어온 바닷물에 건물 반 층 높이까지 잠기고 파도가 벽을 때리며 물방울이 그의 얼굴까지 튀었다. 계단으로 가보니 집 안이 침수되어 그와 야콥센이 함께 붙인 붉은 타일 위에서 물고기가 헤엄치고 있었다. 거대한 수족관에 빠진 듯한 착각이 들었다. 현기증을 느끼며 손을 뻗다가 무심결에 계단 옆에 걸린 모과나무 액자에 손이 닿았다. 갓 태어난 토토의 작은 발 도장을 끼워놓은 액자였다. 그가 스스로에게 고통, 희망, 강인함을 상기시키기 위해 걸어둔 표식이었다. 그 순간 앨리스는 슬픔이 기묘한 방식으로 숨어드는 것을 느꼈다. 푸른 하늘이 이 섬의 상공에서 영원히 사라진 것처럼. 앨리스는 자신이 어떤 의미에서는 이미 죽었을지도 모른다고 생각했고, 이제 자살을 하느냐 마느냐는 중요치 않았다.

앨리스는 슬픔과 파도, 파도와 바람에 두들겨 맞은 집의 미세한 떨림이 한꺼번에 닥쳐 제대로 서 있기조차 힘들었다. 공기를 호흡하려고 창밖으로 머리를 내밀었다가 창밖에 떠다니는 나무판 위에서 검은 그림자 하나가 꿈틀대는 것을 봤다.

새끼 고양이 같았다. 아니, 정말 새끼 고양이였다. 고양이가 슬픈 눈으로 그를 봤다. 한쪽 눈동자는 파랗고, 다른 쪽 눈동자는 갈색인 특이한 고양이였다.

앨리스가 창밖으로 상체를 내밀어 떨고 있는 새끼 고양이를 안아 올렸다. 고양이가 너무 놀라 꼼짝도 하지 못하고 그의 손바닥 안에서 보드랍게 몸을 말았다.

"오하요." 고양이에게 말을 걸었다. 그날 아침, 야콥센과 등산 장비를 짊어진 애어른 같은 토토에게 장난스럽게 일본어로 아침 인사를 한 것이 생각났다. 살아있는 심장처럼, 푹 젖은 몸을 계속 떠는 고양이 때문에 앨리스는 지진이 아직 멈추지 않은 것 같은 착각이 들었다.

수건으로 고양이를 닦아주고 종이상자를 찾아다가 잠시 쉴 곳을 마련해준 뒤 쿠키를 줬다. 고양이는 먹지 않고 우울한 눈빛으로 그를 응시하기만 했다. 얼마나 강한 지진이었지? 얼마나 많은 사람이 죽고 다쳤을까? 앨리스의 사고능력은 되돌아왔지만 텔레비전도 없고 휴대전화도 없고 차 소리도 나지 않았다. 세상 끝에 있는 어느 무인도에 혼자 떨어진 것 같았다. 아무것도 알 수 없고 아무것도 판단할 수 없었다. 유일하게 집중할 수 있는 것은 새끼 고양이뿐이었다. 털이 마른 고양이는 제일 위험한 순간이 지나간 사실을 아는 듯 지쳐 잠이 들었다. 보드라운 앞다리를 배 안으로 웅크려 보송보송한 털 뭉치 같았다. 고양이는 꿈이 몸속 어느 틈새로 파고든 듯 가끔 뒷다리를 가늘게 떨었다.

갑자기 어디선가 우르르 쾅쾅 하는 굉음이 들렸다. 여진일 것이다. 저항력을 되찾은 앨리스가 반사적으로 상자를 끌어안고 숨을 곳을 찾았다.

몇 분 전까지는 죽고 싶었으나 지금 이 순간은 살아야 한다는 걸 그의 몸이 직감했다.

3장

하파이와 얘기를 나눌 때 가장 좋은 점은 술기운과 함께 울컥 밀려든 슬픔을 토로해도 섣불리 평가하거나 개입하지 않는다는 것이다. 긴 속눈썹 아래서 반짝이는 눈동자를 보고 있으면 이 순간 자신의 슬픔을 가장 이해하는 사람이 바로 하파이라는 생각이 든다.

6 하파이의 일곱째 시시드 Sisid

'일곱째 시시드'가 해변의 명소가 된 것은 물론 하파이 때문이다. 몇 년 사이 확실히 살이 조금 붙기는 했지만 하파이가 미인이 아니라는 건 틀린 말이다. 더 정확히 말해 하파이는 조금 살집이 있어도 여전히 반짝반짝 빛나는 순간이 있다. 다만 사람들이 그 순간을 보기 쉽지 않을 뿐.

솔직히 말해 아미족이 즐겨 먹는 산나물을 이용한 그의 요리 실력은 꽤 독특하지만, 그의 음식이 입에 맞는 사람도 있고 입에 맞지 않는 사람도 있다. 그러나 그가 빚는 술에 대한 평가에는 이견이 없는 편이다. 어느 누가 하파이가 빚는 술을 맛없다고 할 수 있을까? 관광객은 새로 포장한 좁쌀술과 매실주만 살 수 있었다. 색깔이 있는 길쭉한 병에 담아 예쁜 종이상자로 포장한. 하파이에게 물으면 그건 좁쌀술이 아니라 선물용 초콜릿이라고 말할 것이다. 일곱째 시시드의 손님들에게 물으면 그건 좁쌀술이 아니라 원숭이 오줌이라고 답할 것이다. 좁쌀술은 주전자에 담아 밥을 다 먹은 밥그릇에 따라 먹는 것이지, 그렇게 포장한 걸 어떻게 좁쌀술이라고 할 수 있을까? 일곱째 시시드의 좁쌀술에서는 달짝지근한 쌀 냄새가 나고, 안에는 다 걸러지지 않은 지게미가 섞여 있다. 부드럽게 목을 타고 넘어가면서도 뒷맛이 강하고, 순박하지만 강한 뚝심이 느껴져 배 속에 들어가면 활활 탈 것 같았다.

좁쌀술 외에도 일곱째 시시드가 가진 또 하나의 매력은 바로 창, 아니 바다였다. 이 지역에서 자란 대나무와 배롱나무, 초령목, 석편을 이용해 오마omah(해변의 황무지)에 집을 짓고, 네 면에 전부 창을 냈기 때문에 거의 모든 창문을 통해 각기 다른 각도에서 태평양의 꿋꿋한 파도를 볼 수 있다. 선술집 안에 진열된 장식품은 대부분 인근 부락*에 거주하는 예술가들이 기증한 것이다. 하지만 어떤 예술가의 작품이냐고 묻는다면 아마 하파이는 이렇게 대답할 것이다. "예술가는 무슨. 배부르고 할 일 없으니까 만든 거지. 여기서 밥 먹고 밥값 대신 두고 간 것도 있어요. 예술가는 개뿔!"

일곱째 시시드의 테이블마다 손님이 낙서하고 간 글귀가 빼곡한데 삼류 시인이 적어 놓은 시도 적지 않다. 어떤 것은 유치하기 짝이 없고, 어떤 것은 억지로 봐줄 수 있지만 한눈에 봐도

---

* 타이완 원주민이 모여 사는 마을을 가리킨다. 타이완 원주민은 근대에 중국 한족이 타이완 섬으로 이주하기 전부터 타이완에 살고 있던 말레이계 부족을 통칭하는 말로, 현재 열여섯 개 부족으로 나뉘어 있으며 부족마다 다른 언어를 갖고 있다.

어디서 베낀 게 분명한 것도 있다. 특이하게 테이블마다 빈랑* 접시가 하나씩 놓여 있는데, 빈랑이 다 떨어지기 전에는 새것으로 바꿔놓지 않기 때문에 가급적 씹지 않는 것이 좋다.

평범한 손님에게는 별다를 것 없는 선술집일 수도 있지만, 하파이가 이리저리 오갈 때마다 통통한 체구에서 알 수 없는 분위기가 흘러나와 공간을 기묘한 매력으로 채웠다. 심지어 자주 쓸지 않아 얇은 모래층이 덮인 바닥에서조차 자연스러운 아름다움이 느껴졌다. 단골손님의 경우 술 한 잔 기울인 뒤, 하파이에게 자기 얘기를 털어놓는 게 상처를 치유하는 일종의 의식이었다. 하파이와 얘기를 나눌 때 가장 좋은 점은 술기운과 함께 울컥 밀려든 슬픔을 토로해도 섣불리 평가하거나 개입하지 않는다는 것이다. 긴 속눈썹 아래서 반짝이는 눈동자를 보고 있으면 이 순간 자신의 슬픔을 가장 이해하는 사람이 바로 하파이라는 생각이 든다.

하지만 솔직히 말하면 다들 하파이가 혼자 힘으로 이 선술집을 유지하는 게 불가사의하다고 생각했다. 밤만 되면 어딘가에서 신비한 난쟁이들이 나타나 음식 준비와 모든 잡다한 일을 대신 해놓는 것이 아닐까 생각할 정도였다.

가끔 하파이는 손님의 넋두리나 혼잣말을 들어준 뒤 노래를 불렀는데, 이상하게 들리겠지만 타이완어**도 영어도 할 줄 모르

---

* 입에 넣고 씹으면 각성 효과가 있지만 중독성이 있는 빈랑나무 열매. 타이완에서 한때 담배처럼 흔한 기호품이었고 지금도 빈랑을 씹는 사람이 있다.
** 중국 남부와 타이완 지역의 방언인 민남어의 일종.

는 하파이가 어떤 언어로 된 노래든 다 부를 수 있을 것처럼 느껴졌다. 아무도 하파이에게 어디서 노래를 배웠느냐고 묻지 않았다. 하파이가 무슨 노래를 불렀는지 분명히 기억하는 사람이 거의 없기 때문이다. 노래가 그의 음성에 실려 사람들 몸속 깊숙한 곳까지 스며들었다. 그의 노랫소리가 씨앗이 되어 바람에 실려 떠다니다가 언제, 마음속 어디에 떨어질지 아무도 몰랐다. 어떤 손님의 경우 타이베이로 돌아가 지하철을 탔을 때, 하파이의 목소리가 왁자한 지하철 소음을 뚫고 머릿속에 울려 퍼진다. 어쩌면 누군가는 어느 날 지하철에서 창밖을 보며 조용히 눈물을 흘리게 된다. 하지만 하파이는 노래를 자주 부르지 않았다. 당신이 바 테이블에 앉아 "하파이, 노래를 불러줘요"라고 노래를 청하면 그는 이렇게 말할 것이다. "내가 백 위안을 줄 테니 당신이 노래를 불러주겠어요?" 한 번이라도 하파이에게 노래를 불러달라고 한 손님은 다시는 하파이의 노래를 들을 수 없다.

 일곱째 시시드의 고객층은 아주 단순하다. 대부분 부락에 사는 친구나 인근 게스트하우스 투숙객, D대학의 학생과 교수다. 하파이는 부락 친구나 교수, 학생을 모두 알았다. 근처 게스트하우스의 소개를 받아 구경 온 손님은 부러 기억하려 하지 않았고, 지나가다가 계획에 없이 들어온 손님은 반갑게 맞이했다.
 하파이가 게스트하우스를 직접 운영하지 않는 것은 일할 사람이 없거나 돈이 아주 많아서가 아니었다. 제일 큰 이유는 이곳의 게스트하우스가 게스트하우스답지 못하다고 생각했기 때문이다. 대부분 타이베이에서 온 사람들이 멋스러운 척 흉내 내며 문을 연 작은 모텔에 불과했다. 그런 게스트하우스를 선택하는 손님은 대부분 후지고 시시했으며, 남에게 호감을 주는 사람보다는 저속하고 수다스러운 사람이 훨씬 많았다. 애들이 시끄럽게 소란을 피워도 내버려두는 중산층 가정이거나, 밤에 가라오케에서 놀고 즐기는 대가족이거나, 아니면 사귄 지 얼마 되지 않아 여행 와서도 온종일 방에 틀어박혀 섹스나 즐기는 젊은 연인이었다. 물론 열정을 되찾을 수 있을까 하는 기대로 여행 온 중년 부부나 불륜 커플도 있는데 둘 중 어느 쪽인지 하파이는 한눈에 알아볼 수 있었다.

하파이가 게스트하우스를 열지 않는 또 하나의 이유는 손님과 사진 찍기가 싫어서였다. 처음에는 함께 사진을 찍자는 손님의 요청에 응했지만 어떤 이는 집에 돌아가서 그 사진을 인터넷에 올리고, 심지어 하파이에게 보내주기도 했다. 한두 시간 스친 인연에 불과한 이들과 함께 찍은 사진을 볼 때마다(기억력이 나쁜 하파이는 사진 속 이들을 거의 기억하지 못했다) 그는 스스로가 역겨워서 견딜 수 없었다. 그래서 게스트하우스를 해보라고 권유하는 단골에게 하파이는 늘 이렇게 말했다. "난 그런 소질은 없어. 사실 다른 게스트하우스 주인도 마찬가지야. 내가 그들과 다른 점은 난 나 자신을 알고, 그들은 모른다는 거지."

하파이는 솔직히 D대학 교수와 학생, 특히 괴상한 프로젝트를 수행한답시고 찾아오는 학생들을 썩 좋아하지 않았다. 부락 노인들이 현지 조사차 온 이들에게 기꺼이 이야기를 들려주는 건 외로움에 겨워 추억에 파묻혀 살기 때문이지 거창한 문화 전승 따위가 아님을 하파이는 알고 있었다. 그들이 열린 수도꼭지처럼 마르지 않고 이야기를 내어놓는 것은 전부 외로움 때문이었다. 하파이는 가끔 만약 자신이 논문을 쓴다면 외로움이 문화의 뿌리라는 결론을 내릴 것 같다는 생각을 했다.

일곱째 시시드의 단골손님을 꼽자면 앨리스를 빼놓을 수 없다. 지난 일 년 사이 앨리스는 가끔 혼자 일곱째 시시드를 찾았지만 언제나 손님이 거의 없는 새벽 시간이었다. 일곱째 시시드에 문 닫는 시간이 없는 건 아주 극소수 단골만 아는 사실이었다. 아니, 이렇게 말하는 건 틀렸다. 하파이는 단골이 언제든 들어와서 직접 술을 따라 마시거나 커피를 만들어 마실 수 있도록 바다를 향해 난 작은 문을 항상 열어뒀다. 문에 난 구멍에 손을 넣으면 빗장을 열 수 있었다. 물론 선술집은 이미 문을 닫은 뒤였다. 영업시간이 아닐 때 하파이는 주로 선술집을 비우거나 잠을 잤지만 단골에게 이렇게 말했다. "뭐든 마음대로 해도 좋아. 팡차*에게 집은 친구를 환영하는 곳이니까." 이것이 일곱째 시시드 수칙 제2조였다. 제1조는 '술은 직접 따라 마신다'였다.

하파이는 그 문이 단골만을 위한 문인 걸 모르고 함부로 들어오는 사람은 모두 도둑으로 간주했다.

앨리스가 단골이 된 이유는 단순했다. 일곱째 시시드가 바닷

---

* 아미족은 스스로를 '팡차Pangcah'라고 부른다.

가 집에서 오 분도 안 되는 거리에 있기 때문이다. 처음에는 앨리스 혼자 오다가 얼마 후부터는 야콥센과 함께 왔다. 그들은 항상 사람들이 '등대'라고 부르는 제일 왼쪽 창가 자리에 앉았다. 그 자리에 물방울 모양 스탠드가 있는데 가끔 화창한 날이면 멀리 있는 배에서도 불빛을 볼 수 있다고 했다.

앨리스는 살라마Salama 커피를 즐기고 야콥센은 늘 좁쌀술을 시켰다. 야콥센은 서글서글한 성격에다 똑똑한 남자여서 대부분 노인뿐인 이웃집에 수리할 곳이 있을 때마다 흔쾌히 나섰다. 하파이는 그가 어쩌면 아미족 언어를 할 줄 아는 최초의 덴마크인이 아닐까 생각했다. 그런 이유로 토토가 태어났을 때도 해안 마을 사람 모두가 기뻐하며 축하해줬다. 갓난아기를 키우는 데 이런저런 금기를 지키는 타이완인과 달리 야콥센은 태어난 지 반년도 안 된 토토를 여기저기 데리고 다녔다. 토토는 아주 아름다운 푸른 눈을 가지고 있었지만 눈빛이 너무 깊어서 갓난아기인데도 순수함과 노쇠함이 동시에 느껴졌다.

야콥센이 실종된 뒤에도 앨리스는 가끔 혼자 일곱째 시시드에 갔지만 언제나 손님이 없는 새벽에 갔다. 그녀는 예전에 가족과 함께 앉은 자리에 홀로 앉아서 바다를 봤다. 한번은 너무 깊은 밤이어서 하파이가 깰까 봐 불도 켜지 않았다. 방에 있던 하파이는 앨리스가 어둠 속에서 바다를 향해 앉아, 차갑게 식은 커피포트에 남은 커피를 따라 마시는 모습을 봤다. 그가 보고 있는 방향은 물론 바닷가 집, 아니, 해수면이 상승한 뒤 이름이 바뀐

'바다 위 집' 쪽이었다.

하파이는 앨리스의 영혼이 덫에 빠진 걸 알고 있었다. 지금 할 수 있는 건 그저 곁에서 지켜보며 덫을 제거할 방법을 고민하는 것뿐이었다. 힘으로 해결할 순 없었다. 억지로 잡아당기면 앨리스가 산산이 부서질 것을 하파이는 알고 있었다.

하파이는 한참 망설이다가 잠옷 차림으로 나가서 앨리스와 함께 커피를 마시기로 했다. 그는 말없이 앨리스의 커피를 새것으로 바꿔줬다. 두 사람은 어둠 속에서 눈조차 마주치지 않았다. 하파이가 친구가 유목으로 만들어 준 촛대를 꺼내 불을 붙이자 두 사람의 눈동자에 초점이 생겼다. 하파이는 왠지 카와스*가 곁에 있는 듯한 기분에 마음이 차분해졌다. 두 사람이 조용히 불빛과 바다만 보던 중 앨리스가 입을 열었다. "하파이, 미안해. 또 몰래 쳐들어와서 커피를 훔쳐 마셨어."

"얼마든지 와. 여기 있는 건 다 네 거니까."

앨리스는 영혼 없는 육신인 채로 앉아 희미하게 남은 과거의 온기로 삶을 지탱하고 있었다. 남은 온기마저 다 식어버리면 새로운 삶이 시작될 수도, 좁쌀 이삭이 시들어 떨어지는 것처럼 모든 것이 끝날 수도 있다. 하파이는 그 사실을 직감적으로 알 수 있었다.

"하파이, 무례하게 들릴지 모르지만 사적인 질문 해도 돼? 네 가족은 어디 있어?" 앨리스가 손에 쥔 커피잔을 빙글빙글 돌리

---

*   Kawas, 아미족 언어로 조상이라는 뜻.

며 물었다. "내키지 않으면 대답 안 해도 돼. 못 들은 걸로 해."

"후, 부모님도 사랑하는 사람도 있었지. 아이가 하나 있으면 좋겠다고 생각한 적도 있어. 아이 아빠가 누구든 상관없이."

앨리스는 바다를 응시했고 하파이도 바다를 봤다. 두 사람은 가끔 상대의 눈을 보지 않는 편이 더 낫다는 걸 알고 있었다. "이 세상에 혼자인 사람은 없어. 그런 눈으로 보지 않아도 돼. 몇 년 전까지만 해도 난 사십오 킬로그램이었어. 그땐 길에서 남자들 눈길도 많이 받았지. 시간이 흘러 늘어난 건 체중뿐이고, 다른 건 다 사라졌어." 하파이가 밝게 웃자 웃음이 전염되어 앨리스도 마지못해 의례적인 웃음을 지었다.

"그래도 너한텐 이 선술집이 있잖아." 하파이가 고개를 끄덕였다. 그렇다. 상징적인 의미에서 봐도 일곱째 시시드가 있기에 하파이가 비로소 자기 뼈대를 가지고, 자기 생각과 기억을 가질 수 있었다.

두 사람은 살라마 커피를 마셨다. 브라질산 원두에 수수, 그리고 하파이가 산에서 직접 뜯은 특별한 향초를 섞어 만든 커피였다. 첫 모금에는 특별한 걸 느낄 수 없지만 마실수록 올가미처럼 사람을 끌어당겨 한 모금 또 한 모금 마시게 한다. 한 잔을 다 마시고 나면 많은 사람이 커피잔을 들어 향을 맡는데 열대우림과 황혼, 큰불이 났던 숲의 탄내 섞인 향기가 난다. 그러고 나면 그 손님은 올 때마다 거의 예외 없이 같은 커피를 주문한다. 앨리스는 잔을 코에 가까이 가져다 댔다. 한 번도 열린 적 없는 창문처럼 굳게 닫혀 있던 그의 얼굴에 한 가닥 빛이 맴돌았다.

도마뱀붙이 한 마리가 유리창에서 멈췄다. 바다를 응시하는 하파이의 눈동자가 반짝이며 긴 꿈에서 막 깨어난 듯 그가 노래를 부르기 시작했다.

> 세라와 나카우는 팡차의 조상
> 아주아주 오랜 옛날 치랑아산에 살았네
> 세라와 나카우는 팡차의 조상
> 치랑아산에서 키위트로 내려왔네
> 나카우가 낳은 네 명의 아이
> 토메이 마세라, 칼라우 파나헤이, 카로 코에르, 타팡 마세라
> 타팡 마세라는 북쪽 강가 치위디안에 정착하고
> 토메이 마세라는 사파트에 돌기둥*을 세워 집으로 삼았네
> 칼라우 파나헤이는 키위트에
> 카로 코에르는 타파롱에 정착했네
>
> 우리는 팡차의 자손들
> 바람 냄새 맡으며 강물 따라 바다로 향하면
> 팡차의 자손을 만날 수 있다네

앨리스는 아미족 언어를 하나도 알아듣지 못했지만 멜로디만 들어도 머릿속에 산과 나뭇잎, 골짜기를 따라 부는 바람이 떠올

---

* 타이완 화롄 우허촌에 있는 거석 유적. 각각 575센티미터, 339센티미터 높이의 커다란 돌기둥 두 개가 서 있으며 신석기 시대에 세워진 것으로 추정된다. 우허촌은 아미족의 주요 부락 중 하나다.

랐다. 테이블에 놓인 커피잔 옆에 작은 물 자국이 생겼다.

 지진이 일어난 그날 이후 하파이는 한동안 앨리스를 만나지 못했다. 아니, '만나'지 못한 것이 아니라 마주 앉아서 얘기를 나누지 못한 것이다. 하파이는 창을 내다보면 앨리스가 집에 있는지 없는지 알 수 있었다. 예를 들면, 이 층 창문이 열려 있는지 닫혀 있는지를 통해. 어느 날은 앨리스가 이른 아침 창문으로 빠져나와 높은 걸상으로 뛰어내리더니 다시 두 번째, 세 번째 걸상으로 차례로 건너갔다. 조용히 집을 에워싼 바닷물이 담장에 한 겹 한 겹 물 자국을 남겼다. 앨리스가 걸상을 건너갈 때마다 걸상이 휘청거려 그의 몸이 마치 강풍에 맞서 바다에 내려앉으려는 바닷새 같았다. 노을이 질 무렵, 앨리스가 크고 작은 짐을 들고 집에 돌아왔을 때 모든 걸상이 파도에 휩쓸려 사라지고 없었다. 하파이는 달려가 도움이 필요한지 묻고 싶었지만, 남의 도움을 받기 싫어하는 앨리스의 성격을 알기 때문에 조용히 지켜보기만 했다. 앨리스가 나무판자를 끌어다가 짐을 전부 올리고 천천히 창문 쪽으로 밀고 간 다음, 먼저 창을 넘어 집 안으로 들어간 뒤 몸을 내밀어 짐을 하나씩 안으로 옮겼다.
 저런 집에서 살 수 있을까?
 하파이를 더욱 의아하게 한 것은 며칠 전 밤까지만 해도 절망에 빠진 종달새 같았던 앨리스가 멀리서 보기에 뭔가 달라 보인다는 사실이었다. 어디가 다른지 꼬집어 말할 수는 없지만 당분간은 살아갈 의지가 있는 것처럼 보였다. 사람이 살 수 있을지 없을지, 주변 사람은 어느 정도 직감으로 알 수 있다. 누군가 갑자기 죽었다면 그건 틀림없이 주변에 그에게 관심을 갖는 사람이 하나도 없었던 것이다. 이런 생각이 들자 하파이는 누군가와 얘기를 나누고 싶었지만 그날따라 선술집엔 손님이 한 명도 없었다. 하파이는 하는 수 없이 노래를 불러 스스로를 위로했다. 즉흥적으로 지은 가사는 젊은 아미족 아가씨 하파이의 이야기였다.

노랫소리가 들렸는지 잠시 후 앨리스가 창문을 열고 손을 흔들었다. 그의 품에 흰 털과 검은 털이 섞인 새끼 고양이가 안겨 있었다.

오하요. 하파이는 앨리스의 입 모양을 보고 그에게 이렇게 말하는 것 같다고 생각했지만 확신할 수 없었다.

7 앨리스의 오하요

 지진이 발생한 다음 날 오전, 다허가 물에 잠긴 앨리스의 집으로 가 문을 두드렸다. 앨리스가 이 층 창문으로 머리를 내밀자 다허는 안도의 한숨을 쉬었다. 길에 서 있던 우마프도 멀리서 앨리스에게 손을 흔들었다.

 "무사해서 다행이야. 새벽에 두 번 왔었어. 인기척은 없어도 당신 차가 없기에 별일 없을 거라고 생각했지만, 그래도 마음이 안 놓여서 다시 와봤어."

 "심각해? 이번 지진?"

 "글쎄. 흔들림은 심하지 않았는데 바닷물이 차올라서 해안 지역에 침수된 곳이 많아. 육지가 내려앉은 것 같아. 십 년 전부터 마을 이전 얘기가 나왔는데 이번에는 정말 옮겨야 할지도 모르겠어. 이번 지진은 기상국에서 예측한 '대지진'이 아니라 대지진의 전조일 수도 있대. 부상자만 수십 명이고 사망자도 두세 명 돼."

앨리스는 애도하고 싶었지만 슬픈 감정이 조금도 생기지 않았다. 지난 십수 년간 지진과 홍수가 부쩍 잦았다. 약한 부슬비에 우산 없이 외출했는데 갑자기 호우가 쏟아지기도 했고, 때아닌 태풍이 연달아 세 개나 들이닥치기도 했다. 계곡 트레킹을 하던 곳이 산사태로 파묻히고, 홍수 방지를 위해 건설한 제방 바깥쪽 도로가 오히려 수로가 됐다. 바다에 나가는 어민들은 각지에 새로 건설한 제방과 테트라포드로 인해 근해의 해안류가 종잡을 수 없이 변했고, 각 계절의 수온도 예전과 다르다고 했다. '그래도 우린 적응하는 수밖에 없잖아?' 앨리스는 생각했다.

"올라올 거야? 창문으로 들어와. 참, 우마프는? 우마프도 올라와야 해?"

"문 안 열려? 당신이 나오는 게 낫지 않겠어? 음, 내 말은, 그게 더 안전할 거라는 말이야."

"괜찮아. 집 안은 아무렇지 않으니까 여기 있을래."

다허는 앨리스의 고집을 잘 알았으므로 어쩔 수 없었다. "그럼, 내가 도와줄 일 없어?"

앨리스가 잠시 생각하다가 말했다. "시내에 가면 먹을 걸 좀 부탁해도 될까?"

"물론이지."

그때 고양이 울음소리가 났다.

"무슨 소리야?"

"고양이. 흑백 얼룩 고양이야. 어제 아침에 구조했어."

"괜찮은 거지?"

"괜찮아. 잠깐 기다려." 앨리스가 창 앞에서 사라지더니 잠시 후 검은 마스크를 쓴 것처럼 흰색, 검은색 무늬가 섞인 고양이를 안고 나타났다. 야윈 고양이였다. 앨리스가 고양이의 오른발을 잡고 멀리 있는 우마프에게 외쳤다. "우마프, 여기 좀 봐. 인사해. 오하요!"

우마프가 신이 나서 외쳤다. "와, 고양이다!" 아무리 조용한 아이도 동물을 보면 저절로 눈빛이 달라진다.

"양쪽 눈동자 색깔이 달라요!"

"맞아. 색이 다르지. 한쪽은 맑은 날씨고 한쪽은 흐린 날씨야. 시내에 가면 고양이 사료를 한 봉지 사다주겠니? 고양이랑 놀고 싶으면 언제든지 오렴."

"그래, 앨리스. 우선 우마프를 데리고 병원에 갔다가 올게. 우마프, 이모랑 고양이한테 인사해."

우마프가 손을 흔들며 아빠에게 말했다.

"정말 고양이 보러 올 거야?"

"올 거야." 다허가 우마프의 손을 잡으며 무슨 생각이 난 듯 다시 앨리스에게 말했다. "지진이 또 언제 닥칠지 몰라. 여름에는 태풍도 올 거고. 아무래도 이 집은 위험해. 우리 부락으로 이사하는 게 어떨지 생각해봐."

앨리스는 지진이 진정되면 바닷물도 빠질 거라고 예상했지만 그렇지 않았다. 오후에 다허가 각종 통조림 음식을 잔뜩 들고 왔다. 우마프는 신이 나서 한참 놀았지만 다허와 앨리스는 특별히

할 얘기도 없고, 무엇을 해야 할지도 몰라서 고양이와 노는 우마프를 조용히 지켜보기만 했다.

"이모, 양쪽 눈동자 색이 달라도 세상이 똑같이 보일까요?"

앨리스는 자신의 지적 수준을 상회하는 질문에 어떻게 대답해야 할지 몰라 어깨를 으쓱였다. "양쪽 눈으로 보는 사물이 똑같은 사람이 있을까?"

우마프는 매우 진지하게 고민하는 것 같았다.

그 후 며칠 동안 앨리스는 썰물 때만 장화를 신고 집에서 나와 물을 받으러 갈 수 있었다. 밀물 때도 밖으로 나올 수 있도록 일 층 창밖에 걸상을 계단처럼 높이를 맞춰 차례로 가져다 놓았다. 창을 통해 집에서 빠져나온 뒤 제일 앞에 놓인 걸상을 밟고 조금 낮은 두 번째 걸상으로, 그다음 더 낮은 세 번째 걸상으로 건너갔다. 바람이 없는 날에는 앨리스의 그림자가 물 위에 거꾸로 비쳤다. 물속에서 보면 물수제비를 뜨며 날아가는 새처럼 보일 것 같았다. 파도가 자꾸 걸상을 넘어뜨려 집으로 들어올 때마다 걸상을 다시 세워 정리해야 하는 문제가 있었다. 그런데 어느 날 파도가 밀려오는데도 걸상이 넘어지지 않았다. 자세히 보니 누군가 걸상 다리에 철제 받침대를 설치해 고정해놓았다. 앨리스가 외출한 사이에 다허가 몰래 해놓고 간 것이 분명했다.

바다가 점점 가까워지고 있다는 사실을 야콥센은 이미 몇 해 전부터 알고 있었다. 집을 지으며 측량했을 때는 집에서 만조수위선까지 최단 거리가 약 28.75미터였는데, 일 년 사이에 바다가 육지 쪽으로 더 파고들어온 것 같았다. 야콥센이 다달이 거리를 측정하며 "이 속도라면 언젠가는 바다가 집을 침범할 거야. 하지만 집이 잠길 때쯤이면 우린 이미 오래전에 죽고 없겠지."

바다와 인접한 지하수층은 이미 짠맛이 나서 쓸 수가 없었기 때문에 생수를 사 먹어야 했다. 정부는 몇 년 전부터 대형 파이프를 통해 퍼 올린 지하수에 담수화 처리를 하는 해양 심층수 사업에 보조금을 지급하기 시작했다. 일부 주민은 보조금을 받아 집에 고가의 소형 담수화 장비를 설치했지만, 앨리스는 자연에서 채취한 자원으로 돈을 벌면서 아무런 대가도 지불하지 않는 대기업에게 특혜를 제공하는 정책에 항의하는 의미로 해양 심층수를 일절 거부했다. 해양 심층수에 투자한 대기업은 과거 시멘트와 채석 사업으로 돈을 번 회사들이었다. 그들은 전문가를 대거 동원해 해양 심층수 채취가 해안 생태계에 아무런 영향을 미치지 않는다고 앵무새처럼 읊어댔지만 시간이 갈수록 문제를 제기하는 언론보도가 늘어났다. 한 전문가가 심층 해수의 구조를 교란함에 따라 바닷속 염분 비율과 대류 상황, 나아가 해저층 바닷모래에도 미묘한 변화를 일으킬 수 있다는 우려를 제기했고, 어민들은 그로 인해 어족 자원이 고갈됐다고 믿었다. 하지만 생태계의 연관성은 사람이 상상하는 것보다 훨씬 복잡하고, 이런 변화가 어떤 영향을 일으킬지 누구도 단정할 수 없다.

야콥센과 토토가 실종되고 지진이 발생하기 전까지 앨리스는 주기적으로 계곡물을 길어 왔다. 그 계곡은 앨리스 친구 M이 늦은 밤 앨리스와 야콥센을 데리고 몰트렛청개구리를 촬영하러

가다가 발견한 곳으로, 해양관광 호텔에서 멀지 않지만 사람의 발길이 잘 닿지 않는 곳에 있었다.

M이 사진을 찍기 위해 계곡으로 뛰어내리며 말했다. "심미적 관점에서 이 호텔은 정말 형편없어. 안 그래? 유럽의 건축물은 이렇지 않지? 가끔 생각하면 정말 딱해. 이렇게 촌스러운 곳에서 휴가를 보낸 타이완 아이들은 심미안 없는 소년이 됐다가 심미안 없는 청년이 되고, 결국 심미안 없는 어른으로 자라지. 가까운 곳에 이렇게 흥미로운 동물이 있는데 아무도 관심을 갖지 않잖아."

"넌 너무 비관적이야." 앨리스가 말했다.

"난 비관론자가 아냐. 염세주의자지."

"알면 됐어."

"이 호텔이 심미적인 관점에서 형편없다는 건 나도 전적으로 동의해." 야콥센이 말했다.

그러면 좀 어때? 그래도 손님이 있잖아? 앨리스는 M이 불안증 환자처럼 늘 비관적인 생각에 빠져 있다고 생각했다. 그를 더욱 초조하게 만드는 것은 소설 쓰기였다. 그는 장편소설을 발표한 뒤 몇 년이 지나도록 새 소설을 쓰지 못하고 있었다. 앨리스는 그가 평론의 함정에 빠져 있다고 생각했다. 세계관에 대한 극소수 독자의 비판에 너무 예민하게 반응하는 데다 작금의 문학 환경에 지나치게 분노하고 있다고. 앨리스는 M의 상황을 지켜보며 기다리는 것 외에 다른 방법이 없었다. 훌륭한 소설가는 탈출 곡예사처럼 이런 곤경에서 탈출하고, 변변치 못한 소설가는 그 안에 매몰된 채 죽어버려 누구도 구해줄 도리가 없다.

다음 날 야콥센과 앨리스는 다시 계곡 옆 공터에 가서 야영을 했다. M이 없으니 더 조용했다. 계곡물로 우려낸 차를 마시고 밤하늘을 가득 채운 별을 올려다보며 두 사람은 벅찬 감동을 느꼈다. 중국발 황사가 점점 심해져 비교적 맑았던 동부의 하늘도 뿌연 먼지로 뒤덮인 날이 많았으므로 이렇게 별이 총총히 뜬 밤하늘은 실로 오랜만이었다. 우주가 아직도 인자하고 너그럽게 이 행성을 지켜보고 있음을 느꼈다.

"일생을 통틀어 이렇게 향기로운 차는 처음이야." 야콥센이 말했다.

"그럼 앞으로 이 물을 떠다가 차를 우릴까?"

"너무 멀어."

"안 멀어."

"너무 멀어."

"안 멀어."

야콥센이 웃으며 항복하자 앨리스도 함께 웃었다. 그 후 야콥센은 주기적으로 혼자 계곡에 가서 물을 길어왔다.

사실 이 세상에는 먼 곳도 가까운 곳도 없다. 앨리스는 문득 뇌리에 떠오른 이 말에 담긴 모순에 대해 생각했다.

며칠 새 앨리스와 고양이 사이에 재난을 함께 경험한 데서 오는 미묘한 상호 신뢰가 생겨났는지 고양이가 앨리스 앞에서 배를 드러내고 편히 잠자기 시작했다. 앨리스는 고양이를 동물병원에 데려가 검사해보기로 했다. 지진으로 인해 태양광이나 풍력 발전을 사용하는 주택가를 제외하고, 섬에 있는 도시의 약 60퍼센트가 정전을 겪었다. 점차 전력 공급이 재개되고 있기는 하지만 시내를 한참 돌아다녀서야 진료중인 동물병원을 찾을 수 있었다.

"아주 건강해요. 강한 녀석이네요. 양쪽 눈동자 색이 다르군요. 아주 드물고 특별한 경우예요. 길고양이 중에 이런 경우는 처음 봐요." 젊은 수의사가 말하며 예방주사를 놓았다.

"전체적으로 심각한 수준은 아니라고 하지만 이번 지진으로 무너진 집이 많은 것 같아요. 아가씨 집은 괜찮죠?"

"괜찮아요." 앨리스는 이미 젊지 않았지만, 그의 목주름을 보지 못한 남자들은 그를 이십 대, 많아야 삼십 대 초반으로 추측했다. 흰 무지 티셔츠를 즐겨 입고, 살집도 없어 가끔 멀리서 보면 대학원생으로 보이기도 했다. 하지만 앨리스는 으쓱하게 여기지 않았다. 아무리 이십 대로 보인들 이미 마흔이 넘은 건 변치 않는 사실이니까.

원래 앨리스는 동물병원에 고양이를 입양할 사람을 찾아달라고 부탁하고 맡길 생각이었지만, 접수할 때 간호사가 고양이 이름을 묻자 자기도 모르게 "난 오하요라고 불러요"라고 말했다. 간호사가 조금 이상하게 여기는 듯했지만 한자로 어떻게 쓰는지 몰라 진료표에 직접 이름을 적어달라고 했다. Ohiyo. 이유는 모르겠지만 앨리스는 이름을 적으며 고양이와 함께 살아보고 싶었다. (철자를 잘못 쓴 걸 나중에 알았지만 고치지 않았다.) 앨리스가 이름을 여러 번 되뇌자 상자에 웅크리고 있던 야윈 고양이가 이름에 응답하듯 고개를 들었다. 낯선 환경이 불안하면서도 제 앞에 있는 이 사람만은 신뢰한다는 눈빛으로 그를 봤다. 앨리스가 나지막이 오호, 하고 부를 때마다 고양이 꼬리가 가볍게 떨렸다. 순간 물리적으로 해석할 수 없는 어떤 떨림이 오랫동안 침묵하고 고집스럽게 멈춰 있던 그의 마음에 동요를 일으켰다.

고양이가 주사를 다 맞은 뒤 앨리스는 모래와 고양이 집, 그리고 의사가 처방한 사료와 고양이 낚싯대를 샀다. 고양이는 제 몸에 칩을 심는 순간 어째서 자신이 어떤 사람의 소유가 되고, 또 그때부터 이름이 생기는지 영영 이해할 수 없을 것이다. 하지만 앨리스 역시 바로 얼마 전까지 재산 대부분을 '처분'한 자신이 어째서 갑자기 이 작은 생명체를 위해 '재산'을 사들이는지 이해할 수 없었다.

동물병원을 나서다가 병원 텔레비전에서 흘러나오는 뉴스를 봤다. 지진의 후속보도였다. 다허의 말대로 지진전문가는 이것이 단순히 지각에 쌓인 에너지가 방출되는 지진이 아닐 수도 있다고 의심했다. 다음 뉴스는 앨리스가 처음 듣는 내용이었다. 태평양의 거대한 '쓰레기 소용돌이'가 흩어지며 그중 한 덩어리가 이곳 해안으로 가까이 다가오고 있다고 했다. 앨리스는 바다를 항공촬영한 화면을 보며 불가사의함을 느꼈다. 기자는 외신을 인용해 이 거대한 쓰레기 소용돌이에 들어가면 누구든 자기가 이제껏 사용한 물건 전부를 찾을 수 있을 것이라고 자조했다.

집에 돌아온 앨리스는 토토의 방에서 《고양이 도감》을 찾았다. 토토가 태어난 지 얼마 되지 않았을 때 다른 아기보다 발육이 더디다는 진단을 받았다. 원인을 알 수 없는 경련도 자주 일어났는데 뇌에 문제가 있는 것은 아니라고 했다. 토토는 세 살이 될 때까지도 온전한 문장을 말하지 못했다. 중국어도 영어도 덴마크어도 구사하지 못했고, 가끔 아빠와 엄마를 부르는 게 전부였다. 토토에게 말을 한다는 것은 목구멍보다 더 큰 무언가를 목구멍에서 힘들게 끄집어내는 행위였다. 여러 의사를 찾아가봤지만 대부분 토토의 발음기관에는 아무 문제도 없으며, 알 수 없는 뇌손상을 입었거나 심리적 요인일 가능성이 크다고 했다. 후천적인 뇌손상일 가능성은 없었다. 앨리스와 야콥센은 절대적으로 모범적인 부모였으므로 토토를 혼자 내버려둔 적 없고 토토 앞에서 다툰 적도 없었다. 그렇다면 심리적인 원인은 무엇일까? 사실 토토가 온전한 문장을 말하지 못하는 것은 아니었다. 토토는 가끔 놀라운 말을 입 밖에 냈다. 한번은 토토와 야콥센이 산에서 잡아 온 노랑다리사슴벌레 Lucanus miwai 암컷을 집에서 기르다가 그것이 죽은 뒤 표본을 만들었다. 어느 날 부부가 아침을 먹는데 토토가 사육 상자를 보며 이렇게 말하는 것 같았다. "네가 보는 걸 나는 볼 수가 없어."

토토는 언어보다 그림에 훨씬 민감했다. 세 식구가 파스타를 먹으러 식당에 간 날 토토가 주문 메뉴를 적는 펜을 가지고 식당 테이블 매트에 야콥센의 등산 루트를 한 줄 한 줄 그렸다. 처음에는 등산 루트인 줄 몰랐는데 야콥센이 해물 스튜를 먹다 말고 불쑥 말했다. "저거 넝가오웨링* 아니야?" 그날 두 사람은 기쁨의 눈물을 흘리며 더러워진 테이블 매트를 집에 가져와 액자에 넣어 보관했다. 액자는 지금도 토토의 방에 걸려 있었다.

   토토는 여섯 살부터 야콥센과 자주 등산을 다녔다. 아직 어려서 아빠처럼 암벽등반은 할 수 없지만 지구력이 좋고 정신력이 무척 강했다. 또 책에서 본 등산 루트를 직접 눈으로 확인하고, 도감을 가지고 다니며 산에서 만난 곤충의 이름을 찾는 걸 좋아했다. 어떤 때는 방에서 하루 종일 도감만 보기도 했다. 연필로 곤충을 아주 비슷하게 그리기도 했는데, 더듬이 한 가닥까지 섬세하게 묘사했으며 모두 실물 크기로 그렸다. 야콥센과 앨리스는 토토를 위해 다양한 도감을 사 모았다. 책꽂이에 나란히 꽂아놓은 서너 가지 언어의 도감(야콥센은 덴마크어로 된 도감도 샀다)이 어림잡아도 수백 권은 족히 될 것이다. 일반적인 《곤충 도감》《조류 도감》《불가사리 도감》《거미 도감》 외에 《발자국 도감》《포유류 배설물 도감》《나무껍질 도감》《잠자리 날개 도감》《고사리 포자 도감》 등 특별한 것도 있었다.

   앨리스는 도감에 큰 흥미가 없었지만, 도감이 매우 기묘하다는 점은 인정했다. 도감은 그가 좋아하는 문학과 사뭇 달랐다. 문학은 누군가 만들어놓은 길을 따라가는 것도 아니고, 남의 것을 따라 하는 것을 죄악시한다. 하지만 자연과학은 인간이 가진

---

*   타이완 넝가오 산 북측에서 동서로 중앙 산맥을 횡단하는 트레킹 코스

천부적인 식별 능력과 이성적으로 창조해낸 다양한 법칙으로 각종 생물을 분류하는 일이기 때문에 미묘한 일치성을 발견해 판단하고 구분할 것을 강조한다. 그러나 앨리스는 어떤 면에서는 도감이 시와 매우 닮았다고 직감적으로 느꼈다. 자세히 읽어보면 그 안에서 인류가 세상을 인식하는 법칙과, 인간의 본성을 통찰하는 실마리를 찾을 수 있다는 점에서 그랬다. 어쩌면 훗날 토토가 아주 특별한 시인이 될지도 모른다. 어느 날 토토가 도감 속 곤충을 보며 시적인 문장을 말하는 건 아닐까?

토토가 아는 생물이 늘어날수록 앨리스는 그가 점점 자라고 있다고 느꼈다. 밖에 나갈 때마다 조금씩 자라고 성숙해지며 이 복잡다단하고 수많은 규칙성이 존재하는 세상을 탐험하는 것 같았다. 그래서 앨리스는 토토가 보는 책을 함께 보고, 토토가 외우는 곤충을 함께 외웠다. 모르는 게 있을 때는 M에게 메일을 보냈다. 그러면 M은 자신의 외로움을 증명하려는 듯 언제나 아주 빠른 속도로 회신했다. 유일하게 그녀가 함께할 수 없는 것은 등산이었다. 주변의 야트막한 산에 가서 물을 떠 오는 건 할 수 있었지만, 일정 고도 이상은 공포증이 있었다.

앨리스는 토토가 초등학교에 입학한 이듬해에 일어난 그 일을 영원히 잊을 수 없을 것이다. 토토가 집 근처 풀숲에서 놀다가 뱀에게 물렸다. 어떤 뱀에게 물렸는지 몰라서 토토를 데리고 병원 여러 곳을 돌아다니며 해독 주사를 맞혔지만 효과가 없었고, 토토는 일주일 가까이 혼수상태에서 깨어나지 못했다. 앨리스는 사력을 다해 자신이 아는 모든 신에게 기도했고 마침내 토토가 깨어났다. 앨리스는 토토가 정말 죽을 수도 있었다는 생각에 그 후로 오랫동안 토토가 어떤 야외 활동도 하지 못하게 했다. 하지만 토토에게 그건 혹형과도 같았다. 무엇보다도 야콥센은 그와 생각이 달랐다. 위험이 닥칠 수 있다고 해도 자연의 품 안에서 살아야 한다는 것이 야콥센의 신념이었다.

《고양이 도감》을 펼치자 토토가 곁에서 도감을 읽어주는 목소리가 들리는 듯한 착각이 들었다. 도감의 분류 방식이 흥미로웠다. 털의 길이와 얼굴형으로 구분한 뒤 교차로 대조해 확인했다. 하지만 이리저리 뒤적여도 오하요처럼 생긴 고양이를 찾을 수 없었다. 아직 너무 어려서 신체적 특징이 나타나지 않은 걸까? 물론 간호사처럼 대답할 수도 있을 것이다. "아주 평범하고 귀여운 흑백 믹스묘예요." 믹스묘란 혼혈 고양이라는 뜻이다. 집고양이는 '종'을 구분할 수 없다는 걸 앨리스도 알았다. 모든 집고양이는 자유롭게 교배해 믹스묘를 낳을 수 있지 않은가? 고양이의 종을 구분하는 것은 단지 인간이 고양이의 세계를 식별하기 위해, 또는 고양이의 등급을 나누기 위해 임의로 설정한 인간의 규칙일 것이다. 고양이의 등급은 결국 고양이의 등급에 관한 또 다른 법칙에 따라 매겨진다.

그렇다면 자연에서 귀납해낸 법칙이란 과연 자연에 속한 법칙일까, 아니면 인간의 법칙일까?

문학적인 훈련에 익숙한 그녀는 언제나 이런 언어의 소용돌이에 빠진다. 《고양이 도감》과 책꽂이에 꽂혀 있는 도감을 뒤적이다 보니 어느새 오후가 훌쩍 지나가버렸다. 그는 문득 이 세상이 구축된 방식이 도감식 분류와 비슷하다는 생각을 했다. 젊은 시절 그의 생각이 틀렸을지도 모른다고. 그는 이 세상이 예기치 않은 우연으로 가득 차 있다고 생각했다. 하지만 어쩌면 이 세상은 아주 질서정연하게 배열되어 있고 모든 것은 운명적으로 교묘하게 맞아떨어진 결과인지도 모른다.

다음 날 앨리스는 온종일 집에서 오하요를 관찰했다. 고양이의 동작이 이토록 사람을 매료할 줄은 몰랐다. 오하요는 책꽂이에 엎드려 네 다리를 느른하게 늘어뜨린 채 눈을 가늘게 감고 잠을 자고, 창밖에서 날아 들어온 잎벌레에게 살금살금 다가가고, 가끔 눈을 아주 동그랗게 뜨고 반짝이는 동공으로 앨리스를 뚫어져라 바라봤다.

"어쩜 이렇게 귀여울까?" 앨리스가 혼잣말로 감탄했다. 고양이가 생긴 뒤로 마치 아이가 생긴 것처럼 모든 게 변한 것 같았다. 그날 저녁 앨리스는 오하요를 품에 안고 잤다. 앨리스의 팔을 베고 잠든 오하요가 꿈을 꾸는지 갸르릉 고른 숨소리를 냈다. 그날 밤 앨리스도 꿈을 꾸었다.

한 달 전쯤, 앨리스는 이대로 외톨이로 살 수는 없다는 생각에 '꿈 포착' 테라피를 받으러 일본에 갔다. 몇 년 전 가미타니 유키야스 박사가 개발한 기술로, 일본 국제전기통신기초기술 연구소 산하 두뇌정보 연구소의 저명한 학자인 가미타니 박사와 그의 연구팀은 뇌 MRI를 기반으로 꿈을 읽어내는 기술을 개발했다. 처음에는 대뇌 활동을 간단한 기하학적 그림으로 전환해내는 수준이었지만 점차 꿈을 꾸는 사람의 뇌파를 영상으로 환원할 수 있게 됐다. 하지만 카메라로 촬영한 것 같은 영상이 아니라 텔레비전을 빈 채널로 돌릴 때 나오는, 식별할 수 없는 선의 연속 같은 영상이었다. 원한다고 모두 받을 수 있는 것은 아니고 전문의의 추천이 있어야만 테라피를 받을 수 있었다. 가미타니 박사가 이 연구를 시작한 본래 취지는 넘쳐나는 꿈풀이 프로그램의 세태를 타파하는 데 있었기 때문이다.

하지만 이 서비스가 등장한 후 텔레비전과 인터넷에 꿈 포착 영상을 이용한 프로그램이 대거 등장했다. 가미타니 박사는 부득이하게 정치인의 힘을 빌려 이 영상의 용도를 제한하는 법을 마련했지만 이미 엉망이 된 상황을 막기에는 역부족이었다. 결국 이 시대를 살아가려면 누구나 붙잡고 의지할 것이 필요한 모양이었다.

앨리스에게 이 기술을 소개한 사람은 번역가이자 일본 도쿄의 한 여자대학 교수인 마쓰사카 레이코였다. 여러 해 전 M의 작품을 일본어로 번역할 때 앨리스와 함께 작업한 인연으로 우정을 쌓았다. 문학에 대한 열렬한 열정으로 뭉친 두 젊은 교수는 두 언어 사이의 섬세한 틈을 파고들어 연구했다. 레이코가 소설에 나오는 '파차이처'*라는 단어의 뜻을 모르겠다고 했을 때 앨리스는 타이완 사람들이 소형 트럭을 파차이처라고 부르게 된

---

* 發財車, 부자로 만들어주는 차.

유래를 설명해줬을 뿐 아니라, 원작자에게 어떤 회사의 배기량 몇 cc짜리 트럭으로 설정하고 썼는지 물어봐주기도 했다. 또 레이코가 일본어에서 남자가 스스로 '나'라고 말하는 방식이 중국어의 '나'보다 훨씬 복잡하다고 말했기 때문에 M의 소설에 나오는 남성 인물의 특징까지 함께 구상했다.

레이코가 다른 학자를 통해 앨리스의 일을 듣고 전화를 걸어 꿈 포착 테라피를 제안했다. 앨리스는 그러고 싶은 마음이 전혀 없다고 했지만, 레이코의 한마디가 마음을 움직였다. "어떤 일을 직접적으로 해결할 수는 없지만 많은 사람이 그것을 통해 삶을 지속할 수 있는 작은 실마리나 문제를 발견하고 있어요."

오랫동안 연락을 주고받았지만 레이코를 직접 만난 건 이번이 처음이었다. 둥근 얼굴에 보통 체격, 일본인스러운 미소를 가진 여자였다. 특별한 점이 있다면 틀에 박힌 느낌의 뿔테 안경(하지만 굉장히 비싼 수제 안경테였고, 이 점은 앨리스의 판단이 빗나갔다)과 섹시한 망사스타킹의 조합이었다. 앨리스는 이 조합이 무척 이질적이라고 생각했다. 망사스타킹을 신는 학자는 아주 아주 드무니까.

테라피는 일주일 동안 진행됐다. 첫날은 심리학자와 상담을 한 후 오성급 호텔 같은 진료실에서 잠을 잤다. 베개와 침대 시트에 뇌파 센서가 부착되어 있다고 했다. 둘째 날과 셋째 날은 일반적인 투어 일정과 비슷했다. 앨리스는 젊을 적 가본 요요기 공원과 우에노 동물원에 다시 갔다. 토토를 데리고 갔던 다마가와동물원도 가고 싶었지만 공교롭게도 훈련 때문에 개장하지 않는 날이었다. 넷째 날은 지난 사흘 동안 앨리스가 꾼 꿈의 그림을 모아서 정리했다.

　꿈을 확인한 순간 앨리스는 후회가 밀려왔다. 의사와 연구진은 영상 속 선과 빛점이 의미하는 바를 해독할 수 없다고 말했지만, 앨리스는 보자마자 알 수 있었다. 기억이란 원래 자기 자신만이 알아보는 것이다. 꿈의 영상을 확인한 뒤 베테랑 심리상담가와의 상담이 예정되어 있었지만, 앨리스는 그날 레이코에게 작별 인사를 하고 타이완으로 돌아왔다. 공항에 배웅 나온 레이코는 이유를 묻지 않았고, 앨리스는 그가 또 다른, 눈에 잘 띄는 보라색 망사스타킹을 신고 있는 것을 봤다.

　이날 밤 앨리스는 테라피를 할 때 꾼 꿈을 다시 꿨다. 눈을 뜨고 천천히 몸을 돌려 벽시계를 보니 새벽 4시였다. 오하요는 아직 깊이 잠들어 있었다. 고양이는 정말 오랜 잠이 필요한 동물이다. 오하요가 잠결에 넘어뜨린 디지털앨범이 옆에 놓여 있었다. 앨리스는 앨범을 들춰보지 않아도 첫 장에 토토가 갓난아기 때 사진이 있는 걸 알고 있다. 오하요가 깨지 않도록 살며시 손을 뻗었지만 닿지 않았다. 그래서 앨리스는 디지털앨범 속 차례로 나타나고 있을, 이미 수없이 보고 또 본 사진을 머릿속으로 상상할 수밖에 없었다. 그 순간 앨리스는 토토가 죽음과 무관한 어떤 세상에 갇힌 건 아닐까 하는 생각이 들었다. 마치 사진 속에 사는 것처럼, 죽음도 영원히 들어갈 수 없는 어떤 곳에서 표본 상자를 들고 한 번도 본 적 없는 무언가를 찾아다니고 있는 건 아닐까?

4장

젊었을 적 사리야는 지금의 우르술라처럼 아름다웠다. 아니, 우르술라보다 더 아름다웠다. 그는 순수했고 와요와요에 어울리는 아름다움을 갖고 있었다. 사리야라는 이름은 와요와요어로 '돌고래처럼 우아한 등'이라는 뜻이었다.

8 우르슐라, 우르슐라, 정말 바다로 나갈 거야?

아트리에가 바다로 나가기 전 우르슐라는 좋은 치차술 한 병을 준비했다. 치차술은 와요와요 섬의 보물이다. 여자나 아이가 덩이줄기채소의 뿌리줄기를 씹어 입에서 천천히 발효시켜 만드는 탁주인데 어떤 때는 사흘 동안 씹기도 한다. 사람마다 침의 성분과 냄새가 다르기 때문에 누가 씹는지에 따라 맛이 달라진다. 우르슐라가 씹은 건 와요와요 섬에서 제일 향기로운 술이 된다. 그의 침과 전분이 섞인 향기가 남자를 사로잡고, 남자들은 쉬이 취하지 않으면서도 말로 표현할 수 없는 설렘을 느낀다. 우르슐라의 치차술을 마신 순간 눈앞에 미래가 보였다는 남자도 있었다.

아트리에가 사정한 뒤 우르슐라는 그를 위해 준비한 치차술을 건네며 바다에서 조금씩 마시면 자기 체취와 눈빛, 몸속 체온이 기억날 거라고 했다.

그런데 아트리에는 지금 어디에 있을까?

우르슐라는 섬 남자들이 원하지만 감히 다가갈 수 없는 여자였다. 누구도 우르슐라의 아버지가 누구인지 알지 못했다. 그의 이나(와요와요어로 '어머니'라는 뜻) 사리야는 천을 짜는 솜씨가 섬에서 제일이었다. 그러나 남편이라는 울타리가 없는 탓에 농사지을 땅도 분배받지 못했고, 여자는 바다로 나갈 수 없는 금기 때문에 부락의 공동 작업에 참여해야만 땅과 물고기를 얻고 보호받을 수 있었다. 사리야는 섬사람들이 신는 풀 신발 삼는 일을 주로 했는데 우르슐라가 그를 도와 숲에서 덩굴풀을 채취하고 바닷가에서 갯강활을 베어 왔다. 그럼 사리야는 덩굴풀을 짜서 신발 밑창을 만들고 갯강활로 신발 윗부분을 짰다. 사리야는 물고기 잡는 그물도 짰다. 힘이 제일 센 물고기 '이마이마'도 사리야가 짠 그물은 뚫고 도망치지 못했다. 지금까지 사리야가 짠 그물을 다 이어 붙이면 섬을 통째로 덮고도 남을 것이다.

석양 무렵 물고기를 잡아 돌아온 남자들이 사리야의 집에 들러 몇 마디 나누며 집도 고쳐주고, 물고기 한두 마리나 해삼, 문어 같은 것을 주고 갔다. 우르슐라는 초경이 시작된 뒤에야 그 남자들이 사리야가 짠 풀 신발이나 그물을 받으러 오는 것도, 사리야의 말동무가 되려고 오는 것도 아님을 알았다. 그들은 사리야의 손 때문에 오는 것이었다. 한 남자가 사리야를 두고 "마른 풀을 되살아나게 하고 성난 폭풍도 잠재울 수 있는 손"이라고 칭찬하는 것을 들었다.

젊었을 적 사리야는 지금의 우르슐라처럼 아름다웠다. 아니, 우르슐라보다 더 아름다웠다. 그는 순수했고 와요와요에 어울리는 아름다움을 갖고 있었다. 사리야라는 이름은 와요와요어로 '돌고래처럼 우아한 등'이라는 뜻이었다. 젊은 시절 바닷가에서 긴 머리를 늘어뜨린 채 마을을 등지고 앉으면 뒷모습만으로 와요와요 섬 전체가 애달파할 정도였다.

우르슐라는 달빛 아래 날아가는 갈매기와, 해변 모래사장에서 막 탈피한 게의 허물을 좋아했지만 지금은 날개가 부러진 갈매기처럼 미동도 없이 앉아 하염없이 바다만 보고 있었다. 사리야는 우르슐라의 마음을 누구보다 잘 알았다. 그는 말없이 아이를 보며 아이의 영혼 속에 작은 영혼이 생겨나지 않았는지 유심히 살폈다. 사랑하는 사람과 평생 함께할 수 없는 것은 와요와요 여자의 숙명이지만, 사랑하는 사람의 아이를 잉태하는 건 카방이 내린 은혜였다. 사내아이라면 다시 새로운 가족을 만들 수 있기 때문이다.

어느 날 모녀가 집 앞에 앉아 풀 신발을 삼고 있는데 우르슐라가 말했다.

"이나, 여자는 왜 바다에 나갈 수 없어요?"

"그게 조상의 법이고 자연의 규율이야. 여자는 해변에서 조개를 주울 수만 있어. 단, 가시 달린 조개는 주우면 안 된다는 걸 명심해."

"누가 정한 법이에요? 어기면 어떻게 돼요?"

"나의 나나(와요와요어로 '딸'이라는 뜻)야, 그 법을 어기면 성게로 변해서 네 곁에 아무도 다가올 수 없는 걸 알잖니."

"누가 성게로 변한 걸 봤어요?"

"성게는 어디든지 있어."

"아니요, 이나. 사람이 정말 성게로 변하는 걸 직접 본 적이 있느냐고요."

"나나, 그걸 본 사람은 없어. 성게로 변하기 직전에 바닷속으로 들어가니까."

"난 못 믿겠어요." 긴 한숨을 뱉는 우르슐라의 눈동자가 아득해졌다. 사리야도 속으로 긴 한숨을 내쉬었다. '딸아, 네가 그런 진주 같은 눈동자를 갖지 않길 얼마나 바랐는지 몰라.'

"이나, 난 못 믿겠어요. 타라와카를 만들 거예요."

"뭐라고? 안 돼. 여자는 타라와카를 가져선 안 돼."

"타라와카를 만들 거예요."

사리야는 우르슐라가 한 가지 결심을 하면 바닷속에 가라앉은 돌처럼 다시 주워 올릴 수 없다는 걸 알고 있었다. 그래서 더는 아무 말도 하지 않았다.

우르슐라는 타라와카를 만드는 남자들을 멀리서 조용히 관찰하고, 가끔 나리에다와 얘기를 나누면서 타라와카 만드는 기술을 슬쩍 물었다. 그는 나리에다가 자신을 사랑하는 걸 알고 있었다. 우르슐라가 아트리에의 아이를 가지면 나리에다는 우르슐라를 보호할 의무가 있다. 이것도 와요와요의 법이다. 하지만 우르슐라는 나리에다를 사랑하지 않았다. 그는 나리에다의 나루샤(달) 같은 성격보다 아트리에의 이과샤(태양) 같은 성격을 좋아했다. 이것은 바다에 맞서 싸울 수 없는 일처럼 어쩔 수 없는 일이었다. 우르슐라는 그저 나리에다가 바다에 대해 이야기를 들려주길 바랐다. 항해 기술에 대해 들을 수 있길 기대하며, 노을 녘에 찾아오는 그를 받아줬다.

하지만 아트리에와 코만 조금 다르게 생긴 나리에다의 말에도 일리가 있었다. "바다는 말로 배우는 게 아니야. 생명으로 배우는 거지." 그러나 그가 큰 물고기를 사랑하는 만큼 우르슐라를 사랑한다 해도 와요와요의 법을 어기고 우르슐라를 배에 태워줄 수는 없었다.

우르슐라는 혼자 재료를 모으고 다듬기 시작했다. 집에서 조금 떨어진 숲에 자기만의 장소를 마련하고 아직 자라지 않은 태아 같은 타라와카를 만들기 시작했다. 날이 저물면 몰래 가서 만들었다. 사리야의 손재주를 물려받았으니 풀 짜는 일은 어렵지 않았다. 숲에서 굵은 나무줄기를 끌고 오기는 힘들었지만 약간의 인내심을 갖고 팔다리의 멍만 감수한다면 할 수 있는 일이었다. 우르슐라의 타라와카가 점점 모양새를 갖춰갔다. 성게로 만든 줄칼로 배의 몸체에다가 바다를 항해하는 아트리에의 모습을 섬세하게 조각했다.

작은 섬이지만 모든 것을 아주 은밀하게 했기 때문에 아무도 그의 항해 계획을 눈치채지 못했다. 나리에다는 사랑에 눈이 멀어 보지 못했고, 우르슐라의 집에 오는 남자들은 욕정에 불타올라 보지 못했다. 오직 사리야만 알고 있었지만 침묵하기로 했다.

사리야는 우르슐라가 포기하게 될 거라고 믿었다. 우르슐라의 걸음걸이와 체취로 그의 임신 사실을 알아차렸기 때문이다. 제 몸속에 아트리에의 작은 영혼이 자리 잡았음을 안다면 스스로 포기할 것이라고 생각했다.

  달이 세 번 태어났다가 죽고, 죽었다가 다시 태어난 뒤 어느 날 새벽 우르슐라가 사리야의 침대로 파고들어가 말했다.

"이나, 나 내일 바다로 나갈 거예요."

"바다로 나간다고?"

"네. 타라와카가 완성됐어요. 바다 이야기도 많이 들었어요. 바다에 나가본 적은 없지만 아트리에에게 바다에 대해 배웠고, 나리에다에게도 배웠어요. 이제 엄마가 내게 먹을 것과 축복을 주세요. 내가 아트리에를 찾을 수 있도록."

"나나, 아트리에는 죽었어."

"죽지 않았어요. 난 알아요. 느낄 수 있어요."

"나나, 네 몸속에 작은 영혼이 생긴 걸 알고 있니? 아트리에가 네 배 속에 있어."

"이나, 나도 알아요. 내 배 속에 있는 아트리에를 아트리에에게 보여주고 싶어요."

"나나, 아트리에가 어디 있는지 알고 있니?"

"바다에 있어요."

"바다가 저렇게 넓은데. 네 배 속에 있는 아트리에를 죽이는 일이야."

"사랑하는 사람이 없는 섬에 사는 건 죽은 것이나 다름없다는 걸 이나도 알잖아요."

"난 네가 사랑하는 사람이 아니란 말이니, 나나?"

우르슐라는 눈물을 흘리지 않았다. 그는 침몰하는 배처럼 점점 무겁게 가라앉았다. 물이 흐르지 않고 계속 그에게로 쏟아져 들어갔다.

"용서해줘요. 이나, 날 용서해줘요."

사리야는 섬사람들에게 알려 우르슐라를 붙잡아달라고 하려다가 그만뒀다. 아무 소용도 없을 뿐 아니라 오히려 딸을 더 시들게 만드는 일이었다. 그만두자. 그만두자. 카방은 우르슐라가 바다에서 죽어 파도가 그의 무덤이 되길 바라시는 거야.

다음 날 밤, 딸을 설득하길 포기한 사리야는 우르슐라와 함께 타라와카를 해안으로 옮겼다. 사리야는 타라와카를 밀면서 자기 영혼이 모래사장에 파묻히는 것 같았다. 두 사람이 해변에 도착했을 때 한 사람이 거기에 서 있었다.

바다의 현자였다. 과연 바다에 관한 모든 일은 바다도 알고, 바다의 현자도 알았다. 그는 이미 오래전부터 모든 일을 조용히 지켜보고 있었다. 그는 우르슐라와 사리야에게 조용히 다가와 함께 타라와카를 바다로 밀고 갔다. 그리고 우르슐라를 위해 타라와카의 뱃머리에 큰 물고기의 머리뼈를 꽂는 '마나'의 축복 의식을 치러줬다. 마나의 축복을 받지 않은 타라와카는 바다에서 눈이 멀어 자신이 배가 아니라 물고기라고 착각한다. 그래서 빠르게 나아갈 수는 있지만, 별안간 물속으로 잠수해 정말로 물고기가 되어버린 뒤 다시 물 위로 떠오르지 않는다.

"물고기는 반드시 돌아온다고 카방이 말씀하셨단다." 바다의 현자는 사리야를 위로하려고 했지만 위로의 말이 떠오르지 않아 와요와요의 속담을 들려줄 수밖에 없었다.

 작은 아트리에를 품고 바다로 나간 우르슐라는 타라와카를 다루는 훈련을 받지 못했기 때문에 바람에 저항할 수도, 아트리에가 말한 것처럼 '고환으로 방향을 느낄' 수도 없었다. 그는 방향 찾기를 포기한 채 마음은 카방에게 의탁하고 몸은 모나이에게 맡겼다. 바다의 현자의 축복 때문인지 사흘 동안 바다가 평평한 육지인 듯 무척 평온했다. 하지만 진정한 바다를 처음 본 우르슐라는 어찌할 바를 몰랐다. 이렇게 광막하고 끝도 보이지 않는 바다에서 어딜 가야 아트리에를 찾을 수 있단 말인가? 찾겠다는 의지는 우르슐라를 그토록 강인하게 만드는 원동력이지만, 동시에 스스로를 혼란에 빠뜨리면서도 거부하지 못하는 생각이며 또 그의 장례식이기도 했다. 사리야가 싸준 말린 과일과 말린 물고기, 야자, 빵나무를 끓여 만든 '바다 식량'이 바닥나고, 해초 껍질에 담아온 물도 다 마셨다. 굴 껍데기로 만든 낚싯바늘이 있었지만 낚시가 상상만큼 쉽지 않았다.

 지금 아트리에는 어디 있을까?

 바다의 현자가 내린 축복이 사흘밖에 가지 않는지 사흘이 지나자 바다 날씨가 돌변해 바람이 긴 파도를 일으켰다. 와요와요 차남들의 영혼이 우르슐라 앞에 나타나 오른쪽으로 노를 저어야 한다고 알려주려고 했지만 차남이 아닌 우르슐라에게는 그들의 목소리가 들리지 않았다. 하는 수 없이 영혼들이 향유고래로 변해 우르슐라 곁에서 헤엄쳤는데 오히려 더 큰 파도만 일으켰다.

파도가 이 와요와요 소녀를 또 다른 섬으로 데려갈 줄은 와요와요 차남의 영혼들도 알지 못했다. 얼핏 보면 아트리에가 닿은 섬과 거의 비슷했다. 운이 좋다면 이 섬에도 달을 닮은 곳이 있고, 우르슐라의 타라와카가 작은 만에 딱 맞게 들어가 닿을 수도 있으리라. 하지만 우르슐라는 깊이 잠든 것처럼 의식이 혼미했다.

그때 우르슐라는 자신이 집을 떠난 뒤 하염없이 눈물만 흘리던 사리야가 급기야 눈에서 피를 흘리더니, 이레째 되는 날 석양 무렵 마침내 조개껍데기처럼, 주인 없는 노처럼 해변에 쓰러진 사실을 모르고 있었다. 남자들이 사리야를 발견했을 때 그의 등은 여전히 돌고래처럼 아름다웠다. 섬의 모든 남자가 사리야의 장례에 참석했고, 그들은 진심으로 아내가 죽은 것보다 더 가슴 아파했다.

우르슐라가 도착한 섬이 아트리에가 도착한 섬과 똑같아 보이지만(수많은 기이한 물건이 한데 엉켜 만들어진 것 같았다) 사실 전혀 다른 방향으로 움직이는 또 다른 섬이라는 사실을, 와요와요 차남의 영혼들도 모르고 있었다.

9 하파이, 하파이, 우리 하류로 가자

 가끔 그런 생각이 들어. 내가 한 바퀴를 빙 돌아 결국 다시 바닷가로 돌아왔다고.
 내가 태어난 지 열한 달 되었을 무렵 이나(Ina, 아미족 언어로 '엄마'라는 뜻)가 나를 데리고 부락을 떠났어. 일자리를 찾아 시내로 갔지. 이나의 남자가 이나를 버리고 어디론가 떠나버렸거든. 하지만 시내에도 일자리가 많지 않아서 얼마 후 이나는 다시 나를 데리고 타이베이로 갔어. 이나는 파트타임으로 일하면서 아이 돌보는 일, 병원에서 계속 침 흘리는 노인을 돌보는 일, 길에서 분양 광고지를 흔드는 일, 무슨 일이든 닥치는 대로 했어. 하지만 아무리 어려도 아이한테 들어가는 돈이 얼마나 많은지, 결국 이나는 어쩔 수 없이 가라오케에서 일하기 시작했어. 손님은 대부분 노인이었고, 그들 옆에 앉아서 땅콩과 맥주를 마시며 얘기를 나누기만 했지. 가끔 몰래 손을 만지고 가슴과 엉덩이를 더

듣는 손님도 있었지만 거의 그 정도였어. 그렇게 몇 년을 일하다가 이나는 술만 마시면 이나를 샌드백으로 아는 남자와 동거를 시작했어. 그 무렵 나는 이미 초등학생이었으니까 그때 일이 또렷하게 기억나. 우린 물이 없는 개울가에 살았어. 이상하게 들리지? 그때 우린 개울에 물이 흐르지 않는 개울가에 살았어.

한 살 무렵에 고향 부락을 떠난 나는 부락 생활에 대해 전혀 몰라. 그래서 이나가 고향 부락 이야기를 할 때마다 빈 땅에 대해 듣는 기분이었어. 왜인지 몰라도 이나는 나를 데리고 부락에 돌아간 적이 한 번도 없거든. 가끔 이나는 고향 부락 옆에도 개울이 흘렀는데 개울물이 더러워서 리타Rita라고 불렀다고 했어. 우리가 타이베이에서 살던 그 개울가에는 가을이면 하얀 억새꽃이 피었어. 이나는 멀리 보이는 높은 건물들만 아니면 고향과 무척 비슷하다고 했지. 그래서 그때 나는 멀리 있는 건물을 보지 않으려고 일부러 눈을 가늘게 뜨고 고향 모습이 이렇겠구나 상상했어.

한번은 이나가 무슨 생각이 났는지 개울가에서 억새를 뜯어다가 국을 끓여줬어. 고향에서 살 때 나를 낳고 젖이 부족해서 리타 근처에 자란 억새 속대*를 뜯어다가 국을 끓여 내게 먹였다고. 갓난아기 때 일이라 기억할 수 없는데도 국을 한 입 떠먹자마자 기억 속 고향의 국과 다르다고 느꼈어. 믿지 못하겠지. 한 살짜리가 어떻게 맛을 기억하겠어. 하지만 난 기억해. 정말

---

* 아미족은 다양한 산채를 식재료로 이용하는 식문화를 갖고 있다. 대표적으로 열 가지 식물의 속대를 먹는데 억새 속대가 그중 하나다.

기억해.

 우리가 그때 살던 집은 랴오 씨가 폐거푸집으로 지은 집이었어. 랴오 씨는 막노동꾼이었는데 트럭도 몰았어. 일이 없는 날은 다리 밑에서 일꾼을 구하러 오는 사람들을 기다렸다가 무슨 일이든 닥치는 대로 했어. 물론 일이 없는 날이 더 많았지만. 이나는 호스티스로 일하다가 그 사람을 만났대. 내가 기억하는 랴오 씨는 평소에는 점잖고 체구도 왜소해서 막노동꾼 같지 않지만, 술만 들어가면 주체하지 못하고 사사건건 트집을 잡아서 이나를 두들겨 팼어.

 난 이해할 수 없었어. 우리 아미족 여자들은 힘이 세서 이나가 랴오 씨를 힘으로 못 이기는 것도 아닐 텐데 왜 맞기만 하는지. 두들겨 맞는 건 그렇다 쳐도, 왜 그렇게 맞고 나서도 다음 날 새벽에 일 나가는 랴오 씨에게 밥을 차려주는지. 나를 먹여 살릴 능력도 있으면서 왜 굳이 저런 남자와 사는지.

 그때 나는 이해할 수 없는 일이 있을 때마다 도시에 있는 부락 개울 어귀로 달려가서 큰 바위에 앉아 노래를 했어. 이나가 가르쳐준 노래, 텔레비전에 나온 노래, 친구가 빌려준 CD나 가라오케에서 나오는 노래를 불렀어. 난 가사를 잘 외웠거든. 무슨 말인지 이해하지도 못하는 가사를 통째로 외웠어. 내 자랑이 아니라, 부락 사람들이 지나가면서 다들 내가 노래를 잘한다고 했어. 내 노래를 들으면 좁쌀도 싹을 틔우겠다면서. 하지만 부락 사람들은 타이베이에서 좁쌀을 심지 않았어. 강에는 억새만 자랐지. 억새는 신경 쓸 필요가 없어. 마구잡이로 자라서 아무리 베어내도 계속 자라거든.

　초등학교 땐 아침 일찍 일어났어. 길을 돌아서 등교하는 걸 좋아했어. 새벽 5시쯤 집을 나섰을 거야. 시계도 없어서 몇 시인지 몰랐지만. 볼펜으로 손목에 시계를 그렸는데 시곗바늘을 6시 10분쯤에 그렸어. 그때는 내가 초능력이 있다고 생각했어. 친구들이 몇 시냐고 물으면 정확한 시간을 알려줄 수 있었어. 아주 정확했어. 정말이야. 내 몸속 어딘가에 시간이 사는 것 같았어. 시계추처럼 이리 갔다 저리 갔다 하면서.
　그때 난 옆 반의 '거미'라고 불리는 키 크고 까무잡잡한 남학생이 농구하는 걸 자주 구경했어. 그 애가 긴 팔다리를 휘젓는 모습이 재밌었어. 아니, 사실 그 애가 열심히 농구하는 모습이 아주 멋졌어. 난 지금도 뭔가에 열중한 남자의 표정에 약해. 뚱뚱하든 말랐든, 키가 크든 작든, 돈이 있든 없든 상관없이. 잘 풀리지 않는 문제를 생각하며 잔뜩 찡그린 미간, 한눈팔지 않고 한 가지 일에 집중하는 눈동자. 남자의 그런 모습에 제일 끌려. 항상 저녁 6시 10분까지 거미가 농구하는 걸 구경했어. 거미가 그쯤 집에 갔거든. 거미 아빠가 아무리 늦어도 6시 반까지는 집에 들어오라고 했기 때문에.
　6시 10분이 거의 됐을 때 내가 손목시계 보는 시늉을 하면 거미가 운동장 밖으로 나오며 허겁지겁 옷으로 땀을 닦았어.
　우린 집이 같은 방향이었지만 거미는 나와 나란히 걷지 않고 언제나 자전거를 끌고 멀찌감치서 내 뒤를 따라왔어. 그러다가 갈림길에 도착하면 나는 걸음을 멈추고, 거미는 자전거를 끌고 내 옆을 지나가면서 쑥스럽게 웃으며 내일 봐, 하고 집에 갔어. 나는 하루 종일 그때를 기다렸어. 그 애가 날 보고 웃으며 내일 봐, 하는 순간을.

이나는 새벽까지 일하고 집에 돌아와서 내 아침밥을 차려놓고 잠을 잤어. 가끔 이나가 저녁밥 사 먹으라고 준 돈으로 선크림을 샀어. 내 까만 피부가 싫어서 하얘지고 싶어서. 저녁은 이웃집에 가서 해결했어. 이웃끼리 잘 챙겨줘서 내가 가면 같이 밥을 먹겠느냐고 늘 물어봤거든. 그때 우린 다 그랬어. 어린애들이 오늘은 이 집에 가서 밥을 먹고, 내일은 또 저 집에 가서 밥을 먹었지. 그때 부락 근처에 강변 자전거도로 건설 계획이 발표되면서 집들이 철거될지도 모른다는 소문이 돌기 시작했어. 외지인이 수시로 찾아와 부락민이 정부에 항의할 수 있게 도와주겠다고 했어.

부락에 다평이라는 사람이 있었어. 부락 일을 열심히 하니까 사람들이 그를 '우두머리'로 뽑았지. 그가 단상에서 마이크를 들고 이렇게 말한 게 기억나. "도시계획은 사실상 우리를 내쫓겠다는 겁니다. 안 그렇습니까?" 사람들이 "옳소!" 하고 외치니까 그가 또 말했어. "우린 굴착기가 무섭지 않습니다. 굴착기도 운전하는 사람이 있어야 움직이지 않습니까? 안 그래요?"

"옳소!"

"그러니까 우린 사람이 무서운 겁니다. 우리를 보호해주겠다는 사람도, 우리 집을 부수겠다는 사람도 다 무섭습니다. 그들은 왜 그러는지 말해주지 않기 때문입니다. 그들의 '왜'가 우리 원주민의 '왜'와 뜻이 다르기 때문입니다. 안 그렇습니까?"

다들 "옳소!" 하고 외쳤어. 지금도 그 말이 기억나. 가끔 야간 집회를 할 때 사람들이 나를 단상 위로 불러서 노래를 시켰어. 이나에게 배운 노래를 하면 노인이든 젊은이든 눈물을 비 오듯 흘렸어.

정부가 정말로 물과 전기 공급을 끊고 부락의 집을 철거하기 시작하자 정부가 지은 '국민주택'으로 이사하는 사람도 차츰 생겼어. 그때 속으로 생각했지. 이런 항쟁 따윈 아무 소용도 없다고. 정부는 너무 강하고 우린 너무 약했어. 하지만 가끔 정부도 속수무책일 때가 있었어. 부락 사람들이 굴착기가 집을 부순 자리에다가 다시 집을 지었거든. 폐거푸집과 선거 때 쓴 간판, 슬레이트, 양철판, 유목 같은 걸 주워다가 집을 지었어. 볼품없고 초라했지만 사람이 살 수는 있었어. 아미족뿐만 아니라 여러 부락에서 온 사람들이 거기 살았어. 이나는 그들 대부분이 이나처럼 어쩌다 타이베이까지 흘러들어와 고향에 돌아갈 차비도 없는 사람이라고 했어. 이나는 "저들은 우리더러 다른 데로 이사 가라고 하지만 대체 어디로 가라는 거야? 우린 그런 숨 막히는 곳에서 못 살아. 게다가 한족 집주인은 우릴 무시할 거야"라고 했어. 랴오 씨가 우리가 살 집을 빠르게 다시 지었어. 그게 유일하게 내가 생각할 수 있는, 이나가 그를 떠나지 못하는 이유였어.

사람들이 개울가에 다시 집을 지은 지 얼마 안 됐을 때였어.

랴오 씨가 술에 취해 집에 와서는 또 이나를 두들겨 팼어. 책꽂이에 꽂아둔 내 《사해辭海》*를 집어 이나의 어깨를 때렸어. 이나의 머리가 벽에 있는 뭔가에 부딪혔는지 피가 나서 머리카락이 뒤엉키고 시뻘겋게 피범벅이 됐어. 나는 화가 나서 랴오 씨를 발로 찼어. 《사해》는 내가 시험을 잘 봐서 선생님께 받은 선물이었거든. 선생님이 그걸 주면서 "우춘화는 나중에 선생님이 될지도 모르겠구나"라고 했는데. 랴오 씨가 그걸로 내 얼굴까지 때렸어. 그랬으니 얼마나 미웠겠어. 안 그래? 《사해》로 맞은 자리가 얼마나 아프던지 흉터도 생겼어. 여기 좀 봐. 아직도 희미하게 흉터가 보이지? 그때 난 한자가 너무 어렵기 때문에 사전으로 맞아도 그렇게 아픈 거라고 생각했어. 지금도 노래를 부르면 오른쪽 귀로는 내 목소리가 또렷이 들리지 않아. 그날 처음으로 이나가 우는 소리를 들었어. 이나의 울음소리가 개울물 소리와 섞여 내 마음속에 두 가지 물이 넘실거리는 것 같았어.

  이나는 늘 이렇게 말했어. "어떤 때는 이 개울이 내 기억 속 리타라고 생각하고 싶지만 이 개울은 리타가 아니야. 비슷하게 생겼지만 리타는 아니야." 그때 나는 개울가에서 사는 게 좋은 일이 아니라고 생각했어. 밤에 깨어 있으면 나무와 돌의 울음소리가 들렸어. 울음소리가 바람에 실려 저쪽까지 실려 갔다가 다시 이쪽으로 되돌아왔어. 마치 일부러 사람 가슴을 시리게 하려는 것처럼.

*   중화권에서 가장 대표적인 중국어 사전.

그날도 잠이 오지 않아서 뒤척이다가 다음 날 해가 다 뜨기도 전에 일어나서 바위에 앉아 노래를 불렀어. 노래를 세 곡쯤 부르고 났더니 해가 천천히 떠올랐지. 그런데 갑자기 금빛 잠자리 떼가 나타나 개울 위를 나는 거야. 나비처럼 생긴 잠자리였는데 어쩌다 한두 마리 볼까 말까 한 희귀종이었어. 그런데 그날은 학교에 가거나 무슨 회의라도 하는 것처럼 떼 지어 나타난 거야. 지금도 눈을 감으면 그날 본 잠자리들의 눈이 손에 잡힐 듯 선해. 초록색 눈이었어. 초록색 눈으로 보면 세상이 초록색으로 보일까? 나는 그런 생각을 자주 해.

그날 등굣길을 영원히 잊지 못할 거야. 학교에 가는데 거미가 갑자기 내 뒤에 나타나서는 "얘, 학교 가니?" 하고 말을 걸더니 속도를 줄여 자전거를 끌고 내 뒤를 따라오면서 계속 얘기했어. 교문 앞에서 나를 거의 따라잡은 거미가 가볍게 뛰어 자전거에 올라타서는 "너 아까 노래 잘하더라" 하고 재빨리 교실 건물 뒤에 있는 자전거 보관소로 달려갔어. 자전거를 서서 탔기 때문에 꼭 날갯짓을 하는 것처럼 어깨가 흔들렸어. 그 애가 내게 "너 아까 노래 잘하더라" 하고 말한 건 처음이었어. 난 아기 새처럼 날아오를 것 같았지.

잠자리를 본 그날 오후부터 장대비가 쏟아지기 시작했어. 누가 하늘에서 던진 돌맹이가 양철 지붕에 떨어지는 것처럼 아주 세차게 퍼부었어. 그날 이나는 몸이 아파서 출근하지 않았어. 한밤중에 창문을 열고 밖을 보니 하늘이 정말 깜깜했어. 새벽 3시쯤 랴오 씨가 들이닥쳐서 검은 얼굴로 이나에게 말했어.

"하파이를 데리고 어디 여관으로 가. 오토바이를 타고 가. 자, 오백 위안이야. 받아. 살 곳을 찾으면 전화해. 내가 갈게."

"무슨 일이야?" 이나가 물었어.

"나도 모르겠지만 홍수가 날 것 같아. 비가 너무 많이 와. 라디오에서 비가 계속 올 거라고 해서 서둘러 왔어. 잠시 다른 곳으로 피해 있는 게 좋겠어." 랴오 씨가 말했어.

"기다렸다가 당신이랑 같이 갈래." 이나가 말했어.

"그럴 거 없어. 모리 오토바이 얻어 타고 갈게. 먼저 가 있어."

빗발이 가장 세차게 쏟아질 때 이나는 나를 데리고 시내 여관에 도착했어. 골동품 같은 전기주전자를 아직도 쓰는 곳이었어. 방에 들어가자마자 씻지도 않고 텔레비전 뉴스를 켰어. 텔레비전 화면이 콩콩 튀어 오르듯이 계속 깜박거렸어. 마침 우리 부락에 홍수가 난 화면이 나왔는데, 우리 부락이 텔레비전에서 쉬지 않고 콩콩 튀어 올랐어.

다음 날도 비가 그치지 않았어. 이나가 랴오 씨의 오토바이를 타고 부락에 갔어. 아니, 부락에 갔다고 할 수 없지. 부락이 사라져버렸으니까. 부락이 있어야 할 곳에 싯누런 황토물이 차올라 아무것도 보이지 않았어. 게다가 오른쪽 제방까지 터져서 인근에 새로 지은 높은 건물의 지하실에도 물이 차올라 빠지지 않았어. 물은 우리가 원주민인지 한족인지 따지지 않았어. 경찰이 봉쇄선을 치고 아무도 들어가지 못하게 했어. 비가 너무 많이 와서 사흘째가 되어서야 수색 작업이 시작됐어. 진흙과 자갈 틈에서 시체를 줄줄이 꺼냈어. 이리저리 부딪혀 뼈가 부러지고 몸이 터지고 꺾여서 형체를 알아보기 어려웠어. 나도 이나를 따라 현장에 갔는데 이나가 손으로 내 눈을 가렸지만 손가락 틈으로 볼 수 있었어. 이나의 손가락 틈으로 거미의 옷을 입은 시체가 보였어. 퉁퉁 불어터지고 다리 절반이 잘려나가 아주 작았지만 어깨는 온전했어. 낯익은 어깨. 그 어깨에 기댄 적은 없지만 한눈에 알아볼 수 있었어. 그 순간 내 피는 얼음이 되고, 벌레가 내 심장을 파먹은 것 같았어. 난 계속 울기만 했어. 소리 없는 울음이었지.

그 후에도 비는 하염없이 내렸어. 부락 사람들이 기억하기로 꼬박 열흘 동안 비가 왔어. 이나는 눈물 한 방울 흘리지 않고 개울가를 걸으며 말했어.

"하파이, 하파이, 우리 하류로 가자." 이나는 고집스러운 멧돼지처럼 개울의 바위틈과 평평한 곳을 수색대원보다 더 샅샅이 뒤졌어. 수색대원 대신 시체를 세 구나 찾아냈어. 모두 죽은 사람이었고, 산 사람은 없었어. 그날 부락에 남아 있던 사람은 전부 시체가 된 것 같았지. 하지만 그중에 랴오 씨는 없었어. 이나는 그가 부락 사람이 아니기 때문에 다른 곳으로 떠내려갔을 거라고 했어. 이나는 걷고 또 걸었어. 내가 숨이 차서 이나를 따라가며 그만 가자고, 그만 가자고 했어. 이나가 하는 수 없이 수색대에게 천막 하나를 빌려 나를 재워놓고는 다시 나갔다가 밤늦게 돌아와 겨우 눈을 붙였어. 다음 날 새벽에 이나가 말했어. "하파이, 하파이, 우리 하류로 가자."

홍수가 지나가고 보름째 되던 날, 한밤중에 이나가 일어나 밖으로 나갔어. 이나가 잠에서 깬 줄 알고 나도 따라 일어났는데 이나가 누구와 얘기하는 소리가 희미하게 들렸어. 이렇게 늦은 밤에 누가 이런 곳에 왔을까? 용기를 내서 천막 귀퉁이를 들추고 밖을 보니 이나 앞에 한 사람이 서 있었어. 키가 아주 컸는데 자세히 보이지 않았지만 젊어 보였어. 아니, 중년인 것 같기도 청년인 것 같기도 했어. 그 사람의 그림자가 커졌다 작아졌다 했어. 희미하게 두 사람의 말소리가 들렸어. 아주 잠깐 그 사람과 눈이 마주쳤는데 그 눈이, 뭐랄까…… 아, 뭐라고 말할 수가 없어. 호랑이와 나비, 나무, 구름이 동시에 나를 보는 것 같다고 할까. 휴, 이런 표현이 이상하다는 건 알아.

냉큼 내 자리로 가서 자는 척했는데 머릿속에는 온통 그 남자의 눈 생각뿐이었어. 그 후에 천막으로 들어온 이나의 울음소리가 들렸어. 홍수 이후에 이나가 처음 흘린 눈물이었지. 내가 일어나 앉아서 왜 그러느냐고 물었더니 이나가 말했어. "카와스가 알려줬어. 같이 가자." 카와스는 아미족 언어로 조상이라는 뜻이야. 이나는 "그가 어디 있는지 알아"라고 말했어.

이나가 내 손을 잡고 물이 허리까지 차는 개울을 건넌 뒤 징검다리처럼 큰 돌을 밟으며 계속 걸었어. 달빛이 그리 밝지 않았지만 돌 그림자를 볼 수는 있었어. 그때 누가 우리를 봤다면 귀신이라고 생각했을 거야. 이나는 어둠 속에서 자박자박 확신에 찬 듯 앞으로 나아갔어. 날다람쥐의 눈이 달린 듯 조금도 망설임 없이, 조금도 주저하지 않고.

동이 틀 무렵, 이나가 큰 돌 위에 서서 검은 못을 내려다보다가 갑자기 뛰어들었어. 나는 놀라서 그 자리에 얼어붙었지. 이나의 검은 머리가 살아있는 생물처럼 흩어지며 물속으로 가라앉고, 치마가 수면 아래에서 펼쳐지며 흰 꽃이 됐어. 돌 위에 서서 울면서 기다리는데 갑자기 등이 서늘해졌어. 또 비가 내리기 시작한 거야. 목을 타고 흘러내린 빗물이 등줄기를 따라 흘렀어. 지금 생각해보면 그때 개울물도 소리 없이 흐른 것 같아. 얼마나 흘렀을까 물속에서 활짝 핀 꽃이 다시 어둠 속으로 오므라든 뒤 이나의 검은 머리가 떠올랐어. 이나가 눈을 반쯤 뜨고 숨을 헐떡이며 말했다. "랴오 씨의…… 얼굴을…… 봤어." 이나가 수색대에게 받은 무전기로 그들을 부르라고 했고, 얼마 후 수색대가 도착했어. 수색대가 이나가 가리킨 곳으로 들어가 랴오 씨의 시신을 끌고 나왔어. 랴오 씨가 깊은 못의 돌 틈에 끼어 움직이지 못하고 있었대. 그의 시신이 큰 멧돼지처럼 퉁퉁 불어 있었어.

이나가 내게 물었어. "몇 시니? 지금." 이나는 내게 손목시계가 없는 것도 잊어버렸었나 봐.

나는 내가 손목에 그린 시계를 봤어. 6시 10분. 이나에게 6시 10분이라고 말했어. 부옇게 밝아오는 하늘 아래 계곡에서 물안개가 피어오르던 그때를 영원히 잊을 수 없을 거야…… 네게 그때 얘기를 하는 지금까지도 눈이 침침할 정도로. 정말이야. 난 안개라고 생각했지만 사실 모래였어. 비가 그치고 날이 개자 진흙이 모래로 변했던 거야. 안개인 줄 알았지만 걷다 보니 얼굴을 스치는 모래알이 느껴졌어. 이나는 말없이 기슭을 향해 걸었어.

힘겹게 따라갔지만 어느새 이나가 보이지 않았어. 세상에 나 혼자만 남은 것처럼.

앨리스가 커피 한 모금을 마시고 빈 잔을 내려놓았다. 하파이를 물끄러미 보는데 문득 예전에 읽은 소설들을 이제야 이해할 수 있을 것 같았다. 하파이가 바 테이블에 가서 커피 한 잔을 더 따라 앨리스에게 주더니 조금 생각하다가 커피잔을 다시 빼앗았다. "커피 너무 마시면 안 좋아. 술 줄게."

앨리스가 쓴웃음을 터뜨렸다.

하파이가 말했다. "이나는 아무것도 없이 맨손으로 부락을 떠났어. 난 가끔 이나가 사랑도 그곳에 버려두고 떠나는 게 안전했을 거라고 생각해. 한 사람이 자신을 하루 종일 두들겨 패는 사람을 사랑할 수도 있다는 걸, 그날 이후 알게 됐어." 이 말은 아마 하파이 자신에게 하는 말이었을 것이다. 그게 엄마의 일에서 그가 내린 결론이었다.

앨리스가 고개를 끄덕여 동의했다. 하파이의 말에 동의하는 것이 아니라, 자신이 품고 있던 인생에 관한 생각에 동의하는 것이었다. 말하자면, 인생은 사람의 그 어떤 생각도 용납지 않는다는 것. 사람은 주인이 일방적으로 메뉴를 결정해놓은 식당에 들어가는 것처럼 언제나 받아들일 수밖에 없다. 앨리스는 고개를 숙인 채 듣기만 했다. 그는 처음으로 하파이의 발을 봤다. 평소에는 운동화나 장화를 신지만 자다 일어나 나온 탓에 슬리퍼를 신고 있었다. 슬리퍼 사이로 그의 엄지발가락이 보였다. 엄지발가락이 두 개로 갈라진 것처럼 보였다. 하파이의 양쪽 발에 보통 사람의 것보다 작은 엄지발가락이 하나 더 있었다. 하파이의 엄지발가락에 시선이 꽂힌 민망한 상황을 피하려고 얼른 고개를 들어 창밖으로 시선을 옮겼는데 유리창에 온갖 색깔의 나방이 붙어 있었다. 나방 날개에 있는 크고 작은 반점이 무언가를 응시하는 듯했다.

그 순간 앨리스는 바다에서 이 섬의 해안으로 다가오는 무언가를 본 것 같았다.

10 다허, 다허, 어떤 길로 산에 올라가야 하지?

"고작 내 페니스도 꺾지 못하면서 뭘 할 수 있겠어?" 다허가 흑곰이라 불리는 수색대원을 따라잡아 다시 수색대 맨 앞에 섰다. 다허는 시시한 농담을 던졌고, 젊은 수색대원도 그런 농담에 익숙했다. 다허가 주로 수색에 희망이 보이지 않아 웃음소리로 사기를 북돋울 필요가 있을 때 농담을 한다는 사실을 알았기 때문이다. 지금이 바로 그런 때였다.

방향과 수색 경로를 판단하는 흑곰의 눈빛이 사냥꾼이 아니라 사냥꾼에게 쫓기는 동물 같았다. 다허는 그가 자신감을 잃었음을 알았다. 산에서 체력보다 중요한 것은 자신감이다. 자신감이 없으면 몸이 즉각 알아차리고 움직이기를 포기한다. 그러면 산은 당신이 움츠러든 것을 금세 감지한다. 대부분의 위험은 바로 이때 생겨난다. 그래서 다허가 말없이 앞으로 걸어가 흑곰을 대신해 리더의 자리에 선 것이다. 뒤로 빠져 조금 쉬라는 뜻으로 흑곰의 어깨를 두드렸다.

그럴 법도 했다. 야콥센을 수색한 지 엿새째지만 무엇도 발견하지 못했다. 제일 이해할 수 없는 건 이 근방 어디에서도 야콥센이 지나간 흔적을 찾을 수 없다는 사실이었다. 아주 작은 흔적, 아주 작은 자취만 있어도 다허는 야콥센이 어느 방향으로 갔는지 판단해낼 자신이 있었다.

"다허, 이제 어떤 길로 가야 하지?" 흑곰이 물었지만 다허는 대답할 수 없었다. 평소 같으면 열두 시간 전에 이곳을 지난 수컷 물사슴이 어느 방향으로 갔는지도 알 수 있지만, 지금은 수색 대상이 어느 방향으로 갔는지 짐작조차 할 수 없었다. 이런 자신에게 화가 나려고 했지만 화를 내면 판단력만 흐려질 뿐이라는 걸 알았기 때문에 애써 눌렀다. 다허가 유일하게 생각할 수 있는 가능성은 야콥센이 예기치 못한 상황에서 실족해 절벽에서 추락했다는 것이었다. 하지만 그렇다면 절벽 아래 울창하게 뻗어 있는 나무 사이에 물건이 걸려 있거나, 적어도 나무 위로 무언가가 떨어진 흔적이라도 남아 있어야 했다. 부러진 나뭇가지는 색이 다르기 때문에 금세 눈에 띄지만 그런 것도 보이지 않았다. 아무런 흔적도 없었다. 다른 수색대가 골짜기를 샅샅이 뒤졌지만 역시 아무것도 발견하지 못했다.

"이쪽으로 오지 않은 게 아닐까?" 다른 수색대원 마체테가 물었다.

"누가 알겠어? 며칠 전 내린 큰비 때문일 수도 있어. 빌어먹을. 억수같이 퍼부었잖아." 다허가 말했다.

헬리콥터 수색도 기대한 소식을 가지고 돌아오지 못했다. 아흐레째 아무 신호도 없는 것을 보면 야콥센의 송신기가 완전히 고장 난 듯했다. 처음 신호는 분명히 야콥센이 사전 신고한 등반 루트에 있었지만 돌연 신호가 사라졌다. 다허는 송신기가 고장 난 건 아닐 거라고 생각했다. 경험이 풍부한 등반가는 비상용 송신기를 가지고 다니는 데다 송신기가 태양열 충전식이기 때문이다. 현재 기술로 두 개 이상의 송신기가 동시에 고장 날 확률은 극히 희박했다.

물론 아예 불가능한 것은 아니지만. 다허는 잇따른 불길한 징조들이 무언가를 예고하는 건 아닐까, 하는 생각을 떨칠 수 없었다. 앞으로 또 다른 악운이 닥치는 건 아닐까?

수색대를 꾸려 산을 수색해야 한다는 소식이 다허에게 전해진 건 억새꽃이 막 필 무렵이었다. 부눈족이 멀리 가기에 적당한 계절은 아니었다. 집을 나서기 전 앨리스에게 전화했을 때 우마프의 재채기 소리가 들렸다. 집을 나와 하늘을 올려다보자 마침 하스하스Has-has(동박새)가 무리 지어 왼쪽으로 날아갔다. 수하이수스 하잠Suhaisus hazam, 불길한 징조였다. 거의 모든 불길한 징조가 한꺼번에 나타났다. 하지만 몇 년 전부터 그는 마사무Masamu(금기)를 꼭 지켜야 하는지 의구심을 품고 있었다. 하스하스가 왼쪽으로 날아가는 것 따위의 금기는 사실 아무 근거도 없었다. 하스하스는 산에서 언제든 만날 수 있는 흔한 새이고, 무리 지어 움직이는 습성을 가지고 있으며, 이리저리 날아다니므로 왼쪽으로 날아가는 게 이상한 일은 아니다. 게다가 지금 때가 어느 때인데. 다허는 속으로 중얼거렸다. 이런 불길한 징조 때문에 계획을 중단하면 너무…… 그는 머리에 떠오른 단어를 억지로 지워버렸다. 어쨌든 부눈족으로서 금기를 믿지 않는다는 것 자체가 이미 큰 금기를 범한 것인데 불경한 단어까지 쓰려고 했다니. 아버지가 살아있었다면 틀림없이 그에게 제아무리 삼림생태학 석사학위까지 딴 수재라고 해도 산신을 존경해야 한다고 말했을 것이다.

'산이 없으면 네가 숲을 연구할 수 있겠느냐? 숲은 우리가 사냥을 하고 존경심을 품는 공간이지, 연구하라고 있는 게 아니다.' 다허는 우렁찬 목소리로 이렇게 말하는 아버지를 상상했다.

하지만 당장 사람 생명이 중요했으므로 집을 나섰다. 그에게는 책임이 금기보다 중요했다. 불의의 일이 닥친다 해도 달라지지 않았다. 게다가 이번 일은 야콥센을 찾는 것이고…… 앨리스를 위한 일이기도 했다. 다허가 큰 소리로 돌과 달을 불러 한 마리는 연료탱크에, 한 마리는 뒷자리에 앉혔다. 돌과 달은 다허가 기르는 까만 잡종견이다. 달은 앞가슴에 반달무늬가 있는 타이완 흑곰과 비슷하게 생겼고, 돌은 처음 사냥을 따라 나갔다가 멧돼지 송곳니에 입가를 물리는 바람에 입이 약간 비뚤어졌다. 자기보다 훨씬 강한 사냥감이 공격해도 돌은 꿈쩍도 하지 않고 제자리를 지킨다. 돌과 달은 모두 숲에서 다허의 충실한 동반자다. 하지만 지금은 돌과 달도 산길을 쿵쿵대며 맴돌다가 수색 대상의 체취가 하늘로 올라갔는지 종종 고개를 들어 하늘을 올려다

보기만 한다.

　사람은 간혹 자신이 어디로 가는지, 왜 여기로 왔는지 모를 때가 있다. 다허는 십여 년 전 샤오미 때문에 작은 망설임도 없이 이곳으로 이사 온 때를 떠올렸다. 다허가 국립대학에서 삼림생태학 석사학위를 딴 지 얼마 되지 않았을 때였다. 그의 부락에서는 아주 드문 일이었다. "숲을 알려고 대학원까지 다녀야 해? 그럼 낚시 배우려도 대학원에 가야겠네? 총 쏘는 법도 대학원에서 배워야 해?" 다허의 친구들이 그를 놀렸다. 그때 원주민들은 대부분 자기 부족어나 사회학과 관련된 학위를 땄지만 다허의 관심사는 오로지 숲뿐이었다.

　얼마 후 다허는 우선 군에 입대하기로 했다. 군에 있을 때 중대원들과 H시에 갔다가 술을 마시고 다 같이 '마사지'를 받으러 터미널 앞에 있는 피부 마사지숍에 갔다. 물론 그들에게 필요한 건 피부 마사지가 아니라 광고판에 야릇하게 쓰여 있는 '아로마테라피'라는 걸 모두 알고 있었다. 다허는 술기운 탓인지 어두컴컴한 계단을 올라갈 때 평소보다 심장이 빠르게 뛰는 걸 느꼈다. 건물 이 층은 칸칸이 작은 방으로 나뉘어 있었고 어슴푸레한 불빛만 밝혀 있었다. 세 친구가 각각 방에 들어간 뒤 십 분쯤 지나자 한 여자가 문을 두드렸다. "들어가도 돼요?" 다허는 그 여자의 얼굴을 제대로 보지도 못하고 고개를 끄덕였다.

　술을 마시면서 친구에게 서비스 과정에 대해 들은 터였다. "'미용사'가 먼저 오일을 바르고 마사지를 해줘. 삼십 분에서 한 시간 정도 있다가 돌아누우라고 하고는 불빛을 더 어둡게 하지. 그때부터 '집중 마사지'가 시작돼. 절대 사양하지 마."

다허는 마사지 침대에 엎드려 숨구멍에 얼굴을 넣고 하이힐 밖으로 드러난 발가락을 봤다. 일부러 만들어놓은 것처럼 몹시 가느다란 발가락이었다. 사냥꾼에게 쫓기다 잡히기 직전인 물사슴처럼 빠르게 뛰는 심장을 주체할 수 없었다. 여자는 그에게 어디에서 왔는지, 하는 일은 무엇인지 직업상 의례적인 질문을 던졌다. 나긋나긋한 목소리가 마치 길 없는 숲의 낙엽층을 걷는 듯한 느낌을 풍겼다. 여자도 타이둥에서 왔다고 했다.

하지만 다허가 너무 긴장한 탓인지 '집중 마사지'를 하는 동안 그의 페니스가 단단해지지 않았다. 여자가 그를 등진 채 애를 써봤지만 벨이 울릴 때까지도 다허는 사정하지 못했다. 머리를 허리까지 기른 여자는 제대로 보지는 못했으나 스무 살 정도밖에 안 된 듯했다. 하지만 나이 얘기를 할 때 여자는 자신이 스물여덟이라고 태연하게 말했다.

"동안이네요."

"맞아요. 동안이에요."

"이름이 뭐예요?"

"샤오미요. 8호예요. 다음엔 더 좋은 서비스를 약속드릴게요."

다허는 그 말이 통신 회사 고객센터 상담원의 인사말 같다고 생각했다. 그제야 여자의 생김새가 눈에 들어왔다. 자주색 미니원피스를 입고 팔찌 여러 개를 겹쳐 낀 여자는 타이베이 거리를 흔히 거니는 젊은 아가씨 같았다. 동그랗지만 살집이 많지 않은 얼굴에 고집스럽게 보이는 코가 오뚝 솟아 있었다. 피부색은 원주민처럼 검지 않지만 눈 주위에 원주민의 특징이 보였다. 다허는 고개를 숙이고 여자의 발가락을 보며 방을 나왔는데 그 때문에 더 수줍게 보였고 거기에 온 걸 후회하는 것처럼 보이기도 했다. 정말 예쁜 발가락이라고, 다허는 생각했다.

그 후 다허는 혼자 오토바이를 타고 H시에 자주 갔다. 숍에 들어가 고개를 숙이고 매니저에게 "샤오미한테 왔어요. 8호요" 하고 말했다. 두 사람은 차츰 친해졌다. 샤오미는 가끔 다허를 따라 야식을 먹으러 가기도 하고, 고약한 손님을 만나면 그에게 푸념을 하기도 했다. 가끔 '싸지' 못하면 돈을 깎아달라는 손님도 있다고 했다. "그걸 내가 어떻게 보장해. 안 그래?" 샤오미가 서툰 타이완어로 말하며 담배 한 개비를 꺼내 물었다. 오랫동안 실내에서 일해서인지 처음 만났을 때보다 피부가 훨씬 하얬다.

샤오미는 보통 저녁 8시부터 새벽 6시까지 일하고 낮에는 대부분 잠을 잤다. 다허는 원래 전역 후, 연구 기관에 들어가 부눈족과 숲에 관련된 주제를 연구하려고 했다. 그러다가 우선 고향에 내려가 몇 년쯤 초등학교 교사로 일하기로 계획을 바꿨으나 H시에서 택시 운전을 하기로 다시 계획을 바꿨다. 샤오미를 자주 보기 위해서였다. 그는 매일 새벽 6시가 되면 습관처럼 피부 마사지숍에 가서 퇴근하는 샤오미를 태웠다.

샤오미는 다허와 잠자리를 하지 않겠다고 했다. 베테랑 안마사들이 절대로 손님과 사랑에 빠져선 안 된다고 신신당부했기 때문이다. 그들은 잠깐 놀고 그만둘 자신이 없으면 아예 잠자리도 하지 말라고 했다. "나중에 울고불고해봤자 아무도 널 위로해주지 않을 거야." 샤오미를 동생처럼 챙기는 샤오링 언니가 말했다. 샤오링 언니는 마약쟁이 남편이 급사하는 바람에 두 아이를 키우기 위해 이 바닥에 들어왔다. 그는 손님을 받을 때 조명을 아주아주 어둡게 하고 절대로 손님을 보지 않았다.

하지만 시간이 지날수록 샤오미는 늘 말없이 자기 말을 들어주고 한 번도 집적댄 적 없으며 거의 매일 퇴근 때마다 자신을 데리러 오는 이 손님에게 마음이 흔들렸다. 샤오미는 다허에게 전화번호와 원룸 열쇠를 줬다. 원룸은 마사지숍 근처에 있었는데 샤오미는 숍에서 일한 몇 년 동안 원룸과 마사지숍의 '작업실'만 오가며 엄마 대신 아빠의 빚을 갚았다. 가끔 낮에 자고 있으면 다허가 점심밥을 사 들고 와서 깊이 잠든 그의 옆에 조용히 앉았다. 인조 속눈썹을 뗀 샤오미는 막 돋아난 듯한 완벽한 발가락을 가진 샤오미로 변했다. 작은 마사지 침대의 숨구멍으로 봤던, 아름다운 발가락을 가진 샤오미였다.

다허는 택시 운전을 하면서도 산이 그리웠다. 그러다 등산 친구를 사귀게 되고 산악구조대에 가입했다. 산에서 사고가 일어나면 다허는 택시를 몰고 산으로 달려가 구조 활동에 참여했다. 산과 숲에 대한 풍부한 지식 덕분에 다허는 금세 유명 인사가 됐고 많은 조난자를 구조했다. 산악구조대에는 여행 가이드와 중학교 교사, 야시장에서 갈비를 팔거나 약을 파는 노점상까지 다양한 사람이 있었다. 일단 집합 명령이 떨어지면 각자 하던 일을 내려놓고 집결지로 모여 수색대를 조직했다. 한가할 때는 대원들끼리 산에 가기도 했는데 그중에는 전설적인 산악인도 다수 있었다. 한족, 아미족, 부눈족, 사키자야족, 트루쿠족 등 다양했지만 모두 생계를 팽개치고 산만 타지 못하는 걸 한스러워할 정도로 산을 좋아한다는 공통점이 있었다.

다허는 그 시절이 사무치게 그리웠다. 그 연약하고 위태로운 기억이 깨지거나, 제 비루한 기억력에 왜곡될까 두려워 감히 회상하지도 못할 만큼. 사무치게 그립지만 그 시절을 회상하다가 그 이후 기억까지 딸려 나올까 겁이 나 생각하지 않으려 애썼다.

오늘 밤도 아무런 흔적을 찾지 못했다. 야콥센이 등반 신고를 하고 올라간 이 산은 산세가 양호한 편이지만, 부근에 봉우리 몇 개가 이어진 곳은 다른 이름난 산보다 훨씬 위험했다. 사실 이름난 산들의 경우 이미 길이 수없이 다져지고, 등반 루트마다 등반객의 발길이 끊이지 않는 데다 출발점이 정상에서 그리 멀지 않기 때문에 등반하며 새로운 루트를 찾는 본질에서 멀어져 단순한 트레킹 장소로 변한 지 오래다. 하지만 이 산은 달랐다. 이곳은 여전히 신비롭고, 직관적인 감각을 간직한 진정한 산에 가까웠다. 다허는 진정한 산에 들어가면 흔히 알던 지식은 아무 쓸모가 없어진다고 생각했다. 수색을 하다가 일반적이지 않은 상황을 종종 마주치기도 했다. 한번은 학생들이 난후다 산에 고립됐는데, 수색대가 길을 따라가다가 연락이 끊긴 등산대원의 옷을 발견했다. 당시 산 위의 기온은 0도에 가까웠다. 젊은 수색대원이 물었다.

"구조 요청 신호일까요?"

"글쎄. 국내외 조난 수색 기록을 보면 실종자가 옷을 거의 벗은 채로 발견된 사례가 많아. 저체온증이 일어나면 작열감이 느껴져 옷을 벗게 되거든. 내 생각에 이건 구조 요청 신호가 아니라 길을 잃은, 혹은 방향감각을 상실한 흔적이야. 정상적인 지각을 잃어가고 있다는 신호지. 서둘러야 해." 과연 그날 학생들을 발견했을 때 대부분 의식을 잃고 거의 벌거벗은 상태였다.

다허는 가끔 국제조난구조대 훈련에 참여하거나 해외 구조대 친구들과 경험을 공유하면서 길을 잃어 며칠간 연락이 끊긴 조난자가 일부러 구조대를 피하는 경우도 있다는 이야기를 들었다. 이미 환각과 착각, 현실을 식별할 수 없는 상태이기 때문에 그렇다고 했다. 살아있지만 부르는 소리에 응답하지 않고, 심지어 놀란 동물처럼 수색대를 피해 도망치기도 한다고. 그래서 다허는 큰 소리로 부르며 찾아다니는 방식과 소리를 내지 않고 조용히 흔적을 관찰하며 수색하는 방식을 병행했다. 어떤 물체가 가까이 다가오는 기척을 몇 번 느끼기도 했지만 매번 금세 사라졌다.

며칠 뒤 수색대가 아무 소득 없이 돌아왔다. 시신조차 찾지 못했다. 다허와 앨리스에게 심한 충격이었다. 특히 다허는 앨리스의 실망한 눈빛을 견딜 수 없었다. 야콥센 부자가 실종되고 한 달 동안 각지에서 자발적으로 모여든 수색대가 잇따라 산에 올랐지만 아무 진전도 없었다. 어떻게 이럴 수 있단 말인가? 다허는 고뇌에 빠졌다. 뉴스에서는 이 사건을 미스터리한 실종 사건이라고 표현했다. 일반적으로 사람이 산에서 조난되어 사망하면 시신이 있기 마련이다. 그런데 이번에는 구름이 빗물로 변해 강물에 떨어진 것처럼 어떤 흔적도 발견할 수 없었다.

모든 이상한 사건이 그러하듯, 수색 활동도 차츰 뜸해지다가 거의 중단됐다. 이 세상은 상상을 초월한 크기의 거대한 기계 같아서 누군가의 실종으로 운행이 완전히 멈추는 일은 없다. 하지만 다허는 풀리지 않는 수수께끼와 앨리스에게 한 약속을 위해 다시 산으로 향했다. 이번에는 새로운 루트와 새로운 생각이 있었다.

부눈족은 다른 어떤 부족보다도 산사람이었다. 차남인 다허는 큰아버지의 이름을 물려받았는데 무환자나무라는 뜻이었다. 다허는 수수하면서도 강인한 무환자나무를 닮았다. 하지만 아무리 강인한 성격이라도 혼자서 우마프를 감당하기란 쉽지 않았다. 다허는 샤오미가 우마프를 임신했을 때를 떠올렸다. 샤오미는 임신 후 감정 기복이 심해져 마사지숍을 그만뒀고, 매월 10만 위안의 수입이 끊겼다. 하지만 아직 젊은 샤오미가 이 소도시에서 찾을 수 있는 낙은 치장 외에 많지 않았다. 게다가 마사지숍에서 일하는 동안 다른 이들처럼 약에 중독되기까지 했다. 다허는 몇 번이나 약을 끊게 하려고 노력했지만, 샤오미는 온화하고 성실한 다허에게 무척 의지하는 듯하면서도 삶이 고작 이것뿐이라는 생각에 괴로운 나머지, 늘 환경에 순응하는 다허에게 툭하면 짜증을 냈다. 이런 자신을 견딜 수 없던 샤오미는 몰래 손님에게 마약을 사서 자신을 망각하는 편을 택했다.

다허는 사실 그리 강한 사람이 아니었지만 약해 보이고 싶지 않았으므로 택시 운행 시간을 늘리며 최대한 다툼을 피했다. 그러다 어느 날 집에 와보니 오토바이가 보이지 않았다. 문을 열자 아기 침대에서 우마프가 악을 쓰고 울어대는데 아무도 없었다. 종이 한 장이 다허의 눈에 들어왔다. '타이베이로 떠나. 우마프를 잘 키워줘.' 마음만 먹는다면 샤오미를 찾아낼 수 있겠지만 다허는 그러지 않았다. 그는 까르푸에서 아동용 카시트를 사다 택시에 설치해놓고 택시 일을 계속했다. 우마프를 앞자리에 태우고 얘기를 하며 택시를 몰았다.

다허가 이야기를 들려주면 우마프는 물사슴 같은 눈을 반짝였고, 이야기를 멈추면 눈동자가 금세 돌처럼 변했다. 우마프가 잠들면 고요한 차에서 작은 몸이 숨소리를 따라 천천히 들썩였지만, 이내 호흡의 리듬이 바뀌며 다시 큰 소리로 울음을 터뜨렸다. 아직 갓난아기였지만 다허는 상처 입은 아기 새 같은 우마프가 뭔가 아는 것 같다고 느꼈다. 다허는 딸이 자라서 마주하게 될 세상을 걱정했다. 상처 입은 새는 현실의 숲에서 죽음을 피하기 힘들다는 걸 알았기 때문이다.

다허 혼자 산길을 걷다가 점점 길에서 벗어났다. 길이 점점 희미해지다가 동물이 지나는 길밖에 보이지 않게 됐다. 다허는 자신이 '산속'으로 들어왔음을 알았다. 이미 단단하게 다져진 산길도 아니고, 등반객들이 로프를 묶거나 플라스틱 표식을 남기고 간 산길도 아니었다. 돌과 달이 숲속으로 사라졌다가 나오기를 반복하며 짖는 소리로 주인에게 방향을 알려줬다. 용감하고 예민한 토종개를 고르는 것은 부눈족에게 가장 중요한 일이다. 그들은 단순한 사냥개가 아니라 고독한 동반자다. 아버지는 그에게 개의 눈빛과 꼬리를 주의 깊게 살펴보라고 했다. 자신감이 없는 개는 꼬리를 쳐들지 않고, 똑똑하지 못한 개는 눈동자에 생기가 없거나 불안하게 떨린다. 눈동자가 불안하게 떨리는 개는 숲의 어느 곳에 위험이 도사리고 있는지 알아차릴 수 없다.

숲속에서 빠르게 이동하는 것은 다허의 특기였다. 그는 부눈족에게 170센티미터가 넘는 키는 장애에 속한다고 친구들에게 종종 농담을 했다. 키가 너무 크면 빠르게 숲을 가로지르기가 힘들다. 돌과 달은 주인보다 한발 먼저 숲으로 들어가 작은 개울을 찾았다. 개울물이 그에게 말을 건네듯 맑은 소리를 내며 흘렀다. 다허는 캠핑 도구를 꺼내 먼저 찻물을 끓였다. 뜨끈한 차를 마시자 주변 경치가 눈에 들어왔다. 그 순간 머릿속을 채우고 있던 고민거리가 다 씻겨져나가는 기분이었다. 산속은 고요하지 않다. 한 번도 조용한 적이 없다. 다허는 어떤 생명체든 물을 찾아낸 순간, 느꺼운 감격에 자기만의 독특한 소리를 토해낸다는 사실을 알았다.

한번은 아버지가 그를 데리고 사냥을 하다가 이야기를 들려줬다. 그의 아버지는 타고난 이야기꾼이었고, 그것은 그가 아버지와 사냥하는 것을 좋아하는 이유이기도 했다. 총을 둘러멘 아버지를 따라 덫을 놓아둔 곳을 확인하러 다니며 이야기를 듣는 것이 그에게는 가장 신나는 일이었다. 한번은 아버지와 개울가에 앉아 쉬는데 아버지가 말했다. "옛날에는 개울물이 말을 하지 못했다는 걸 알고 있니?"

"그런데 어쩌다 이렇게 말이 많아졌어요?"

"사실 부눈족은 깊은 산속에 살았어. 살기가 아주 고됐지. 쉴 틈 없이 사냥하고 농사를 지어야 하니까 춤추는 걸 좋아하지 않았어. 가끔 노래를 부르기는 했지만 아무도 노래를 기록하지 않았지. 어느 날 한 남자와 여자가 산에서 일하고 있었어. 사실 두 사람은 오랫동안 몰래 서로를 좋아하고 있었어. 둘이 함께 산에 갈 기회가 생겨서 내심 기뻤던 두 사람은 직접 만든 노래를 주거니 받거니 같이 불렀어. 그러다가 외나무다리가 걸린 개울에 도착했어. 다리가 아주 좁았지만 두 사람이 함께 건넜지. 그런데 누구의 부주의 때문인지 몰라도 여자가 외나무다리에서 떨어지고 말았어. 남자도 여자를 구하려다가 물에 빠졌지."

"죽었어요?"

"죽은 건 아냐. 다허, 사람은 가끔 말이다 살아있는 건 아니지만 죽었다고 할 수도 없을 때가 있단다. 그 두 사람이 바로 그렇지. 개울의 소리가 됐거든."

살아있는 건 아니지만 죽었다고 할 수도 없다고? 다허는 아버지의 말을 이해할 수 없었다.

"그때부터 개울물이 졸졸졸 소리를 내게 됐어. 들어봐. 물소리가 듣기 좋지? 그 후로 부눈족은 산에서 사냥할 때나 밭에서 농사를 지을 때 항상 개울물 소리를 들었어. 아주 오랫동안. 그러다가 어떤 부눈족이 소리를 따라 했는데 그게 바로 피수스리그Pisus-lig(화음)의 유래란다."

다허의 아버지는 훌륭한 가수이자 사냥꾼이지만 평지 생활에 있어서는 실패자였다. 그는 항상 억누를 수 없는 우울에 빠져 있었고 공장에서 사소한 일로 사람들과 다투기 일쑤였다. 그는 쉬는 날이면 엽총을 메고 산에 올라가 멧돼지를 상대하며 늙은 부눈족 사냥꾼의 영광과 두려움을 그리워했다. 다허는 처음 포위 사냥에 참여했을 때 아버지의 눈빛을 결코 잊을 수 없다. 개들이 사냥감을 쫓는 사이, 아버지는 사냥꾼들에게 흩어져서 둥글게 포위망을 구축하게 했다. 다허는 땀이 눈에 들어가 길이 보이지 않았기 때문에 소리를 듣고 직감에 따라 서야 할 위치로 달려갔다. 몇 번의 총성이 울렸다. 총성이 숲의 상공을 선회하는 새처럼 맴돌다가 뒤도 안 보고 날아갔다.

다허는 노래를 부르고 싶었지만 같이 불러줄 사람이 없어서 몇 소절 불러도 흥이 나지 않았다. 육포를 꺼내 돌과 달에게 주고, 자신은 미나리를 몇 줄기 뽑아 입에 넣고 우물거리며 졸음을 쫓고 차와 함께 삼켰다. 숲에서는 돌과 달이 그의 가족이었다. 그는 잠시 생각하다가 해가 지면 조금 더 높이 올라가 텐트를 치기로 했다. 그러면 물에서 멀지 않으면서 낙석의 위험도 없을 것 같았다. 다허가 고개를 돌려 돌과 달에게 말했다. "아니다. 오늘 밤은 푹 자고 내일 다시 찾자. 달도 휴식이 필요하지 않겠어?"

다허가 하늘과 나무, 별을 올려다봤다. 예전에 부락의 노인이 입버릇처럼 한 말이 생각났다. "하늘, 나무, 구름과 별에게 자주 말을 건네라. 모두 디하닌Dihanin(신)이 변한 것이니까. 그들과 자주 대화하지 않으면 네가 혼자 있는 틈을 타서 하니토Hanito(정령)가 찾아올 거야." 다허는 그들과 대화하고 싶었지만 무슨 얘길 해야 할지 알 수 없었다.

아기 사슴이 개처럼 짖는 소리와 풀벌레의 합창 소리가 들리고, 어둑한 색의 밤나방이 조용히 나타나 그의 랜턴 위에 엎드렸다. 잠시 후 다허는 주위에 나방이 많이 모여든 걸 알았다. 어릴 적 자주 본 거대한 나방도 있었다. 곤충학자인 등산 친구가 아틀라스나방이라고 알려준 것으로, 연한 옥빛이 도는 나방은 길고 아름다운 꼬리가 있어서 긴꼬리옥빛나방Actias ningpoana이라는 이름을 갖고 있었다. 수많은 눈이 지켜보는 듯 날개에 반점이 있는 나방은 보통 산누에나방이었다. 나방은 거의 날아다니지 않고 나무의 일부처럼 미동도 없이 나뭇가지에 앉아 있었다.

다허는 문득 가느다란 그림자가 멀리서 천천히 다가오는 것을 느꼈다. 자세히 보려고 고개를 드는데 빗줄기가 툭 떨어졌다. 달이 빗물로 변한 듯 가닥가닥 빛나는 빗줄기가 다허 주위로 떨어졌다.

5장

하늘은 멀리서 조금씩 밝아오고, 아직 꺼지지 않은 가로등 아래 은청색 운석 조각 같은 우박이 해변으로 쏟아졌다.

11 바다의 소용돌이

　새벽에 일어나 일곱째 시시드를 청소하는 시간이 하루 중 하파이의 머리가 가장 맑은 때다. 밖에서 들어오는 바다 냄새와 풀방석, 목조 의자 냄새가 섞이면 쿠키 냄새가 난다. 이런 앳된 냄새를 맡으면 잠시나마 모든 일을 잊을 수 있다.
　7월의 첫 일요일, 일곱째 시시드에 낯선 남녀가 들어왔다. 그들은 등대 자리에 앉아 카메라를 세워놓고 오전 내내 자리를 지켰다. 키 큰 남자는 주머니가 달리지 않은 곳을 찾기가 더 어려운 촬영용 조끼를 입고 큰 촬영 배낭을 어깨에 멨는데 거무스름한 피부에 쌍꺼풀 없는 눈, 짧게 깎은 상고머리로 보아 운동을 즐기고 작은 부분까지 세심하게 신경 쓰는 타입인 듯했다. 여자는 깡마른 몸매에 진한 화장을 하고 이목구비가 조금 비현실적이었다. 게다가 이런 곳에 은색 하이힐을 신고 오다니 텔레비전에 나와야 어울릴 것 같았다. 음. 그래. 어찌 보면 미인이라고 할 수는 있겠어, 라고 하파이는 생각했다.

　여자는 자리에 앉자마자 노트북을 켜고 이제부터 파트너에게 절대 눈길을 주지 않겠다는 듯이 오로지 모니터만 봤다. 남자는 스티커를 붙여 브랜드명을 가린 전문가용 카메라와 단안경을 설치했다. 새를 관찰하러 온 사람이 아닌 걸 하파이는 한눈에 알아봤다. 새를 관찰하러 온 몇몇 친구에게 들은 바로는 상류 공장에서 물길을 막은 데다가 수질오염으로 강과 바다가 맞닿는 곳에 물고기 개체 수가 급감해 최근 강어귀를 찾는 새가 거의 없다고 했다. 게다가 오늘 등대 자리에서 보이는 창밖 풍경은 새 한 마리 없이 잿빛 안개만 답답하게 끼어 있었다.

　"놀러 왔어요?"

　"아뇨. 일하러 왔어요. 바다를 보는 게 오늘 일이에요." 남자가 말했다.

　"여기서 오래 살았지만 바다는 정말 단순한 곳이 아니에요. 천천히 보세요." 하파이가 웃으며 말했다. 앨리스의 집을 찍으러 왔겠지? 몇 년 전부터 여러 매체에서 앨리스의 집을 촬영하러 왔다. 오디오를 켜고 오래된 CD를 넣자 아미족 가수 파나이의 '언젠가는'이 흘러나왔다. 그 시절 파나이는 젊은이들에게 인기가 많았다. 하파이도 바닷가에서 파나이가 부른 노래를 듣고 감정이 북받친 적이 있다. 파나이는 힘을 빼고 편안하게 노래하는데 그래서 더 묵직한 맛이 있다. 그날이 영영 오지 않을 것 같은 느낌을 주기 때문이다.

언젠가는 당신도 화려한 도시를 떠나고 싶겠죠.
언젠가는 당신도. 엄마가 말하던 어린 시절의 천국 같은 그 풍경을 보고 싶어지겠죠.

남자가 특선 메뉴를 주문했다. 하파이는 오늘의 특선 메뉴에 '세 가지 속마음'이라는 이름을 붙였다. 빈랑나무 속잎, 억새 속잎, 월도月桃 속잎으로 변화를 준 요리이기 때문이다. 채소는 모두 하파이가 하루 전날 직접 따 왔고 주재료는 구운 멧돼지 다리와 찐 생선 중에 선택할 수 있었다. 남자가 카운터에 와서 명함을 내밀었다. 예상대로 남자는 한 방송사의 촬영 기자였고 여자는 리포터였다.
"아한입니다."
"저는 릴리Lily예요." 짙은 눈화장에 속눈썹이 길고 눈동자는 청록색을 띤 여자가 말했다.
"무슨 취재예요? 가게 방송 타는 거 싫은데."
"아, 제가 오해를 샀군요. 물론 이 가게도 아주 훌륭하고 취재 가치가 충분하지만…… 오늘은 맛집 취재 온 게 아니어서요. 바다를 떠도는 쓰레기 섬이 여길 덮칠 수도 있다고 해서 왔어요."
"무슨 섬이요?"
"요즘 뉴스에 나오잖아요. 섬이라고 하기엔 그렇고, 쓰레기 소용돌이라고 하죠. 아, 여긴 텔레비전이 없는 것 같네요?"
"네, 없어요." 텔레비전은 하파이가 혐오하는 물건 중 하나였다. 그는 신문도 구독하지 않았다.

릴리가 인조 속눈썹을 깜빡이며 말했다. "삼십 년쯤 됐을 거예요. 사람들이 바다에 버린 쓰레기가 해류를 따라 떠돌다가 거대한 쓰레기 더미가 되어 표류하는 걸 과학자들이 발견했어요. 믿기 힘든 일이잖아요? 하하, 재미있어요. 지금 그 쓰레기 더미가 여기로 다가오고 있대요. 이 사건에 전세계의 이목이 쏠려 있어요. 그래서 사장님 도움이 필요해요."

"무슨 도움이요?" 하파이에게 그 뉴스는 재미난 구석이 조금도 없었다.

"여기서 촬영할 수 있게 허락해주세요. 조망이 아주 좋아요. 정말로 그 쓰레기 더미가 들이닥친다면 사장님을 인터뷰할 수도 있고요."

"싫어요. 난 방송에 안 나가요." 하파이가 손을 내저었다. "다른 기자들이 또 올 수도 있나요?" 하파이가 걱정스러운 표정으로 물었다.

오후가 되자 근처 모텔과 민박이 기자들로 가득 차고 외신 기자도 여럿 보였다. 하늘에서 가끔 헬리콥터와 패러글라이더가 이리저리 날아다녔다. 피부색도 키도 제각각인 기자들이 해변을 가득 메우고, 어떤 이들은 아예 텐트를 치고 자리를 잡았다. 하지만 하파이는 아한과 릴리 외에 다른 기자가 가게로 들어오는 것을 막았다. 아한과 릴리도 나가주길 바랐지만 이미 들어온 손님을 내쫓을 수는 없어서 새로 들어오려는 손님만 거절하는 것이었다. 하파이의 결정에 아한과 릴리는 쾌재를 불렀다. "그렇다면 이 각도의 화면은 우리만 찍을 수 있겠군요. 지금 모든 방송사가 똑같은 사람만 인터뷰해요. 카메라 놓은 위치도 똑같고요. 지긋지긋하게요." 아한이 말했다.

아까부터 태블릿으로 타이베이 스튜디오와 헬리콥터 사이에서 연락을 주고받던 릴리가 말했다. "헬리콥터가 근해에서 쓰레기 소용돌이의 가장자리를 발견했대요. 최근 해안가의 조류가 거세서 그 여파로 쓰레기 더미가 바깥으로 밀려나고 있는데, 언제 해안을 덮칠지는 모르지만 전문가들은 루손 섬에서 형성된 저기압이 북상하면 기류의 영향으로 쓰레기 소용돌이의 가장자리가 흩어져 그중 일부는 일본으로, 또 다른 일부는 여기로 떠밀려 올 것으로 예상하고 있어요."

"헬리콥터에서 촬영하면 되잖아요." 하파이가 말했다.

"찍고 있죠. 이미 항공에서 촬영한 화면이 있어요. 하지만 요즘 해풍이 강하고 헬리콥터 연료비도 만만치 않아서 계속 떠 있을 순 없어요. 우린 쓰레기 소용돌이가 섬을 덮치는 순간을 찍으려는 거예요. 이 사건에 대한 현지 주민의 생각도 취재하고요." 아한이 말했다. "참, 근처에 배 빌릴 곳이 있을까요?"

"아룽에게 빌릴 수 있을 거예요. 전화번호 줄게요." 아룽은 바닷가에서 고기를 잡으며 사는 젊은 조각가였다.

하파이는 익숙한 바다를 가만히 바라봤다. 릴리와 아한의 얘기를 도무지 알아들을 수 없었다. 어릴 적 불가해한 수학 문제를 마주할 때와 같은 기분이었다. 우리가 버린 물건이, 바다는 소화할 수 있을 줄 알았던 물건이 파도에 휩쓸려갔다가 천천히 돌아오고 있었다.

"저 집에 사람이 사나요?"

등대 자리에 앉으면 시야에 앨리스의 집이 들어온다는 걸 하파이는 보지 않아도 알았다.

"물론이죠."

앨리스는 이상한 물건이 파도에 휩쓸려 오는 일에 점점 익숙해졌다.

오하요를 주운 뒤 앨리스의 생활은 마치 어둠 속에서 문틈으로 한 줄기 빛이 들어온 것 같았다. 매일 아침 오하요가 야옹야옹하는 소리를 들으며 잠에서 깼다. 사료를 주고 바다 창 앞 책상에 멍하니 앉아 있거나 아무렇게나 글을 끼적였다. 컴퓨터로 타자하지 않고 직접 노트에 썼다. 글을 쓴다기보다는 기도나 간구 같은, 바다를 향한 의식에 가까웠다. 오하요의 출현으로 앨리스에게 어떤 믿음이 생겼다. 오하요가 그를 만났듯 어쩌면 토토도 누군가의 품에서 보살핌을 받고 있을지도 모른다는 것. 이런 생각이 들자 자살에 대한 생각도 잠시 누그러졌다.

처음에는 오하요를 동물 보호소에 보내거나 길러줄 적당한 사람을 찾으려고 했다. 하지만 동물병원에서 사 온 이동 가방에 오하요를 넣을 때마다 차마 보낼 수가 없어서 도로 꺼내고 말았다. 앨리스는 불꽃 같은 혀로 그의 손을 핥는 오하요를 가만히 내려보며 머리를 쓰다듬었다. 오하요는 제 머리를 쓰다듬는 인간이 자신을 필요로 하는 걸 아는 것처럼 앨리스가 글을 쓸 때 아무렇지 않게 그의 무릎에 올라가 앉고, 가끔은 한술 더 떠서 그의 노트북 위에 엎드려 아무리 쫓으려 해도 꼼짝하지 않았다. 이 꼬마 녀석은 앨리스가 자신을 밀어내지 못하는 걸 알았다. 앨리스는 하는 수 없이 계속 뭔가를 끼적이거나 멍하니 바다를 봤다. 정말 그가 젊었을 때보다 바다 색깔이 형편없이 탁해지고 잿빛마저 돌았다. 바다 자체에서 나는 순수한 광채를 찾을 수 없었다. 마치 길에서 가끔 마주치는, 결혼 뒤 세월이 흐르며 살이 붙기 시작해 절망에 빠진 중년처럼.

이따금 생각에 잠기거나 글을 쓰다가 책상에 엎드려 잠이 들면 오하요가 몸을 부르르 떨며 일어나 창밖으로 뛰어나갔다. 처음에는 돌아오지 않을까 봐 걱정했지만, 오하요는 어느새 의자를 차례로 디디며 폴짝폴짝 뛰어 건너는 기술을 터득했을 뿐 아니라 헤엄치는 법도 익혔다. 앨리스는 뒷문 창 앞에 서서 뒤도 돌아보지 않고 총총히 달려 수풀 속으로 사라지는 오하요를 봤다. 앨리스가 혼자 있을 수 있는 최대 시간은 대략 두세 시간이었다. 이 시간을 넘어서면 자살 충동이 다시 고개를 들었다. 우연의 일치인지 오하요는 언제나 앨리스에게 그런 생각이 들려고 할 때쯤 사뿐사뿐 앞에 나타났다. 누군가 죽음으로 향하는 보이지 않는 문에 빗장을 거는 것처럼, 오하요의 야옹야옹 소리가 앨리스의 자살 충동을 막았다.

앨리스는 학술계에 몸담은 뒤 오랫동안 글쓰기 능률을 높이기 위해 키보드를 두드려 글을 썼고, 음성인식 입력 기술이 유행하면서부터는 그 기능을 이용했다. 그래서 다시 손으로 한 자 한 자 글을 쓰기 시작했을 때 무척 어색했고, 쓰는 법을 잊은 글자도 많았다. 제일 귀찮은 건 수정할 때였다. del 키 하나로 한꺼번에 삭제할 수도 없고, 어떤 때는 한 페이지를 거의 다 채웠다가 구겨버렸다. 하지만 오히려 이런 느낌이 좋았다. 글자가 머릿속에 오래 머물렀다가 마침내 한 획 한 획 종이로 옮겨져 실제 글자가 됐다. 진흙에서 쏙쏙 자라난 풀포기를 제초기로 사각사각 잘라낸 다음 그것들이 다시 자라나길 기다리는 것 같았다. 앨리스는 젊은 시절, 어떤 이유로 소설 쓰기를 좋아하게 됐는지 기억을 더듬었지만 좀체 생각나지 않았다. 이제는 타이완에 돌아오지 않는 여러 철새처럼, 그때의 느낌도 되돌아오지 않을 것이다. 몇 년 사이 글자를 찍어내는 기계로 변해버린 자신을 보며 앨리스의 성격은 점점 날카로워졌다. 그는 불만에 찬 감정을 자신이 심사하는 논문에 쏟아부었다. '이런 걸 쓰면서도 월급을 받는다고? 역겨워!' 늘 이런 생각을 했다. 시간이 흐를수록 앨리스는 학술계에서 이유 없이 까다로운 사람으로 이름이 났다. "그 여자한테 논문 제출하지 마." 다들 쑥덕거렸고, 그는 수족관의 아크릴 상자에 격리된 사나운 물고기처럼 점점 외톨이가 됐다.

며칠 전 무언가를 쓰기로 마음먹고 시내에 새로 생긴 서점에 가서 적당한 노트를 골랐다. 컴퓨터가 보편화되기는 했지만 노트는 사라지지 않았다. 사람들은 여전히 작은 수첩을 사서 어딘가에 두고 뭐든 적는 것을 좋아했기 때문에 서점에는 항상 다양한 노트가 진열되어 있었다. 파란 표지의 노트를 골랐다. 아무것도 쓰여 있지 않은 파란색 표지였지만 표지를 펼치자 '종이'의 감촉이 특별했다. 점원에게 물어보니 그가 이렇게 답했다. "독일에서 수입한 노트예요. 아주 특별한 종이를 썼죠. 이 수정액을 함께 구입하시면 좋을 거예요. 식물에서 추출한 유기 액체인데 이 노트에 글을 썼다가 수정하고 싶을 때 바르면 아주 쉽게 지워져요. 삼의 섬유질로 만든 종이라서 전통적인 종이 질감도 느낄 수 있어요."

"가짜 종이를 진짜 종이처럼 잘 만들었네요."

"아뇨. 이건 진짜 종이예요."

음. 그 말이 맞았다. 우선 종이의 개념은 가지고 있었다. 다른 재료로 만든 '종이 같은 물건'은 모두 가짜 종이 또는 대체품이라는 앨리스만의 사고방식이 작동했을 뿐. 앨리스는 이 새로운 종이가 이 세계의 구조와 어딘가 비슷하다고 느꼈지만 어디가 비슷한지 꼬집어 말할 수 없었다. 그러다가 차를 몰고 집으로 돌아오던 중 문득 한 가지 생각이 뇌리를 스쳤다. 이십 년 전쯤 이 섬에 '그린 리빙 green living' '슬로우 리빙 slow living' 같은 개념이 유행했다. 하지만 일정 주기로 새로운 것이 유행하듯 섬사람의 본질은 새로운 것을 좇는 데 있다. 사물의 의의가 아니라 단지 그것이 '새롭기' 때문에 좇는 것이다. '새로움'이란 섬사람에게 저주의 주문이나 마술피리 소리 같아서 너도나도 '새로운 것'을 좇아간다. 이 종이도 여러 가지 '새로운' 생각이 잠시 머무를 수 있게 하는 것 같았다. 하지만 디지털식의 머무름이 아니라 정말로 한 획 한 획 손으로 써내려가는 문자, 필요해서 만들어진 글자가 영원히 남을 것처럼 존재하는 그런 공간이었다.

"그래. 바로 그 점이 비슷해."

앨리스는 그 노트를 몇 권 샀다. 바다 창 앞에 노트를 펴고 앉아 《이상한 나라의 앨리스》를 모방해 생쥐 꼬리 같은 시를 쓰기도 하고, 새근새근 잠든 오하요를 보고 그림을 그렸다. 또 가끔은 토토가 쓴 곤충 관찰기를 베끼기도 했다. 오로라호랑나비(리 산), 중국부전나비(주펀얼 산), 비단벌레(메이 산), 시니쿠스반금은턱 사슴벌레(선미 호), 모치즈키 사슴벌레(라라 산)…….* 문득 곤충 이름이 아주 매력적이라는 생각이 들었는데 점점 친숙해지더니 어느새 그것들이 머릿속에서 숲을 이루고 산이 된 듯 전부 외워졌다.

오늘 앨리스는 다시 소설을 써보려고 했다. 이 종이에는 무수한 소설을 쓰고 또 쓸 수 있을 것 같았다. 소설 하나를 썼다 지우고 또 하나를 쓰는 것이다. 나중에 그걸 읽는 사람은 소설 한 편을 읽었다고 생각하겠지만 사실 수많은 소설을 읽은 것이다. 하지만 지금 이 순간 앨리스의 머릿속에는 소설의 첫 문장밖에 떠오르지 않았다.

책에 나오는 숲이 정말로 무성하게 자라난 것처럼, 한 번도 본 적 없는 숲이 지금 눈앞에 있다.

---

* 괄호 안의 내용은 열거된 곤충이 주로 서식하는 지명을 나타낸다.

앨리스는 여기서 조금도 더 나아갈 수 없었다. 하지만 상관없었다. 어차피 어떤 목적을 가지고 쓰는 것이 아니었으므로. 게다가 이 한 줄만으로도 소설이라고 할 수 있을 것이다. 펜을 내려놓고 오늘 날씨를 느끼려고 창밖으로 머리를 내미는데 그의 집에서 일곱째 시사이드 사이에 많은 사람이 몰려들어 텐트를 치고 있었다. 심지어 어떤 사람은 그의 집 쪽으로 카메라를 들고 있었다. 놀라운 광경이었다. 집 안에서 누군가 머리를 내미는 모습이 카메라에 잡히자 새로운 사냥감을 발견한 듯 수많은 카메라가 일제히 그를 향해 방향을 틀었다.

앨리스는 순간 정신이 아뜩했다. 한낮의 색채와 수면의 반사광이 만들어낸 기이한 전율이 온몸을 휘감아 혼란스럽고, 가슴속에서 뭔가 튀어나오려는 것 같았다. 바로 그 순간 그가 갑자기 돌고래처럼 창밖으로 몸을 던졌다.

다허는 요즘 어딜 가든 그날 산에서 본 광경이 뇌리에서 지워지지 않았다. 우윳빛 안개에 휘감긴 계곡에서 비처럼 불현듯 나타난 청년.

사람이 정말 산의 어딘가로 '돌아갈' 수 있을까? 곁에서 머리핀을 빼고 앞머리가 가지런한지 점검하느라 여념이 없는 우마프를 봤다.

다허는 이 '산둥토박이'라는 국숫집의 오랜 단골이었다. 그는 항상 비빔국수와 고기완자탕을, 우마프는 우육만둣국을 먹었다. 우마프는 이목구비는 부눈족이지만 피부색은 몹시 하얬다. 우마프처럼 도시에서 태어난 아이들은 텔레비전이나 주변 친구를 통해 타이완, 미국, 한국, 일본 등 여러 나라의 유행을 접하고, 인터넷에서 옷차림과 생활 방식을 배웠다. 그런 점에서 본다면 그 세대의 부눈족은 이미 윗세대와 다른 인종일지도 모른다고 다허는 생각했다. 머리핀을 다시 꽂은 우마프가 테이블 가장자리를 피아노 건반 삼아 손가락으로 두드렸다. 우마프의 손가락 연주가 끝나고 다허가 물었다.

"무슨 곡이니?"

"'흥겨운 대장장이'."

"아, '흥겨운 대장장이'."

몇 년 전 다허도 유행을 따라 우마프를 피아노학원에 보냈다. 우마프가 제일 흥미를 느끼는 과외활동인 것 같았다. 하지만 다허 자신은 음악에 대해 아는 게 전혀 없었다. '흥겨운 대장장이'의 작곡가가 누구인지도 모르고, 음표조차 기억나지 않았으며 살면서 대장장이를 만난 적도 없었다. 대장장이는 왜 흥겨운 걸까? 왜 우울한 대장장이가 아니라 흥겨운 대장장이일까? 영화에서 본 대장장이는 모두 우울해 보였고, 적어도 쇠를 두드릴 때는 항상 우울한 표정이었다. 더군다나 이제는 대장장이가 거의 남아 있지 않을지도 모른다.

텔레비전에서 예쁜 아나운서가 표준 발음으로 기이한 뉴스를 전하고 있었다. 소리는 컸지만 스피커가 고장 났는지 지직거리는 소리 때문에 똑똑히 들리지 않았다. 다만 쓰레기, 섬, 태평양 같은 단어만 얼핏 알아들을 수 있었다. 아나운서의 목소리도 날카롭게 상기되어 있었다. 이유는 모르겠지만 요즘 방송사들은 목소리가 카랑카랑한 아나운서를 선호하는 것 같았다.

작은 식당 내부는 곳곳에 기름때가 끼어 있었지만, 다허는 이런 집 반찬이 제일 맛있다고 생각했다. 다만 이 식당 주인은 산둥 토박이가 아니라 이곳 토박이였다. 아들이 산둥 출신 여자와 결혼한 뒤에 식당 이름을 바꿨다. 며느리가 들어온 다음부터 식당의 교자 맛이 달라졌지만, 만두소는 똑같고 만두피만 바뀌었다는 걸 다허는 한참 뒤에야 알았다.

다허는 리모컨을 찾아 텔레비전 볼륨을 낮추고 테이블에 들러붙은 신문을 펼쳤다가(지금은 이런 곳에서만 신문을 구독한다) 조금 전 아나운서가 보도한 뉴스가 바로 얼마 전 신문의 1면 주요 뉴스라는 걸 알았다. 제목은 '위기! 쓰레기 소용돌이 타이완 덮친다'였다.

> 타이완이 곧 쓰레기에 포위당할 것으로 보인다. 1997년 해양학자 찰스 무어는 북태평양에서 세계 최대 쓰레기 더미라고 불릴 만한 광활한 면적의 플라스틱 폐기물을 발견했다. 일각에서는 이것을 쓰레기 섬 또는 쓰레기 소용돌이Trash vortex 라고도 부른다. 쓰레기 소용돌이는 해저 해류의 영향으로 계속 제자리에서 맴돌고 있는데, 미국 캘리포니아 해안 500해리 지점에서 처음 형성돼 지금은 일본 해안까지 확장됐다.
>
> 무어는 로스앤젤레스에서 하와이까지 항해하는 요트 대회에 참가하러 갔다가 이 쓰레기 소용돌이를 발견했다고 설명했다. 대회 전

날 요트를 타고 우연히 '북태평양 소용돌이 해역'으로 들어가게 됐는데 처음에는 어떤 사차원 공간에 빠진 것으로 착각했다고 밝혔다. 그곳은 바람이 거의 불지 않고 강한 고기압으로 해류의 흐름이 상당히 느리기 때문에 항해사들이 가까이 가지 않는 해역이다. 무어는 자신이 쓰레기에 포위당했다는 걸 알았다. 하루가 가고 또 하루가 갔지만 여전히 각종 쓰레기가 뱃전을 스치고 지나갔다. 쓰레기 소용돌이를 빠져나오는 데 꼬박 일주일이 걸렸다. 무어는 당시 1억 톤 넘는 쓰레기 표류물이 북태평양을 맴돌며 하와이 섬을 중심으로 동쪽과 서쪽에 각각 거대한 덩어리를 만들고 있다고 믿었다. 지금은 규모가 더 커져 최소 2억 톤에 이른다.

무어는 북태평양의 쓰레기 소용돌이를 발견한 뒤, 석유업으로 성공한 부모에게서 물려받은 사업을 과감하게 포기하고 환경보호 활동에 투신했으며 알가리타해양연구기금을 설립했다. 그는 쓰레기 소용돌이에 대응하는 일이 지구온난화에 대한 인류의 각성과 대응에 상징적인 의미를 갖는다는 신념을 품고 이 전쟁의 최전방에 나섰다.

에릭슨 전 알가리타해양연구기금 연구팀장은 "과거에는 쓰레기가 소용돌이 구역에 들어가면 자연적으로 분해됐지만, 일부 플라스틱 제품이나 합성 재료로 만든 물건은 거의 썩지 않기 때문에 현재 북태평양 쓰레기 소용돌이 안에는 오십 년 전에 버려진 쓰레기도 있다"고 말했다. 거액의 공익 기금을 투입해 이 쓰레기 섬의 구성 성분을 연구하고 해상에서 쓰레기를 '소멸시킬' 수 있는 용해제를 개발하려고 했지만 헛수고였다. 용해제에서 방출된 극독성 물질이 쓰레기 소용돌이 주변 해역을 죽음의 바다로 만들 수도 있었기 때문이다.

과학계의 분석에 따르면 쓰레기 소용돌이 중 20퍼센트는 선박과 유정에서, 나머지는 환태평양 육지에서 나온 것으로 추정된다. 반투명 형태로 수면 아래 잠겨 있기 때문에 위성사진으로 관측되지 않고, 그중 일부만 선박의 선수에서 육안으로 볼 수 있다. 미세한 플라스틱 분자가 바다로 떠내려온 탄화수소 화합물, DDT 등 유해한 화학물질을 스펀지처럼 흡수한 뒤 먹이사슬로 유입된다. 죽은 바닷새의 배 속에서 일회용 라이터, 칫솔, 플라스틱 바늘통 등이 발견되는 것도 바닷새와 바다거북이 그것들을 먹이로 오인해 집어삼키기 때문이다. 에릭슨은 인간이 만든 쓰레기가 바다로 흘러들어갔다가 해양동물의 몸속으로 들어가 결국에는 인간의 식탁에 다시 올라온다고 말했다. 아주 단순한 사실이다.

알가리타해양연구기금은 십 년 남짓 활동한 끝에 결국 파산했지만 쓰레기 소용돌이는 지금도 바다 위에 떠 있다. 현재 쓰레기 더미가 몇 덩어리로 쪼개진 뒤 그중 일부가 북태평양 서쪽의 타이완을 향해 다가오고 있다. 몇 해 전 환경자원부가 미국 정부와 공동으로 해상에서 쓰레기를 건져 올리거나 쓰레기 소용돌이의 진로를 변경하는 방법을 논의했으나 면적이 너무 넓은 데다가 수거한 쓰레기를 어디에 파묻을 것인가, 하는 난제에 부딪혀 흐지부지됐다. 현재 쓰레기 소용돌이가 쿠로시오 해류를 따라 동해안에 근접하고 있다. 정부는 해안지대 주민에게 이주를 권고한다. 바다에서 장기간 분해되지 않은 쓰레기 소용돌이에 어떤 유해 물질이 포함되어 있는지 누구도 알 수 없기 때문이다.

다허는 왜 이런 일이 생겼는지 이해할 수 없었다. 그가 우마프에게 말했다. "쓰레기 섬이 해변으로 떠밀려 오고 있대."
"쓰레기 섬?"
"이런 거." 다허가 비닐 테이블보를 잡아당겼다. "우리가 버린 이런 것들이 바다에 점점 모여서 섬이 된 거야."
"내 샌들도 거기 있어?"
"아마도."
"아빠 망원경도 거기 있어?"
"그럴 수도 있지."
"엄마 머리끈도?"
다허는 대답하지 않았다. 어릴 적 우마프가 어디선가 찾아낸 머리끈은 한눈에 봐도 샤오미가 두고 간 것이었다. 미처 버리고 가지 못한 건지, 작은 물건 하나를 일부러 남겨둔 건지 알 수 없었다. 엄마의 머리끈이냐고 묻는 우마프에게 아니라고 했다. 우마프는 맞다고 했지만 그는 아니라고 우겼다. 우마프는 "맞다니까"라고 하더니 그가 대답하기도 전에 냉큼 감췄다. 하지만 지난번 홍수 때 머리끈이 어디론가 쓸려가버렸고, 다허는 우마프가 머리끈을 잊은 줄 알았다.

망원경 얘기를 꺼내자 다허는 또다시 그날이 떠올랐다.

앨리스와 함께 수색 루트를 따라 수색하고 돌아온 날이었다.

문득 다른 루트도 살펴봐야겠다는 생각이 들었다. 며칠 뒤 혼자 산에 올랐는데 그날따라 운수 나쁜 일이 연달아 일어났다. 제일 찜찜한 건 배낭을 정리하다가 십 년 넘게 갖고 다닌 망원경을 계곡에 빠뜨린 일이었다. 학생 시절 몇 달 동안 라면만 먹으며 모은 돈으로 장만한 명품 망원경이었다. 하필이면 절벽 바로 옆에 떨어져 찾을 수 없을 것 같았다. 다허는 조금 이르지만 오늘은 그만하기로 하고 산 밑에서 따 온 빈랑잎을 꺼냈다. 잎의 양 끝을 안으로 접고 스위스 군용 칼로 양쪽에 구멍을 낸 뒤 얇게 저민 대나무를 구멍에 끼워 간이 접시를 만들었다. 올라오는 길에 따온 죽순은 가는 쪽 끝부분의 껍질을 꺾어 벗긴 뒤 굵은 머리 부분을 회전축 삼아 돌려가며 껍질을 벗겼다. 죽순 수프를 끓일 생각이었다.

그런데 불을 피우려고 할 때 계곡 옆으로 누군가 휙 지나가는 느낌이 들었다.

이런 경우 보통은 돌과 달이 재빨리 달려가는데 그날따라 두 마리 모두 아무것도 못 본 듯 꼼짝도 하지 않았다. 다허가 소리치자 두 마리가 그제야 정신이 들어 벌떡 일어났다. 다허는 그림자를 향해 달려가지 않았다. 등산객일 경우 갑자기 놀라게 하면 위험한 상황이 벌어질 수 있기 때문이다. 대신 그를 향해 외쳤다. "저기요! 놀라지 말아요. 난 사냥꾼이에요. 이리 와서 차 한 잔할래요? 좋은 찻잎이 있어요. 술도 있고."

개들을 데리고 천천히 다가갔지만 그림자가 일부러 거리를 유지하려는 것 같았다. 보통 체격이지만 몸이 제법 다부진 청년인 것 같았다. 그냥 지나가게 둘까 하는 생각도 했다. 그저 누군가 자기처럼 혼자 산행하는 버릇이 있는 걸 수도 있는데 방해할 필요가 있을까? 하지만 다허가 걸음을 멈췄을 때 그가 자신을 향해 손을 흔든 확실한 느낌이 들었다. 이번에는 다허가 판단을 내리기도 전에 돌과 달이 먼저 달려나갔고 다허는 어쩔 수 없이 뒤를 따랐다.

그렇게 해서 남자의 그림자, 돌, 달, 다허가 차례로 서로의 뒤를 쫓는 암묵적인 대열이 만들어졌다. 삼십 분쯤 달렸을까, 그림자가 키 작은 덤불숲으로 들어갔다. 10여 미터 뒤에 있던 다허는 희미한 달빛 속에서 그의 움직임만 알아볼 수 있었다. 덤불숲 앞에 도착해 잠깐 주저했지만 역시 따라 들어갔다. 그때 앞에서 달리던 돌과 달이 뭔가에 놀란 듯 짖어대기 시작했다. 빗줄기가 점점 굵어져 타닥타닥 나뭇잎을 두들기자 다허는 서둘러 방수 재킷을 꺼내 입었다.

덤불숲은 키가 작은 부눈족에게도 너무 낮았다. 바닥에 엎드려 간신히 기어들어가 한참을 포복으로 전진한 뒤에야 몸을 일으킬 수 있었다. 마침 먹구름이 달을 가려 사방이 깜깜했고, 다허는 어둠 속에서 자신이 거대한 바위 밑에 와 있다고 느꼈다. 달과 돌이 어디론가 가버린 탓에 앞이 평평한지 알 수 없어 직접 손으로 바닥을 더듬었다. 그런데 앞에 성인 어깨너비쯤 되는 커다란 구멍이 있었다. 그 옆에 커다란 편백나무 뿌리가 있고 구멍은 나무 그늘에 가려 잘 보이지 않았다. 구멍 주변으로 빛이 전혀 들지 않아 바닥을 알 수 없을 만큼 깊어 보였다. 가쁜 숨을 타고 콧구멍으로 빗물이 빨려 들어가, 사레가 들려 가슴이 쓰릴 정도로 기침이 나왔다. 그림자가 이 구멍을 보여주려고 이리로 유인한 걸까?

큰 소리로 돌과 달을 부르자 둘이 곧 달려왔다. 다허는 먼저 텐트로 돌아가 피톤*과 로프, 헤드랜턴을 챙겨오기로 했다. 구멍 안으로 들어가봐야 할 것 같았다.

"아빠, 저것 좀 봐." 우마프가 생각에 잠긴 다허를 현실로 끌어당기며 텔레비전을 가리켰다.

다허가 텔레비전 화면으로 시선을 옮겼다. 일곱째 시시드잖아? 다허는 등대 자리에서 바라보는 각도인 걸 대번에 알았다.

카메라가 방향을 바꾸며 앨리스의 집이 스치듯 나타났다. 화면이 몇 초 정도 멈추는 사이 일곱째 시시드를 향해 난 창문에서 누가 고개를 내밀었다. 앨리스였다.

화면 속 앨리스가 불쑥 창문을 넘어 바다로 뛰어들었다. 화면으로 보기에 물보라도 거의 일지 않았고, 돌고래의 완벽한 다이빙 같았다.

아트리에는 와요와요 섬을 떠나온 시간을 노래로 계산했다. 바다의 현자는 옛날 와요와요 섬 사람들은 별마다 노래를 지었다고 했다. 하지만 별이 너무 많아서 와요와요의 노래를 전부 익

---

* 암벽등반을 할 때 갈라진 바위틈에 끼워 넣어 중간 확보물로 사용하는 금속 못.

힌 사람은 없다면서. 그래서 누군가 자기가 새로운 노래를 불렀다고 하면 그는 분명 거짓말쟁이며, 와요와요 사람들은 노래는 원래부터 있는 것이고 갑자기 떠오를 뿐이라고 여긴다고 했다. 섬의 모든 노래는 다 오래된 노래였다. 낯선 와요와요 노래를 들을 때 가끔 눈물이 나는 이유였다.

그동안 아트리에는 해가 뜨고 지는 사이마다 와요와요의 노래를 하나씩 불렀다. 나중에는 몇 곡을 불렀는지, 어떤 노래가 부모와 섬사람들에게 배운 것이고, 어떤 노래가 즉흥적으로 떠올라 입에서 나오는 대로 웅얼거린 것인지도 잊어버렸다. 노래가 바다처럼 끝없이 이어졌다. 노래를 부를 때마다 우르슐라가 함께 있다면 얼마나 좋을까 생각했다. 우르슐라가 있다면 함께 불렀을 것이고, 그러다가 새로운 노래를 만들어낼 수도 있었을 텐데. 아트리에는 차츰 자기 목소리와 목청을 눌러 흉내 낸 우르슐라의 목소리로 파트를 나눠 노래 부르는 자신을 발견했다. 노랫소리가 멈추고 바람 소리만 휘휘 들리면 자신이 텅 빈 동굴이나, 탈피한 게가 바닷가에 버리고 간 반투명의 게딱지 같다는 생각이 들었다.

한편 아트리에는 자기 몸이 점점 변하는 걸 느꼈다. 잇몸에서 자주 피가 나고 관절도 아팠다. 수영할 때 전처럼 몸이 자유롭지 않았고 때때로 현기증이 나서 다시 뭍으로 돌아온 건가 하는 착각이 들었다. (아트리에는 바다에서는 어지러움을 느낀 적이 없었다.)

며칠 뒤 아트리에는 오른쪽 다리에 농창이 생긴 것을 발견했다. 공교롭게도 와요와요 섬을 그려놓은 자리였기 때문에 불길한 징조라고 생각했다. 부쩍 날씨가 더워져 정오에 가까울 무렵이면 '집'에 들어가 있어도 견딜 수 없이 더웠다. 더 고약한 점은 눈부신 햇빛이 내리쬐어 섬 전체에 역겨운 악취가 진동한다는 것이었다. 썩은 내와 비릿한 바다 냄새가 뒤섞인 악취에 계속 구토가 나와 몸이 더 약해졌다. 게다가 벌레도 많아져 곳곳에 파리와 모기가 들끓고 해류도 불안정했다.

섬이 또 다른 세계에 다가가는 걸까?

바다의 현자는 이 세상에 또 다른 세계가 있다고 했다. 아트리에는 요 며칠 또 다른 세계에 다가가는 것 같은 느낌이 들었다. 그 생각을 애써 누르면서도 한편으로 백인이 온 곳, 지옥새와 유령선이 다니는 곳으로 가고 있는 건 아닐까 기대했다. 하지만 문제는 지금도 카방이 그 세계를 다스리느냐 하는 것이었다. 아트리에는 아무것도 알 수 없고, 물어볼 사람도 없었다. 그래서 가끔 누가 섬에 나타난다는 사실을 알았을 때, 아주 멀리 떨어져 있다 해도 섬 아래 물속으로 잠시 몸을 숨겼다. 빠르게 몸을 숨길 수 있도록 바다로 뛰어들 수 있는 '우물'을 군데군데 파놓기도 했다. 하지만 아무리 그래도 이따금 다른 인종에게 잡혀가는 상상이 병마처럼 그를 붙들고 놓아주지 않았다.

지옥새와 유령선이 부쩍 자주 출몰하더니 요즘은 거의 매일 나타났다. 심지어 바닷속에서 딱 달라붙는 검은 옷으로 온몸을 감싼 '사람'을 마주친 적도 몇 번 있었다. 그들이 자신을 발견했는지는 알 수 없었으나 계속 그들을 피해 몸을 숨겼다. 수영 실력은 아트리에가 월등했지만, 그들이 빛을 내뿜는 물체를 손에 들고 바다뱀 같은 빛줄기로 물 밑을 휘젓고 다녔기 때문에 언젠가는 그들에게 발견될 것 같았다. 나를 찾는 걸까? 그럴 리 없어. 이 세상에서 내 존재를 아는 건 와요와요 섬 사람들뿐이야. 안 그래? 아니야. 카방도 내 존재를 알고, 바다도 알지, 아트리에는 생각했다.

 오늘은 아트리에의 불안감이 최고조에 달했다. 기운이 없고 몸이 펄펄 끓어서 일어서기도 힘들었다. 머리에 외날개가 달린 지옥새가 자기를 본 걸 직감했다. 지옥새가 한 겹 한 겹 둥근 폭풍을 일으키며 섬의 서북쪽에 내려앉았다. 이 섬에서 가장 단단한 곳이었다. 아트리에가 숨어 있는 곳에서 하룻낮 하룻밤을 걸어야 도착할 수 있는 먼 곳이지만, 그는 자신이 곧 발견될 수 있다는 걸 알았다. 과연 이튿날 그쪽에서 소리가 들렸고, 그는 마지막 한 모금의 기력을 짜내 작살을 집어 들고 집 근처에 파놓은 '우물'로 뛰어들어 몸을 숨겼다.

 그 순간 바다에 우박이 쏟아졌다. 거대한 우박 덩어리가 물 밖으로 튀어나오는 물고기 떼 위로 떨어졌다. 잠시 후 물고기 사체와 정신을 잃은 물고기가 바다를 가득 채웠다. 아트리에는 커다란 물고기가 된 듯 물고기 사체로 뒤덮인 바다 밑을 떠돌았다.

12 또 다른 섬

　이 여름은 결국 섬사람들에게 잊지 못할 여름이 될 것이다. 잔뜩 흐린 여름날, 새벽잠이 채 깨지 않은 해변의 작은 마을에 우박이 내리기 시작했다. 태양이 막 수평선 위로 떠오르려는 그때, 가장 깊은 꿈에서 깨어난 사람들은 문밖으로 나가거나 창가에 선 채, 물에 젖어 수축된 듯한 세상을 당혹스러운 눈으로 바라봤다. 하늘은 멀리서 조금씩 밝아오고, 아직 꺼지지 않은 가로등 아래 은청색 운석 조각 같은 우박이 해변으로 쏟아졌다. 우박이 철 지붕, 아스팔트 길, 해변의 돌계단, 가로등, 길가에 세워진 자동차 위로 쏟아지며 엄청난 소리를 일으켰지만…… 무슨 이유 때문인지 사람들의 기억 속 그날은 무언극처럼 아무 소리도 나지 않았다.
　순식간에 일곱째 시시드 지붕에 여러 개의 구멍이 뚫리고, 구멍으로 비껴든 새벽빛 한 가닥이 잠을 깨우려는 듯 하파이의 커피포트 위를 비췄다. 해변에서 야영을 하던 기자들도 우박에 맞아 부상자가 속출했다. 베테랑 기자들은 시내 호텔에 투숙했으므로 해변에 있는 기자는 대부분 경력이 짧은 젊은 기자들이었다. 하지만 뉴스를 보도할 때 마작 테이블에 앉은 듯 손을 많이 쓰는 한 베테랑 앵커가 웬일인지 호텔로 가지 않고 해변에 있었다. 그는 어젯밤과 똑같은 옷차림으로 텐트에서 나오다가 우박에 맞아 기절하는 바람에 동료들에 의해 급하게 병원으로 후송됐다. 이 일은 나중에 가십 매체의 취잿거리가 됐다. 카랑카랑했던 그 앵커가 그날 이후 이상하리만치 조용해지고, 부드러운 말씨로 조리 있게 말하기 시작했으며, 얼마 못 가서 앵커 자리에서 밀려났다는 소식이 후일담으로 전해졌다. 당시 해변에 있던 기자들이 우박을 피해 도망치며 현장을 생중계했기 때문에 어수선하게 흔들리는 화면이 아침 뉴스를 통해 전국으로 송출됐다. 다양한 물건으로 머리를 감싸고 현장 상황을 전하는 기자들의 모습은 놀랍고도 우스웠다.

 우박은 금세 그쳤지만, 쓰레기 소용돌이가 몇 겹의 거센 파도에 밀려 해안을 덮치는 순간을 누구도 포착하지 못했다. 우박이 가장 세차게 쏟아지는 순간에 일어났기 때문이다. 하지만 우박 때문에 해변에 있던 기자들이 도로로 피신했고, 덕분에 큰 인명사고를 면한 것도 사실이었다. 우박이 멎자마자 하늘에 차례로 나타난 흰빛, 납빛, 자줏빛 회색 구름이 켜켜이 쌓여 거대한 구름을 만들었다. 구름은 표표히 흩날리는 신화처럼, 지나치리만큼 정제된 시구처럼, 느꺼운 감정을 자아냈다. 해안 부락 주민들은 여태껏 그런 구름은 본 적이 없다고 입을 모았다. 그 어떤 태풍 전야의 구름도 그토록 격동적인 변화를 보여준 적 없었다. 수많은 촬영 기자가 그 기이한 광경을 촬영할 때 큰 파도 한 겹이 부윰한 새벽빛을 받으며 해안을 향해 다가왔다. 사람들은 그 파도가 바로 우박이 쏟아지는 광경이 무음의 기억으로 남은 이유일 거라고 했다. 우박이 대지를 두들겨대는 소리가 더 가까이 들리기는 했지만, 밀려오는 파도가 암시하는 위력에 비할 바가 아니었기 때문이다. 그 소리는 하늘의 울림이자, 대지의 포효 같았으며, 태초부터 한 번도 가라앉지 않고 한 번도 소리 낸 적 없는 달이 그동안 응축해놓은 소리를 한꺼번에 터뜨린 것 같았다……. 그것이 바다가 내는 소리라는 것을 알았을 때 파도는 이미 눈앞에 있었다.

극도의 흥분 상태로 우박이 쏟아진 현장을 생중계하던 기자들은 거대한 파도가 눈앞에서 해변을 통째로 쓸어버리는 것을 목격했고, 발에 족쇄가 채워진 듯 자리에 얼어붙었다.

원래도 우박이 지붕을 뚫고 들어오는 장면을 포착하려고 한 아한과 릴리는 들떠 있었다. 그러나 하파이는 먼바다를 보고 뭔가 이상하다는 사실을 직감한 뒤 그들을 서둘러 다락방으로 대피시켰다. 이 아미족 여인의 예리한 직감은 곧 증명됐다. 파도가 돌연 고도를 바꿔 일곱째 시시드를 통째로 바닷속으로 끌고 들어가려는 듯 건물 안으로 밀려들었다. 처음에는 실패했지만, 하파이는 파도가 이대로 단념할 리 없다는 걸 알았다. 바닷물이 잠시 빠져나간 순간 그는 아한에게 이미 이성을 잃고 울부짖는 릴리를 업고 육지 쪽으로 도망치라고 했다. 아한은 갖고 있던 장비를 다 벗어 던지고 휴대용 캠코더 하나만 든 채 릴리를 업고 육지 쪽으로 달렸다.

하파이가 카운터에서 이나와 함께 찍은 사진만 집어 들고 일곱째 시시드를 빠져나오는 순간, 일곱째 시시드의 한쪽 벽이 무너졌다. 바다 위 집과 마주 보는 벽이었다. 하파이의 약초통, 아껴둔 커피, 좁쌀술이 담긴 술통, 침대, 편지 뭉치, 타이베이 해변에서 주워 온 돌까지 전부 쓰러지고 흩어졌다……. 그리 멀지 않은 바다 위 집도 호응하듯 제일 앞에 있는 방이 반쯤 무너졌다. 토토의 사진, 책장 가득 꽂혀 있던 책, 오하요의 작은 종이 상자, 야콥센의 등산 로프, 앨리스가 젊었을 때 직접 프린트해서 만든 첫 시집, 헌 옷 수거함에 버리려고 했던 오래된 옷가지가 파도에 떠밀려 와 악취가 진동하는 플라스틱 쓰레기와 뒤섞였다. 마치 세상에 버려진 물건을 전부 모아놓은 것 같았다.

해안을 두 번 덮친 뒤 이내 잠잠해진 거대한 파도가 삼켰던 해변을 다시 내놓았지만 해변은 기괴하게 생긴 온갖 물건이 어지럽게 쌓여 마치 머나먼 우주 어느 별에 와 있는 듯한 착각을 자아냈다. 아한은 육지로 올라가 릴리가 무사한 것을 확인한 뒤 주위에서 해변을 구경하던 부락 사람들에게 릴리를 돌봐달라고 부탁했다. 그리고 재빨리 캠코더를 들고 해변을 촬영했다. 카메라를 움직이다가 바다 위 집 근처에서 죽은 백로를 발견하고는 화면을 확대했다. 예전에 탐조 모임에 자주 참석한 그는 그것이 희귀종인 노랑부리백로임을 알아봤다. 사적인 관심으로 백로가 있는 곳에 카메라가 한참 머무는데, 물에 푹 젖은 흑백 얼룩고양이 한 마리가 부서진 벽 틈에서 빠져나와 뷰파인더 왼쪽에서 오른쪽으로 조르르 달려갔다.

앨리스는 그 화면에 있지 않았다. 앨리스는 막 병상에서 눈을 떴고, 마침 텔레비전에 그 화면이 나오고 있었다. 그는 아주 잠시 망설이다가 벌떡 일어나더니 문을 열고 들어오는 젊은 간호사를 밀치고, 무언가를 본 사람처럼 병원 정문을 향해 달려갔다.

6장

하파이가 갑자기 식물의 흐느낌 같은 소리로 노래를 부르기 시작했다.

13 아트리에

 산길을 걸으며 앨리스는 계속 어떤 냄새가 나는 것 같았다. 무슨 냄새지? 태양의 열기, 바닷물의 공격성, 물고기 비린내와 야생의 사향 냄새…… 결코 섞일 수 없는 상반된 냄새가 뒤섞여 만들어진 냄새 같았다.
 앨리스는 그게 소년의 체취인 걸 알고 있었다. 냄새가 너무 강렬해서 멀리서도 맡을 수 있을 것 같았다. 오하요는 앨리스의 품에서 바둥거리고 있었다. 내려놓으면 어디론가 도망쳐버릴까 봐 꼭 안고 걸음을 늦췄다. 고양이는 정말 작고 보드라운 생명체였다. 껴안고 있으면 유치원 때 집에 오는 길에 주운 까만 새끼 고양이가 생각났다. 사흘 동안 몰래 키웠는데 사흘째였던 그날 집에 돌아와보니 고양이가 보이지 않았다. 부모님도 오빠도 고양이를 버린 적이 없다고만 했다. 앨리스는 곡기를 끊었다가 결국 쓰러져 병원에서 영양주사를 맞아야 했고, 어느 날 저녁 병상 옆에서 하염없이 눈물을 흘리며 관음보살에게 기도하는 엄마를 보고 죽을 먹기 시작했다. 고양이는 끝내 돌아오지 않았고, 그때부터 그는 길에서 까만 고양이만 보면 그때 버려진, 혹은 길을 잃은 그 고양이일 거라고 생각했다.

가까스로 바닷가 집이 보이는 곳까지 올라갔을 때 소년이 멀리 있는 사람들을 발견하고는 앨리스에게 가리켜 보였다. 기자거나 해변을 정리하는 사람들이었다. 앨리스는 조금 생각하다가 근처 높은 곳에 올라가 해변을 내려다봤다. 자신의 노란색 자동차가 보였다.

"다허가 충전해줬구나." 앨리스가 중얼거렸다.

앨리스는 숨을 크게 들이마셨다. 불과 얼마 사이에 운명이 완전히 뒤바뀌었다. 뭔가가 뒤에서 그를 떠미는 것 같았다. 산길은 미끄럽고, 보이지 않을 정도로 가느다란 가랑비가 흩날렸다. 동박새 한 무리가 앨리스와 소년 오른쪽 앞에서 날아갔다.

앨리스는 그날 자기 집 창문을 향해 있는 카메라들을 발견했을 때 자기가 왜 그랬는지 기억해내려고 애썼다. 화가 난 것도 도망친 것도 아니었으며, 생을 마감하고 싶은 건 더더욱 아니었다. 그때 그는 오하요가 산책을 마치고 돌아오길 기다리고 있었다. 뭔가를 기꺼이 기다릴 이유가 있는 순간에는 살아있는 것 자체가 중요하다. 아마 잠시 몸을 통제하지 못한 것 같았다.

앨리스는 늘 그랬다. 대학 시절에도 비슷한 일이 있었는데, 한번은 밸런타인데이에 남자친구에게 바람맞은 뒤 정신없이 계산을 하고 카페를 나가다가 통유리에 세게 부딪혀 카페 손님들을 놀라게 했다. 집에 돌아가서도 가스를 켰다가 끄는 걸 잊어버리는 바람에 가족들 가슴을 철렁 내려앉게 했다. 얼마 뒤 남자친구는 그의 이런 과도한 반응 때문에 결별을 선언했다. 엄마는 어릴 적 외할머니를 잘 따른 그에게 한동안 외할머니 집에 가서 지내라고 권했다.

앨리스는 지금도 그날 남자친구가 왜 자신을 바람맞혔는지 알지 못했고 그의 얼굴도 기억나지 않았지만, 그때 잠시 살았던 작은 어촌은 기억했다. 눈만 감아도 마을의 오솔길과 길 끝에 바다를 마주 보고 선 마조* 사당, 달구지 바퀴 자국이 어지럽게 난 갯벌, 비릿한 바닷바람이 손에 닿을 듯이 떠올랐다. 그게 훗날 그가 해변에 살겠다고 고집하게 된 첫 번째 이유가 아닐까?

어릴 적 엄마와 외가에 가면 외할머니는 앨리스를 데리고 굴을 따러 갔다. 외할머니는 말목에 붙은 굴을 따서 삼끈으로 성글게 짠 자루에 넣은 뒤, 한 자루씩 달구지에 실었다. 달구지 바퀴가 갯벌을 구르는 느낌은 아스팔트와 완전히 다르다. 아주 부드럽고 살아있는 물체 위에서 굴러가는 느낌. 숲의 밑바닥을 구르는 느낌과 아주 비슷하다는 걸 앨리스는 한참 후에야 알았다.

그때 이미 남쪽 다른 마을에 정유공장이 들어서 있었다. 갯벌을 개간해 정유공장을 지은 다음부터 외할머니의 굴밭에 점점 토사가 쌓이고 가끔 바다에 기름이 떠다녔으며 하늘에는 항상

---

* 媽祖, 중국 남부와 타이완에서 믿는 바다의 여신으로 뱃사람들이 수호신으로 여긴다.

칙칙한 안개가 끼어 있었다. 외할머니는 며칠에 한 번씩 소를 끌고 차가운 바닷물에 들어가 굴밭을 살피거나 굴을 땄다. 굴을 따는 일은 무척 고된 육체노동이었다. 한겨울 시린 바닷바람이 뼛속까지 파고들었지만, 굴이 가득 실린 달구지를 타고 굴을 따러 갈 때보다 더 깊은 바퀴 자국을 남기며 돌아올 때면 가슴 벅찬 만족감을 느꼈다. 굴을 따고 돌아오면 외할머니는 오후 내내 의자에 앉아 굴을 깠다. 그토록 단단한 껍데기에 야들야들한 굴이 들어 있었다. 몇 달 동안 앨리스는 굴국, 굴전, 굴튀김, 게, 텃밭에서 키운 고구마잎으로 차린 밥상에 익숙해졌고, 하루하루 시간이 흘러 언젠가부터 남자친구 얼굴도 떠오르지 않았다.

나중에 앨리스는 그 몇 달 사이에 자기도 모르게 성격이 변한 것 같다고 생각했다. 휴학을 마치고 복학했을 때 친구들도 그가 완전히 다른 사람이 됐다고 느꼈다.

야콥센과 앨리스가 바닷가에 집을 짓기 시작한 그해, 외할머니가 돌아가셨다는 사실을 알리는 오빠의 전화를 받았다.

"왜 돌아가셨어?"

"늙었으니까."

"늙었으니까." 앨리스는 오빠의 말을 따라 하듯 중얼거렸다. 사실 외할머니는 십 년 전부터 폐병과 신장병을 앓고 있었다. 마을 사람 대부분이 그렇게 세상을 떠났다. 앨리스와 야콥센은 휴일에 일부러 시간을 내 마을에 갔다. 차를 타고 길을 지나는데 문이 열린 집이 하나도 없었다. 해변에서 북쪽을 바라보면 우뚝 선 또 다른 정유공장이 보였다. 사람들이 몇 년 동안 공장 건설을 반대한 게 어렴풋이 기억났다. 결국 건설된 것이다. 앨리스는 그해 외할머니와 함께 지낸 기억을 아직 간직하고 있었다. 정유공장이 생기기 전에는 겨울이 되면 새를 보러 오는 사람이 많았다. 그들은 자기 인생에 어떤 변화가 나타나길 기대하는 것처럼 목을 바짝 움츠리고 망원경 렌즈를 주시했다. 나중에 M에게 들으니 새들도 방향을 바꿨다고 했다.

공장에 인력이 필요하기는 하지만 노인은 해당 사항이 없었다. 언젠가 외할머니가 오랜만에 온 앨리스를 붙잡고 이웃들이 앓는 병을 일일이 열거했다. 평소 말수가 적던 외할머니는 그날따라 멈추면 다시 할 수 없을 것처럼 쉬지 않고 얘기했다. 얘기를 듣던 앨리스는 외할머니보다 먼저 죽은 노인들이 어쩌면 외로움 때문에 다른 병에 걸린 걸지도 모른다고 생각했다.

굴을 키우던 말목은 모래에 파묻혀 야콥센의 정강이 높이밖에 되지 않았다. 외할머니 집과 외양간도 빈 말목보다 나을 게 없었다. 어떤 것도 기릴 수 없는 기념비처럼 서서히 고사리와 모래에 파묻히고 있었다. 맡아 보살펴줄 사람도, 청소해줄 사람도 없었다.

야콥센이 말했다. "한때는 작고 사랑스러운 어촌이었을 것 같아. 지금은 영화 세트로만 쓸 수 있을 것 같지만." 앨리스가 크게 뜬 눈으로 그를 보며 말했다. "다 사람이 짓밟은 거야." 너무 오래 서 있었는지 발이 갯벌에 파묻혀 야콥센의 도움을 받아서야 겨우 뺄 수 있었다. 멀리 있는 굴뚝은 계속 검은 연기를 내뱉고 있었다. 앨리스는 문득 예전에 외할머니가 발이 갯벌에 빠지지 않도록 엄지발가락이 갈라진 타비 신발을 신은 기억이 났다.

 그날 바다에 뛰어들었을 때 앨리스는 머리가 무언가에 부딪히는 엄청난 충격과 함께 팔다리를 움직일 수 없었다. 바닷물은 몹시 차가웠고 눈앞은 깜깜했다. 한참 후 정신이 들자마자 오하요가 떠올랐다. 공교롭게도 그때 텔레비전 뉴스에 처참하게 어지럽혀진 해변이 나오고 있었고, 그 순간 오하요가 카메라에 잡혔다. "날 찾는 게 분명해. 오하요가 날 찾고 있어." 앨리스는 팔에 꽂힌 링거 바늘을 뽑았다. 너무 아팠다. 그는 원래 주사 맞는 걸 몹시 무서워했다. 깨어 있을 때 의사가 주사를 놓으려고 했다면 틀림없이 화를 냈을 것이다. 병실 밖으로 뛰쳐나갔다. 간호사의 눈을 피해 일부러 길을 돌아 나간 뒤 환자들 틈에 섞여 밖으로 빠져나왔다. 다행히 제 티셔츠를 입고 있었는데 창밖으로 뛰어내릴 때 입고 있던 옷은 아니었다.

 다허가 가져다줬겠지. 내가 환자복 싫어하는 걸 다허도 아니까. 앨리스는 생각했다. 택시를 잡아타고 나서야 돈이 없는 걸 알았다. 불안했지만 다허가 바다 위 집에 있길 바랐다. 하지만 집에 도착하기 전, 쑥대밭이 된 해변을 본 택시 기사는 돈을 받지 않겠다고 했다.

 "손님, 여기 사세요? 여긴 사람이 살 수 없는 곳이에요. 집이 온통 바다에 잠겼군요. 됐어요. 택시비는 안 받을게요."

 "그럴 순 없어요. 지금 가진 현금이 없을 뿐이에요." 앨리스가 한사코 택시 번호와 기사의 전화번호를 적으며 말했다. "내일 보내드릴게요!"

바다 위 집에 갔을 때 그를 제일 먼저 발견한 건 달과 돌이었다. 둘이 짖는 소리에 다허와 경찰이 고개를 돌렸다. 다허가 황급히 다가왔다. 셔츠가 심하게 구겨지고 눈언저리가 움푹 꺼져 몹시 불행한 사람처럼 보였다. 그리고 경찰인지 소방대원인지 모를 사람이 바다 위 집 주위에 노란 봉쇄선을 설치하고 있었다.

다허가 말했다. "저분들이 바다 위 집에서 휩쓸려 나온 물건을 쌓아둘 곳을 마련해주셨어. 당신 물건은 보이는 대로 다 거기에 가져다 놓으셨대." 다허는 앨리스에게 어떻게 여기 왔느냐고 묻지 않았다. 그가 원래 이런 사람인 걸 앨리스도 알고 있었다. 다허, 여자는 아무 구속도 하지 않는 남자를 안 좋아한다는 걸 정말 모르는 거야?

어디선가 난생처음 맡아보는 비린내가 났다. 해조류나 파도에 밀려온 온갖 물건이 뒤섞여서 만든 냄새일 것이다.

"오하요 못 봤어?"

다허가 고개를 저었다. 앨리스는 그가 오하요를 잊은 건지, 아니면 정말로 보지 못한 건지 알 수 없었다. 해변에 모여 얘기를 나누던 마을 사람 몇몇이 멀리서 앨리스를 보고 손을 흔들었다. 표정만 봐서는 그들이 괴로운지 막막한지 분간하기 어려웠다. 마치 이미 이런 일이 일어날 거라고 마음의 준비를 해온 것 같았다.

사실 해안가 지역은 몇 년 전부터 바닷물이 밀려들기 시작해 앨리스네와 일곱째 시시드만 남고 모두 산 위로 이주한 뒤였다.

때문에 민가가 거의 남아 있지 않았다. 바다가 역병이라도 되는 듯 다들 최대한 바다에서 멀리 떨어졌다. 하지만 사실 산 위도 그리 안전하지 않았다. 해변에 대형 테마파크와 호텔을 지을 때 산비탈을 파헤쳐놨기 때문이다. 매번 큰비가 내리고 나면 몇몇 도로와 맞닿은 비탈이 무너져내렸다. 언젠가 다허가 한 말처럼 '산이 금방이라도 무너질 듯' 위태로웠다.

앨리스가 바다 위 집 쪽으로 걸어갔다. 해안경비대와 경찰이 다가와 뭔가 물으려고 했지만 그는 못 들은 척 일부러 다허에게 말을 걸었다. "하파이는 괜찮아?"

"괜찮아. 당분간 우리 삼촌 집에서 지내게 했어. 당신도 원한다면 거기로 가도 돼."

앨리스가 잠시 침묵하다가 말했다. "다허, 날 좀 도와줄래?"

"물론이지."

"내 차를 충전해서 여기까지 가져다줄래? 그러면 내가 가지러 올게."

"알았어. 대신 어디 갈 건지 말해줘."

"그건…… 나중에 기회 되면 말할게. 해변 친구들은 다 무사해?"

"무사해. 그렇지만 다들 이번 우박과 파도가 불길한 징조가 아닐지 걱정하고 있어."

불길한 징조. 불길한 징조는 충분했다. 아니, 아주 많았다. 너무 많아서 더는 불길한 징조라고 할 수도 없을 만큼. 앨리스는 집에서 휩쓸려 나온 배낭을 주웠다. 야콥센과 오슬로에 갔을 때

산 파란색 배낭이었다. 필요할 것 같은 물건을 배낭에 담기 시작했다. 봉쇄선을 넘어 들어가 한쪽 벽이 무너진 바다 위 집 옆에서 구급상자를 주웠다. 서랍에 있던 지갑과 카드도 운 좋게 발견했다. 얼마 전에 산 오하요의 수면 방석, 토토의 사진이 든 방수 하드디스크…… 하나씩 줍는데 문득 제 인생도 바닥에 떨어진 것 같은 느낌이 들었다. 눈가가 시큰해져서 다른 데로 주의를 돌리려고 일부러 재빨리 말을 꺼냈다.

"어떻게 된 일이야? 저것들은 다 어디서 왔어?"

"바다에서. 쓰레기 소용돌이에 휩쓸려 왔어. 요즘 계속 뉴스에 나오는 쓰레기 소용돌이 알지? 전세계에서 버린 쓰레기가 해류를 따라 떠돌다가 천천히 한곳에 모였다는……."

"아, 생각났어. 큰 뉴스였지. 정부가 처리하겠다고 했잖아?"

"정부를 믿어?" 다허가 별안간 무슨 생각이 난 듯 허벅지를 탁 쳤다. "아, 오하요가 혹시 당신이 주운 흑백 얼룩고양이야?"

"맞아. 기억하는 줄 알았는데."

"이런. 당신이 무사한 걸 알고 긴장이 풀려서 잘 못 들었나 봐. 이제 생각났어. 촬영 기자가 찍은 화면에서 본 것 같은데."

"맞아. 병원에서 그 뉴스를 봤어."

"그 기자한테 가서 물어볼게. 어제 일곱째 시시드에 있던 사람이라 내가 알아." 다허가 사람들이 모여 있는 쪽으로 갔다.

앨리스는 일곱째 시시드 쪽을 바라봤다. 집 하나가 추위에 떨 듯 암반 위에 덩그러니 서 있었다. 바다 위 집이 앨리스의 일부이듯 그곳도 하파이가 인생의 절반을 바친 곳이었다.

앨리스가 필요한 물건을 거의 주웠을 때 다허가 돌아왔다. 그와 함께 온 스포츠머리의 키 큰 남자가 앨리스에게 고개를 끄덕여 인사하고는 카메라 모니터를 켰다. 오하요가 겁에 질린 표정으로 야옹야옹 울면서 쓰레기로 뒤덮인 해변을 돌아다니는 화면이었다. 뉴스에서 본 바로 그 장면. 뉴스에 나오지 않은 뒷부분에서 오하요는 해변을 벗어나 도로 쪽으로 갔다. 앨리스가 물을 길으러 다니는 길을 따라 풀숲으로 사라졌다.

"고양이를 좋아하기도 하고 인상적인 장면이라 카메라에 담았어요. 저쪽으로 간 것 같아요."

"고마워요. 다허, 가야겠어. 오하요를 찾으러 가야 해."

"같이 가."

"괜찮아. 여긴 당신이 필요해. 가능하다면 흩어진 내 물건 수습을 좀 부탁할게. 하파이랑 도움이 필요한 해변 친구들도 잘 챙겨주고. 이런, 내가 괜한 얘길 했네. 이미 그러고 있는걸."

"그럼 어디로 갈 건지 얘기하고 가. 이대로 혼자 보낼 순 없어."

관할 경찰이 앨리스를 막으려고 하자 앨리스가 고개를 돌려 부탁하는 눈빛으로 다허를 봤다.

"내 휴대전화를 가져가." 다허가 얼른 휴대전화를 꺼내 앨리스에게 건네며 경찰을 막았다. "괜찮아요. 가게 해주세요. 어디 다친 데도 없잖아요. 경찰서에 가서 재산 피해 신고는 하라고 할게요." 다허를 아는 경찰이 손을 젓고는 더는 간섭하지 않았다.

다허가 앨리스에게 말했다. "전화 걸면 꼭 받아. 알았지?" 앨리스가 고개를 끄덕이고는 잰걸음으로 현장을 빠져나갔다. 달과 돌이 놓칠 수 없다는 듯 바짝 따라갔다.

앨리스가 둘에게 소리쳤다. "돌아가! 돌아가! 해변으로 가!"

앨리스는 물을 길으러 다니는 오솔길을 따라가며 "오하요! 오하요!" 하고 불렀다. 이미 날이 조금 어둑해진 데다가 가랑비가 내리기 시작했다. 배낭을 우의로 덮고 자신도 방수 재킷을 입었다. 길이 몹시 미끄러웠지만 익숙한 길이었고 빨리 오하요를 찾아야 한다는 생각밖에 없었다. 해가 지고 기온이 떨어지면 오하요가 위험해질 수 있었다. 산길이 꺾어지는 곳에서 경사면의 토사가 심하게 무너져 내려 길이 거의 끊겨 있었다. 어둠이 완전히 내려앉기 전이었으므로 조금 살펴보다가 흙을 파내려고 했지만 흙더미 높이가 만만치 않았다. 하는 수 없이 옆에 있는 풀숲으로 돌아가려고 하는데 파닥파닥 날갯짓하는 소리가 들렸다.

몇 초 뒤, 풀숲에 숨어 있었던 것 같은 나비 혹은 나방 수십 마리…… 아니 수백 마리가 그의 인기척에 놀라 일제히 날아올랐다. 어수선하면서도 어떤 규칙을 가진 듯한 대형을 이루며 흙더미 반대쪽으로 날아갔다. 사방이 어두컴컴해 색깔은 제대로 보이지 않았지만 한 마리 한 마리가 손바닥만 한 크기인 건 알 수 있었다. 돌발 상황에 앨리스가 비명을 터뜨렸다. 그와 동시에 고양이나 새끼 사슴의 울음소리 같은 소리가 들렸다. 발밑에 있는 흙더미에서 난 것처럼 아주 가까운 소리였다.

바닥에 주저앉았던 앨리스가 몸에 엉킨 등나무 줄기와 풀을 허겁지겁 떼어내고 흙더미를 빙 돌아갔다. 제일 먼저 눈에 들어온 것은 풀숲에서 빠져나온 오하요였다. 바로 다음, 그의 가슴이 철렁했다. 진흙빛 피부의 소년이 바닥에 누워 있었기 때문이다. 소년은 흘러내린 토사에 깔려 꼼짝도 하지 못하고 있었다. 겁에 질린 그의 눈동자에 눈물이 고여 있었다.

앨리스의 머릿속에 화면 하나가 떠올랐다. 예전에 다허가 놓은 덫에 새끼 사슴이 걸린 적이 있다. 다허와 야콥센이 새끼 사슴을 총으로 쏘아 죽인 뒤 사체를 번갈아 메고 산을 내려왔다. 그들은 새끼 사슴이 덫에 걸린 사진을 앨리스에게 보여줬다. 다리가 부러진 새끼 사슴의 절망적인 눈동자에서 앨리스가 읽어낸 건 살고 싶다는 욕망이었다. 그날 앨리스는 두 사람에게 저녁을 차려주지 않았다. 그 일을 대수롭지 않게 여기는 남자들에게 화가 났고, 사진을 전리품인 양 자랑하며 무용담을 지껄이는 것에도 화가 났다.

그리고 지금 이 소년의 눈빛이 그때 그 새끼 사슴과 똑같았다.

14 앨리스

 그 여자가 눈앞에 나타난 순간 아트리에는 대지의 현자에게 배운 으르렁거리는 의식을 떠올렸다. 대지의 현자는 이해할 수 없는 것을 만났을 때 심장 옆에서 나오는 힘으로 으르렁거리라고 했다. 진심에서 나온 소리는 악령을 물리치는 힘이 있으므로. 그러나 막상 소리를 내자 가슴과 다리가 아프기 시작했다. 누군가 돌칼로 영혼을 어죽처럼 잘게 다지는 것 같은 고통이었다. 소리를 몇 번 내지 못하고 눈물이 왈칵 쏟아졌다.

 대지의 현자는 "눈물을 흘리는 건 곧 굴복이자 애원이야. 그러면 모든 의식은 물거품이 된단다"라고 말했다.

 하지만 여자는 아트리에가 으르렁거리는 소리에 놀란 듯 비명을 지르며 흙더미에서 굴러떨어졌다. 잠시 후 일어난 여자가 아트리에 눈에는 괴상하게만 보이는 그 동물을 안았다. 여자는 아트리에가 자신을 해칠 수 없는 걸 알았는지 그의 상태를 살펴보기 시작했다. 여자는 아트리에의 다리가 돌 밑에 깔린 것을 보고 걱정스러운 표정을 지었다. 얼마 후 그는 아트리에의 긴장을 풀어주려는 듯 어색한 미소를 지어 보이고는 아트리에의 다리를 짓누르고 있는 돌과 흙을 치우기 시작했다. 아파서인지, 다른 알 수 없는 이유에서인지, 바다로 돌아갈 길이 막힌 바다거북이라도 된 듯 아트리에의 눈에서 하염없이 눈물이 흘러내렸다.

그 여자는 아트리에가 과거 상상한 것과도, 책에서 본 백인 여자와도 달랐다. 여자의 피부는 해파리처럼 투명하고 키는 아트리에보다도 조금 작을 정도로 아담했다. 여자는 계속 말을 하며 손짓을 했지만 하나도 알아들을 수 없었다. 유일하게 알 수 있는 건 여자의 동작과 말투에서 적대감이 느껴지지 않는다는 점이었다. 아트리에가 몇 마디 했으나 여자는 알아듣지 못했다. 아트리에는 아까 바닥에 쓰러져 있을 때 아픔을 잊으려고 따라 한 새소리로 고맙다는 뜻을 표현했다. 입술을 오므리고 입술과 목구멍을 거쳐 공기를 흘려보내자 높고 낭랑한 음과 낮게 꺾이는 음이 번갈아 나오며 고마움을 전하는 소리가 됐다. 여자가 사람 말을 하는 새를 본 듯한 놀란 눈으로 아트리에를 봤다.

"어디서든 똑같은 파도가 치듯 소리 역시 어디서든 통한단다." 아트리에는 바다의 현자가 한 말을 잊지 않았다. 바다의 현자가 지혜롭다는 사실은 의심의 여지가 없었다.

아트리에는 사람들에게 들키지 않으려고 바다로 뛰어든 마지막 순간을 아직 기억했다. 그때 이상하게도 몸은 몹시 뜨거웠고 바닷물은 상대적으로 아주 차가웠다. 하지만 아트리에는 차가운 바닷물에 몸을 데었다고 느꼈다. 상처 입은 채 상어에게 쫓기는 꼬치고기처럼 죽기 살기로 헤엄쳤다. 얼마나 헤엄을 쳤을까 갑자기 가슴이 몹시 아팠다. 영혼이 목구멍으로 튀어나올 것 같았다. 그때 뒤에서 거대한 힘이 아트리에를 덮쳤다. 큰 파도라는 걸 직감하고 재빨리 몸에 힘을 빼 거센 물결에 몸을 맡겼다. 아트리에는 파도가 자신을 뭍으로 밀어 올리는 것을 똑똑히 봤다. 발밑에, 겨드랑이 밑에, 등 위에, 눈앞에, 섬의 기기묘묘한 것들이 자신을 휘감았다. 그가 원래 이 섬의 일부인 것처럼 섬과 바다의 혼합체가 그를 에워쌌다.

뭍으로 닿아 부딪치는 순간 아트리에는 몸에서 영혼이 빠져나갈 거라고 생각했지만 다행히 파도가 물러간 뒤에도 영혼은 남아 있었다. 큰 바위틈에 숨었다. 속이 텅 빈 무척 이상한 바위였는데, 바위와 바위가 서로를 흉내 낸 것처럼 근처에 비슷하게 생긴 바위가 많았다. 물속에 너무 오래 잠겨 있던 탓인지 점점 오한이 느껴졌다. 육지를 향해 달려야 한다는 걸 본능적으로 알았다. 그래야만 살 희망이 있다고 생각했다. 멀리 사람들이 웅성웅성 모여 있는데 이상한 옷을 입고 이상한 도구를 들고 있었다. 아트리에는 그들 눈에 띄지 않도록 흔들리는 풀처럼 몸을 움직여 조심스럽게 지나갔다.

풀숲에 들어가서야 처음으로 그곳을 자세히 살펴봤다. 정말 이상한 곳이었다. 육지 한쪽이 아주아주 높이 솟아 있는데, 조금 더 가면 하늘을 찌를 듯이 더 높이 우뚝 솟아 있었다. 대지의 현자에게 얘기해도 아마 믿어주지 않을 것이다. 그런데 여기는 대지의 현자가 보살피는 곳이 아닌 걸까? 이 세상에 이렇게 넓은 땅이 또 있는 걸 그도 알고 있을까? 아트리에는 높이 솟아오른 땅 위로 뛰어 올라가기 시작했다. 몸이 말을 듣지 않을 때까지 달리고 또 달렸다. 물고기 한 마리를 잡을 만큼의 시간이 지났을 때, 갑자기 뭔가가 다리를 무겁게 짓누르는 느낌이 들더니 금세 꼼짝도 할 수 없게 됐다.

"대지에 붙잡혔어. 돌이 날 붙들었어. 존경하는 카방이시여, 저를 도와주세요." 아트리에가 중얼거렸다.

대지에 붙잡혀 있는 시간 동안 아트리에는 바닥에 옆으로 쓰러진 채 미동조차 할 수 없었다. 와요와요의 노인들에게 배운 아픔을 잊는 방법이 생각났다. 자기가 물고기가 됐다고 상상하는 것이다. 노인들은 물고기가 아픔을 가장 잘 견디는 생물이라고 했다. 물고기는 갈고리에 걸리고도 사력을 다해 깊은 바닷속으로 헤엄쳐 숨이 끊어질 때까지 어부와 길고 끈질긴 사투를 벌이기 때문이다. 사람이 갈고리에 걸린다면 아마 눈 깜짝할 사이에 굴복하고 말 것이다.

"와요와요인은 물고기처럼 마지막 피 한 방울까지 말라버리기 전에는 굴복하지 않아. 와요와요도 바다의 자손이기 때문이지." 바다의 현자는 이렇게 말했다.

아트리에는 바닥에 쓰러진 채 이 세계를 자세히 관찰했다. 이 세계는 색깔도, 맛도, 소리도, 모든 게 와요와요와 달랐다. 물론 바다 위 섬과는 더 달랐다. 원래 세계란 이런 곳이구나. 무언가를 통과하고 나면 조금 비슷하지만 완전히 같지는 않은 세계로 변하는 거야. 아트리에는 자신이 이런 이치를 깨달았다는 사실에 기뻤다.

잠시 후 발소리가 들리더니 여자가 눈앞에 나타났다.

여자는 아트리에를 짓누르고 있던 돌을 치워준 다음 그에게 계속 뭐라고 말했다. 여기서 기다리라는 것 같았다. 아트리에는 계속 그 자리에 있었다. 여자를 기다린 것이 아니다. 그는 거기에 있을 수밖에 없었다. 다리가 부러졌기 때문이다. 다리가 부러진 사람은 아무 데도 갈 수 없다. 아무 데도 갈 수 없을 뿐 아니라 훌륭한 어부가 될 수 없고, 잠수하기도 어렵다. 아트리에는 '난 이제 훌륭한 와요와요인이 되긴 글렀어'라고 생각했다. 구와나에 붙잡힌 갈매기처럼 희망이 사라진 것 같았다.

15 다허

 우박이 지붕을 뚫고 쏟아져 내린 순간, 하파이는 몸이 뜨거워지고 뼛속까지 소름이 돋는 것 같았다. 오래전 타이베이에 대홍수가 난 그날 밤과 똑같은 느낌이었다. 고개를 휙 돌려보니 두 기자가 멍청하게 자리에서 촬영을 하고 있었다. 하파이는 두 번 생각할 것도 없이 위층으로 올라가라고 소리쳤지만 두 사람은 왜 그래야 하는지 전혀 모르는 표정이었다.
 "어서 빨리! 뛰어!" 하파이가 소리친 직후 엄청난 파도가 밀려왔다.
 하파이는 두 번째 파도가 가장 위력적이라는 걸 경험으로 알고 있었다. 첫 번째 파도가 지나가고 하파이는 그들에게 당장 도로 위로 피신하라고 했다. 아한이 카메라를 들고 릴리를 번쩍 둘러업더니 급하게 물을 건너 육지 쪽으로 달렸다. 뒤따라 달리는 하파이의 등 뒤로 파도가 다시 소리 없이 다가왔다.

이번 파도는 소리만 들어도 걸음을 뗄 수 없을 만큼 무시무시했다.

하파이가 지반이 쓸려가 절반은 허공에 떠 있는 도로 위로 올라가 고개를 돌렸을 때, 일곱째 시시드의 한쪽 벽이 허물어지고 있었다. 벽이 썰물에 호응하듯 함께 쓰러졌디.

"이나, 이나." 하파이가 바다를 보며 되뇌었다.

그해 대홍수가 지나간 뒤 이나는 하파이를 데리고 동부로 돌아갔지만, 두 사람은 부락이 아닌 시내에 머물기로 했다. 이나는 안마사 일자리를 구한 뒤 시내에 단칸방을 얻었다. 매일 아침 하파이가 눈을 뜨면 이나는 아침밥을 차려놓고 기다렸다. 이른 아침 퇴근해서 집에 온 것이었으므로 머리 모양이 전날 밤 집을 나설 때와 같았다.

하파이는 가끔 정말 사람들 말처럼 인생을 스스로 선택하는 일이 가능한지 생각했다. 이나를 여읜 뒤 하파이가 이나처럼 안마사가 되는 길을 선택하지 않았다면 또 어떤 선택을 할 수 있었을까? 게다가 그 몇 년의 시간이 아니었다면 하파이가 어떻게 그렇게 빨리 돈을 모아 일곱째 시시드를 지을 수 있었을까? 하파이는 때로 사람이 산다는 건 일종의 교환이라고 생각했다. 내가 가진 것을 네가 가진 것과 바꾸고, 내 미래를 지금 내게 없는 것과 바꾸는 것. 바꾸고 바꾸다 보면 원래 자기 것이 되돌아오기도 했다.

일곱째 시시드가 눈앞에서 무너지는 것을 보고도 하파이는 눈물 한 방울 흘리지 않았다. 아마 예감하고 있었을 것이다. 언젠가는 되돌려줘야 한다고. 바다에 돌려주는 것이 최적의 결말이라고.

그날 다허는 일곱째 시시드에서 휩쓸려 나온 물건을 정리하고, 학교에 가서 앨리스의 차를 충전해 돌아온 뒤 하파이에게 가 도시락을 건넸다. 그사이 하파이는 원래 건물이 있던 자리에서 한순간도 눈을 떼지 않았다. 다허가 물었다.

"지낼 데 있어?"

하파이가 고개를 저었다.

"당분간 우리와 같이 지내자. 타이둥의 부눈족 부락에 가려고. 부락 사람들이 전통 가옥을 지어보겠다고 해서 나도 한 채 지어 놨거든. 어차피 빈집이니까 그냥 가서 살면 돼. 당신과 우마프는 아누 삼촌 집에서 지내면 돼. 에어컨도 있어서 편할 거야. 앨리스도 돌아와서 마땅한 곳이 없으면 거기로 가라고 할게." 다허가 망설임 없이 말했다.

하파이가 고개를 저었다. "여관에서 지내면 돼."

"괜한 데 돈 쓰지 마. 다시 지으려면 시간이 걸릴 텐데 돈 아껴야지. 일곱째 시시드는 새로 지을 수 있을 거야."

하파이는 고개를 끄덕이지도 가로젓지도 않았다.

"우리 아직 살아있잖아. 안 그래?" 다허가 수습한 물건을 차에 실은 뒤 하파이에게 조수석 문을 열어줬다. 그로부터 몇 년 후, 하파이는 그때 다허의 행동이 자신에게 얼마나 중요했는지 깨달았다. 그때 그는 어떤 결정도 내릴 수 없었고, 그를 위해 문을 열어줄 사람이 필요했다.

그들은 해안선을 따라 남쪽으로 달렸다. 하파이는 운전석 쪽으로 고개를 돌려 다허의 우울한 옆얼굴 너머 차창 밖에 펼쳐진 바다를 봤다. 그제야 쓰레기 소용돌이가 거의 모든 해안선을 뒤덮었다는 사실을 알았다. 햇빛이 비친 해안선을 따라 보석을 흩뿌린 듯 쓰레기가 반짝반짝 빛났다. 다허는 하파이에게 말을 걸지 않았고, 우마프는 어수선하게 쌓인 하파이의 짐 위에 엎드려 잠이 들었다.

루예 부락에 거의 도착했을 때 하파이가 말했다. "커피머신이 아직 있어서 다행이야." 다허가 웃었다.

"왜 부락으로 돌아가려는 거야?" 하파이가 물었다.

다허가 말했다. "부락을 떠난 지 오래됐어. 원래는 도시에 가서 공부를 마치고 부락으로 돌아가 초등학교 교사가 되려고 했는데 뜻밖에 사랑에 빠져버렸거든. 아내 때문에 다시 부락을 떠났어." 다허는 차분한 목소리로 자신과 샤오미의 이야기를 들려줬다. 긴 도로에 헤드라이트 불빛이 곧게 뻗으며 나아갔다.

"여기서 택시 운전을 하면 돈은 더 벌 수 있겠지만 최근에 이런 생각이 들었어. 이제 그만두자. 부락의 좋은 점은 언제 돌아가든 반겨준다는 거야. 뭘 해도 그럭저럭 먹고살 순 있어. 마침 아누 삼촌도 있고. 삼촌도 젊었을 때 도시에 가서 석사까지 했어. 그러다 어느 해 부락에 돌아갔는데 어떤 재단에서 부락의 아주 멋진 땅을 사서 납골당을 지으려 한다는 걸 알고 친구에게 빌린 돈과 은행 대출을 합쳐 땅을 사버렸지. 거기에 '숲속교회'

를 짓고 관광객한테 부눈족의 좁쌀 재배 방법, 사냥 방식, 집 짓는 방법 같은 걸 가르치며 살고 있어. 나도 시간이 있을 때마다 가서 도왔는데 이젠 아예 돌아가려고. 우마프도 거기 가면 함께 놀 아이들이 있을 거야."

"앨리스한테도 얘기했어?"

"아니. 결정한 지 얼마 안 됐어." 모든 일이 지금 막 일어났다고 하파이는 생각했다.

부락에 도착했을 때는 이미 해가 저문 뒤였다. 다허가 우마프를 살살 흔들어 깨웠다. 부락 친구들이 모두를 위해 음식을 만들고 있었다. 돌아온 건 하파이와 다허만이 아니었다. 근처 해변으로 쓰레기 치우는 작업에 나갔던 부족 사람들도 함께 돌아왔다.

작고 옹골진 중년 사내가 어린애 같은 미소를 지으며 다가와 다허의 어깨를 툭 쳤다. 다허가 하파이에게 그를 소개했다.

"아누 삼촌이야. 부눈족." 다허가 하파이를 가리켰다. "이쪽은 하파이. 아미족이에요."

아누는 달변가였다. 우울에 빠져 아무것도 듣기 싫은 하파이조차 그의 얘기에 빠져들 수밖에 없었다. 그는 자신이 왜 숲속교회를 지었는지, 그동안 얼마나 많은 어려움을 겪었으며 지금까지 얼마를 빚졌는지, 은행이 얼마나 자주 집에 압류 딱지를 붙이려 하는지, 얘기를 쉬지 않고 늘어놓았다.

"몇 번이나 집이 경매로 넘어갈 뻔했어."

"어떻게 안 넘어갔어요?"

"사려는 사람이 없었거든. 이런 땅을 누가 사? 부눈족 말고 또 누가 여기서 살려고 하겠어? 하하하! 은행이 운이 나빴지. 나한테 대출해준 은행 직원은 나중에 해고당했다더군. 하하하!" 하파이도 웃음이 터졌다.

"아누 삼촌에게 돈을 빌려주는 사람은 무골호인이거나 바보, 둘 중 하나일 거야." 다허가 말했다.

얼마 후 아누는 술에 취해 세상 모르게 잠이 들었고, 친척과 친구 들은 모두 돌아갔다. 다허는 하파이를 손님방으로 데려갔다. 싱글 침대 두 개가 놓여 있었다. 하파이가 하나를 쓰고 다른 하나는 우마프가 썼다.

늦은 밤 하파이는 침대에 누웠지만 잠이 오지 않았다. 우마프도 잠이 오지 않는 듯 침대에 누워 창밖에 뜬 달을 봤다.

"하파이 이모, 숲속교회에 가볼래요?"

"교회에? 지금?"

"네. 지금이요."

"열쇠 있니?"

우마프가 놀란 눈으로 하파이를 봤다. "숲에 어떻게 열쇠가 있어요?"

길이 끝나는 곳까지 가서 계곡이 내려다보이는 높은 절벽을 빙 돌아 큰 나무 두 그루가 선 곳에 도착했을 때 우마프가 말했다. "여기가 문이에요." 하파이는 예상이 틀렸음을 알았다. 숲속교회란 문도 없고 담장도 없는, 그냥 숲이었다. 그 앞에 선 두 사람은 동물이 된 기분이었다.

"난 진짜 교회가 있는 줄 알았어."
"진짜 교회라뇨? 교회에 진짜 가짜가 있어요?"
"그런 말이 아니라……." 하파이가 말했다. "안에 뭐가 있니?"
"걸어 다니는 나무요." 우마프가 말했다.

16 하파이

"한 소녀가 있었어. 밭에 올 때마다 큰 바구니를 들고 왔는데 이상하게도 바구니에 뭐가 들었는지 아무도 보지 못하게 했어. 그런데 이웃 사람이 보니까 소녀가 밭에서 일할 때마다 잘생긴 남자가 나타나서 밭일을 도와주는 거야. 수상하게 여긴 이웃이 소녀의 이나에게 몰래 일렀지."
"소녀가 뭘 심었는데요?"
"좁쌀이겠지."
"아빠가 이곳은 좁쌀을 일부러 기를 필요가 없다고 했어요. 씨만 뿌려놓으면 된대요."
"그 소녀가 살던 곳은 좁쌀을 길러야 했나 봐. 돌을 줍기도 하고 밭을 갈기도 하고."
"소녀는 도와주는 사람이 있다고 털어놓지 않았겠죠?"
"맞아, 우마프. 참 똑똑하구나. 소녀의 이나가 몇 번이나 물었지만 소녀는 계속 아니라고 했어. 이나는 소녀의 바구니를 의심하기 시작했어. 그러던 어느 날 소녀가 병이 나 침대에 누워 있었어. 바구니는 베개 옆에 놓여 있었지. 소녀가 깊이 잠들자 이나가 호기심에 바구니를 몰래 열어봤어. 그런데 바구니 안에 길이 두 척, 굵기 일곱 촌 정도 되는 물고기가 있는 거야."

"그게 얼마만 한데요?"

"이 정도." 하파이가 손으로 물고기 길이를 어림잡아 보여주자 우마프가 흡족한 표정을 지었다. "우리 아빠는 그것보다 더 큰 물고기도 잡았는데."

"소녀의 이나가 그 물고기를 삶아 먹고 뼈만 남겨서 바구니에 다시 넣어놨어. 잠에서 깬 소녀가 물고기가 사라진 걸 알고 이나에게 물었어. '내 물고기 어디 갔어요?' 그러자 이나가 큰소리로 화를 냈어. '부모의 은혜도 모르는 딸이로구나! 며칠 전 찹쌀 경단을 만들고도 같이 먹을 반찬이 없었는데 너 혼자 그렇게 큰 물고기를 감추고 있었다니. 참을 수가 없어!'"

"소녀가 화가 났겠어요. 엄마가 자길 오해했으니까."

"이나 때문에 화가 났을 수도, 다른 이유로 화가 났을 수도 있지. 어쨌든 소녀는 너무 속이 상한 나머지 바구니에 있던 생선 가시를 삼키고 죽었어. 사실 그동안 바구니 속 물고기가 잘생긴 남자로 변해서 밭일을 도와줬던 거야."

"그럼 다른 잘생긴 남자가 물고기로 변하면 되잖아요?" 우마프가 말했다.

"네 말도 맞구나. 나도 내 이나에게 들은 이야기인데 그건 물어보지 못했어. 우마프, 넌 참 똑똑해."

　옆에 있던 다허가 웃음을 터뜨렸다. 아미족도 부눈족처럼 이야기 짓기를 좋아했다. 어릴 적 다허는 아버지에게 이렇게 물은 적이 있다.
　"아빠가 아는 이야기들은 누구에게 들은 거예요?"
　"노인에게 들었지."
　"노인은 누구에게 들었는데요?"
　"노인보다 더 늙은 노인에게 들었지."
　"하지만 노인보다 더 늙은 노인도 아이였을 때가 있었죠?"
　"그래."
　"그러니까 그 노인들도 누군가에게 이야기를 들었을 거예요."
　다허의 아버지가 잠깐 생각하다가 말했다. "네 말이 맞아. 노인보다 더 늙은 노인도 아이였을 때가 있었지. 이야기는 아이들에게 한 번도 가보지 않은 곳을 보여줄 수도 있고, 나이가 훨씬 많은 사람에게 지난 일에 대해 알려줄 수도 있어."
　다허는 하파이의 이야기를 귀 기울여 듣는 우마프를 봤다. 다른 사람의 얘기를 들을 때는 이렇게 경청한 적이 없었다. 우마프는 하파이를 믿을 수 있는 사람으로 생각하는 것 같았다. 하파이가 그들과 함께 지내러 온 첫날에는 다허도 내심 걱정했지만 다음 날 우마프에게서 전날 밤 하파이를 데리고 숲속교회에 갔다는 얘기를 듣고 안심했다. 왜냐하면 그곳 나무들은 두려움, 존경심, 신중함을 불러일으켰고, 누구든 나무를 보면 스스로 삶을 끝내겠다는 생각을 할 수 없었다.

   며칠 동안 다허는 부락과 H시를 셀 수 없이 오갔다. 해변의 악취가 갈수록 심해지고 몹시 더웠다. 동해안의 긴 해안선을 따라 테트라포드가 이어져 있어 쓰레기를 청소하기가 힘들었다. 일부 환경 단체가 동부의 몇 개 대학과 고등학교를 중심으로 조직한 봉사단이 해변 청소 작업에 참여했다. 해변마다 길게 줄지어 서서 쓰레기를 나르는 젊은이들이 있었지만, 운반 차량이 태부족이라 해안선이 단기간에 원래 모습을 되찾는 건 불가능해 보였다.
   해양 심층수 회사에서 관리자로 있는 다허의 중학교 동창 아리도 현장 조사에 참여했다. 신형 방독면을 쓴 그가 다허에게 말했다. "뉴스에는 보도되지 않았지만 회사 기계와 파이프가 90퍼센트 이상 파손됐어. 쓰레기 더미에 깔려 있지. 수중카메라로 찍은 영상을 보면 너도 놀랄걸. 바닷속이 엉망진창이야."
"현縣 정부가 발표한 것보다 심각해?"
"멍청하긴. 현 정부가 사실대로 말할 리가 있어? 난 우리 회사 사장님이 파이프를 태평양 밑바닥에 버려두고 도망칠까 봐 걱정이야."
"다른 사람은 몰라도 너희 사장님이면 충분히 그럴 수 있지."
"젠장, 잘못하면 현장縣長도 도망칠지 몰라."
   한때 바다는 바닷가 주민들에게 두려움을 불러일으키고 삶을 변화시키는 힘을 행사했지만, 지금의 바다는 이가 다 빠지고 정신이 쇠미한 노인처럼 변해버렸다. 햇볕에 마른 가벼운 비닐봉지가 꽃처럼 바람에 날리며 썩은 내를 풍겼다. H시에서 사는 동안 다허는 자신이 절반쯤 아미족이 됐다고 생각했기 때문에 아미족 친구들의 장래 생존과 위태로워진 어로 문화를 걱정하지 않을 수 없었다.

아리가 바닥에서 수십 년은 떠돌아다닌 듯한 플라스틱 파이프를 주웠다. "사실 유리병 같은 건 처리하기 쉬워. 하지만 이렇게 오래된 플라스틱 파이프는 어쩌면 좋을지 정말 모르겠어. 그거 알아? 몇 년 전 정부가 쓰레기 소용돌이의 쓰레기를 수거하겠다며 막대한 자금을 투입했지만 사실 헛소리였어. 왜냐고? 수거한 쓰레기를 어디 묻을 건데? 이 섬에 있는 모든 소각장과 매립지, 최첨단 분해 시설을 동원해도 그 쓰레기를 다 감당할 수 없어. 그렇다고 이란宜蘭이나 타이베이가 쓰레기를 받아줄 것 같아? 빌어먹을. 일본과 중국은 책임을 떠넘긴 지 오래야. 하지만 쓰레기는 아주 공평하지. 쓰레기 소용돌이가 해류에 쪼개져 흩어졌으니까 각자 자기 몫의 쓰레기를 떠안게 될 거야."

그날 해 질 무렵 마지막으로 해변에 다녀온 다허는 충전해서 주차해둔 앨리스의 노란 자동차가 사라진 걸 알았다. 앨리스가 찾아갔을 것이다. 그때 휴대전화가 울렸다. 앨리스였다.

"다허, 당신의 사냥용 오두막을 빌려 써도 돼?"

"물론이지. 오랫동안 쓰지 않았는데 괜찮겠어?"

"멀쩡해. 고마워."

"거기서 지내려고?"

"음…… 그런 셈이야."

"불편할 텐데."

"전혀. 아무 문제 없어. 텐트도 있고 등산 장비도 다 있으니까 걱정 마. 참, 하파이는 괜찮아?"

"괜찮아. 그런데 일곱째 시시드가 부서졌어."

"봤어. 바다 위 집도 무너질 거야."

"음, 아마도. 때가 되면 다 부서지겠지. 지금 어디야?"

"당신의 사냥용 오두막 근처."

"가서 도와줄까?"

"아냐. 괜찮아. 다허, 내 말 들어줘. 당분간 조용히 지내고 싶어. 때가 되면 내가 갈게."

저녁에 부락으로 돌아가자 우마프가 오늘 아침에 또 하파이와 함께 걸어 다니는 나무를 보러 갔다고 했다. "밤에 보는 거랑 다르니까." 걸어 다니는 나무란 사실 타이완고무나무와 녹나무 종류를 부르는 말인데 킹벤자민고무나무가 특히 그렇다. 바다로 늘어진 기근$_{氣根}$이 지주뿌리가 되어 나무가 걸어 다니는 것처럼 보인다. 예전에 부락 사람들은 고무나무를 기준으로 구역을 나누었지만 그 나무가 '걸어 다닐 수 있는' 건 나중에야 알았다.

"봄이 되면 깜짝 놀랄 거야."

"숲 말하는 거야?"

"응."

"나비가 나타날 거예요." 우마프가 끼어들었다.

"맞아. 나비가 나타날 거야. 겨울이 되면 왕나비 몇 종류가 여기로 모여드는데 얼마 후에 금색 번데기가 많이 보이다가 조금 더 있으면 나비의 우화가 시작돼. 날개가 부딪칠 만큼 많은 나비 떼가 날아다니는 모습이 아주 장관이야."
"정말이야? 내년 봄에 꼭 다시 와야겠어."
"여기서 계속 지내도 괜찮아. 부락에 일손도 부족하고, 요즘은 관광객도 꽤 많아. 우린 이 숲과 산에 의지해 살아왔어." 하파이는 아무 대답도 하지 않았다. 다허는 너무 성급한 말이라고 생각했지만 이미 말해버렸으니 어쩔 수 없었다.

며칠 뒤 저녁 다허가 혼자 숲속교회 앞에 있는 전통 가옥을 정리하러 갔다가 잠 못 들고 있던 하파이를 만났다. 그들은 햇볕에 말릴 옥수수를 창가에 묶으며 대화를 나눴다. 일주일 내내 해변에서 쓰레기를 치운 다허는 몹시 피곤한 상태였다. 하파이가 보기에도 그랬는지 하파이가 말했다.
"피곤하지?"
"응."
"피곤한 사람의 몸에선 어떤 기가 느껴져." 하파이가 다허의 어깨에 손을 얹고 안마를 하기 시작했다.
"그래? 그런 얘긴 처음 들어."
"난 전문가잖아. 하하, H시에서 안마사로 일했어." 숲속교회에 바람이 불어 멀리서도 들릴 만큼 웅웅 소리가 났다. 바람이 다허의 등을 쓸고 지나가는 느낌이 들더니 근맥 전체가 편안하게 풀렸다. "그때 안마를 배웠어. 처음에는 이나에게 배우고 나중에는 마사지숍 안마사들에게. 손으로 많은 걸 느낄 수 있어. 관절이나 근육 같은 곳은 기포가 들어 있는 느낌이랄까. 살아있는 동물이 이리저리 뛰어다니는 것 같아. 안마사는 손끝, 팔꿈치, 관절로 그 부위를 눌러서 이완시키지. 믿지 못하겠지만 가끔 사람 몸에서 검은 기가 빠져나가는 게 보이기도 해. 잘못해서 그 기를 들이마시면 다음 날 내 안색이 나빠져."

"정말이야? 판타지 같은데."

"정말이야. 판타지 아니야."

"주로 어떤 손님이 왔어?" 다허는 알면서도 물었다.

"남자지. 대부분 자위하려고 온. 안마는 곁다리일 뿐이고."

예상치 못한 하파이의 솔직한 말에 다허는 속으로 놀랐다. 실제로 H시의 안마사는 두 부류가 있었다. 안마만을 위한 안마사도 있었지만 그렇지 않은 쪽이 더 많았다. 샤오미도 후자에 속했고. 다허는 자신이 무슨 생각을 하는지 하파이도 알 거라는 생각에 얼굴이 화끈거렸다.

"별다를 거 없어. 내 힘으로 돈 버는 일이잖아."

"그렇지." 다허는 뭐라고 해야 할지 몰라 그저 웃었다. "사실 나도 가봤어." 말을 내뱉자마자 또 말실수를 했다고 생각했다.

"말한 적 있어. 그날 차 타고 오면서 샤오미 얘기를 했잖아."

"내가 말했다고? 내가 당신에게 샤오미 얘기를 했어?"

"그랬다니까. 아미족 언어로 하파이가 무슨 뜻인지 알아?"

"알지. 처음 일곱째 시시드에 갔을 때 굉장한 우연이라고 생각했어. 아미족 언어로 하파이가 좁쌀*이라는 뜻이라니."

하파이가 갑자기 식물의 흐느낌 같은 소리로 노래를 부르기 시작했다. 즉흥적으로 붙인 아미족 언어 가사로.

    쌀알만큼 작아서 쉽게 잊히는 것
    바람만 휘 불어도 떨어지는 것
    8월의 비에 파묻혔죠
    당신이 지나갈 때
    내 손목시계는 6시 10분이었어요
    좁쌀이 싹트는 바로 그 순간

---

*   중국어에서 '샤오미小米'라는 이름에도 좁쌀이라는 뜻이 있다.

7장

"누가 '오늘 바다 날씨가 어때?' 하고 물으면 반드시 '아주 맑아'라고 대답해야 해요."
"이렇게 비가 주룩주룩 내리는 날에도 그렇게 해야 한다고?" "네."

17 아트리에의 섬 이야기

"제 이름은 루스 카드만 아트리에예요." 내가 말했다. "아트리에라고 부르셔도 돼요."
"난 앨리스라고 해." 아마 그는 이렇게 말하는 듯했다.

앨리스가 먹을 것을 주고 임시로 지낼 오두막을 마련해줬다. 오두막은 조금 덥고 답답하지만 비를 피할 수 있었다. 섬에 있을 때 손수 지은 집과 비슷했다. 앨리스는 내 상처에 이상한 냄새가 나는 약을 발라주고 먹는 약도 줬다.
그는 통나무집에서 지냈고 나는 임시 오두막에서 지냈다. 앨리스가 나보고 통나무집에서 지내라고 했지만 나를 구해준 사람보다 더 좋은 집에서 지낼 수는 없었다. 그건 와요와요의 도리에 어긋나고 와요와요의 법도도 아니다. 처음에 앨리스는 내 말을 조금도 알아듣지 못했지만 우리는 차츰 서로가 하는 말의 비늘과 꼬리, 물고기 눈을 이해할 수 있었다.

희고 검은 색을 가진 '고양이'라는 그 이상한 동물을 앨리스는 '오하요'라고 불렀다. "그게 무슨 뜻이에요?"라고 묻고 싶었는데 앨리스가 내 마음을 알아챘는지 아주 길게 설명해줬다. 아침에 일어나 누군가를 만났을 때 하는 안부 인사라고, 난 금세 알아들었다.

"오하요." 나도 따라서 불러봤는데 혀가 잘 굴러가지 않았다. 고양이는 내가 부르는 걸 듣고도 고개도 안 돌리고 지나갔다.

"너희는? 와요와요 사람들은 뭐라고 인사하니?" 앨리스의 말은 이런 뜻인 것 같았다. 우리 섬 이름이 와요와요라는 건 이미 알려줬다.

"아이-와구도마-실리야말라 i-Wagoodoma-siliyamala."

"그게 무슨 뜻인데?" 앨리스가 어깨를 으쓱였다. 와요와요와 마찬가지로 알아듣지 못하겠다는 뜻인 것 같았다.

난 먼바다를 가리킨 뒤 두 손을 평평하게 펼쳐 잔잔한 바다를 표현했다. 오늘 바다가 잠자는 동물이나 죽은 고래처럼 잔잔하고 신성해 보인다는 뜻이다. "오늘 바다가 아주 맑아."

"아이-와구도마-실리야말라."

"아이-와구도마-실리야말라." 앨리스는 자기 혀에 잘 붙지 않는 말을 몇 번 되뇌었다.

앨리스는 이런 생활이 익숙하지 않은 듯 밤마다 잠을 이루지 못했다. 그는 이상한 작은 상자를 갖고 있었는데 그걸 누르면 마치 기억 능력을 가진 눈동자처럼 세상의 일부가 안으로 들어갔다. 그는 꽃, 벌레, 새의 '그림자'를 상자에 담은 뒤 책을 펼쳐 비교했다. 그 책에는 앨리스가 본 '그림자'의 '그림자'가 담겨 있는 것 같았다. 나도 그런 그림을 그리고 싶다. 진짜 물건의 그림자처럼 보이는 그림을.

그는 또 '탁자'와 '의자'라고 부르는 물건을 가져와 통나무집 밖에 놓고 날씨가 좋은 날이면 거기 앉아서 '펜'(섬에서 내가 그림을 그리던 작은 막대기의 이름이었다)으로 책에 있는 글씨와 비슷한 것을 썼다. 한번 쓰기 시작하면 아주아주 오래 썼는데 그럴 때마다 그의 눈은 꿈을 꾸는 것 같았다.

뭘 쓰고 있느냐고 물었더니 앨리스는 이야기라고 했다.
"이야기를 써서 뭣 하려고요?"
"사람을 구하려고." 앨리스가 이렇게 말한 것 같았다.

앨리스가 내 몸에 그려진 그림이 마음이 든다며 무슨 뜻이냐고 묻기에 그림 하나하나에 담긴 이야기를 들려줬다. 어깨에 있는 이야기, 등에 있는 이야기, 팔꿈치에 있는 이야기. 그가 내 이야기를 이해했는지는 잘 모르겠다. 몸에 그린 그림 중 흐려진 것은 새로 그렸다. 왼쪽 배에 있는 그림은 앨리스가 나를 구해준 날 그린 것이다. 앨리스가 준 펜으로 대지에 붙잡힌 나, 눈동자 속에 있던 앨리스, 앨리스 뒤에 있던 나무를 그렸다. 그림을 보는 앨리스의 눈빛이 슬퍼 보였다.

그는 내게 처음 보는 음식들을 줬고, 나도 차츰 산의 모습에 익숙해졌다. 그래서 다리가 조금씩 낫기 시작하면서 나무로 움막을 조금 넓히고, 비가 와도 앨리스가 글을 쓸 수 있도록 밖에 천막을 하나 더 만들었다.

가끔 오하요가 이른 새벽에 게나 쥐 같은 걸 잡아 와서는 앨리스에게 주려는 듯 통나무집 앞 계단에 올려놓았다.

앨리스는 글을 쓸 때가 아니고서는 나와 얘기하는 걸 좋아했다. 처음에는 서로 무슨 얘길 하는지 알아듣지 못했지만 점점 상대가 하는 말을 '느낄' 수 있었다. 앨리스는 자기 얘기를 하고 나는 내 얘기를 했다. 와요와요, 우르슐라, 우리 엄마, 바다의 현자와 대지의 현자, 해변으로 밀려 올라온 고래 얘기. 앨리스가 알아듣는지는 중요하지 않았다. 와요와요인에게 말은 냄새를 맡고, 만지고, 상상하고, 직감으로 커다란 물고기를 쫓듯, 바짝 따라갈 수 있는 것이기 때문이다.

난 내 얘기를 하는 게 좋고, 앨리스의 얘기를 듣는 것도 좋고, 그의 목소리와 그가 오하요를 쓰다듬는 표정도 좋았다. 앨리스의 표정을 보면 이나가 생각날 때도, 우르슐라가 생각날 때도 있었다. 굵은 비가 내리는 날을 제외하면 우리는 이른 새벽마다 함께 앉아 바다를 바라봤는데 그때마다 나는 그에게 "와요와요 섬의 이야기를 해줄게요, 내 얘기를 들으면 마음속에 와요와요 섬의 모습이 생겨날 거예요"라고 했다.

우리 섬은 용사의 섬이고, 꿈이 모이는 곳이에요. 물고기 떼가 이동할 때 쉬었다 가는 곳이고, 해가 뜨고 지는 좌표고, 희망과 물의 휴식처예요. 우리 땅은 산호를 엮고 바닷새의 똥을 덮어서 만들었어요. 우린 카방이 눈물을 모아서 만든 작은 호수에 의지해 살아요.

어떤 것이든 제일 처음에 생겨날 때는 서로를 모방해요. 섬은 거북이를 모방하고, 나무는 구름을 모방하고, 죽음은 탄생을 모방해요. 그래서 세상 만물은 거의 비슷해요. 원래 우리 부족은 깊은 바닷속 골짜기에 도시를 짓고 살았어요. 카방이 형광 새우를 풍족하게 줬지만 바다에서 제일 영리한 종족인 우리는 바다에 형광 새우보다 맛있는 게 많은 걸 알았어요. 그래서 계속 번식하고, 마구잡이로 먹을 것을 잡고, 다른 곳으로 옮겨가 도시를 확장하며 바다 동물을 닥치는 대로 잡아 멸종시키는 바람에 카방을 노하게 했어요.

카방은 우리를 벌주기로 했죠. 어느 날 밤, 바다 양쪽의 해저 화산이 폭발했어요. 바닷속에서 흙먼지가 치솟아 도시가 파묻히고 우리 조상들이 물 위로 떠올랐어요. 바로 그때 토스토스 물고기 떼가 헤엄쳐 다가왔고 토스토스 비늘에 반사된 눈부신 빛 때문에 조상들의 눈이 멀었어요. 눈이 먼 조상들은 어디로 가야 할지 몰랐어요. 눈이 멀지 않은 몇몇 사람이 눈이 먼 사람을 돌봐줬어요. 그중 살리니니라는 용사가 노인에게 주려고 토스토스를 잡았는데 잡고 보니 토스토스의 비늘마다 카방의 자국이 뚜렷하게 찍혀 있었어요. 부족 사람들은 그제야 자신들 때문에 화가 난 카방이 이런 방식으로 벌을 내렸다는 걸 알았어요. 유일한 방법은 카방에게 용서를 구하는 것이었죠. 용사 살리니니가 비와 안개 끝에 있는 바다의 문으로 혼자 헤엄쳐가기로 했어요. 그 문을 통과하면 카방이 사는 '진짜 섬'이 있다는 전설이 있었거든요. 살리니니는 그 섬에 가서 카방께 용서를 빌고 부족이 살 곳을 내려달라고 기도하기로 했죠.

살리니니는 태양이 수천 번 나고 죽는 시간 동안 헤엄쳐 나아갔어요. 살갗이 벗겨지고 귀가 멀고 등지느러미가 찢어지도록 헤엄쳤지만 무지개는 여전히 아주 멀리 있었어요. 마침내 살리니니에게 감동한 전지자 카방이 부족에게 기회를 한 번 더 주기로 했어요. 카방이 말했어요. "너희에게 섬 하나를 내어주겠다. 하지만 부족민이 섬의 나무 수보다 많아서는 안 된다. 너희는 바닷속에서 생존하는 능력을 잃고, 광활하고 자유로운 바다를 잃게 될 것이다. 그 대신 바다에 둘러싸인 고독과 익사에 대한 공포를 알게 될 것이다. 바다는 친구에서 도살자로, 양육자에서 적으로 변할 것이나 너희는 바다에 의지하고 바다를 믿고 바다를 숭배해야 한다. 자손들아, 내 노랫소리는 빗물로, 내 시선은 번개로 바뀔 것이며, 내 생각은 바닷물처럼 어디에든 존재하고, 내가 하는 모든 말은 바닷속 영혼이 되어 너희를 감시하고 명령을 내릴 것이다."

그래서 우리 조상들은 바닷속에서 바다 위로 올라와 와요와요 섬에 살게 됐고, 카방의 말씀은 우리가 바다에 제사를 지낼 때 가장 중요한 기도가 됐어요.

세월이 흘러 어느 날 거대한 새가 섬 위로 날아와 부리로 제 몸의 깃털을 가지런히 고르더니 새끼 일곱 마리를 떨어뜨렸어요. 일곱 마리 새가 한 가족씩 거느려 육지에서 살아가기 위한 새로운 기술을 가르쳐줬어요. 그리고 떠날 때 눈동자 하나씩을 남겨 일곱 가족을 지켜보게 했어요. 천둥 번개가 요란하던 어느 날 일곱 개 눈동자가 동시에 쪼개지더니 그중 두 개가 부화해 팔이 나오고, 다른 두 개에서는 다리가 나오고, 나머지 세 개에서 머리와 몸통, 생식기가 나왔어요. 일곱 개 눈동자가 합쳐져서 키가 크고, 검고 슬픈 얼굴을 가진 남자가 됐는데 그는 자신이 바다의 현자라고 했어요.

　바다의 현자는 많은 능력을 갖고 있었어요. 물고기처럼 잠잘 때도 눈을 감지 않았고, 잠수할 때면 해저 산맥과 골짜기의 지형, 거대한 해초 숲의 분포를 기억했고, 와요와요 섬 근처에서 잠수하다가 돌 틈으로 숨을 쉴 수 있는 바위가 어디 있는지 다 알았어요. 심지어 바다가 즐거운지 슬픈지 들떴는지 울적한지도 알 수 있고, 비가 얼마나 내릴지, 바닷물이 어느 방향으로 흐를지 예측도 했어요. 그는 바닷새와 바닷바람, 조개껍데기가 실어 오는 모든 소식을 자세히 들어야 한다면서 매일 섬을 세 바퀴씩 돌았어요. 해변으로 밀려 올라온 고래들이 섬의 운명과 미래에 관한 귀중한 유언을 남긴다고 했죠. 그는 또 바다와 바닷가마다 자기만의 냄새, 그림자와 빛이 있다는 것도 알았어요. 그의 지식은 멀리서 온 물고기들에게 들은 것이기 때문에 아무리 먼 곳의 일도 다 알았고, 그가 읊조리는 주문은 세상에 오직 하나뿐인 깃털 같아서 누구도 따라 할 수 없었어요. 파도가 실어 오는 소식은 너무 작고 희미해서 바다의 현자는 먹지도 마시지도, 웃지도 않고 나무처럼 바닷가에 우두커니 서서 햇볕에 그을린 노란 머리칼을 반짝였어요.

　바다의 현자는 세습되지 않고 가르침을 통해 이어졌어요. 바다의 현자와 대지의 현자의 아이들은 그들의 아버지를 아버지라고 부를 수 없었어요. 바다의 현자는 어느 한 가족에 속하거나 몇몇 아이의 아버지가 아닌, 섬 전체의 바다의 현자이기 때문이죠. 바다의 현자와 대지의 현자는 섬의 아이를 골라 자기가 가진 모든 능력을 가르쳤어요. 하지만 모든 아이가 다 어른으로 자라는 건 아니니까 한 아이만 가르칠 수는 없었죠. 우리 아버지도 바다의 현자예요. 바다의 현자가 되기 위해 선대 바다의 현자에게 훈련받았대요. 나와 쌍둥이 형, 섬의 또 다른 다섯 아이가 바다의 현자에게 훈련을 받고 바다에 관한 모든 것을 배웠어요.

　우리 아버지는 어릴 때 다리 하나를 잃었지만 똑똑했기 때문에 많은 부족민의 반대 속에서도 선대 바다의 현자에게 신임을 얻었어요. 장애를 가진 아버지는 하나뿐인 다리가 따개비에 뒤덮일 때까지 누구보다 열심히 수영 연습을 했어요. 아버지는 고래 뼈로 지팡이를 만들어 사용했고, 다리 하나만으로 섬에서 제일가는 수영 실력을 자랑했어요. 다리가 마치 꼬리지느러미 같았어요.

　대대로 바다의 현자들은 바다의 현자가 되는 즉시 선대 바다의 현자에게 바다 지도를 받아 등에 감췄어요. 그 지도는 지혜가 쌓여서 만들어진 것이자 카방의 화신이었죠. 지도는 시간의 흐름에 따라 그림이 변하면서 시시각각 와요와요 섬을 둘러싼 바다 모습을 보여줬어요. 하지만 바다의 현자 등에 지도가 나타나게 하려면 섬과 바다의 현자가 엄청난 고통을 겪어야만 해요. 와요와요 섬에서 물고기가 잡히지 않아 사람들이 굶주림에 시달리면 바다의 현자는 혼자 아무도 없는 곳에 가서 고통받을 방법을 생각해요. 영혼이 죽음에 가까워질 때 비로소 그의 등에 바다 지도가 나타나거든요. 그럼 어부들은 그 지도를 보고 물고기를 잡으러 가요.

해마다 물고기 떼가 돌아올 때가 되면 바다의 현자가 일곱 부락의 대표를 이끌고 고깃배를 타고 나가 바다에서 제사를 지내요. 바다의 현자는 하룻낮 하룻밤 동안 바다에 엎드려 떠다니며 바닷속 물고기와 대화를 나누고, 와요와요인의 양식이 되어주는 그들의 희생에 감사를 표해요. 그리고 각 부락 대표로 나온 어부들이 교대로 그물을 던지는데, 이때 물고기를 잡아서는 안 돼요. 그건 마구잡이로 물고기를 잡지 않겠다는 약속이거든요.

바다의 현자는 바다의 모든 일을 알아요. 하지만 그가 하는 얘기는 대부분 파도처럼 종잡을 수 없고 뒤죽박죽이죠. 부족의 노인들은 첫 번째 바다의 현자가 바닷새의 울음을 흉내 내 와요와요어를 만들었다고 했어요. 그는 수천 가지 파도를 묘사할 수 있었대요. 수면의 자글자글한 잔주름부터 철썩철썩 간간이 밀려오는 파도까지도요. 고래기름처럼 미끄러운 파도인지, 별빛이 새겨진 거품인지, 바람이 몰고 오는 긴 파도인지, 물고기 떼가 지나가며 일으킨 짧은 암류인지, 얕은 모래톱에서 생겨났는지 심해의 화산에서 왔는지 다 알 수 있었대요. 파도의 형태가 물고기 종류만큼이나 많고, 바닷새의 울음도 보통 사람의 주파수보다 높아서 대부분의 사람이 이해하기에는 너무 어려워요. 그런 언어를 알아들을 수 있게 해주는 사람이 대지의 현자예요. 그는 언어의 사냥꾼이고 조타수이고 또 조련사예요.

　어릴 적 아버지가 얘기를 들려줬어요. 아주아주 오랜 옛날에는 대지의 현자가 바다의 현자이기도 했대요. 그러다가 한 바다의 현자가 쌍둥이를 낳았는데 두 아이가 어머니 배 속에서 동시에 나왔대요. 한 아이는 검푸른 눈동자를, 다른 아이는 짙은 갈색 눈동자를 가졌는데 똑같이 똑똑하고 눈치가 빨랐지만 타고난 재능은 달랐어요. 바다의 현자는 바다에 대한 지식만으로는 와요와요인이 잘 살 수 없다는 걸 알았고, 그래서 카방이 그에게 장남과 차남의 순서 없이 아이 둘을 동시에 내려준 거예요. 검푸른 눈동자의 아이는 아버지의 자유로움과 바다 지식을 물려받았고, 갈색 눈동자의 아이는 바다를 육지로 바꾸는 법칙을 알았대요. 갈색 눈동자의 아이는 아주 단단하고 투명한 병을 세 개 주워다가(내가 바다를 떠돌다가 만난 그 섬에도 그런 병이 많았어요) 각각 여자의 거웃과 돼지 창자, 섬에서 가장 비옥한 흙으로 가득 채웠어요. 그는 그 병을 가지고 해변으로 가 혼자서 섬을 아흔아홉 바퀴 돌았어요. 그동안 별들이 움직이지 않고 바다에도 폭풍이 일지 않았는데 섬의 식물이 잔뜩 성난 것처럼 맹렬히 자라났어요. 대지의 현자는 섬이 충분히 넓어지고 여러 생물이 번성했으니 와요와요인도 더는 탐욕을 부려서는 안 된다고 했어요. 그러고는 병을 깨뜨려 물고기 눈알처럼 알알이 부수고 율법을 선포했어요. 섬에 무한정의 사람이 살 수는 없으니 한 가족마다 남자는 한 명만 허락한다고요. 차남은 태어나서 백팔십 번째 보름달이 뜨면 혼자 타라와카를 타고 바다로 나가서 영영 돌아오지 못하게 했어요. 바다의 현자와 대지의 현자의 아들도 마찬가지였어요.

대지의 현자는 언어 능력이 뛰어날 뿐 아니라 그림도 잘 그렸어요. 그가 그린 그림은 모두 실제로 일어난 일 같았어요. 실제로 일어난 일이 그의 그림에 들어와 정지된 것처럼 보이기도 했죠. 대지의 현자는 집 짓는 기술도 훌륭해서 와요와요인에게 풀과 물고기 가죽, 진흙으로 집을 짓고, 물고기 풀膠로 이어 붙이는 방법을 가르쳐줬어요. 물고기 풀은 물고기 눈동자와 가죽, 뼈를 한데 넣고 수액 같은 색이 날 때까지 오랫동안 고아서 만들어요. 물고기 눈동자를 넣어서인지 물고기 풀로 붙인 부분은 햇빛과 달빛을 받으면 그 안에 영혼이 있는 것처럼 눈부시게 반짝인답니다. 와요와요에는 나무가 귀해서 나무로 지은 집이 거의 없어요. 대지의 현자는 섬이 좁고, 귀한 나무들이 아주 느린 속도로 자라며, 나무가 사람보다 더 지혜롭기 때문에 자기 혼자 쓰는 물건을 만들기 위해 나무를 베어서는 안 된다고 가르쳤어요.

대지의 현자가 제일 많이 쓰는 말은 '거스'예요. 와요와요어로 아주 많은 뜻이 있지만 이해할 수 없다는 뜻으로 주로 쓰여요.

그는 항상 "거스거스, 거스거스" 하고 말했어요. 대지의 현자는 세상 곳곳이 모두 거스여서 바다의 현자와 대지의 현자도 모르는 게 많다고 했어요.

  와요와요 섬을 떠나던 날, 바다의 현자이자 선지자이자 지혜로운 자인 우리 아버지와 대지의 현자가 날 위해 작별식을 열어 줬어요. 내가 차남이기 때문이죠. 와요와요의 차남은 모험을 의미해요. 어른으로 자라지 못하고 신의 제물이 되어야 해요.
  바다를 떠돌다가 거스거스 섬에 도착할 줄은 몰랐어요. 난 그 섬에 거스거스라는 이름을 붙였어요. 알 수 없는 것으로 뒤덮인 섬이라는 뜻이죠. 거스거스 섬에서 수많은 거스거스를 봤어요. 심지어 섬 하나가 생겨나는 것도 봤어요. 처음에는 바다에서 검은 연기가 피어오르더니 코를 찌르는 유황 냄새가 났어요. 해와 달이 수십 번 바뀌는 동안 용암이 계속 솟구쳐 흐르고, 부글부글 끓는 바닷물에서 쉭쉭 소리가 나고, 화산재가 사방에 떠다녔어요. 그러더니 구름 사이로 번개가 치면서 파도 속에서 새로운 섬이 떠올랐어요.
  카방의 이름으로 맹세해요. 내 눈앞에서 새로운 섬이 태어났어요.
  시간이 얼마나 흘렀을까요. 거스거스 섬은 계속 바다를 떠돌았고 마침내 여기 당신들의 섬에 가까워졌어요. 나는 어떤 사람이 거스거스 섬에 올라오는 걸 보고 얼른 바다로 숨었다가 파도에 밀려 이 섬에 도착했어요. 당신을 만난 건 행운이에요. 당신은 제 은인이에요.

  바다를 떠도는 동안 카방께 계속 물었어요. 왜 나를 차남으로 태어나고 형을 장남으로 태어나게 하셨나요? 왜 쌍둥이가 세상에 태어난 그 짧은 시간차 때문에 완전히 다른 운명을 살게 하셨나요? 어머니가 우리를 함께 잉태한 것은 우리가 이 세상에 함께 있다라는 의미가 아닌가요? 장남과 차남의 차이가 무엇인가요? 해답이 없는 질문이라는 건 나도 알아요. 물고기가 낚이기 전에는 어느 바다를 헤엄쳤는지 누구도 알지 못한다는 와요와요의 속담처럼 말이죠. 제가 차남이고 거스거스 섬을 따라 표류하다가 여기에 왔다는 것만은 변함없는 사실이에요.

18 앨리스의 섬 이야기

　소년은 내가 살면서 만난 사람과는 전혀 다르다. 그는 책에서 걸어 나오거나 다른 세계에서 건너온 것처럼 아주 옛날 사람 같으면서 또 새로운 느낌이 있다. 소년은 다리가 다 낫지 않아 마음대로 움직일 수 없다. 그는 큰 바위에 걸터앉아 숲 사이로 조금 보이는 먼바다를 말없이 바라보며 대부분의 시간을 보낸다. 이따금 내 존재를 잊은 듯 한숨짓다가, 작은 소리로 탄식하다가, 킥킥거리며 웃는 이상한 모습을 보이기도 한다. 언어 장벽 때문에 그의 말을 단번에 알아듣지는 못하고 대부분은 손짓과 표정으로 짐작할 수밖에 없다. 이런 방식으로는 깊은 대화를 나눌 수 없다. 전혀 다른 언어를 쓰는 사람에게 어조와 표정, 손짓으로 의미를 전달하는 데는 한계가 있기 때문이다. 여기까지 생각이 미치자 서로 침묵을 지키고 말하지 않는 것보다 더 외롭다는 생각이 들었다.

소년은 와요와요라는 섬에서 왔다고 했다. 자기가 그 섬을 떠나게 된 이유와 쓰레기 소용돌이를 따라 여기까지 오게 된 과정도 얘기했을 것이다. 소년은 쓰레기 소용돌이도 와요와요 같은 섬이라고 생각하는지 그것을 '거스거스 섬'이라고 부른다. '거스거스'가 와요와요 말로 무슨 뜻인지 설명해준 것 같지만 알아듣지 못했다.

난 그의 언어를 알아들을 수 없다. 그가 하는 말에 집중하려고 해도 이야기의 가장 중요한 부분을 얘기할 때는 큰 골짜기를 넘듯 계속 건너뛰어야만 한다.

하지만 처음에 그가 "내 이름은 아트리에예요"라고 말했을 때는 단번에 알아들었다.

그날 아트리에에게 기다리라고 하고 다시 돌아갔을 때 그는 어디에서도 보이지 않았다. 찾다 찾다 거의 포기하려고 할 때쯤 아트리에가 마치 나무의 일부인 것처럼 나무 뒤에서 불쑥 나오는 바람에 깜짝 놀랐다. 그는 내가 자신을 해칠지, 사람을 더 불러오는지 확인하려고 한 것 같다. 소년은 다리 부상을 입고도 야생에서 은신하는 능력이 뛰어났기 때문에 난 그가 다리를 크게 다쳤다는 사실을 거의 잊을 뻔했다.

소년은 놀라울 정도로 아픔을 잘 참았다. 젊었을 때 간호 교육을 받은 적이 있기 때문에 소년의 복사뼈 부분이 탈구됐거나 어떤 부분은 부러졌을 수도 있다는 걸 알았다. 하지만 내가 다시 돌아왔을 때 탈구된 부분이 제자리로 돌아와 있었다. 아픔을 참으며 스스로 뼈를 다시 맞췄겠지. 다허의 사냥용 오두막까지 부축해주려고 했지만 소년은 혼자서 한 걸음씩 넘어가겠다고 고집했다. 그는 다친 짐승처럼 계속 주위를 경계했다. 나는 간단한 부목으로 그의 다리를 고정한 뒤 체력 보충을 위해 비타민을 먹이고, 감염되지 않도록 소염제를 먹였다.

다허의 사냥용 오두막은 내가 야콥센과 같이 사둔 작은 밭에서 아주 가까웠다. 예전에는 휴일이 되면 밭에 가서 채소를 심고 사냥용 오두막에서 저녁을 먹었다. 아트리에를 쉬게 해놓고 나는 집 상태를 확인하러 해변에 갔다.

바다는 완전히 다른 바다가 되어 있었다. 멀리서 보면 여전히 파랗고, 쓰레기로 뒤덮여 언뜻 다채롭게 보이기도 했으나 바다 곁에 사는 나는 바다의 감정을 느낄 수 있다. 그때 바다를 가득 채운 건 우울과 고통뿐이었다.

시내에 밥을 먹으러 갔다가 M이 신문에 투고한 글을 읽었다. 그는 이 사건을 일종의 '상환償還'으로 정의하며 이렇게 썼다. "이 사건에 대한 언론 보도를 보면 섬을 의인화해 피해자로 묘사하고 있을 뿐, 우리가 이 쓰레기 소용돌이의 탄생에 기여했다는 사실에 대해서는 언급조차 하지 않는다. 쓰레기 섬의 크기로 볼 때 우리의 기여도가 결코 작지 않음에도 말이다. 과거 우리는 경제 발전으로 인해 필연적으로 지불해야 하는 비용을 회피하고 다른 빈곤 지역에 떠넘겼다. 지금 그 비용에 대한 이자 청구서가 바다에 실려 온 것이다."

대형마트를 돌며 먹을거리와 차에 실을 수 있는 텐트를 사다 보니 어느새 날이 어둑해져 서둘러 산으로 올라갔다. 손전등이 있어도 자꾸 발을 헛디뎠다. 점점 마음이 급해지려고 할 때 길가 숲에서 그림자 하나가 불쑥 튀어나왔다. 깜짝 놀랐는데 절룩거리는 걸음걸이를 보니 아트리에였다. 아트리에가 앞장서서 걷기 시작했다. 그는 내가 자기 뒷모습을 볼 수 있는 거리를 유지하며 길을 안내했다.

하루는 탁자에 앉아 원고를 쓰는데 다친 다리가 차츰 낫고 있는 아트리에가 바닥에서 돌 하나를 주워 문 앞에 털썩 앉았다. 그런 다음 갑자기 온몸 근육이 팽팽하게 당겨지더니 돌을 힘껏 던졌다. 자기 앞에 있는 어떤 물체를 향해 던진 것 같았다. 그가 던진 돌이 녹색비둘기에 명중했다. 내가 먹을 것을 살 돈은 충분하니 새를 죽일 필요 없다고 한참 설명했지만 알아듣지 못하는 것 같았다. 밤이 되면 아트리에는 먹잇감을 기다리는 짐승처럼 산에서 나는 온갖 소리에 신경을 곤두세웠다.

아트리에는 어떤 때는 아주 먼 하늘에 뜬 별의 소리를 듣는 것처럼 먼 곳을 응시하고, 또 어떤 때는 오른손은 하늘을 향하게 하고 왼쪽 다리를 살짝 구부리는 이상한 자세를 취했다. 뭘 하는 거냐고 물어도 식물이 된 듯 대답하지 않았다.

제일 놀라운 건 아트리에가 새의 울음소리를 똑같이 흉내 낸다는 사실이었다. 사냥용 오두막 근처에서 새를 발견하면 한 번 들어본 적 없는 울음소리도 일고여덟 번 듣고 똑같이 흉내 내 새를 놀렸다. 한번은 산길에 앉아 타이완유히나가 지저귀는 소리를 일 분 정도 듣더니 목청을 돋워 똑같이 소리 내기 시작했다. 인간 몸에 타이완유히나의 성대를 가진 듯한 소리에 수컷 새조차 사랑에 빠져 내려와 앉을 정도였다.

어떤 사람에게는 생각을 주고받을 수 있는 언어라도 다른 사람에게는 소쩍새나 아기 사슴의 울음소리처럼 들릴 수 있다. 어쩌면 우리가 프랑스어나 러시아어를 배우듯이 새의 울음소리를 열심히 배워볼 수 있을지 모른다. 만약 우리가 매일 두 시간씩 꾸준히 새소리를 공부한다면 언젠가는 새와 대화를 나눌 수 있을까? 이런 생각이 들자 와요와요의 언어를 배우고 싶다는 생각이 더 강해졌다.

하지만 다른 언어를 배우려면 긴 시간과 노력이 필요하다. 아트리에에게 와요와요 섬이 어디에 있느냐고 물어본 적이 있다. 아트리에가 내 말을 이해하지 못했는지 어떤 숫자를 표현하려는 것처럼 한 손은 쫙 펴고 다른 쪽 새끼손가락과 넷째손가락을 펼쳤다. 그래서 펜과 종이를 주고 와요와요 섬을 그려보게 했더니 집중해서 그림을 그리기 시작했다. 사실 난 간단한 그림을 기대한 건데 아트리에는 아주 정성껏 그림을 그렸다.

손가락으로, 치아로, 눈물로 그림을 그리더니 한 장을 다 채운 뒤 종이 한 장을 더 달라고 했다. 한 장 한 장 그림을 그려 섬의 전체 모습을 보여주려는 것 같았다. 첫 번째 그림은 한 노인이 젤리피시플로트*를 하듯 바다에 떠 있고 그 옆에 조각배들이 떠

---

* 수영에서 머리를 잠수한 후에 무릎을 가슴까지 올리거나 다리를 펴서 손으로 잡은 채로 버티는 자세.

다니는 광경이었다. 무슨 의미인지는 알 수 없었지만 다음 날 시내에서 스케치북을 사다 줘야겠다고 생각했다. 그러면 아트리에는 자기 몸에 그림을 그릴 필요가 없고 나는 와요와요의 이야기가 담긴 그림책을 갖게 되는 것이다.

그가 내 말을 온전히 이해하지 못한다고 생각하기 때문일까. 나는 외려 그에게 자주 말을 걸고 싶어진다. 마치 활짝 열린 창문에 대고 말을 하는 기분이다.

여기도 섬이란다. 이 섬의 이름은 타이완이야. 아주 오래전에는 포르모사*라고 불리기도 했어. 이것 봐. 타이완의 항공사진이야. 사진 본 적 없지? 참, 거스거스 섬에 많이 있었을 수도 있겠다. 바닷물에 젖어 색이 바래 정확히 알아볼 순 없었겠지만. 항공사진이란 새가 구름 위에서 타이완을 내려다본 모습 같은 거야. 섬의 이쪽에도 바다가 있고, 이쪽에도 바다가 있고, 또 이쪽과 이쪽도 바다를 마주 보고 있지. 사방이 바다로 둘러싸인 땅을 섬이라고 해. 엄밀히 말하면 인류는 어느 쪽으로든 언제나 바다를 바라보는 셈이야.

난 과학은 잘 모르지만 오래전에 학교 다닐 때 지리를 배웠어. 지리학자에 따르면 섬은 육백만 년 전부터 이백만 년 전에야 비로소 지금 모습을 갖추게 됐대. 이백만이라는 숫자를 이해할 수 있니? 아주아주 오랜 옛날이야. 그래, 아주아주 오랜 옛날. 지

---

* 타이완의 옛 서양 명칭인 포르모사Formosa는 '아름답다'라는 뜻의 스페인어로, 15세기 타이완을 발견한 포르투갈 선원들이 '아름다운 섬'이라는 뜻으로 붙였다.

리학자가 뭐냐고? 그들에게 불쾌한 얘기일 수도 있지만 난 그들이 네가 말한 와요와요 섬의 대지의 현자와 비슷한 점이 있다고 생각해.

사실 나 같은 사람은 긴 세월이 흐르고 나서야 이 섬에서 살기 시작했어. 예전에는 많은 사람이 이런 비유를 좋아했지. 지구의 시계를 스물네 시간으로 볼 때, 인간은 자정이 되기 몇 초 전에야 세상에 출현한 셈이라고. 지금 우린 이 섬에 제일 가장 먼저 정착한 사람을 원주민이라고 불러. 내 친구 다허와 하파이가 타이완의 원주민이야. 그들은 서로 다른 부족이지만 우리보다 이 섬에 일찍 도착해 살기 시작했어.

여기, 네가 이 섬에 처음 도착한 곳이 바로 여기야.

난 십몇 년 전부터 여기 살면서 대학에서 학생을 가르쳤어. 학교는 여기서 멀지 않아. 무너져서 바다에 잠긴 집을 봤니? 예전에 내가 남편과 아이와 살던 집이야. 원래 난 동부가 아니라 이 섬의 북부에 위치한 타이베이라는 곳에 살았어. 그보다 더 오래전 우리 부모님은 섬의 서쪽에 살았고. 우리 아버지는 일본에서 일한 소년공이었어. 아버지의 고향은 구이산이라는 곳이었고 어머니 고향은 팡위안이라는 곳이었어. 어머니는 한평생 마조를 신봉했어. 아버지는 가족들과의 불화로 땅을 물려받지 못하자 혼자 타이베이로 갔고, 어머니는 굴 양식으로는 더는 집안을 부양할 수 없게 됐을 때 조금 먼 산업단지에 가서 일을 시작했는데 해고당하는 바람에 타이베이로 갔대. 두 분이 어떻게 만났는지는 나도 몰라. 어머니는 젊었을 때 먹고살 길을 찾아서 유랑민처럼 수없이 이사를 다녔다고 했어.

지금은 아버지와 어머니 모두 돌아가셨어. 어떻게 돌아가셨는지 말하고 싶지 않아. 오빠 얘기도 하기 싫고. 그 얘기를 하면 기분이 우울해질 테니까. 돌아가셨다는 게 무슨 뜻인지 아니? 와요와요인은 사람이 죽는 걸 뭐라고 해? 죽었다, 사라졌다, 돌아가셨다, 세상을 떠났다. 뭐라고? 이와쿠지?

(난 토토의 풍선 지구본을 불기 시작했다. 그 기발한 물건은 어느 정도 바람을 불어넣으면 지구본의 형태가 됐는데 밤이 되면 글자와 색이 형광으로 빛났다. 쭈글쭈글한 지구에 열심히 바람을 불어넣자 점점 부풀어 형태가 잡혔다.)

이 공을 봐. 이걸 지구라고 해. 우리가 사는 별이지. 아니, 내 것이 아니고 너와 나, 우리 것이야. 이걸 봐. 우리가 사는 곳도 하늘의 별과 똑같아. 그냥 우리가 사는 이 별을 지구라고 부르는 것뿐이야. 이 공은 우리가 사는 지구의 모형이야. 아들에게 사준 건데 겉에 야광 도료가 발라져 있어서 밤이 되면 환하게 빛이 나. 세상에는 빛나는 것과 빛나지 않는 것이 있어. 어떤 건 달 같고, 어떤 건 태양 같아. 너희는 그걸 뭐라고 부르니? 나루샤? 태양은? 낮에 나타나는 거 말이야. 이과샤?

우린 아주 작은 섬에 살고 있어. 난 가끔 섬의 크기는 섬 스스로 결정한 게 아니라는 생각을 해. 이백 년 전 이 섬에 막 상륙한 사람들은 여기서 여기까지 가려면(나는 손으로 중앙 산맥을 따라 동해안을 가리켰다) 몇 개월이 걸렸어. 목숨을 걸어야 하는 일이었지. 네가 여기까지 떠밀려 온 것과 비슷하다고 할 수 있어. 실제로 많은 사람들이 배를 타고 떠돌다가 여기까지 오게 됐거든. 나는 종종 이런 생각을 해. 마을 하나하나, 부락 하나하나를 천천히 걸어다니다 보면 섬이 아주 커다래질 거라고. 야콥센과 연애하던 시절에 나는 그에게 이렇게 말했어. "섬이 지금의 모습이 된 건 어디를 가든 최대한 빨리 도착하기를 섬사람들이 바랐기 때문일지도 몰라."

네가 이 섬으로 떠밀려 온 그날, 마침 지진이 발생하고 엄청난 파도가 덮쳤어. 너희 섬에도 지진이 있니? 땅이 흔들리는 거 말이야. 있지? 없을 리가 없지. 여긴 지진이 흔해. 곧 태풍도 발생할 텐데 큰일이야. 태풍이 닥치면 널 데려온 쓰레기 소용돌이가 섬 전체를 포위해버릴 거야.

넌 많아 봐야 열 몇 살밖에 안 됐을 것 같구나. 나도 아이가 있어. 지금 여기 있었다면 열 살이 됐을 테지. 사실 난 원래 아이를 갖고 싶지 않았어. 아이가 맞이할 미래가 어떤 모습일지 알 수 없었으니까. 우리가 엉망진창으로 망쳐놓은 섬을 아이가 물려받기를 원치 않았어. 하지만 결국 아이가 생기고 말았지.

요즘 우리 섬은 비가 자주 내려. 태풍이 오지도 않았는데 하루에 수백 밀리미터의 강우량을 기록하는 곳도 있어. 여름은 아주 무덥고 길고 거의 매일 소나기가 내려. 내 친구 M의 탐조동호회 회원들이 관찰해보니 해안선이 너무 빨리 변하는 탓에 지난 계절에 왔던 새들이 낯설어진 해안선에 내려앉지 못하고 하늘을 맴돈대. 미안하지만 이게 우리 섬의 현실이야.

이걸 보여주려고 가져왔어. 디지털 액자라는 거야. 여기 보이는 건 사진인데 사진이란 과거의 장면을 담은 거야. 어때 재미있지? 하하. 이건 우리 부모님이고, 여긴 부모님이 최종적으로 정착한 중화상창*이라는 곳이야. 어릴 적 부모님은 넉넉지 못한 집안 살림에도 오빠와 나를 공부시키려고 악착같이 돈을 벌었어. 아버지는 상가에 있는 한 전파사에서 일을 배우고 주인을 따라다니며 사람들의 냉장고를 수리했고, 어머니는 시장에서 계란빵을 팔았어. 우리 식구는 전파사 사장님이 내어준 전파사 삼 층 방 한 칸에서 살았는데 이 사냥용 오두막 정도 크기였을 거야. 나와 오빠는 평일에는 집에서 공부하고 휴일에만 어머니 계란빵 노점에 가서 일을 도왔어. 우린 계란빵 굽는 일은 좋아했어. 한쪽 면이 익은 계란빵을 뒤집으면 고소한 냄새가 확 풍겼지. 나중에 네게 사다 줄게.

이것 봐. 우리 집이야. 침대가 하나뿐이어서 네 식구가 한 침대에서 잤어. 어릴 때는 이 집에서 이사 가는 날만 기다렸어.

이건 야콥센, 내 남편. 이건 내 아들 토토야. 토토가 갓난아기였을 때야.

너희 섬에도 산이 있니? 지금 우리가 있는 이곳을 산이라고

---

* 中華商場. 1961년 타이베이 중심지에 건설되어 한때 랜드마크였지만 1992년 철거된 대형 상가.

해. 사진에 있는 높고 뾰족한 게 바로 산이야.

이건 촉감 지도야. 여길 만져보렴. 볼록하게 튀어나온 곳도, 보드라운 곳도, 축축한 곳도 있어. 감촉이 느껴지니? 어떤 부분은 딱딱하지? 예전에는 지도에 그냥 뾰족하게 그려놓고 산이라고 했잖아. 이제 만져보렴. 이런 감촉이 바로 산이야. 타이완은 작은 섬이지만 굉장한 산이 많아. 내 남편과 아들도 등산을 좋아했어. 그런데 어느 날 둘이 등산을 갔다가 돌아오지 않았어.

얼마 전 내 친구 다허가 남편 야콥센의 시신을 찾았지만 아들은 아직 흔적도 찾지 못했어. 바람에 날려 숲에 떨어진 낙엽처럼 절대 나타나지 않고 있지. 두 사람은 그냥 잠깐 올라갔다 오려고 한 건데 산이 그들을 영영 붙잡아둔 것 같다는 생각을 해.

그 후엔 그 집에서 나 혼자 살았어. 처음에는 바닷가 집이었는데 해수면이 상승하면서 사람들이 바다 위 집이라고 부르기 시작했어. 지금 난 그 집을 앨리스의 섬이라고 불러.

솔직히 말하면 아들을 잃은 슬픔이 어머니를 여읜 슬픔보다 훨씬 커. 네 어머니도 마음이 많이 아프실 거야. 내 아들이 살아 있다면 몇 년 뒤에 너만큼 자랄 텐데. 그러고 보니 나도 둘째야. 네가 여자도 한 인간으로 생각해준다면 말이지.

아, 구름이 없는 하늘은 정말 오랜만이야. 오늘 밤 나루샤가 정말 밝고 아름답구나. 와요와요 섬 사람들도 같은 나루샤를 볼 수 있겠지. 네가 거스거스 섬에서 보는 나루샤와 와요와요 섬에 뜨는 나루샤가 같은 거 알고 있니, 아트리에?

가끔 얘기를 하다 보면 아트리에가 내 말을 다 알아듣는 것 같은 착각이 든다. 언어적인 차원에서의 이해가 아니라 다른 차원의 이해다.

어느 날 아침 아트리에가 내게 "오하요, 좋은 아침"(내가 가르쳐준 것이다)이라고 말했고 나는 그에게 "아이-와구도마-실리야말라"(오늘 바다가 아주 맑아)라고 말했다. 우리는 점점 상대의 언어를 쓰거나 두 가지 언어를 섞어서 말하는 버릇이 생겼다.

아트리에와 소통을 시도해본 이래로 그가 안부 인사를 자주 반복하는 걸 알게 됐다. 그는 수시로 내게 "아이-와구도마-실리살루가i-Wagoodoma-silisaluga?"("오늘 바다 날씨가 어때?"라는 뜻의 의문형 안부 인사)라고 물었고, 그러면 상대는 "아이-와구도마-실리야말라"(오늘 바다가 아주 맑아)라고 대답해야 했다. 처음에는 바다에 나가지도 않으면서 바다 날씨를 묻는 게 무슨 의미가 있는지 의아했지만 그는 늘 "아주 맑아"라고 대답했다. 가끔 날씨가 궂고 비가 내려 파도가 멀리서 냉랭하게 섬을 주시하는 날에도 아트리에는 미소를 지으며 "아주 맑아"라고 했다.

내가 그에게 종이와 펜을 사다 준 날 그는 몹시 기뻤는지 "오늘 바다 날씨가 어때?"라고 다섯 번이나 연거푸 물었다. 난 다섯 번 다 대답했는데 삼 분도 안 돼서 아트리에가 또 "오늘 바다 날씨가 어때?" 여섯 번째로 물었고, 나는 하는 수 없이 "아주 맑아"라고 대답했다. 그리고 오 분도 지나지 않아서 똑같은 물음이 날아왔다.

그때는 내가 다른 생각을 하느라 미처 대답하지 못했는데, 아트리에가 모욕을 당한 것 같은 절망적인 표정을 지었다. 그가 친한 친구에게 거절당한 듯한 표정으로 내게 말했다.

"대답해요. 아주 맑다고."

"조금 전에 대답했잖니."

"누가 '오늘 바다 날씨가 어때?' 하고 물으면 반드시 '아주 맑아'라고 대답해야 해요."

"이렇게 비가 주룩주룩 내리는 날에도 그렇게 해야 한다고?"

"네."

"대답하기 싫어도 꼭 해야 해?"

"네."

우리는 서로 말없이 먼바다를 응시했다. 먼바다에서 천천히 비를 밀고 오는 듯 바다 위로 간간이 긴 파도가 한 겹 한 겹 일었다. 열 번째 파도가 일었을 때쯤 아트리에가 물었다. "오늘 바다 날씨가 어때?"

"아주 맑아." 나는 이렇게 대답한 뒤 처음으로 나도 되물을 수 있다는 생각이 들었다. "오늘 네 바다의 날씨는 어때?"

"아주 맑아." 아트리에가 대답했다.

이유는 알 수 없지만 그 순간 우리 둘의 눈물이 두 뺨 위로 굴러떨어졌다.

19 다허의 섬 이야기

'쓰레기'를 '분류'하기 시작하면서 온갖 신기한 물건의 부서진 조각을 발견하고 놀라움을 금할 수 없었어. 오토바이 보디 패널, 유아차, 콘돔, 바늘통, 브래지어, 스타킹 등등. 물건의 원래 주인이 누구인지, 어떤 상황에서 버렸는지 궁금했어. 군에서 복무할 때 동기와 내기를 한 적이 있어. 브래지어를 입고 총검술 훈련에 나가면 중대 전체에 음료수를 쏘겠다고 하기에 내가 진짜로 입고 나갔어. 중대원 전체가 배꼽을 쥐고 웃었지. 그날 밤 동기와 야식을 사러 몰래 부대를 빠져나갔다가 그 레이스 달린 분홍색 브래지어를 돌돌 뭉쳐서 바다에 던졌어. 혹시 그 브래지어도 이 쓰레기와 뒤섞여 다시 돌아온 건 아닐까 하는 쓸데없는 생각도 들었어.

잘못된 언론보도 때문에 플라스틱 제품만 썩지 않는다고 착각하는 사람이 많아. 요 며칠 보니 자연분해된다고 광고한 많은 제품의 내구성이 상상 이상으로 뛰어나더라고. 게다가 대부분의 물건이 비닐봉지나 스티로폼에 싸인 온전한 상태로 발견됐어. 수거한 쓰레기 중 '온전하고 가치 있는 물품'으로 분류된 것에는 반지, 안경, 손목시계, 휴대전화 등 온갖 물건이 다 있어. 심지어 금붙이를 주운 사람도 있다는 소문이 돌아 해변을 찾는 외지인이 부쩍 많아졌어. 이 잡동사니 속에서 무슨 보물이라도 찾을 수 있다고 생각하나 봐. 하지만 그보다 걱정스러운 건, 해안가에서 농사를 짓고 고기를 잡으며 살던 부락 원주민들이 이제는 생계를 위해 해변의 쓰레기를 뒤져야 할지도 모른다는 사실이야. 직업은 그렇게 쉽게 바꿀 수 있는 게 아니야. 한 가지 생활 방식에 일단 길들여지면 벗어나기가 무척 어려워. 샤오미가 내게 알려준 사실이지.

  샤오미와 같이 살 때 우리는 자주 이 해변을 산책했어. 한번은 샤오미가 귀걸이 한 짝을 잃어버렸는데 한참 찾아다니고도 찾지 못하고 오히려 다른 한 짝마저 잃어버렸어. 귀걸이가 없는 그의 귀에 입을 맞췄더니 그가 졸린 고양이처럼 눈을 가늘게 감았어. 그 귀걸이가 아직도 이 해변 어딘가에 있는지 궁금해. 쓰레기에 갇혀 발견되는 동물도 많아. 비닐봉지 속에서 오래 산 것 같은 물고기도 있고, 거의 완전하게 보존된 고래 뼈를 발견한 적도 있어. 제일 흔한 건 바다거북의 사체야. 붉은바다거북, 푸른바다거북, 장수거북 등등. 살은 이미 다 뜯어 먹히고 빈 등껍질만 남았더라고. 연락을 받고 온 해양동물전문가가 해변에서 그것들의 무게와 크기를 측정하더군. 빨리 썩지 않는 등껍질이 한

때 살아있는 생명체였음을 증명하는 증거가 된 셈이야.

쓰레기들이 꼭 각자의 이야기를 품은 채 바다를 떠도는 것 같아. 모든 버려진 것들은 저마다의 이야기를 담고 있으니까.

이번 주가 되면서 해양학자, 조간대생태연구자, 플라스틱전문가 등 각 분야의 전문가가 찾아왔어. 오늘은 우리가 분류해놓은 쓰레기를 '연구'하려고 독일의 쓰레기전문가도 연구팀을 데리고 찾아왔어. 남겨둔 샘플마다 수거한 지점, 무게 등을 정확히 적어 라벨을 붙여야 했지. 그 사람은 독일 루르 공업지대에 있는 쓰레기매립장을 통해 독일 문화사를 고찰하는 책을 썼대. 이 쓰레기들이 훗날 세계 문화사의 중요한 연구자료가 될 수 있다면서 '기능별'로 분류해두라고 조언하더군.

공무원들은 그가 일정량의 샘플을 가져가도록 허락했지만 너무 세세한 분류작업은 어렵다고 했어. 쓰레기 처리가 지체되면 곧 다가올 선거에 영향을 미치게 될 테니까. 어느 장관은 수거할 가치가 있는 것과 없는 것, 가연성과 불연성으로 분류하기만 하면 된다고 슬쩍 말하고 갔어. 분류가 끝나면 가능한 한 빨리 폐기하라는 지시도 했지. 그들은 이렇게 말했어. "쓰레기가 쓰레기지, 분류한다고 뭐가 달라지나? 이런 걸 뭣 하러 연구해?"

지금은 '포르모사를 돌려줘'(타이완 정부가 전국민의 해변 정화 운동 참여를 독려하기 위해 내세운 우스꽝스러운 슬로건이야) 캠페인이 대대적으로 진행되는 것처럼 보이지만, 현장에 나온 전문가들은 해안이 원래 모습을 회복하려면 적어도 백 년은 더 걸릴 거라고 했어. 그런데 '원래 모습'이라는 게 있기나 한지 의문이야. 일곱째 시시드도 원래 모습의 일부일까?

해양전문가 L교수 알아? 일곱째 시시드 쪽에 자주 가는 사람 말이야. 며칠 전에는 학생과 자원봉사자를 데리고 해변에 가서 죽은 새우, 성게, 해삼, 거미불가사리, 소라게, 게 등을 채취했어. 이번에 거대한 파도와 쓰레기 소용돌이에 떠밀려 해안으로 올라온 것들인데 처음 보는 생물종이 많대. 원래 모습으로 돌아가려면 얼마나 걸리겠느냐고 그에게 물었더니 "모든 게 다 변해서 원래 모습이라는 건 없어요"라고 했어.

그래서 난 우리 아버지에게 그렇게 배우지 않았다고 했어. 우리 아버지는 이 세상에서 산과 바다, 두 가지는 절대로 변하지 않는다고 했거든.

부눈족은 사냥할 줄 모르는 남자는 남자로 치지 않아. 우리의 뛰어난 사냥 기술 때문에 아타얄족은 우릴 '그림자'라고 부르지. 하지만 아버지는 사냥을 처음 배울 때는 기술을 배우기보다 산을 아는 게 먼저라고 했어.

아버지는 부눈족이 단결해 저항할까 봐 겁이 난 일본인들이 부눈족을 이리저리 이주시키고, 우리가 농사짓는 방식까지 바꿔놨다고 했어. 부눈족이 산을 알지 못하게 하려고 강제로 벼농사를 짓게 했다고. 벼농사를 짓는 생활에 익숙해지자 사냥꾼은 중요한 지위를 잃게 됐고, 부눈족은 산을 잘 모르게 됐어. 산은 산을 모르는 사람을 지켜주지 않아.

부눈족 아이들은 어릴 적부터 산에 관한 각종 지식을 배우다가 사냥에 참여할 수 있는 나이가 되면 사슴 귀를 쏘는 의식을 치렀어. 말하자면 사냥꾼이 되는 자격시험 같은 거야.

내가 처음으로 그 의식에 참여한 때를 영원히 잊지 못할 거야. 어른들이 의식터 한가운데 야생동물의 귀 여섯 개를 걸어 과녁을 만들었는데 제일 위에 사슴 귀 한 쌍, 그 아래에 노루 귀 한 쌍, 맨 아래에 산양과 멧돼지 귀가 하나씩 있었어. 털로 덮인 작은 산양 귀는 아주 귀여웠지. 과녁 아주 가까이에서 쏘기 때문에 활쏘기 훈련을 받은 부눈족 아이라면 빗나갈 수가 없어. 우리 아버지는 활이든 총이든 쏘는 대로 명중시키는 부락의 명사수였고, 난 어려서 활쏘기를 배울 때부터 아버지와 자세가 비슷하다는 얘기를 자주 들었어. 노인들이 아이를 차례로 과녁 앞에 데려다 놓으면 탕, 하는 소리와 함께 화살이 사슴 귀를 뚫고 지나갔어. 내 차례가 되자 자신만만하게 시위를 당기고 사슴 귀를 조준했어. 그런데 어떻게 된 일인지 화살을 쏘는 순간 활이 아래로 처지면서 시위를 떠난 화살이 산양 귀로 날아가 꽂히더라고.

내가 털이 보들보들하고 앙증맞은 산양 귀를 명중시킨 거야.

모두 놀라서 말문이 막히고 아버지도 안색이 어두워졌어. 왜 그랬을까? 그 의식에서는 사슴 귀와 노루 귀만 쏴야 했기 때문이야. 화살이 빗나가서 멧돼지 귀를 쏜 아이는 그때부터 멧돼지만 보면 겁을 내게 되고, 산양 귀를 쏜 아이는 산양처럼 자꾸만 절벽으로 가게 된다면서.

내가 산양 귀를 쏜 이후로 아버지는 한참 동안 나와 말도 하지 않았어. 그땐 아버지가 역정이 난 줄만 알았지. 날 걱정해서 그랬다는 건 나중에야 알았어.

아주 넓은 사냥터 가장자리에 갈대로 만든 바단Badan을 쌓아 경계를 표시했는데 우리 아버지는 사냥단의 라비안Lavian(우두머리)이었어. 난 아버지 아들이지만 라비안의 지위를 아들이 물려받는 방식은 아니었어. 젊은 사냥꾼 중에 사냥 기술, 협동심, 통솔력 등 여러 자질이 제일 뛰어난 사람에게만 라비안이 될 기회가 주어졌어. 난 산양 귀를 쏘았지만 실제로 사냥터에서 사냥할 때는 제일 뛰어난 실력을 보여줬어. 하지만 아버지가 여전히 나를 아주 많이 걱정하는 걸 느낄 수 있었어. 아버지는 내가 산양 귀를 쐈을 때 예고된 불운이 언젠가는 현실로 닥칠 거라고 생각한 것 같아.

그러던 어느 날 우리가 큰 멧돼지 사냥에 나섰어. 몇 번이나 잡으려다 실패하고 우리 사냥개를 몇 마리나 희생시킨 악명 높은 놈이었지. 우리 아버지가 쏜 총을 몇 발이나 맞고도 멀쩡하게 도망친 전력도 있었어. 아버지는 그놈이 하니토라면서 놈을 쏠 때 눈을 보면 홀리기 때문에 절대로 눈을 보지 말라고 했어.

그날 사냥의 라비안도 우리 아버지였어. 동이 틀 무렵 사냥꾼들이 공터에 둘러앉아 아버지가 술을 뿌리며 노래 부르기를 기다렸어.

"내 총 앞에 무엇이 나타날까?" 아버지가 선창했어.

"사슴이 내 총 앞에 다 모이리." 사냥꾼들이 후창했어.

"내 총 앞에 무엇이 나타날까?" 아버지가 선창했어.

"멧돼지가 내 총 앞에 다 모이리." 사냥꾼들이 후창했어.

우리 총에서 술 냄새가 진동했어. 사냥터로 가는 길에 아버지가 삼촌에게 나직이 하는 말을 들었어. 불길한 꿈을 꿨는데 어찌 된 일인지 술을 뿌리고 제사를 지내는 동안 다 잊어버렸다고 말하는 것 같았어. 삼촌은 꿈을 꾸고 잊어버리는 건 흔한 일이라면서 꿈을 꾸지 않았든 꾸고 잊어버렸든 사냥에 불참할 필요는 없다고 다독였어.

그때 우린 마부사우Mabusau로 사냥했어. 마부사우란 사냥 방식의 일종인데 먼저 라비안이 멧돼지가 어디에 숨어 있는지 살펴보고 사냥개를 그쪽으로 보내 멧돼지를 유인한 뒤, 우리가 흩어져서 멧돼지를 포위하는 거야. 새벽 5시쯤 됐을 때 사냥개가 멧돼지 냄새를 맡았는지 미친 듯이 짖기 시작했어. 아버지는 멀리서 수풀이 흔들리는 걸 보고 큰 멧돼지가 있다는 걸 알았지. 악령 같은 그 멧돼지일 가능성이 컸어. 아버지는 멧돼지가 어떤 방향으로 도주할지 예측하고 사냥꾼들이 흩어져서 각 길목을 지키게 했어. 아직 어려서 뭐든 배워야 했던 나는 제일 왼쪽에 있는 길을 맡았어. 나는 사냥개 짖는 소리와 풀이 움직이는 소리를 들으면서 힘껏 달렸어. 나무 냄새와 그림자가 내 옆에서 쉭쉭 지나갔지. 그런데 갑자기 뭔가에 걸려 넘어지면서 몇 바퀴 뒹굴었어. 그래도 벌떡 일어나 사냥총을 주워 들고 사냥칼이 흔들리지 않도록 붙잡고 계속 달렸어.

그런데 이상하게도 넘어졌다 일어난 뒤로 아무 소리도 들리지 않았어. 세상에 소리라는 것이 존재한 적도 없는 것처럼 숲속이 고요했어. 달리다가 멈춰서 바람의 방향과 멀리서 풀이 움직이는 방향을 자세히 살펴보는데 그림자 하나가 바람처럼 내 앞을 휙 스쳐 지나갔어. 난 숨을 훅 들이마시고 그림자를 쫓아갔지. 마치 심장을 꺼내 손에 들고 달리는 것처럼 빠른 속도로 달렸어. 정신없이 쫓아가는데 그림자가 우뚝 멈춰 서더니 나를 향해 큰 소리로 고함을 질렀어.

난 소리에 놀라서 그 자리에서 얼어붙었어. 무성영화인 줄 알고 보던 영상의 어느 부분에서 갑자기 볼륨이 최대로 커진 것 같았어. 눈앞에 한 남자가 서 있었어. 그는 나를 노려봤고, 머리카락이 등나무 넝쿨처럼 어지럽게 바람에 흩날렸어.

남자가 갑자기 말을 했는데, 그걸 말했다고 표현할 수 있을지 모르겠어. 입은 조금도 움직이지 않았지만 내 귀에는 그의 말이 똑똑히 들렸거든.

"아이야, 멧돼지도 따라잡지 못하면 넌 절대로 훌륭한 사냥꾼이 될 수 없어."

"그럼 전 뭘 할 수 있어요?"

"네가 뭘 할 수 있느냐고?" 그가 반문했어. 그런데 가만히 보니 그의 눈이 우리와 달랐어. 구름, 산, 강물, 종달새, 아기 사슴의 눈 같은 수많은 눈이 모여서 이루어진 겹눈이었거든. 정신을 차리고 다시 보니 각각의 눈에 제각각 풍경이 담겨 있고, 각각의 풍경이 모여 난생처음 보는 광활한 풍경을 만들고 있었어.

"네가 뭘 할 수 있느냐고?"

이때 훅 불어오는 한 줄기 바람에 말소리가 실려 왔는데, 그 순간 내가 산양처럼 절벽 끝에 비스듬히 서 있다는 걸 깨달았어. 마치 섬 위에 서 있는 것처럼 말이야. 먼 하늘은 생강꽃색이었고 그 아래로 짙푸른 나무와 계곡이 펼쳐져 있었지.

나중에 보니 아버지에게 사고가 나서 사냥단이 날 찾아다니고 있었어. 삼촌이 쏜 총이 아버지의 오른쪽 눈을 관통해 안구가 터지고 머리에 큰 구멍이 뚫린 거야. 아버지는 그 자리에서 즉사하지 않았고, 사흘째 되던 날 코에 꽂힌 산소 줄을 직접 뽑더니 나와 형을 불러달라고 했어. 아버지가 내게 물었어. "그날 어디 갔었느냐?"
"저도 모르겠어요."
"정신이 나간 채 낭떠러지 끝에 서 있다가 발견됐어요." 형이 말했어.
아버지가 형을 가리키며 "넌, 부눈의 사냥꾼이 되는 법을 배워라" 하고 말하고 내게는 "넌, 사냥꾼이 될 수 없어. 산양 귀를 봤으니" 하고 말했어.
"그럼 저는 뭘 해야 해요?" 내가 물었지.
"산을 아는 사람이 되어라." 아버지의 목소리가 점점 멀어졌어. 아버지의 오른쪽 눈에서 나온 피가 다시 천천히 붕대를 붉게 물들인 뒤 흘러내렸고 아버지의 의식이 희미해지기 시작했어. 형이 병상 앞에 있는 벨을 누르자 간호사가 급하게 의사를 불러 왔어. 그 후 아버지는 이레 동안 혼수상태로 있다가 돌아가셨어.

난 아버지에게 신비한 눈을 가진 남자를 만났다는 걸 말하지 않았어. 말할 필요가 없었지. 아버지 눈은 영영 감겼으니까.

  그 후 사냥에 나갈 때마다 정신을 차려보면 늘 절벽 끝에 서 있었어. 사람들도 점점 날 사냥에서 제외했지. 다행히 공부를 제법 잘해서 서부에 있는 대학에 진학했어. 참, 이 모자 본 적 있어? 내가 좋아하는 모자야. 모자에 달린 이 깃털은 타이완대나무자고새의 깃털이야. 우리 아버지가 내 이름을 지을 때 타이완대나무자고새를 잡아서 내게 고기를 먹이고 기념으로 깃털을 보관해뒀대. 내겐 가장 소중한 물건인 셈이지.
  샤오미가 떠난 뒤 가끔 부락에 가서 숲속교회를 운영하는 아누를 도왔어. 그러면서 차츰 산에 대해 알게 된 것 같아. 지금은 우선 이런 산을 보존해야 한다고 생각해. 움푹움푹 파인 도로도 없고 터널도 없고, 산양과 사슴, 멧돼지가 뛰어다니는 산 말이야.
  요 며칠 날씨가 정말 덥네. 어제 해안가를 따라 난 도로에서 산을 올려다보니 나무들이 뜨거운 바람에 다 타버린 것 같더라. 어릴 적 아버지와 수영을 하러 해변에 갔을 때 아버지가 내 고추를 쥐더니 이렇게 말했어. "바다가 아프면 산도 아프단다."

20 하파이의 섬 이야기

 난 사방에 창이 있는 집에 살고 싶어서 일곱째 시시드를 열었어. 창문이 없는 집은 무서워.

 우리 아미족에게 집은 중요한 곳이야. 아미족 사람들은 집은 영혼이 사는 곳이라고 생각하거든. 이나와 내가 오랫동안 도시를 떠돌아다니며 살 때는 대충 집을 짓고 살았어. 그래서 돈이 조금 모였을 때 해변에 나만의 집을 짓고 싶다는 생각이 제일 먼저 들더라.

 내가 일곱째 시시드를 짓기 시작했을 때 앨리스도 막 집을 짓기 시작했어. 바다 위 집과 일곱째 시시드가 함께 태어났다고나 할까. 그들의 집은 아주 특별했어. 난 그렇게 생긴 집을 이제껏 본 적이 없었어. 지붕 위에 태양열 패널도 있었지. 이 지역에서는 그런 방식으로 지은 집을 본 적이 없어. 부락에 친구 하나 없었지만 집을 지을 때 다들 와서 도와줬어. 기억해? 집이 완성됐을 때 미쑤모드* 열었던 거. 당신도 왔었잖아? 아룽이 키우던 돼지도 잡아줬고. 시간이 참 빠르네.

혹시 샤오미 얘기를 꺼내도 괜찮을까? 음. 네가 샤오미 얘기를 하는 걸 듣고 예전에 내가 똑같은 일을 했던 때가 기억났어. 난 샤오미의 심정을 조금 알 것 같아. 어쩌면 내가 그 일을 할 때 샤오미도 방을 옮겨 다니고 있었을지도 모르지. 그거 알아? 그 직업에서 제일 참을 수 없는 건, 방문 앞에 서서 노크할 때까지도 방 안에 어떤 남자가 기다리고 있는지 전혀 모른다는 사실이야. 역겨울 만큼 싫은 손님이라도 거절할 수 없어. 노크하고 문이 열리면 싫든 좋든 낯선 사람과 한 시간 넘게 함께 있어야 해.

그때 샤오나이라는 친한 친구가 있었는데 걔는 '더러운' 일이라고 생각하지 말고 우리가 진짜 안마사라고 생각하라고 했어. 그런 곳에 오는 남자는 어딘가 아픈 데가 있는 남자니까 말이지. 우리는 안마할 때 손님에게 어디를 더 세게 눌러줘야 할지 묻는데 그 부분을 누르면 마치…… 그 안에 뭔가 살고 있는 것 같았어. 샤오나이는 정성껏 안마하면 처음에는 아파하다가도 천천히 긴장이 풀리면서 스르르 잠이 드는 사람도 있고, 말이 많아지는 사람도 있고, 속마음을 털어놓는 사람도 있다고 했어. 그럴 때 부드럽게 받아주면 손님도 성욕이 다른 무언가로 대체되어 너무 무리한 요구를 하지 않는다고.

* Mitsumod, 아미족의 낙성 축하 의식.

그래도 다양한 손님이 우릴 괴롭게 했지. 어떤 병에 걸린 것이 확인되어 우리가 만지지 않으려고 하거나 우릴 만지지 못하게 하면 기분 나빠하고, 대놓고 따지고 소란을 피우는 사람도 있었어. 안마하다가 아내나 애인에게 전화가 오면 아무리 못 들은 척해도 분위기가 어색해졌고, 시간이 다 됐는데도 '나오지' 않았다며 돈을 절반만 내고 가버리는 사람도 있었어. 나가면서 돈을 휙 던지고 재빨리 택시를 타고 가버리는 사람도 있었는데 막상 세어보면 턱없이 적은 돈일 때도 있었고, 마사지숍으로 전화를 걸어 괴롭히는 사람도 있었지.

남자에게 그걸 해줄 때, 난 전깃불과 텔레비전을 다 끄고 방을 어둡게 했어. 그러고는 내가 작고 어두운 섬에 있다고 상상하는 거야.

돈을 많이 벌면 아주 밝은 곳으로 이사하겠다고 다짐한 게 바로 그때야.

샤오나이는 절대로 손님을 사랑하지 말라고 항상 신신당부했어. 나를 위해 하는 말이었지만, 스스로에게 하는 말이기도 했어. 난 그럴 뻔한 적이 한 번 있었어. 그 남자의 등이 아직도 기억나. 어깨가 아주 넓었고, 목덜미에서 엉덩이로 이어지는 곡선이 길었어. 초등학교 때 알던 한 남자애와 비슷했어. 그는 올 때마다 항상 지쳐 있었고 몸에 기결*이 많아서 매번 아주 세게 힘

---

* 기가 소통되지 않고 한 곳에 맺혀 통증을 일으키는 현상.

줘서 문질러야 겨우 풀렸어. 말수가 아주 적고 숨소리도 무거웠어. 몇 마디 나눠보지 않았지만 행복한 사람은 아닌 것 같았어.

시간이 되어 불을 끄고 "이제 위를 보고 누우세요"라고 하면 그가 말없이 몸을 돌렸어. 그러면 난 침대 가장자리에 앉아서 그를 등진 채 그의 것을 잡고 욕구를 해결해줬어. 가끔 그가 내 등을 가볍게 어루만질 때도 있었는데 그러면 그의 커다란 손바닥이 느껴졌어. 믿지 못하겠지만 난 손을 통해 감정을 느낄 수 있어. 상대의 몸을 만지거나 상대가 내 몸을 만질 때 가끔 상대가 어떤 생각을 하는 듯한 느낌이 들어. 어떤 생각인지 정확히 알 수는 없지만 피부를 통해 어렴풋이 전달된달까. 말로 표현할 순 없지만 그냥 직감으로 아는 거야. 가끔은 상대가 날 사랑하는지 사랑하지 않는지도 알 수 있어. 손만 대도 알아. 그는 이 주에 한 번 정도 왔는데 올 때마다 나를 지명했어. 그래서 그의 냄새와 체형을 차츰 기억하게 됐지. 그곳에 오는 다른 남자와는 달랐어. 내 말은…… 그곳에 오는 남자는 대부분 욕구를 풀 목적으로 오는 거였어. 군인이거나 중년의 유부남이거나. 돈을 냈다는 이유로 방에 들어가자마자 노골적으로 집적대는 남자가 많았는데 그 사람은 안 그랬어. 이유는 모르지만 나를 무척 매너 있게 대했어. 그의 욕구를 풀어줄 때를 제외하면 나를 진짜 안마사로 대하는 것 같았어. 알람 시계가 울리면 말없이 따뜻한 물수건으로 몸을 닦고는 고맙다고 하고 나갔어.

반년 정도 계속 왔을 거야. 우스운 얘기지만 나중에 몇 달은 그와 저녁밥을 먹은 뒤 해변을 산책하거나, 퇴근하고 집에 돌아와 지친 몸으로 침대에 푹 쓰러진 그를 조용히 안마해주는 상상을 했어. 머릿속으로 그런 상황을 설정한 거야. 어떤 때는 그의 희고 긴 등을 보고 있는데 그가 갑자기 몸을 돌려 낮은 목소리로 아무렇지 않게 "당신 오늘따라 참 예뻐" 하고 말하는 상상도 했어.

물론 그런 일은 일어나지 않았고 난 그와 마주 보고 온전한 대화조차 나눈 적 없었어. 그는 고맙다는 말과 함께 모자를 눌러 쓴 뒤 고개를 숙이고 돌아갔으니까.

한번은 내가 MTV 채널에서 나오는 노래를 따라 불렀는데 안마가 끝나고 그가 옷을 입으면서 노래 부르는 걸 좋아하느냐고 물었어. 나는 그렇다고 했지. 그랬더니 그 뒤로 올 때마다 내게 CD를 선물해주는 거야. 전부 영어로 된 팝송이고 처음 듣는 노래였는데 그가 모두 유명한 노래라면서 내 목소리가 좋으니 잘 부를 수 있을 거라고 했어. 지금도 그에게 선물 받은 CD에 있던 노래는 가수 이름까지 다 외우고 있어. 가수들은 참 대단해. 자기만이 부릴 수 있는 마술을 부리듯이 노래를 부르잖아.

샤오나이의 말처럼 거기 오는 남자는 다 누군가의 남편이거나 애인이거나 아빠였어. 그래서 절대로 환상을 품어선 안되지만 샤오나이도 자기 손님과 사랑에 빠져서 연인 사이가 됐어. 난 처음에는 그가 언제 올지 계산하며 손꼽아 기다렸어. 이름도 직업도 물어보지 않았지만. 다만 나는 낮이면 그가 준 CD를 파일로 변환해 휴대전화에 저장한 노래를 듣다가 이어폰을 낀 채 잠이 들었어.

그해 11월부터 그가 오지 않았어. 마지막으로 왔던 게 10월 31일이야. 전화번호도 몰라서 연락도 못 하고, 기억하는 건 오직 그의 등과 그에게 받은 CD뿐이었어.

매일 번호가 불리고 어두컴컴한 방에 들어가 모르는 남자의 몸을 안마할 때마다 옆방에선 무슨 일이 일어나고 있을까 생각했어. 난 바로 옆방에 무슨 일이 일어나는지도 몰랐던 거야. 내가 자주 쓰는 방은 벽에 벽지 대신 바닷가 사진이 붙어 있었어. 이곳 바다가 아니라 그리스나 어디 다른 나라였을 거야. 내가 가보지 못한 바다였어. 인테리어 업체에서 아무렇게나 가져다 붙인 사진이겠지. 그런데 불이 켜져 있을 때만 바다가 보이고, 불을 끄면 군데군데 축축하게 썩고 벗겨져서 바다처럼 보이지 않았어. 조명을 조금 밝게 조절해야 진짜 바다처럼 보였지. 그때는 바다가 이렇게 가까이 있는데도 바닷가에 거의 가지 않았어. 밤에는 일을 하고 낮에는 잤으니까.

이나와 함께 동부로 돌아가던 날 기차에서 바다를 바라보던 이나의 표정을 잊을 수 없어. 이나는 내 머리를 쓰다듬고 유리창을 두들기며 어눌한 발음으로 아미족이 아는 바다 이야기를 들려줬어.

우리 부락의 조상은 원래 남부 아라파나파나얀Arapanapanayan에 사는 천신이었대. 4대째에 이르러 여섯 형제자매 중 막내 여동생인 티야마찬Tiyamacan이 해신의 눈에 들었대. 그런데 해신과 혼인하기 싫었던 티야마찬이 자기를 못 찾게 숨어버리자 화가 난 해신이 홍수를 일으켜 티야마찬과 억지로 혼인했어.

티야마찬의 이나 마다피답Madapidap은 딸을 그리워하며 바닷새로 변해 해변에서 매일 딸을 부르고, 아버지 케셍Keseng은 산에 올라가 뱀나무가 되어 바다를 바라봤어. 훗날 첫째 아들 타디아포Tadi'Afo는 홍수를 피해 산에 올라가서 살다가 한 부족의 조상이 됐고, 둘째 아들 다다키욜로Dadakiyolo는 서쪽으로 가서 서부 원주민의 조상이 됐고, 셋째 아들 아포톡Apotok은 남쪽으로 가서 몇몇 부락의 조상이 됐어. 넷째 아들 라라칸Lalakan과 다섯째인 딸 도치Doci는 절구를 타고 홍수를 따라 떠내려가다가 파콩Fakong 산의 치랑아산에 닿았는데 후손을 얻기 위해 어쩔 수 없이 부부가 됐어.

오누이가 부부가 된 뒤 처음에는 뱀, 거북, 지네, 산개구리만 낳고 사람은 낳지 못했어. 오누이, 아니, 부부는 몹시 슬퍼했지. 그러던 어느 날 태양신이 그들에게 복을 내려 딸 셋과 아들 하나를 낳게 해줬어. 그들은 아이들에게 태양의 성을 붙였어. 자세히는 기억나지 않지만 그중 한 아이가 나중에 우리 고향에 와서 우리 조상이 됐대.

이나는 사람은 원래 자신이 살고 싶은 곳, 살 수 있는 곳을 찾아 여기저기 돌아다니는 거라고 했어. 산 이쪽에 살다가 산사태가 나서 산 저쪽으로 옮겨가기도 하고, 평지에 산다면 다른 사람에게 떠밀려 산속에 들어가 살게 되기도 하고, 섬에 산다면 또 다른 섬으로 옮겨가 살 수도 있는 거라고 했지. 나도 이나의 말에 동의해.

그해 말에 그동안 모은 돈으로 땅을 사서 일곱째 시시드를 지었어. 그리고 이듬해에 드디어 그 일을 그만뒀어.

카페를 열고 처음에는 힘들었어. 도와주는 사람이 없어서 모든 걸 홀로 해야 했으니까. 게다가 재미있는 사실을 발견했어. 한 번 온 손님이 두 번은 오지 않는 거야. 왜인 줄 알아? 맞아. 예전에 내 손님이었던 거야. 밝은 곳에서 날 보는 게 어색했나 봐.

가끔 이런 생각을 해. 언젠가 그가 일곱째 시시드에 와서 살라마 커피나 다른 뭔가를 시켜놓고 등대 자리에 앉아 있어도 내가 그를 알아보지 못할 수도 있다고 말이야. 그가 웃통을 벗고 있을 리가 없잖아. 난 어차피 그의 등밖에 기억하지 못하고. 그의 등에 있는 모든 점과 용종, 피부색까지 다 알지만, 내가 알아볼 수 있는 건 그의 등뿐이야.

만약 그가 온다면 CD에 있던 노래를 들려줄 거야. 그의 등 뒤에서 노래를 부를 거야.

8장

볼트는 강철보다 더 단단하고 날카로운 암반을 쓰다듬으며 심장이 두근거렸다. 이미 정리된 현장 한쪽에 TBM의 모서리가 드러나 있었다. 그는 자신의 동반자와도 같은 거대한 기계가 수액 안에 갇혀 화석이 된 기이한 곤충처럼 속절없이 처박혀 있는 걸 봤다. 그 순간 자책과 슬픔이 뒤엉킨 이상한 감정이 그의 영혼 속으로 밀려들어왔다.

21 산을 통과하다

볼트는 비행기에서 이 섬을 내려다보며 생각했다. '삼십 년이 넘었군.'

삼십여 년 전 혈기왕성한 나이였던 그는 세계 최대 전단면 터널 굴착기인 TBM* 설계에 참여했다. TBM은 발파를 통해 터널을 뚫는 기존 방식을 혁신적으로 대체할 수 있는 최신 장비였다. 당시 볼트는 컨설턴트의 신분으로 잠시 이 섬에 와서 산맥 관통 공사를 위한 전문가 회의에 참석했다. 짧은 일정으로 급하게 다녀간 탓에 많은 사람을 만날 기회가 없었고, 그래서 이번 방문을 앞두고 당시 함께 일하며 약간의 친분을 쌓은 엔지니어 리룽샹에게만 연락했다. 사실 그는 사라와 조용한 여행을 즐기고 싶었지만, 이 여행은 순수한 여행이 아니었다. 적어도 사라는 그렇게

---

* 터널 보링 머신Tunnel Boring Machine. 기존의 터널 굴착 공법과 달리 폭약을 사용하지 않고 회전 커터를 통해 터널의 전단면을 절삭하거나 파쇄해 굴진하는 기계.

생각하지 않았다.

　사라는 노르웨이 해안의 생물군락을 오랫동안 연구해온 해양 생태학자였다. 볼트가 그녀를 처음 만난 곳도 바다였다. 한 투자자가 추진하는 메탄하이드레이트 개발 프로젝트 기획팀에 볼트의 우수한 제자들이 몇 명 포함됐는데, 그들 모두 탐침 분야의 전문가였기 때문에 볼트가 자문위원으로 초빙됐다.

　탐침선이 대륙붕 근처 해역에서 활동하던 중 사라를 포함한 포경 반대 운동가들이 포경선에 항의하는 현장을 목격했다. 볼트는 무관심하게 갑판에 서서 그 광경을 바라봤다. 그는 전문가라는 자기 신분에 자부심이 강한 사람이었으므로 오만한 평가자의 시선으로 상황을 지켜봤다.

　포경 반대 운동가들이 탄 배는 그리 크지 않았는데 '바다 거인 학살 반대'라는 슬로건이 적힌 길쭉한 깃발이 매서운 찬바람에 사납게 펄럭이고, 그 앞에서 깃발과 함께 흩날리는 사라의 빨간 머리카락이 시선을 잡아끌었다. 일부러 의도한 것인지 모르지만 잠시 후 포경선 한 척이 방향을 틀어 항로를 바꾸면서 선체 옆부분이 시위 선박과 살짝 충돌했다. 작은 충돌이었지만 배의 톤수 차이가 워낙 큰 탓에 시위 선박이 뒤집히며 타고 있던 사람들이 모두 바다에 빠졌다. 볼트가 탄 탐침선과 그리 멀지 않은 거리에 있었기 때문에 그들이 다가가 즉시 구조했다. 다행히 시위자 모두 구명조끼를 입고, 이런 상황에서 생존하는 방법을 잘 아는 듯해 볼트는 시위 선박이 고의로 이런 상황을 유도한 것 같다는 생각을 했다. 볼트는 흠뻑 젖은 빨간 머리로 구급차에 오르는 여자의 무심한 시선과 잠깐 마주친 순간, 자신이 무언가에 명중됐음을 '의심의 여지없이'(그의 연구보고서에 가장 자주 등장하는 말이다) 확신했다.

그 후 병문안을 가고 사라와 사귀기 시작한 뒤에도 그들이 가장 자주 찾는 데이트 장소는 해변이었다. 낮은 수온으로 인해 다른 해역과는 전혀 다른 바다가 눈앞에 펼쳐지고, 타다 남은 재처럼 희미한 빛이 멀리서 깜빡였다. 두 사람은 메탄하이드레이트 채굴로 인해 초래되는 환경문제부터 포경업이 패류 생태계에 미치는 변화까지 전문적인 대화를 나눴지만, 이 빨간 머리 여자는 가끔 시를 읊조리고 키츠, 예이츠 등 자신이 제일 좋아하는 시인에 대한 얘기도 했다.

한번은 노르웨이가 계속 포경을 허용해야 하는가를 놓고 두 사람이 논쟁을 벌이다가 사라가 이렇게 말했다. "당신은 어린 수염고래가 눈앞에서 피 흘리며 죽는 걸 못 봐서 이게 얼마나 중요한 문제인지 모르는 거야."

"하지만 고래잡이 중 대부분은 조상 대대로 그걸로 생계를 이어온 이들이라고."

"그렇지 않은 사람도 많아. 또 직업을 바꿀 수도 있잖아? 전통을 바꿀 순 없어?"

"그럴 수도 있겠지." 볼트가 말했다. "그런데 당신은 메탄하이드레이트 채굴도 반대하잖아?"

"그렇지."

"메탄하이드레이트 개발은 누구에게도 피해를 주지 않아."

"'누구'에게도 피해를 주지 않는다고? 그건 당신이 '누구'를 어떻게 정의하느냐에 따라 다르지. 메탄하이드레이트는 석유와 달라. 당신도 알겠지만, 현재 과학자들은 지각의 단층 깊은 곳에 있는 기체가 이동하고 침전하고 결정화됨에 따라 상승한 기체와 심해의 차가운 바닷물이 접촉하면서 메탄하이드레이트가 생성된 것으로 판단하고 있어. 그 때문에 일반적으로는 심층 침전물 구조에서 발견되지만 그중 일부는 바다 밑바닥에서 드러나게 돼. 다시 말해 메탄하이드레이트는 사실 해저의 일부인 거야. 우린 메탄하이드레이트 채굴이 극지대에 얼마나 큰 피해를 초래할지 전혀 몰라. 아마도 취약한 지형과 국지적인 기후를 변화시키겠지. 안 그래? 인간은 그 정도로 죽지 않겠지만 다른 생물 종은 그렇게 극단적인 환경 변화를 감당하지 못할 거야."

"하지만 아무것도 개발하지 않으면 인간이 어떻게 생존해?"

"인구가 너무 많아지면 다른 생물은 어떻게 생존할지 궁금하지 않아? 인구를 조금 통제하면 이렇게 있는 대로 다 파낼 필요 없잖아. 안 그래?"

"난 녹색혁명처럼 더 많은 사람이 삶을 유지하는 다양한 방법을 개발할 수 있는 한, 그게 지구가 많은 사람을 먹여 살릴 수 있다는 뜻이라고 생각해. 이미 태어나 살고 있는 사람들을 생존시키는 게 우리 세대의 책임이야."

"하지만 그게 불가능하다는 걸 보여주는 증거가 많아. 현재 인류가 당신과 나 정도의 생활을 영위하며 살 수 있으려면 지구가 세 개는 있어야 해. 이건 20세기 생태발자국을 이용해 계산한 거야. 부는 절대로 가난한 계층까지 도달하지 못하지만 아이러니하게도 그들이 가장 많은 인구를 낳아 기르고 있어. 이 문제는 정치로도, 녹색혁명으로도 해결할 수 없어. 정치인은 이미 기득권을 독점하고 있고, 돈 많은 사람은 더 많은 돈을 벌 수 있는 위치에 있어. 그리고 그들은 배고픈 사람에게 무관심하지."

"직설적으로 얘기해서 미안하지만, 지금 당신도 꽤 안락한 생활을 하고 있잖아?"

"난 불필요한 자원 소비를 최대한 줄이며 살고 있어. 자원을 전혀 소비하지 않을 수는 없지만 아무 노력도 하지 않는 것보단 나아."

볼트는 그 말을 곱씹으며 자기 인생에서 불필요한 낭비가 무엇일지 생각했다.

"과학자는 진실과 거짓을 감성적으로 판단해선 안 된다고들 하지만, 사실 과학자도 진실과 거짓을 판단하려고 시도할 뿐이지 정확한 선택지를 제공할 능력은 없어. 난 비교적 옳은 선택을 제시할 수 있는 사람이 되고 싶어. 전문가의 중립적인 태도 같은 빌어먹을 위선으로 이 빌어먹을 문제를 회피하고 싶지 않다고. 인구의 증가를 막고 지금의 생활방식만 바꿔도 메탄하이드레이트를 채굴할 필요가 없어져." 사라의 빨간 머리가 희푸른 안개 속에서 유일하게 타오르는 무언가처럼 바닷바람에 흩날렸다.

"여기 이름이 왜 스토레가Storegga인 줄 알아?" 사라가 어색한 분위기를 풀어보려고 화제를 돌렸다.

볼트가 고개를 저었다.

"스토레가는 노르웨이어로 거대한 가장자리라는 뜻이야. 몇십 년 동안 지구온난화가 가속화되면서 대륙붕의 동결층에 있던 일부 가스하이드레이트가 녹아 기포가 생성됐고, 기포가 생기면서 결정체가 떨어져나와 퇴적층이 불안정해졌어. 당시 높이 250미터, 폭 수백 킬로미터에 달하는 퇴적층에 해저 산사태가 발생해 해안 생태계가 크게 변했어. 노르웨이에서 그린란드까지의 거리 거의 절반에 달하는 면적이었지. 지질학자들은 빙하 주기와 맞물려 십만 년에 한 번씩 지층이 미끄러져 내리는 현상이라고 했어. 그럼 다음번 해저 산사태도 똑같이 십만 년 뒤에 일어날까?"

"장담할 수 없지."

"맞아. 장담할 수 없어." 사라가 바람에 흩날린 머리카락을 쓸어 넘겼다. "대규모 천재지변 앞에서 확률적 예측은 아무 쓸모가 없어. 발생하느냐 발생하지 않느냐 두 가지 결과밖에 없기 때문이야. 대륙붕 동결층이 또 붕괴한다면 난 인간이 그걸 다시 파헤쳐 복구하지 않길 바라. 자연계에서 저절로 일어난 일에는 아무 불평 없어. 내가 통제할 수 없는 일이니까. 하지만 인간이 그걸 다시 파헤쳐 복구하는 건 정말 바라지 않아. 인간이 굳이 자기 종족으로 지구를 가득 채워야 할 필요는 없잖아? 참고로 난 아이도 없고 앞으로도 낳을 생각 없으니까, 내 아이의 미래를 위해 이런 생각을 하는 건 아니야."

볼트가 사라의 머리카락처럼 붉은 눈썹과 그 아래에 있는 갈색 눈동자를 응시했다. 그는 자신이 이 눈동자에 매료됐다는 신호를 거부하고 싶었지만 거부할 수 없었다.

사실 사라는 오래전부터 쓰레기 소용돌이에 관심을 갖고 있었다. 20세기 말부터 많은 해양학자들이 해상 쓰레기 소용돌이가 확장해가는 상황에 주목하고 열띤 토론을 시작했다. 그가 국립 아카데미에 지원금을 신청해놓은 '쓰레기 소용돌이와의 충돌이 해안에 미칠 영향'에 관한 연구 프로젝트는 아직 심사 단계에 있었지만, 쓰레기 소용돌이의 가장자리가 태평양의 작은 섬 동해안을 강타하자 그는 사비를 털어 타이완행 비행기에 몸을 실었다. 바다가 겪는 모든 재난은 그에게도 재난이었다. 볼트도 오래전 타이완에 가봤다는 자연스러운 핑계로 동행했다.

공항에 그들을 마중 나온 사람은 삼십여 년 전 터널 건설에 참여한 타이완인 엔지니어 리룽샹이었다. 볼트를 처음 만났을 때 그는 막 결혼한 신혼이었는데 허스키한 목소리로 볼트를 맞이하는 지금의 리룽샹은 두둑한 뱃살과 성긴 머리숱 때문에 실제보다 더 나이가 들어 보였다. 삼십여 년 전 볼트는 타이완에 오기 전 리룽샹과 온라인으로 강철보다 더 단단한 석영 사암을 처리할 때의 주의사항, 파쇄대*와 대량의 지하수 용출 문제를 해결하는 방법 등 TBM에 관한 문제를 여러 번 논의했다. 볼트의 최종 판단은 터널 건설은 가능하지만 그러기 위해 막대한 비용과 시간을 투입해야 한다는 것이었고, 리룽샹은 "반드시 건설해

---

* 단층을 따라 암석이 부스러진 부분.

야 한다"라는 타이완 정부의 입장을 전달했다.

볼트는 그 말의 의미를 알고 있었다. 엔지니어는 그저 송곳 같은 도구이기 때문에 일을 해내지 못하면 버려진다. 한편 볼트는 자신이 받는 보수는 차치하더라도 기계 설계자의 입장에서, TBM을 이용해 다량의 석영질이 함유되어 강철보다도 단단한 석영 사암을 뚫을 수 있는지 확인하고 싶었다. 강철의 모스 경도는 5.5이지만 석영 사암은 6에서 7이다. 젊은 볼트는 충분히 가능할 것이라고 자신만만했다. 한 가지 걱정은 실제 암석층의 구조가 샘플을 통해 예상한 것만큼 '고르'지 않을 수 있다는 점이었다. 사전에 수십 미터를 시추해 지질 보고서를 작성했지만 거대한 산의 크기에 비하면 표면만 긁어본 것에 불과했고, 실제로 산을 뚫을 때 어떤 암석 구조가 나타날지는 아무도 알 수 없었다. 모든 문제는 그때그때 부딪쳐가며 대응해야 했지만 볼트는 크게 신경 쓰지 않았다. 어차피 누군가 그의 도전에 자금을 대겠다고 나선 상황이니 도전을 마다할 이유가 없었다.

유일하게 신중히 접근해야 하는 문제는 지하수였다. 사실 석영 사암보다 지하수 용출 문제가 더 두려웠다. 굴착 과정에서 대수층*을 뚫어 암반 조각이 섞인 지하수가 용출되는 바람에 기계가 고장을 일으키고 지반이 함몰되는 경우도 흔했다. 당시 볼트는 지하수 용출로 인해 기계 작동에 차질이 발생하는 것을 막기 위해 체인식 컨베이어벨트를 보강하는 방법을 건의했다.

---

* 지하수가 있는 지층.

이에 따라 공장 작업팀이 터널에 맞춰 이중 보강한 TBM를 제작했다. 직경이 11.74미터에 달하는 거대한 기계는 조립에만 몇 달이 걸렸다. 엄청난 규모의 작업이었다. 볼트는 매일 작업의 진척 상황을 보고하는 메일을 확인하는 시간이 가장 즐거웠다.

기계가 정식으로 공사에 투입되자 예상대로 난관이 나타났다. 암반이 너무 단단한 탓에 커터 날이 너무 빨리 마모된 것이다. 커터 날을 바로바로 교체하지 않으면 굴착되는 구멍의 직경이 좁아졌다. TBM가 필사적으로 구멍을 파고드는 고양이처럼 계속 흙을 파냈지만, 좁아진 구멍 때문에 실드 부분이 흙에 박혀 인부들이 삽으로 흙을 파내 구멍을 넓혀야만 했다. 볼트가 받은 보고서에 따르면 제일 단단한 암반이 나타났을 때는 평균 2.3미터 굴진할 때마다 커터 날을 교체해야 했다. 지하수 용출량도 예상을 초월해서 기계가 잦은 고장을 일으켰다.

현장 사진을 확인한 볼트는 자신이 너무 낙관적이었다는 사실을 인정하지 않을 수 없었다. 그런데 의기소침해진 볼트와는 다르게 메일을 보낸 리룽샹은 자신만만했다. 이유는 알 수 없지만 리룽샹 같은 엔지니어와 타이완 엔지니어팀 전체가 이 터널 건설에 기이할 정도로 강한 의지를 불태우고 있었다. 볼트는 감탄하면서도 영문 모를 두려움이 들었다.

차가 터널에 진입하자 볼트는 차창을 내리고 터널을 통과하는 바람과 온도, 인공조명을 자세히 살폈다. 수많은 인력이 깜깜한 동굴에서 겨울의 매서운 추위와 여름의 찌는 무더위를 견디며 십 년 넘게 흙과 돌을 파낸 결과였다. 엔지니어팀과 맞선 상대는 제3기* 퇴적암과 조산운동 사이에 형성된 습곡褶曲과 충상단층**, 지층 사이에 수십만 년 동안 갇혀 있던 지하수, 지층이 수평으로 잘린 주향 이동 단층과 국부적인 정단층 그리고 열한 개의 크고 작은 습곡 구조였다. 위대한 쾌거라고 해야 할까, 미련한 고집이었다고 해야 할까? 볼트는 기회가 있다면 리룽샹의 현재 생각을 물어보고 싶었다.

젊은 시절의 볼트라면 두말할 것 없이 위대한 쾌거라고 했겠지만 지금의 그는 선뜻 말할 수 없었다. 최근 그는 학생들에게 모든 산에는 자기만의 '마음'이 있다고 자주 말했다. "당시 자료를 보면 엔지니어팀은 정식 굴착공사를 시작하기 전에 시추공을 쉰아홉 개나 뚫고, 탄성파를 이용해 암맥 열두 곳을 탐사하고, 도랑도 일곱 개나 팠어요. 하지만 그런 대규모 탐사 작업도 거대한 산의 마음에 비하면 막연한 '꿈풀이'에 불과했죠."

볼트는 당시 엔지니어들이 촬영한 지하수 용출 장면을 참고 자료로 학생들에게 보여줬다. 구멍에서 지하수가 분출되는 광경을 직접 본 사람은 오랫동안 그 장면을 잊을 수 없다. 마치 산이 자기 마음을 염탐하려는 인류를 모조리 파묻어버리기로 결심한 듯 초당 700리터가 넘는 물이 콸콸 쏟아졌다.

"산의 '몸속'에서 익사한다? 정말 흔치 않은 일 아닌가요?" 볼트가 손에 들고 있는 디지털 펜으로 빈 탁자를 톡톡 두드렸다.

---

*   지구 지질 시대에서 육천오백만 년 전부터 이백만 년 전까지의 기간.
** 단층면의 경사가 45도보다 작은 역단층.

볼트는 요즘 대학의 새 교탁이 예전에 쓰던 묵직한 원목 교탁과 달리 몸을 안정적으로 받쳐주지 못한다고 생각했다. 지금은 뭐든 세세한 부분에 소홀했다.

"산의 '마음'을 관통하는 도구를 설계하는 것이 바로 내 일이에요." 볼트가 연단 아래 있는 젊은 학생들의 두 눈을 하나하나 응시하며 말했다. "하지만 요즘은 가끔 이런 의문이 들어요. 왜 다른 길로 돌아가지 않는 걸까? 특히 '마음'이 복잡한 산이라면 더더욱 그렇죠. 산을 관통해 반대편까지 빠르게 가는 것도 하나의 생활방식이지만, 산을 돌아서 가는 것도 하나의 생활방식이에요. 우린 스스로 과학적인 선택을 하고 있다고 생각하지만 사실 그냥 생활방식을 선택하는 겁니다."

터널 굴착 분야에서 수많은 성과를 거둔 교수가 이런 말을 하면 학생들은 놀라며 어떤 반응을 보여야 할지 몰랐다.

"돌아서 가는 시간을 단축하는 것이 비용을 절약하는 방식처럼 보이지만 사실 정부가 산을 뚫기 위해 투자한 막대한 자금까지 넣어 계산하면 그리 경제적이라고도 할 수 없어요."

"하지만 그랬다면 교수님은 실업자가 되셨겠죠." 가끔 이렇게 말하는 당돌한 학생도 있었다.

"아니요. 난 아마 다른 직업을 선택했을 거예요." 볼트가 대답했다. "낙농 같은 걸 했겠죠. 내 조부가 낙농업자였어요. 우린 어떤 상황에서든 살아갈 방법을 찾아내죠. 안 그래요?" 그는 이런 생각이 빨간 머리 여자의 영향인 걸 인정하고 싶지 않았다.

사라에게 터널 굴착공사에 대해 얘기했을 때 사라는 그가 한 번도 생각하지 못한 문제를 지적했다. 수많은 인력이 지옥 같은 현장에 투입되는 대규모 공사는 단순히 기술적 어려움만 문제가 되는 것이 아니라 인간의 미묘한 심리가 더 중요하다는 점이었다. 인부들에게 가해지는 유무형의 압력을 시공업체가 인식하고 있을까? 그 수많은 인부들이 무명의 영웅으로 대우받을까, 아니면 겨우 입에 풀칠할 정도의 야박한 보수만 받을까?

"후, 우리는 다 어떤 공사에 쓰이는 송곳에 불과해. 내가 뚫지 않으면 다른 사람이 뚫지." 볼트는 연단 아래 학생들에게도, 사라에게도 이렇게 말했다.

볼트는 당시 그가 타이완에 방문한 이유가 상행선 쪽 TBM이 열 번째로 멈춰 섰기 때문임을 기억하고 있었다. 굴착 과정에 대량의 슬러지가 TBM 본체로 유입되어 고장을 일으킨 것으로 판단됐다. 공항에서 차를 타고 가는 동안 리룽샹과 그의 형 리룽진이 그에게 사고 당시 상황을 설명해줬다. 생김새가 무척 닮은 이들 형제는 훌륭한 굴착 엔지니어였는데 동생은 신혼이고 형은 미혼이었다. 비슷한 홑꺼풀 눈에 중간 키, 숱이 적은 앞머리에 짙은 갈색의 사각형 선글라스를 쓰고, 똑같은 디자인의 작업용 재킷까지 입고 있었다.

"TBM 후면의 콘크리트블록이 순식간에 열 몇 조각으로 쪼개지고 측면에서 물이 쏟아져 들어왔어요. 쾅쾅거리는 굉음과 함께 터널 벽이 계속 무너졌죠. 인부들을 투입해 물이 들어오는 곳에 콘크리트를 뿌렸지만 수압이 너무 세서 콘크리트로도 막을 수 없었어요. 십 분쯤 됐을 때 전기가 끊겼다가 일 분 뒤에 다시 들어왔지만 돌이 쏟아지기 시작하더군요. 작은 돌멩이들이 바닥에 떨어지는 소리였지만 메아리치며 엄청난 소리로 증폭됐어요. 인부들에게 즉시 대피 명령을 내렸고 아수라장이 됐어요." 리룽샹이 말했다.

"그때 쾅, 쾅, 암반이 쪼개지는 소리가 두 번 들렸어요. 놀라서 밖으로 도망치다가 TBM의 제일 낮은 발판 위로 넘어지면서 정강이 살점이 떨어져 나갔어요. 어두워서 보지 못한 거죠. 그래도 벌떡 일어나서 터널 입구를 향해 정신없이 달렸어요. 다행히 모두 목숨은 구한 것 같았어요. 조금 뒤에 다시 붕괴가 일어났고 우리가 공사해놓은 구역이 이십사 시간도 안 돼서 완전히 사라져버렸어요." 리룽진이 말했다.

"암반 윗부분이 수백만 년 동안 응력으로 형성된 난대수층*이었던 것 같군요. TBM가 암반을 뚫는 순간 난대수층이 파열되면서 고압의 수맥이 한꺼번에 터지며 무너진 거예요. 탈출했다니 정말 행운이에요. 신께 감사해야겠군요." 볼트는 리룽샹 형제의 얘기를 들으며 산의 '몸속'에서 일어난 일과 TBM에 가해졌을 타격을 상상했다.

"저도 그렇게 생각해요." 리룽진이 말했다. "신이 있다고 믿는다면 말이죠."

산의 마음속에 들어가보지 않은 사람은 산이 이토록 복잡하

---

* 지하수가 통과하기 힘든 암석층.

고 변덕스러운 마음을 품고 있다는 사실을 알지 못한다. 다량의 석영이 함유된 암석이 전등 불빛을 받아 반짝이고, 암벽 틈새 곳곳에서 작은 폭포처럼 물이 흘러나오고 있었다. 아직 누구도 가보지 못한 미지의 우주 공간처럼 보였다. 함께 간 지질전문가는 바쁘게 샘플을 채취하고 엔지니어들도 열심히 무언가를 측정하고 계산하며 붕괴 당시의 세부 상황을 추측했다. 사람 키의 절반 높이밖에 안 되는 낮은 공간이 깨진 돌, 선로, 비틀린 철근, 부서진 기계 조각으로 가득 차 있었다. 볼트는 강철보다 더 단단하고 날카로운 암반을 쓰다듬으며 심장이 두근거렸다. 이미 정리된 현장 한쪽에 TBM의 모서리가 드러나 있었다. 그는 자신의 동반자와도 같은 거대한 기계가 수액 안에 갇혀 화석이 된 기이한 곤충처럼 속절없이 처박혀 있는 걸 봤다. 그 순간 자책과 슬픔이 뒤엉킨 이상한 감정이 그의 영혼 속으로 밀려들어왔다. 자신이 지금 무언가를 해치고 있는 것은 아닌지, 이러다 무언가를 건드려 놀라게 하는 건 아닌지, 처음으로 자기 전공 분야를 거스르는 의구심이 들었다.

하지만 잠시 스치는 생각일 뿐이었다. 볼트는 기술자로서 눈앞의 상황을 가장 합리적이고 신속하게 처리하는 방법을 도출해내도록 훈련되어 있었다. 의구심을 갖거나 상상하는 것은 그의 임무가 아니었다. 그는 흙에 파묻힌 TBM의 파손 상황을 살펴보고 통역사를 통해 지면에 있는 작업자와 터널에 있는 동료들과 소통하며 해결 방법을 논의했다.

그런데 바로 그때, 산의 깊숙한 곳에서 갑자기 굉음이 들렸다.

볼트는 이제껏 그런 소리를 들어본 적 없었다. 꿈속에서나 들을 수 있을 법한 소리였다.

일순간 모두가 숨을 죽였지만 물 흐르는 소리 외에 아무것도 들리지 않았다. 사람들의 얼굴에 당혹감이 차오르고 숨소리가 급해졌다. 몇 초, 아니 삼십 초 뒤쯤 전등이 훅 꺼졌다. "전기가 나갔어!" 리룽샹이 사람들을 조용히 시키려는 듯 고함을 쳤다. 인부들은 잘 훈련된 듯 허둥대며 도망치는 사람 없이 일제히 숨소리조차 내지 않고 동작을 멈췄다. 어둠 속에 매복한 미지의 정체에 겁먹은 짐승처럼, 남자들의 가쁜 숨소리만 동굴을 채웠다. 누구도 경험해보지 못한 어둠, 산의 마음속에 자리한 절대적인 어둠이었다. 그 순간 산의 먼 곳에서 비슷한 소리가 또 한 번 들렸다. 조금 전의 소리가 거대한 물체가 오른발을 내딛는 소리 같았다면, 이번은 왼발을 내딛는 소리 같았다……. 곧바로 세 번째 소리가 들렸다. 누군가 한 발 한 발 갱도를 향해 다가오는 것 같았다……. 아니, 멀어지는 소리에 가까웠다.

"도망쳐!" 볼트는 이 중국어를 알아들을 수 있었다. 리룽샹의 외침에 모든 사람이 터널 입구를 향해 달리기 시작했다. 동굴 입구까지 도망쳐온 사람들이 놀란 가슴을 진정하지 못하고 암벽을 손으로 짚거나 바닥에 엎드려 숨을 헐떡였다. 동굴 안쪽이 다시 무너지지는 않았지만 그건 별로 중요하지 않았다. 동굴 속을 조여오는 기이하고 묵직한 압력과 인간의 접근을 거부하는 기운을 모두 분명하게 느꼈기 때문이다.

나중에 볼트는 사고 보고서를 통해 당시 전등이 꺼지고 불과 일 분 만에 예비전력이 즉각 공급된 걸 확인했다. 하지만 그때 터널 안에 있던 사람들은 정전된 시간이 최소 십 분 이상이라고 생각했다. 볼트는 그것이 정말로 심리적 요인으로 인한 착각인지 한참 생각했다. 리룽샹은 짧은 정전 외에 다른 사고가 발생하지 않았으므로 상부에서 그때의 기록을 삭제했다고 했다. 괜한 문젯거리를 만들지 않기 위함이었다. 볼트는 자신이 상급 관리자였더라도 삭제 결정을 내렸을 거라고 생각했다. 그건 대체 무슨 소리였을까? 물론 보고서에도 소리에 대한 기록은 단 한 글자도 적히지 않았다. 리룽샹에게 전에 발생한 두 차례의 터널 붕괴 때 들은 소리와 비슷한지 묻자 리룽샹은 이렇게 말했다.

"전혀 달라요. 붕괴 사고 때는 돌덩이 부딪치는 소리와 암반 갈라지는 소리가 또렷하게 들렸어요. 이번 소리는…… 아, 당신도 들었겠지만 거대한 발걸음 소리 같았어요."

거대한 발걸음 소리. 볼트의 생각과 완전히 일치했다.

TBM을 흙에서 꺼내는 것은 그리 어렵지 않았지만 인부들이 철수하고 얼마 안 돼서 또 한 번 붕괴가 일어나 상황이 복잡해졌다. TBM 복구에 드는 예상 비용이 새로 구매하는 것과 차이가 없었다. 그는 일주일에 걸쳐 작성한 보고서를 통해 완전 복구까지 최소 삼십팔 개월이 걸릴 것이라는 예상을 내놨다. 긴밀한 협상 끝에 공사 업체는 결국 TBM을 철거하고 해당 구간을 폭파 공법으로 굴착하기로 결정했다.

1997년 말의 그 일은 볼트에게 평생 잊을 수 없는 기억이었다. 홍콩이 중국으로 되돌아간 직후였고 크리스마스를 며칠 앞두고 있었다. 터널 공사 현장을 떠나 타이베이의 호텔로 돌아간 날, 비는 오지 않았지만 희푸른 안개가 타이베이 거리를 차갑고 축축하게 휘감고 있었다. 크리스천이 많지 않은 동방의 섬이 종교의 기념일을 열렬히 반기며, 곳곳에 커다란 크리스마스트리가 불을 밝히고 있었다.

볼트가 베를린의 어느 카페에서 사라에게 그때 일을 처음 얘기할 때 그는 농담 반 진담 반으로 이렇게 물었다.

"나도 그 사람도 똑같이 발걸음 소리 같다고 생각했어. 하지만 그런 터널에서 어떻게 발걸음 소리가 들릴 수 있겠어?"

"누가 알겠어." 사라는 대답이 성의 없게 느껴질 것 같아 조금 덧붙였다. "그런데 내가 이십 년 동안 해양 연구를 하면서 발견한 사실은 어느 바다든 자기만의 소리를 갖고 있다는 거야. 똑같은 소리를 가진 바다는 하나도 없어. 귀를 기울이면 바람 소리, 물이 바위에 철썩이는 소리, 물고기가 수면을 치며 뛰어오르는 소리, 다 들을 수 있어. 산에도 그런 소리가 있지 않겠어? 우린 아직 바다가 가진 모든 소리를 알지 못해. 산에도 우리가 들어보지 못한 소리가 많을 거야. 예를 들어 어떤 나무가 멸종했다면 우리는 그 나무의 껍질이 바람에 날릴 때 어떤 소리가 나는지 영영 모르지. 그러니까 당신이 들은 소리도 우리가 모르는 산의 소리일지도 몰라."

그의 말이 정확히 볼트의 마음을 파고들었다. 사실 볼트는 남들보다 뛰어난 청력 때문에 굴착 공정에 흥미를 갖게 된 것이었다. 하지만 겉으로는 쉽게 수긍하지 않겠다는 듯이 말했다. "지나친 의인화 아닌가……."

"의인화? 의인화하면 안 되는 이유라도 있어?" 사라가 웃으며 말하자 볼트가 속으로 조금 놀랐다.

"당신은 과학자보다 시인이 더 어울려."

"난 시인이면서 또 과학자야." 사라가 말했다. "하지만 난 시인이 더 마음에 들어."

볼트는 사라의 작은 귀가 불꽃처럼 빨간 머리카락 뒤에 수줍게 웅크린 작은 동물 같다는 생각을 했다.

차가 터널 끝에 가까워졌다. 터널 벽을 따라 그려진 긴 선 옆의 표시 숫자가 1이 되자 먼 곳의 빛이 터널 속으로 빨려 들어왔다. 볼트가 리룽샹에게 말했다. "터널 개통은 정말 불가사의한 일이에요. 이런 산을 관통할 수 있다니."

"그렇죠." 리룽샹이 자부심인지 다른 감정인지, 어디서 우러나온지 알 수 없는 말투로 대답했다. "그때 우리가 당신을 마중 나갔을 때 차에서 내가 막 결혼했다고 한 거 기억해요? 내 큰딸이 벌써 결혼해서 아이를 낳았어요."

"터널 공사에만 십오 년이 걸렸잖아요. 이동 시간 한 시간 단축하겠다고 십오 년의 시간을 쏟아부었죠. 솔직히, 그럴 만한 가치가 있었다고 생각해요?"

"그럴 만한 가치요? 글쎄요. 한 번도 생각해보지 않았거든요.

내 일은 터널을 뚫는 것이지 가치를 평가하는 게 아니에요."

"하지만 산의 마음이 텅 비어버렸잖아요." 사라가 말했다.

"뭐라고요?"

"아니에요. 그냥 이렇게 아름다운 산의 마음이 텅 비어버렸구나, 하는 생각이 들어서요." 사라가 말했다. 터널 내부 조명도 어느새 앰비언트 조명으로 바뀌어 있었다. 조명 기술이 발달함에 따라 작년에 교체 공사를 했다고 했다. 인공적인 빛이 아니라 천창을 통해 햇빛이 들어오는 것처럼 보였다. 차가 터널을 빠져나가는 순간 인공광에서 자연광으로 바뀌었다. 터널에 진입할 때는 날씨가 좋았는데 터널을 빠져나오자 구름 낀 하늘이 그들을 맞이했다.

리룽샹이 거의 들리지 않는 목소리로 말했다. "우리 형에게는 그럴 가치가 없는 일이었죠." 리룽진이 젊은 나이에 사망한 걸 볼트도 알고 있었다. 하지만 리룽샹은 터널 공사 때 발파작업을 하다가 형의 친한 동료 두 명이 쏟아진 토사에 깔려 사망했으며, 운 좋게 살아남은 형은 그 사고 이후에도 포기하지 않고 일하는 기계처럼 굴착공사를 계속했다는 얘기는 하지 않았다. 리룽진은 도로가 개통된 뒤 어느 날, 집에 있는 모든 틈을 완전히 틀어막고 동굴 같은 집에서 가스를 틀어 자살해 이웃에게 발견됐다.

"사실 이 터널을 지나는 건 개통되고 이번이 두 번째예요." 백미러를 통해 형의 얼굴을 본 듯한 리룽샹이 어떤 감정도 읽을 수 없는 목소리로 말했다. "조금 더 가면 바다가 보일 거예요."

22 다가오는 폭우

아트리에가 앨리스에게 음료 잔을 건네며 말했다. "이 물에서 불에 탄 흙 맛이 나요."

앨리스는 아트리에의 말을 이해하지 못하고 그가 음료의 이름을 묻는 줄 알고 말했다. "이건 커피야, 커피. 하파이가 직접 블렌딩한 살라마인데 나도 하파이에게 배웠어."

천천히 소통이 진행되면서 모든 사물의 이름을 새로 배우기 시작했다. 새로운 사물과 이미 알고 있는 사물의 새로운 이름을 배우는 것은 앨리스와 아트리에 둘 다에게 매우 어려운 일이었다. 하지만 앨리스는 차츰 아주 멀리 떨어진 언어끼리도 대화가 통할 수 있다는 사실을 깨달았다. 때로 통상적인 의미의 언어조차 사용할 필요가 없었다. 이를테면 아트리에는 앨리스가 자기 말을 이해하지 못할 때 말하는 피리를 사용해 언어나 감정을 표현했다. 아트리에가 말하는 피리를 불면서 짓는 표정을 보면 앨리스는 그의 말뜻을 단번에 이해할 수 있었다. 한번은 아트리에가 연인인 우르슐라의 아름다움을 묘사하면서 "모든 사람의 살리카바를 달랠 수 있을 만큼 아름다워요"라고 말했다. 앨리스는 살리카바가 무엇인지 몰랐지만 아트리에가 말하는 피리를 사용해 짧은 소절을 연주하자 금세 이해했다. "사람의 영혼을 달랠 수 있을 만큼 아름답다는 거지? 살리카바가 영혼이라는 뜻이구나. 그렇지?" 앨리스는 아트리에가 직접 그렇게 설명해준 것처럼 금세 알아들었다.

열흘 전의 앨리스라면 피리 소리를 언어로 정확히 옮길 수 있다는 걸 믿지 못했겠지만 지금은 아트리에가 말하는 피리로 표현하는 의미를 거의 다 알아들을 수 있는 것 같았다. 말하는 피리는 둘 사이의 언어 중개 수단처럼 기본적인 단어와 언어의 운용 원리를 이해할 수 있게 해줬다. 마치 어떤 정령이 앨리스의 귓가에 대고 아트리에가 하려는 말을 속삭여주는 것 같았다.

아트리에는 우르슐라에게 받은 말하는 피리를 보배처럼 아꼈다. 치차술은 잃어버렸지만 말하는 피리는 손에 꼭 쥐고 있어서 다행히 잃어버리지 않았다. 말하는 피리는 10센티미터쯤 되는 나뭇가지에 구멍이 몇 개 뚫려 있어서 옆으로 쥐고 부는 악기였다. 구멍이 두 줄로 나란히 배열된 점이 피리와 달랐는데 손으로 들지 않고 입에 문 채로도 불 수 있을 만큼 작았다.

타고난 언어 소질 덕분인지 몇 달 뒤 앨리스는 아트리에가 쓰는 기본적인 어휘의 3, 40퍼센트는 알아들을 수 있게 됐다. 물론

두 언어의 발음 원칙이 너무 달라서 '말하기'는 여전히 어려웠다. 자신의 언어만을 사용하던 앨리스가 점차 와요와요어를 섞어서 쓸 수 있게 되자 아트리에도 점점 마음이 놓였다. 이 여자가 자신에게 악의가 없다는 사실은 이미 알고 있었지만 언어가 가진 위로 작용 때문일 것이다. 그는 일평생 다시는 와요와요어를 하는 사람을 만날 수 없고, 온갖 기이하고 낯선 사물로 가득 찬 이 세계에서 죽게 될 것이라고 생각했다. 그런데 토막토막 잘린 말이라도 누군가 와요와요어를 하는 걸 들을 수 있다니, 아트리에에게는 더없는 행복이었다. 앨리스는 아트리에의 표정만으로는 그가 자기 말을 듣고 있는지 또는 알아들었는지 판단할 수 없을 때가 있었다. 아트리에는 자주 먼 곳을 보며 혼잣말을 중얼거렸는데 그 짧은 말이 "물고기는 결국 돌아올 거야"라는 뜻이라는 걸 나중에야 알았다.

물고기는 결국 돌아올 것이고, 비도 결국 내릴 것이다. 요즘 들어 섬에는 비가 더 자주 내리고 해마다 더 사납게 내렸다. 앨리스는 비가 오는 날이면 토토가 더 그리웠다. 먼 곳을 응시하는 아트리에의 눈빛도 토토를 떠올리게 했다. 아트리에는 토토보다 대여섯 살 많은 것 같았다. 태어나서 백팔십 번째 보름달이 떴을 때 섬을 떠나 바다로 나왔다고 했기 때문이다. 바다를 얼마 동안 떠돌아다녔는지는 알 수 없지만 비바람에 시달린 흑갈색 얼굴 위로 아직 다 벗지 못한 애티가 배어날 때가 있었다.

앨리스는 오하요를 찾았을 뿐 아니라 토토에 대한 그리움을 털어놓고 싶은 상대도 만났다. 어쩌면 아트리에가 자기 말을 다 이해할 수 없는 걸 알기 때문에 더 솔직히 마음을 열 수 있는 것인지도 몰랐다. 앨리스가 토토 이야기를 할 때 동정심과 인내심으로 대하던 주변 사람들이 이제는 지치고 짜증 나기 시작한 걸, 그들이 그렇게 말한 건 아니지만 앨리스는 알고 있었다. 다들 앨리스를 보자마자 '저 여자 또 왔군' 하며 경계하는 것 같았다.

언어의 차이 때문에 먼 이야기처럼 들리기는 했지만 예민한 아트리에는 이 여자가 자기 아이를 그리워하는 걸 알았고, 그 때문에 그의 언어를 다 이해하지 못해도 직감만으로 정확히 느낄 수 있었다. 한번은 앨리스가 평소처럼 토토와 함께 살 때의 일을 얘기하는데 바다의 현자에게 들은 말이 생각났다.

"이나이차스카모나이루라라, 이아이수도마."

앨리스는 모나이가 바다, 루라라가 꽃, 수도마가 해변이라는 건 알았지만 문장의 뜻을 추측할 수 없었다. 아트리에게 물어보며 한참 얘기하고 나서야 의미를 이해할 수 있었는데 그 말은 이런 뜻이었다.

"그 어떤 섬의 해변도 파도를 붙잡아둘 수는 없다."

와요와요 섬의 격언이자 속담일 것이다. 사실 아주 당연한 이치였다. 과학적인 관점에서 보더라도 그 말은 진리에 가까웠다. 파도는 결코 해변에 머물 수 없다. 앨리스는 속담과 쓸데없는 말은 종이 한 장 차이라고 생각했다.

"고래만이 해변에 머물 수 있어요." 아트리에가 말했다. 와요와요 사람들은 고래가 바다에 나가 물고기를 잡을 수 없는 사람들을 위해 스스로 해변에 올라와 숨을 거두는 것이라고 생각했다. 바다 생물이 뭍에 올라와 죽으면 영혼은 구름 위로 올라가고, 육지 생물이 바다에 몸을 던져 죽으면 영혼이 해파리로 변한다. 바다를 떠도는 차남들이 알려준 사후 세계의 법칙이었다.

"죽음이 무언가에 대한 대가이기도 하지만 단순한 작별일 때도 있어요. 누구에게도 빚지지 않는 거죠. 바다가 깊어지고 세월이 길어지면 살리카바(앨리스는 이 말이 영혼을 의미하는 걸 알고 있었다)가 결국 육신을 저버리는 것과 같아요."

와요와요어를 제 언어로 바로 옮길 수 없기 때문일까 앨리스는 소년의 말이 늘 너무 시적이고 비현실적이며 사람이 겪어야 하는 고통을 미화한다고 느꼈다. 그는 아트리에처럼 어린아이는 그런 말을 해서는 안 된다고 생각했다. 또 앨리스는 자신이 일생동안 겪은 일을 모두 합쳐도 아트리에가 바다에서 겪은 일과는 비교도 할 수 없을 것이라고 짐작하며, 어쩌면 이 소년의 영혼이 자신보다 훨씬 복잡할지도 모르겠다고 생각했다.

앨리스는 아침마다 아트리에를 데리고 물을 길러 가기 시작했다. 아트리에는 산길 옆에 있는 모든 것에 호기심이 많았다. 샘물이 쏟아지는 폭포를 처음 본 날은 갑자기 꿇어앉더니 눈가가 빨개지며 눈물이 차올랐다. 그는 이것이 바다의 현자가 한평생 기도해온 일이라고 했다. "섬에 이렇게 힘차게 물이 쏟아지는 샘이 있다면 얼마나 좋을까요? 바다가 그토록 넓어도 그 물을 마실 수는 없어요. 카방이 우리에게 내린 벌이에요."

앨리스는 누구도 다른 이를 벌줄 수 없다고 말하고 싶었지만 한참을 설명해도 아트리에가 말을 이해했는지 알 수 없었다.

물 외에 앨리스는 산나물도 뜯어 왔다. 일곱째 시시드에 가면 하파이가 아미족이 흔히 먹는 산나물을 뜯어다가 음식을 만들어줬다. 앨리스는 그 음식을 먹으며 배운 것이 많았다. 예를 들면 카쿠로트kakurot(여주)는 생선과 함께 찌고, 수쿠이sukuy(큰둥근여주)는 손으로 쉽게 잡을 수 있는 달팽이와 함께 끓여 달팽이탕을 만들었다. 자주괭이밥은 절여서 반찬으로 곁들여 먹고, 황텅* 속대는 맑은국을 끓이면 맛있고, 카사바는 쌀밥을 대체할 수 있다. 또 하파이는 앨리스에게 빈랑잎으로 그릇을 만드는 법도 가르쳐줬다. 물과 재료를 그 그릇에 넣은 다음 불에 뜨겁게 달군 돌멩이를 넣으면 아미족 돌멩이 핫포트가 완성됐다.

아트리에는 식물을 알아보는 능력이 뛰어나서 앨리스가 한 번 알려주면 그다음부터 정확히 찾아냈다. 그래서 얼마 후부터는 아트리에가 혼자서 산나물을 뜯어 왔다. 어떤 날은 앨리스가 아침에 일어나 밖으로 나와 보니 이미 하루치 산나물이 바구니에 가득 담겨 있기도 했다. 앨리스가 도감을 보여주자 아트리에는 실제와 똑같은 도감 속 그림에 큰 흥미를 보였다. 아트리에는 생물의 이름을 기억하면서 다른 언어에 점점 익숙해졌다. 처음에는 먹을 수 있는 산나물이나 약초만 기억했지만 오래잖아 새, 곤충,

---

* 黃藤, 아미족의 전통 요리를 만들 때 사용되는 귀한 식물.

파충류까지 모르는 것 없이 다 외웠다. 아트리에는 숲을 한번 휙 보고 앨리스에게 이렇게 말했다. "앞에 에메랄드비둘기 세 마리와 타이완언월도꼬리치레 열한 마리, 동박새 일흔아홉 마리, 눈 감은 소쩍새 한 마리가 있어요. 아, 능구렁이도 한 마리 있네요."

아트리에는 산 곳곳에 자라는 과구채고사리와 광엽거치쌍개고사리는 독성이 없는 식용식물인 것을 금세 알았다. 얼마 후 아트리에의 정강이 상처에 딱지가 앉고 짓무른 입가도 많이 나았다. 아트리에는 빵나무 열매와 수리딸기를 따 와서는 열매가 마르지 않고 신선하게 유지되도록 땅을 파서 저장 창고를 만들어 보관했다. 앨리스는 아트리에가 자신보다 생존능력이 훨씬 뛰어나다는 사실에 놀랐다. 이따금 산이 원래 아트리에를 알았던 것 같은 느낌도 들었다. 아트리에는 산길을 걷다가 숲에 사는 흰눈썹웃음지빠귀가 수리딸기를 쪼아먹듯, 자연스럽게 꽃턱잎을 따서 이슬을 빨아 먹었다.

앨리스는 혼자 차를 몰고 생필품을 사러 산을 내려갔다가 다허나 우마프, 하파이를 만났다. 그럴 때마다 버려진 채 거의 바닷물에 잠겨 있는 바다 위 집과 몇 개월째 청소해도 여전히 형편없이 어질러진 해변이 보였다. 그는 다허와 하파이를 통해 쓰레기 소용돌이에 관한 새로운 소식을 들었고, 최근 기자들이 그것을 음식 이름 같은 '원시 플라스틱 수프'*라고 부른다는 것도 알았다.

---

* '원시 수프'란 생명의 기원을 설명하는 가설로 초기 지구의 바다 유기물이 축적돼 생명이 탄생했다는 이론이다.

어느 날 앨리스가 산을 내려갔다가 뷔페식 식당에서 밥을 먹는데 텔레비전에서 토크쇼가 흘러나왔다. 그런데 한 패널이 얼마 전, 아주 작은 흑인이 플라스틱 수프*에서 바다로 뛰어들어 헤엄을 치더니 육지로 올라가 숲속으로 사라지는 광경을 본 사람이 있다고 얘기했다. "못 믿겠으면 산을 수색해보세요." 패널이 호언장담했다.

"웃기고 있네." 텔레비전을 보고 있던 식당 주인이 말했다. 하지만 앨리스는 패널의 말이 사실인 걸 알았다. 정말 아트리에가 산으로 들어가는 걸 누가 봤을까? 다행히 아트리에는 앨리스가 사준 옷을 입고, 차츰 중국어도 할 줄 알게 됐으므로 그럴듯한 이야기를 꾸며내는 건 어렵지 않을 것 같았다. 게다가 토크쇼에서는 언제나 말만 오갈 뿐 실제 행동으로 옮겨지는 건 없었다. 토크쇼에서 나누는 수많은 대화 중 진지한 얘기는 하나도 없으므로 실제로 산을 수색하려는 사람 또한 없을 것이다.

다허와 하파이는 앨리스에게 부락에 와서 지내라고 권했지만 앨리스가 당분간은 사냥용 오두막에서 지내고 싶다고 고집해 억지로 더 권하지 않았다. 다허가 바다 위 집에서 쓸려 나온 물건을 정리해 가져다줬다. 원래는 오두막까지 실어다 주려고 했지만 앨리스가 극구 거절했다. 두 사람 모두 고집을 꺾지 않다가 분위기가 난처해지자 하는 수 없이 다허가 포기했다.

"오두막에 뭐가 있는 게 분명해." 다허가 하파이에게 슬쩍 말

---

* 해양학자 찰스 무어가 처음 사용한 개념으로 각종 플라스틱 쓰레기가 마치 수프처럼 떠 있는 상태를 비유적으로 표현한 말이다.

했다.

"앨리스 성격 몰라? 우리에게 말하려고 했다면 진즉에 말했을 거야." 하파이가 말했다. "어쩌면 그냥 앨리스 혼자 쓸데없는 생각에 잠겨 있을 수도 있어."

"그럴 수도 있지……."

"그런데 요즘 앨리스 안색 좋아진 것 같지 않아? 뭐더라, 그 약도 한참 안 먹었다고 했잖아. 난 오히려 요즘 앨리스가 바보 같은 짓을 저지를 가능성이 적어 보여. 그래서 뭐가 있든 지금까지는 좋은 일인 것 같아. 안 그래?"

"그러길 바라."

확실히 앨리스는 매번 산을 내려올 때마다 오하요가 어쨌다는 얘기만 하지 토토에 대한 얘기는 자주 하지 않았다. 하지만 다허와 하파이는 사냥용 오두막에 오하요 외에 다른 누군가가 있는 것 같은 직감이 들었다.

앨리스는 도로 옆 외진 곳에 차를 세우고 바다 위 집에서 쓸려 나온 물건 중 버릴 것을 버렸다. 자신을 아프게 하는 흉기를 곁에 두는 것과 매한가지임을 알았지만 토토의 책과 문구는 버리지 않고 남겼다. 크라프트 봉투에 야콥센이 그에게 준 편지가 가득 담겨 있었다.

연애와 동거를 거쳐 결혼 생활을 하는 동안 앨리스는 야콥센이 자신 때문에 어떤 한계에 도달했음을 알았다. 하지만 앨리스는 실패를 인정하고, 그의 손을 놓고 싶지 않았다. 언젠가 정말로 야콥센이 돌아오지 않을 거라고 생각한 적이 있다. 토토가 감기에 걸렸다가 나은 지 얼마 안 됐을 때인데 야콥센이 킬리만자로 산 등반을 계획하고 있다고 했다. 앨리스가 온종일 한마디도 하지 않다가 저녁 설거지를 하는데 야콥센이 다가왔다.

"화났어?"

"아니. 화날 게 뭐 있어?"

"화난 거 알아. 움브웨 루트는 별로 어렵지 않아. 전문 가이드도 있을 거고."

"어렵고 안 어렵고, 가이드가 있고 없고의 문제가 아니야. 모르겠어?" 앨리스가 갑자기 따지듯이 말했다.

"그래. 몰라. 젠장."

"모르겠으면 관둬. 그냥 하고 싶은 대로 해. 당신 하고 싶은 대로 하라고!"

앨리스도 제 행동이 비논리적인 걸 알았지만 그래야만 하는 이유가 있었다. 당장은 현실을 마주할 용기가 나지 않았기 때문이다. 야콥센이 떠나고 앨리스는 그가 이대로 자신을 떠나 자유로운 성性과 산, 바다를 계속 탐험하고 싶을 거라는 생각을 했다. 이 주 뒤, 야콥센이 보낸 킬리만자로 산의 빙하 사진이 도착했다. 사진 뒷면에 인쇄한 듯 반듯한 영어가 빽빽하게 적혀 있었다. 야콥센의 글은 언제나 노여움 대신 사랑이 흘러넘쳤다.

당신이 없는 내 삶은 쓸쓸하고 평평하고 암울한 빙하와 같아. 당신이 없을 때 난 이국땅에 방사된 나비처럼 낯선 식물

사이를 헤매며 잘못된 높이에서 힘없이 날개를 파닥거릴 뿐이야.

뒤에 있는 몇 문장은 나보코프를 베낀 것이 분명했다. 후, 야콥센은 그런 사람이었다. 토토와 그들 사이에 남은 사랑이 두 사람을 이어주는 가느다란 실 한 가닥이었을까, 야콥센은 결국 돌아왔다. 그러나 토토에 대해 이야기할 때를 제외하면 두 사람은 침묵의 저격수처럼 각자의 참호로 들어갔다. 가끔 앨리스는 그를 오래전에 놓아줬어야 했다고 생각했다. 이런 사람을 어떻게 붙잡아둔단 말인가.

토토와 야콥센이 이틀 동안 연락이 끊겼을 때도 앨리스는 사고의 가능성을 생각하지 않았기 때문에 경찰에 신고하지 않았다. 그저 야콥센이 자신을 떠났을지도 모른다는 생각만 했다. 자신에게서 도망치기 위해 이런 졸렬한 실종극을 꾸며 토토까지 데리고 떠난 건지도 모른다고.

이런 생각은 다허가 야콥센의 시신을 찾고 나서야 완전히 사라졌다. 야콥센의 죽음은 가슴에 북받친 슬픔에 출구를 열어줬지만, 그동안 증오심으로나마 지탱하고 있던 정신을 한꺼번에 완전히 무너뜨렸다. 앨리스에게 야콥센은 원래 언제든 사라질 수 있는 사람이었고, 이미 오래전부터 마음의 준비를 해온 일이 마침내 닥친 것뿐이었다. 하지만 토토는? 토토는 왜 아직도 흔적조차 찾을 수 없는 걸까?

야콥센의 전신에 분쇄성 골절이 보였으므로 다허, 구조대, 부검의 모두 그가 암벽에서 추락해 사망한 것으로 추측했다. 하지만 야콥센의 시신은 그가 처음 관제소에 신고한 등반 경로와 동떨어진 곳에서 발견됐고, 발견된 위치도 누군가 동굴에 일부러 감춰놓은 듯 논리적으로 설명하기가 힘들었다. 설마 암벽에서 추락한 뒤 충격이 너무 커서 바닥에서 튕겨 올랐다가 공교롭게도 큰 바위 밑, 보이지 않는 틈으로 떨어져 발견되지 못한 걸까?

  앨리스는 다허가 구조대 동료들과 얘기하는 것을 들으며 그들이 왜 아직 찾지 못한 토토에 대해 얘기하지 않는지 의아했다. 토토의 등산 배낭조차 찾지 못했는데 그들은 토토에게 관심조차 없었다. 세상에서 토토에게 관심 있는 단 두 사람 중 한 사람이 떠나고 한 사람만 외롭게 남았다. 그는 쪼그라든 채 흰 천 아래 누운 시신을 한번 보고 망설임 없이 화장 동의서에 서명했다. 유골은 바다 위 집에서 보이는 바다에 뿌렸다. 야콥센의 가족에게 알려야 한다는 생각은 하지 못했다. 야콥센이 부모의 연락처를 알려준 적이 없기 때문이다. 토토가 태어났을 때도 그는 자기 부모에게 알리지 않았다. 앨리스는 야콥센이 고아가 아닐까 생각했다. 어쩌면 야콥센은 인생의 종점에 도착할 때까지 매 순간 오직 혼자였을지도 모른다. 앨리스가 한때 그토록 사랑했던 육신과 육신 속 영혼이 함께 한 줌 재가 됐다.

  그날 밤 앨리스는 아트리에게 와요와요의 장례식은 어떤지 물었다.

아트리에는 와요와요의 장례식은 보통 한밤중에 치른다고 했다. 와요와요인은 동틀 무렵, 영혼이 별을 따라 어둠 속으로 사라진다고 믿기 때문이다. 깊은 밤 죽은 사람을 작은 배에 실어 와요와요 섬 앞바다의 경계까지 간다. 매우 강한 암류가 흐르는 그곳은 낚싯배도 넘지 못하는 금지 구역이다. 가족이 탄 배 두 척이 배를 좌우 양쪽에서 호위해 암류 근처에 도착하면 바다의 현자가 작별 조문을 읊는다. 멀리서 빛이 깜빡이면 이제 손을 놓을 때가 됐다는 뜻이다. 죽은 이를 실은 배는 다시는 돌아오지 않을 것이다. 죽은 사람을 실은 배를 떠나보낸 뒤 가족들이 큰 소리로 노래를 부르며 노를 저어 돌아간다. 배는 놓아주는 시간을 잘못 맞춰 뱃머리가 방향을 틀어 돌아오면 가족들이 슬픔을 참으며 돌멩이를 던져 배를 부수고 가라앉혀야 한다. 그래야 영혼이 편히 안식할 수 있기 때문이다.

"노래를 불러? 노래를 부른다는 말이니? 이렇게?" 앨리스가 떠오르는 대로 노래를 흥얼거렸다.

"맞아요. 노래를 불러요."

"왜 노래를 부르는지 물어본 적 있어?"

"그렇게 하는 게 죽은 사람에게 좋대요."

"노래를 부르는 게 왜 죽은 사람에게 좋아?"

"우리 조상들이 그렇게 하라고 가르쳤기 때문이에요."

"조상이 가르쳐준 건 모두 좋은 일이야?"

"조상이 가르쳐준 건 모두 좋은 일이에요."

"그렇구나." 앨리스가 건성으로 대답했다. 그는 방금 자신이 흥얼거린 노래가 야콥센이 덴마크의 캠핑장에서 불러준 노래였다는 걸 깨달았다.

"네." 아트리에가 몇 초쯤 말없이 생각에 잠겼다가 말했다. "바다가 당신을 축복할 거예요."

그 순간 앨리스는 결심했다. 야콥센과 토토가 오른 노선을 따라 다시 한번 산에 올라가보기로. 앞에 있는 이 소년이 조력자이자 동반자가 되어줄 거라는 확신이 들었다. 그의 이 결정은 야콥센이 죽고 토토가 실종된 곳에 가 직접 눈으로 봤을 때, 가슴속에 어떤 감정이 일어나는지 확인하기 위함이었다.

"그 노래를 다시 불러주시겠어요?" 아트리에가 물었다.

"뭐라고?"

"노래요. 방금 부른, 그 노래."

23 복안인 I

눈앞에 펼쳐진 숲은 지금껏 한 번도 본 적 없는 숲이었다. 마치 책에 묘사된 숲처럼 정말로 저마다 자라난 나무가 한 덩어리를 이룬 듯했다. 숲이 넓거나 깊거나 고요하지 않았다는 뜻이 아니다. 숲은 아주 넓고 깊고 신비하며 고요했지만, 단지 약간 비현실적이었다.

키 큰 금발의 남자가 뒤를 돌아보며 따라오는 소년을 격려했다. "괜찮아. 저쪽에 가면 커다란 암벽으로 통하는 길이 있어. 몇 번이나 올라가봤어. 거긴 정말 근사하고 신비로워. 너도 올라가보면 알 거야. 거기서 내려다보면 모든 게 다르게 보여. 앞장다리장수풍뎅이도 봤단다."

앞장다리장수풍뎅이. 잿빛 머리칼의 소년은 이번에는 반드시 제 눈으로 보겠다고 결심했다. 남자는 소년이 최대한 자기 속도를 따라올 수 있도록 모든 장비를 둘러멨다. 소년은 흰 피부와 강단 있게 다문 입꼬리, 갈색처럼 보이지만 각도에 따라 푸른 빛이 도는 매혹적인 눈동자를 갖고 있었다. 아침에 캠프를 출발해 벌써 네 시간 넘게 걸었지만 아직 한 번도 쉬지 않았다. 남자는 호흡과 속도를 소년에게 맞추며 사람이 지나간 흔적이 거의 없는 좁은 산길을 앞장서서 걸었다. 소년이 걸음을 멈추면 남자는 곧 알아차리고 멈췄다.

오는 길에 소년은 세 번 걸음을 멈췄다. 땅에 포유류의 똥이 있는지 계속 살펴보며 걸었기 때문이다. 소년은 똥에 있는 말똥구리를 찾고 있었다. 똥이 살짝 움직이면 급하게 걸음을 멈췄다. 소년은 똥에서 말똥구리를 잡아 공기가 통하는 채집통에 넣었다. 화학약품으로 기절시키지 않고 뚜껑을 단단히 돌려 닫았다. "잠깐 거기 있어." 소년이 채집통을 톡톡 두드리며 무서워할 것 없다고 말똥구리를 위로하는 표정을 지었다. "널 해치지 않을 거야." 하지만 그의 말을 알아듣지 못한 말똥구리는 몹시 불안한 듯 다리 여섯 개를 버둥거리며 채집통을 기어오르다가 미끄러지기를 반복했다.

남자와 소년의 이마에서 땀이 흐르기 시작했다. 숲은 매우 고요하고 어두웠다. 아주 낮은 음조의 고요함이었다. 두 사람은 서로의 숨소리를 들으며 걸었다. 소년이 잠시 쉬었다 가야 할 것 같다고 생각한 순간 눈앞이 환해지며 숲이 끝났다. 누군가 스위치를 딸깍 눌러 햇빛을 밝힌 것 같았다.

거대한 암벽의 옆모습을 마주했을 때 남자와 소년은 조금 전의 숲은 아주 현실적이었다는 걸 알았다. 지금 그들 눈앞에 있는 암벽이야말로 환상이자 허구였다. 남자는 세상을 돌아다니며 수많은 절경을 봤고 이 암벽도 올라가봤지만 아직도 이 암벽 앞에서는 전율이 차올랐다. 그는 예상했던 광경에 감격하는 이런 느낌을 제일 좋아했다. 소년은 채집통에 있는 곤충들이 이런 곳에 살고 있었다는 걸 깨달았다. 알고 있는 형용사가 많지 않았으므로 그저 심장박동이 빨라지고 현기증이 일었다.

"여기 멋지지?" 남자가 소년에게 말했지만 소년은 대답하지 않았다. 어떤 반응을 해야 할지 모를 정도로 흥분이 되고, 자신이 이 암벽을 올라갈 수 있을까 하는 의구심이 들기 시작했다.

"원래부터 여기 있던 암벽은 아니야. 지진이 일어나면서 산이 속에 품고 있던 걸 드러냈지." 남자는 소년의 눈동자가 떨리는 것을 봤다. "내가 열 살 때 할아버지가 산소통 없이 자유롭게 잠수해보라고 하셨어. 남들이 가지 못하는 곳에 가야만 남들이 보지 못하는 색을 볼 수 있다고." 소년은 그 말의 의미를 완전히 이해하지 못했지만 가만히 고개를 끄덕였다.

남자는 지난 일 년간 이 섬 밖으로 여행을 떠난 적이 없었다. 그 대신 시간이 날 때마다 소년을 데리고 암벽등반 훈련을 하러 갔다. 소년은 실내 연습장에서 기술을 빠르게 습득했고 야외에 나가서도 놀라운 실력으로 어른들을 놀라게 했다. 마치 암벽등반 자격증을 갖고 태어난 아이 같았다. 사람들이 소년을 칭찬할 때마다 남자는 자신에게 보내는 찬사인 듯 몹시 기뻤다. 남자를 아는 이들이 그를 어린애 같다고 말하는 것도 이런 점 때문이었다. 남자는 조심스럽게 암벽을 살펴보며 지난번과는 다른 등반 루트를 찾았다. '똑같은 암벽을 절대로 두 번 이상 같은 루트로 올라가지 않는 것'이 그의 습관이었다. 이제 막 열 살이 된 아들을 데리고 올라간다 해도 예외가 아니었다.

소년은 장비를 정리하기 시작했다. 하나씩 가방에서 꺼내 바닥에 줄을 세워놓고, 클라이밍 신발을 신고, 안전로프를 묶고, 헬멧을 썼다. 남자는 머릿속으로 루트를 그린 뒤 심호흡을 하고 암벽을 오르기 시작했다.

"내가 이쪽에 로프를 걸 테니 따라오겠니? 내가 잡고 올라가는 돌을 잘 봐. 네가 잡을 수 있는 돌을 골라가며 보폭을 좁게 해서 올라갈게. 알겠지?"

소년이 고개를 끄덕였다. "앞장다리장수풍뎅이도 올라갈 수 있어요?"

남자가 소년의 예상치 못한 질문에 조금 놀란 듯 잠시 생각한 뒤 대답했다. "물론이지."

두 사람이 차례로 암벽을 천천히 오르기 시작했다. 남자는 바위의 결을 관찰하며 루트를 찾고, 클라이밍 캠을 이용해 앵커 포인트를 확보한 뒤 클립을 걸고 클립에 로프를 걸었다. 그러면서 고개를 바짝 들고 루트를 찾는 소년을 지켜봤다. 남자는 몸에 묶은 로프를 통해 희미하게 전달되는 소년의 힘과 무게를 느끼며 작은 행복을 누렸다.

"괜찮아. 넌 할 수 있어." 남자가 암벽을 놀라게 하지 않으려는 듯 작은 소리로 말했다. 소년은 자기 위로 반짝이며 이어진 루트를 올려다봤다. 가끔 주위의 암벽을 둘러보는 동안 자신이 다른 세상에 와 있는 기분이 들었다. 왈칵 눈물이 터질 것 같았지만 두려워서는 아니었다. 두려움의 눈물이 아닌, 지금껏 한 번도 경험해보지 못한 눈물이었다.

황혼이 가까울 무렵 두 사람이 마침내 암벽 정상에 올랐다. 남자와 소년은 상기된 표정으로 골짜기를 향해 크게 고함을 질렀다. 소년은 말수가 적은 편이지만 고함은 아주 우렁찼다. 그곳에서 내려다보면 초록빛 바다처럼 일렁이는 드넓은 숲을 볼 수 있었다. 소리가 숲 바다의 꼭대기에 닿자 놀란 산새들이 날아올랐다가 다른 쪽 바다로 뛰어들었다.

두 사람은 버너로 물을 끓여 차를 우리고 진공포장된 음식을 꺼냈다. 둘만의 비밀이 절반은 실현됐다. 사실 이 산행의 목적은 등산이 아니었다. 남자는 이제 막 열 살이 된 소년에게 이 암벽을 체험하게 해주고 싶었다. 몇 년 전부터 차츰 서먹해진 부자 관계를 회복하는 여행이기도 했다.

식사를 마친 뒤 남자가 별을 올려다보며 소년에게 얘기했다. "여기서는 산 밑에서 보는 별보다 만 배는 더 많은 별을 볼 수 있어." 남자가 말했다. "별은 언제나 거기 있지 않느냐고 생각할 수도 있겠지. 맞아. 우리가 볼 수 있는지 없는지는 가시성의 문제야. 가시성이란 우리가 얼마나 멀리까지 눈으로 볼 수 있느냐 하는 것이야. 예를 들면 우리가 철새를 보러 습지에 간 적이 있지? 거기서 본 하늘은 안개가 자욱했어. 공기에 아주 작은 입자가 많이 섞여 있었기 때문이야. 그때 네 엄마는 렌즈에 하, 하고 입김을 분 안경을 쓰고 별을 보는 것 같다고 했어."

 남자가 계속 말을 하는데도 소년은 존재하지 않는 사람처럼 대답 없이 듣기만 했다. 남자는 이 섬에 온 것을 몹시 후회한 적도 있지만 이 섬을 떠날 수 없었다. 그의 원래 꿈은 탐험가였다. 젊었을 때 자전거로 아프리카 대륙을 일주하고, 무동력 범선으로 대서양을 횡단했으며, 사하라 사막을 가로지르는 마라톤에 참가했다. 심지어 지하 30여 미터에서 무려 반년 동안 지내는 흥미로운 수면 실험에 참여한 적도 있었다. 아직 여자친구였던 앨리스를 따라 이 섬에 왔을 때 처음에는 모든 게 다 좋았다. 앨리스도 그가 갑자기 훌쩍 사라져 보름이나 한 달 뒤에 돌아오는 것을 참아줬다. 하지만 아이를 임신한 뒤 모든 게 달라졌다. 남자는 이따금 자신이 진심으로 아이를 위해 한 가정에 머물기로 결심하고, 아이를 키울 수 있는 집을 지었을 때를 회상했다. 집이 막 완성됐을 때는 모든 게 완벽했다. 아이는 곧 태어날 예정이었고 집은 아주 특별했으며 아내도 원래의 온화함을 되찾았다. 하지만 그는 자신이 여전히 이 집을 떠나고 싶어하는 걸 알았다.

 남자는 가끔 몸속에 차오르는 조바심을 견디지 못하고 집을 떠나 등산을 가거나 친구들과 해외로 탐험 여행을 떠났다. 아내는 그러라고 말했지만 늘 냉담한 표정과 행동으로 그를 괴롭게 했다. 그리고 그가 집에 돌아왔을 때는 그를 낯선 사람처럼 대했다. 그래서 나중에는 아예 말없이 떠났다가 말없이 돌아왔다. 가끔 그 자신조차도 집 안으로 들어가야 할지 집 밖으로 뛰쳐나와야 할지 알 수 없었지만. 어쩌면 그런 이유로 남자는 섹스에서 위안을 찾았다. 외모가 반반했던 그는 타이완에서 자신과 잠자리를 하고 싶어하는 여자를 어렵지 않게 찾을 수 있었고, 심지어 아내의 제자와 밤을 보낸 적도 몇 번 있었다. 후회했지만 섹스는 신발 밑창에 끈적하게 들러붙은 껌처럼 거칠고 강렬한 방식으로 이미 그의 인생을 점령하고 있었다.

"그런데 난 산 위에서 보는 별이 어릴 적 본 별처럼 생생한 것 같아. 산에 올라가면 어린 시절로 돌아가는 것 같아. 아마 이게 내가 등산을 좋아하는 이유일 거야." 남자는 소년에게 말하는 것이 아니라 혼잣말을 하듯 계속 얘기하다가 한숨을 내쉬었다. "실제로 존재하지만 우리 눈에 보이지 않는 것들이 있어."

땅거미가 내려앉은 뒤, 남자는 손전등을 들고 소년과 함께 암벽 옆에 있는 수풀을 헤치며 딱정벌레를 찾았다. 장비를 가져오지 않았기 때문에 손전등을 하나 더 바닥에 받쳐놓고 흰색 티셔츠에 빛을 비춰 곤충을 유인했다. 효과가 썩 좋지는 않아 나방 몇 마리만 함정에 빠졌지만 그중 날개에 커다란 눈 모양 반점이 있는 왕휜줄태극나방이 있었다. 소년이 개정판 곤충도감 전자책을 열어 남자에게 보여주자 두 사람이 흡족한 표정을 지었다.

"내일은 암벽을 내려가 숲에서 야영할 거야. 숲에 앞장다리장수풍뎅이 서식지가 있을 것 같아. 곤충학자한테 물어봤거든. 희귀한 사슴벌레를 벌써 몇 마리나 잡았지? 거기서 하룻밤 야영을 하고 산을 내려가자. 다른 쪽 방향에서 산을 보여줄게. 거기서 계곡으로 곧장 넘어갈 수 있어. 아주 멋지지. 훌륭한 루트야. 나흘 동안 맑고 뒤에 비가 온다는 예보가 있어. 비가 오기 전에 집에 가야 해."

소년이 고개를 끄덕였다. 말수가 적은 탓에 소년은 실제 나이보다 더 조숙하게 보였다. 소년은 손전등을 들고 야영지 옆에 있는 수풀을 자세히 살펴봤다. 먼저 빛을 비춰 나무를 고른 뒤, 몇 그루를 유심히 관찰하다가 나무줄기를 따라 위아래로 손전등을 비췄다. 그러자 사슴벌레 대여섯 종을 찾을 수 있었다. 소년은 어떤 사슴벌레가 어떤 나무를 좋아하는지 알았다. 한 마리씩 잡을 때마다 텐트로 돌아와 포획한 장소와 종류, 시간을 노트에 자세히 적고 재빨리 길이를 잰 뒤 채집통에 하나씩 넣었다.

소년은 텐트에 들어간 지 얼마 되지 않아 잠이 들었다. 꿈에서 양치식물이 우거진 깊은 숲길을 혼자 걸었다. 멀리 보이는 희미한 빛을 향해 걷다가 개울을 건너려는데 삼바 한 무리도 개울을 가로질러 건너고 있었다. 삼바의 다리는 달빛도 지탱할 수 없을 만큼 가늘었지만 물 위에서 피아노를 치듯 아주 가볍게 달렸다. 하지만 소년이 다가가자 삼바가 물고기로 변한 듯 갑자기 사라져버렸다. 개울 반대편 기슭에 또 다른 숲이 펼쳐져 있었다. 소년은 자기 뒤에 뭔가 있는 것 같았다. 등 뒤로 아주아주 바짝 다가오는 축축한 기운이 느껴졌다.

꿈이 여기서 끝나고 소년이 천천히 깨어났다. 눈을 떠보니 비가 내리고 있었고 곁에 남자가 없었다. 소년은 남자가 잠시 뭘 하러 나갔다고 생각하고 눈을 뜬 채 기다렸다. 텐트를 덮은 레인 커버 위로 빗방울이 떨어지고 텐트 안쪽 벽에 알알이 물방울이 맺혔다. 텐트 안팎의 기온차가 큰 것 같았다.

'맑은 날이 이틀 줄었어.' 소년이 생각했다.

날이 밝았지만 남자는 돌아오지 않았다. 남자의 신발도, 등반 장비도 보이지 않았다. 소년이 우의를 입고 나가 야영지 부근을 찾아다녔지만 남자는 보이지 않았다. 멀리서 먹구름이 산꼭대기를 무겁게 뒤덮고, 비 냄새와 풀 냄새가 뒤섞였다. 비가 점점 더 많이 올 것 같았다.

소년은 통신기기를 켜야겠다고 생각했다. 여행 둘째 날 남자가 소년에게 아무도 찾을 수 없게 통신기기를 끄고 커다란 암벽을 몰래 등반하자고 했다. 그러나 지금 남자가 사라졌으므로 통신기기를 켜야만 누군가 아빠와 자신을 구하러 와줄 것 같았다. 하지만 바로 뒤이어 수중 200미터까지 자유롭게 잠수할 수 있고, 혼자서 돛단배를 타고 바다를 횡단하는 아빠에게 무슨 일이 생길 리 없다는 생각이 들었다. 통신기기를 켰다가 아빠가 돌아오면 자신을 나무랄 것 같았다.

그런 생각이 들면서 서서히 마음이 진정되자 소년은 텐트 전실에서 먹을거리를 준비하기 시작했다. 소년은 서툰 손길로 캠핑 버너에 불을 붙이고 배낭에서 음식 꾸러미를 꺼내 오트밀을 골랐다. 이십 분도 되지 않아 먹을 것이 완성됐다. 나흘 치 식량이 있었고, 물은 빗물을 받아서 해결할 수 있었다. 정수제가 어디 있는지도 알고 있으니 문제없었다. 소년이 감당해야 하는 것은 고요함이었다. 그렇다. 그저 조금 고요할 뿐이었고, 혼자였다. 문제는 단지 혼자라는 두려움뿐. 아무것도 두려워하지 않으면 아무 문제도 없었다.

다음 날도 기다림 속에서 지나갔다. 해가 질 때쯤 비가 더 세차게 쏟아졌다. 거의 앞이 보이지 않았고 물건과 장비가 비에 젖어 점점 추워졌다. 소년은 다시 통신기기를 켜야 한다는 생각이 들었지만 내일 아침까지 아빠가 돌아오지 않으면 그때 켜야겠다고 생각했다. '하룻밤 차이일 뿐이야.' 그날 밤 텐트에 누운 소년은 분명 제 심장이 뛰는 소리가 들렸지만 실제로 그의 마음은 아주 먼 곳에 있는 것 같았다. 소년은 또 꿈을 꿨고, 지난 꿈에서 이어진 꿈이었다.

소년이 고개를 돌려 보니 삼바가 바로 등 뒤에서 코를 벌름거리며 소년의 냄새를 맡고 있었다. 소년이 몸을 돌리자 제일 큰 삼바의 축축한 코가 바로 눈앞에 있었다. 소년이 몇 발짝 뒷걸음질을 치자 삼바가 몸을 돌려 도망치는데 꼬리가 반딧불처럼 반짝였다. 소년이 삼바를 뒤쫓아 달리는데 어느새 절벽을 따라 달리고 있는 걸 알았다. 삼바가 산양으로 변했고, 그들이 올 때 가로질러 온 숲과 비슷한 숲으로 뛰어 들어가더니 숲 끝에서 멈춰섰다. 이제 보니 삼바 한 무리와 산양 한 무리가 있었다. 소년은 자신이 쫓아온 삼바가 어느 삼바고, 자신이 쫓아온 산양이 어느 산양인지 알아볼 수 없었다.

나무와 삼바, 산양이 모두 소년을 바라보고 있었다.

잠시 후 삼바와 산양 뒤에 서 있는 한 남자가 소년의 눈에 들어왔다. 그는 산양 무리 중 한 마리의 귀를 가만히 쓰다듬고 있었다. 산양의 귀는 수많은 비밀을 들은 것처럼 뾰족하고 보드라운 털로 덮여 있었다.

우리 아빠는요? 소년이 물었다.

남자가 턱짓으로 앞을 가리켰다. 소년이 그쪽으로 시선을 돌리니 산이 아주 멀리 있었다. 소년은 거대한 암벽 앞에 서 있었다. 한 발짝 앞은 낭떠러지였다. 이윽고 눈앞에 초록빛 바다가 고요히 펼쳐지고 해원에 파도가 넘실대고 있었다.

9장

뢰르발은 푸른 바다에 사는 커다란 붉은 고래라는 뜻이라고 했다. 아문센은 푸른 바다에서 붉은 배를 가진 고래를 잡는 일에 저항할 수 없는 매력을 느꼈다.

24 해안도로

그 해변이 시야에 들어왔을 때, 사라는 코끝에 닿는 냄새가 대학 때 영국 식민사를 가르친 스튜어트 교수의 구취처럼 내장에서 오는 썩은 내임을 직감했다. 그는 이토록 기진맥진하고 무방비하며 속수무책인 바다를 본 적이 없었다. '기진맥진'이라는 단어 외에 다른 형용사가 떠오르지 않았다.

사실 그런 느낌은 개통된 지 몇 년 되지 않은 신설 도로를 달릴 때부터 있었다. 지도를 보니 기존 도로는 산과 바다가 맞닿는 가장자리에 있었지만 신설 도로는 이 섬에서 가장 아름다운 산들을 가로지르며 터널을 몇 개나 통과하고 있었다. 터널을 지날 때마다 볼트는 굴착 기술에 감탄을 금치 못했다.

볼트는 일부러 자동차 속도를 늦췄다. 리룽상에게 미쓰비시 SUV를 빌린 덕분에 두 사람은 기동성과 자유를 얻었다. 가끔 해변을 끼고 도는 구간에서는 차창 밖으로 태평양을 볼 수 있었다. 그러나 기대했던 새파란 바다와는 전혀 달랐다. 쓰레기가 파도에 떠밀려 다녀 햇빛이 수면에 반사되는 각도가 수시로 바뀌었고 어떤 곳에서는 무지개도 나타나 놀라울 정도로 화려했다. 그러나 자세히 보면 수면은 파란색이 아니라 어두운 납빛을 띠었다. 가끔 철도와 기차도 보였는데 어제 식사 자리에서 리룽샹이 얘기한 그 철도였다. 그는 이 구간 선로의 일부 지반이 바닷물에 유실되어 당국이 산 쪽으로 더 들어서 짓는 방안을 검토중이라고 했다. 일부 구간은 아마 산맥을 깎아내야 할 것이다. 리룽샹은 볼트에게 이 산들을 '관통'할 수 있는지 전문적인 의견을 물으며 가는 길에 지형을 자세히 살펴봐달라고 부탁했다.

"기술적인 문제보다는 꼭 필요한가의 문제일 거예요. 당신들이 어떤 섬을 원하는지가 제일 중요하죠." 볼트가 대답했다.

볼트와 사라는 유명한 칭수이 절벽*을 보기 위해 충더라는 곳에 들렀다. 가파른 절벽이 바다에 우뚝 솟아 있고, 파도가 각종 쓰레기를 실어다 절벽 밑을 거세게 두들기고 있었다. 관광객들이 차를 세우고 풍경을 감상하며 연방 탄성을 터뜨렸다. 사라는 절벽의 웅장함에도 놀랐지만, 해변이 이렇게 변해버렸다는 사실에 무심한 채 이마저도 진귀한 구경거리로 여기는 사람들의 태도에 더욱 놀랐다. 그는 종이처럼 얇은 태블릿을 켜 이 해안에 관한 자료를 찾아봤다.

---

*　타이완 화롄에 있는 절벽으로 바다에 거의 수직으로 솟은 거대한 절벽이 장관을 이룸.

이 섬에 온 지 이틀밖에 되지 않아 아직은 짧은 인상에 불과하지만, 사라는 섬사람들이 이런 공기를 마시는 일에 이미 익숙해졌으며 이제는 이런 바다를 보는 데도 차츰 익숙해지고 있음을 알았다. 그가 많은 영상에서 본 태평양의 원래 모습은 이미 사라진 뒤였다. 사라는 초등학교 때 아버지가 보여준 〈세계의 바다〉라는 다큐멘터리를 떠올렸다.

"봐. 저게 우리 태평양이야. 정말 장관이지?" 그때 사라는 노르웨이인에게는 노르웨이 해가 유일한 바다이고, 신이 노르웨이인에게 내린 은혜로운 선물이라고 생각했다. 지리 선생님은 북대서양 난류의 영향으로 북극해에서 유일하게 노르웨이 해만 일 년 내내 선박이 다닐 수 있다고 했다. '우리 노르웨이 해.' 사라는 지리 선생님이 이 단어를 말할 때의 표정을 아직도 기억했다. 하지만 아버지 아문센은 모든 바다를 "'우리' 바다"라고 했다. "'우리' 인도양" "'우리' 대서양" "'우리' 태평양".

사라의 아버지는 세계 최초로 남극 탐험에 성공한 탐험가 아문센과 이름이 같았다. 사람들은 그가 탐험을 좋아해서 아문센으로 개명했을 거라고 생각했지만 그는 자신을 소개할 때마다 탐험가와 같은 이름을 가졌기 때문에 탐험을 좋아하게 됐다고 말했다. 그와 동명이인인 위대한 아문센은 1903년부터 1906년까지 돛대가 하나뿐인 범선을 타고 북서항로를 개척한 탐험가였으며 자기북극도 발견했다. 그때 아문센은 2010년 이후, 지구 온난화로 인해 눈과 얼음으로 덮인 대지의 면적이 점점 축소되어 한 달간의 해빙기를 기다릴 필요 없이 사계절 내내 북서항로

항해가 가능하게 될 줄은 꿈에도 상상하지 못했을 것이다. 비유하자면 그건 밀림이 점점 작아지는 걸 지켜보기 위해 아마존 밀림을 발견한 것과 같다. 사라의 아버지 아문센은 탐험가 아문센이 이미 오래전에 죽어 이 모든 현실을 직접 보지 않아도 된다는 사실을 다행으로 여겼다.

사라의 아버지 아문센은 바다를 너무 사랑한 나머지 젊은 시절 건축가의 길을 포기하고 어부로 직업을 바꿨다. 사라의 어머니는 늘 바다에 나가 있는 남편을 견디지 못해 사라를 항구에 있는 친구 집에 맡기고 어디론가 떠나버렸다. 대부분의 사람이 어떤 일을 하기로 처음 결심한 때를 기억하지 못하는 것처럼, 사라는 어머니에 대한 기억이 거의 남아 있지 않았다. 아문센은 이혼 후에도 매년 배를 타고 바다에 나가 열빙어, 대구, 청대구, 청어를 잡고, 가끔은 물고기 떼를 쫓아 북대서양 서쪽까지 갔다 왔다. 옛날에도 대구잡이 어부들이 콜럼버스보다 일찍 신대륙을 발견했지만 자기들만 아는 어장을 지키기 위해 비밀로 했다는 설도 있었다.

아문센의 동료들은 아내의 갑작스러운 떠남에 그가 얼마나 슬퍼했는지 알아차리지 못했고, 다만 그가 어린 사라를 데리고 배에 오르는 일이 부쩍 잦아졌다고만 생각했다. 사라는 유년기의 대부분을 바다에서 보냈다고 해도 과언이 아니다. 아마도 이것이 훗날 그가 해양생태학자에 걸맞은 재능과 신념을 갖게 된 중요한 이유일 것이다.

아문센은 매년 고래를 한 마리씩 잡았다. 주로 긴수염고래나 향유고래처럼 몸집이 큰 고래만 잡았는데 이것은 그가 노르웨이 어부로서 지키는 작은 자부심이자 존엄이었다. 노르웨이어로 긴수염고래는 뢰르발rørhval이라고 불리며 '주름이 있는 고래'를 뜻한다고 알려져 있다. 발hval은 고래, 뢰르rør는 주름을 뜻하기 때문이다. 하지만 아문센은 그건 틀린 해석이며 뢰르rør는 '빨강'이라는 뜻으로 해석해야 한다고 했다. 긴수염고래의 목주름이 벌어져 팽창할 때 그 부분이 충혈되어 붉게 변하기 때문에 붙은 이름이라는 것이다. 따라서 뢰르발은 푸른 바다에 사는 커다란 붉은 고래라는 뜻이라고 했다. 아문센은 푸른 바다에서 붉은 배를 가진 고래를 잡는 일에 저항할 수 없는 매력을 느꼈다. 노르웨이의 고래잡이들이 국제적으로 많은 압력을 받았지만 아문센은 고집을 꺾지 않았다. 그는 "작살총이나 포경포를 쓰지 않고 전통적인 작살만 사용해 고래를 잡고 있소. 생존을 위한 결투인데 이 정도도 안 된단 말이오? 게다가 난 일 년에 단 한 마리만 잡소!"라고 항변했다. 아문센은 일천여 년 전 바스크인이 발명하고 노르웨이인이 개량한 포경 방식을 사용했다. 망루에 있는 선원이 고래를 발견하면 고래잡이들이 작은 배에 나눠 타고 다가가 고래를 포위한 뒤 고래 등을 향해 작살을 던졌는데, 작살마다 속이 빈 큰 호박이 매달려 있어서 고래가 전력으로 도망칠수록 체력이 빠르게 소진됐다. 도망치던 고래가 힘이 다 빠져 숨구멍으로 피를 내뿜기 시작하면 고래잡이들이 고래의 급소를 조준해 이 거대한 생명의 숨통을 끊었다.

일부 동물보호 단체는 작살을 이용한 포경이 고래를 더 고통스럽고 잔인하게 죽인다고 주장했지만 아문센은 그런 비난을 받아들일 수 없었다. "그 어떤 생명에게도 죽음은 고통스러운 것이오. 고통 없는 생명은 존엄성도 없소. 우리는 고래를 존경하기 때문에 최대한 빨리 죽이려고 하지 않고, 일부러 그들을 고통스럽게 하지도 않소. 우리는 우리 자신의 생명을 걸고 그들의 생명과 바꾸는 것이오. 내가 그를 죽이거나 그가 나를 죽이거나 둘 중 하나요. 상업적인 포경꾼들이 고래를 멸종시키는 것은 나도 용납할 수 없소. 당신들이 막아야 할 사람들은 우리가 아니라 바로 그들이라는 걸 똑똑히 아시오!"

아문센은 일당백의 기세로 자기 주장을 당당히 펼쳤다. 요즘 배는 옛날 배보다 훨씬 빠르기 때문에 그는 일부러 무동력 보트를 사용했다. "내 손에서 죽는 고래는 적어도 최후의 순간에 존엄을 지키며 숨을 거둡니다. 그들에게도 내 목숨을 빼앗을 기회가 있소." 그는 가끔 아직 어려서 말을 잘 이해하지 못하는 사라에게도 이렇게 말했다. "인간도 먹이사슬의 일부란다. 적당한 고래 사냥은 동물을 멸종시키지 않아. 옛날 스칸디나비아의 어부들은 고래 사냥을 통해 강인함을 길렀어. 잘 기억하렴, 딸아."

친구들은 아문센이 강인하고 냉정한 노르웨이인의 전형이라고 생각했지만 어린 사라는 아무도 보지 못한 아문센의 약한 면을 본 적이 있었다. 아문센은 종종 밤중에 자기 배 선창에 앉아 낚싯바늘을 자기 팔 살갗에 끼우고 다른 손으로 낚싯줄을 잡아당겼다. 그러고 나면 구불구불한 흉터가 남았는데, 흉터가 점점 팔 전체를 가득 채워 바다에 나가 조업할 때 그가 힘을 주면 옆에 있는 사람이 깜짝 놀랐다. 하루는 어린 사라가 아침을 먹다가 아문센에게 낚싯바늘로 자신을 찌르는 이유를 물었다. 그러자 아문센이 잠시 생각에 잠겼다가 이렇게 대답했다. "물고기의 기분을 느끼기 위해서란다."

 어느 정도 세월이 흐른 뒤, 아문센은 쉰 살이 되면 고래잡이를 그만두겠다고 했다. 그해에 그는 친구들과 배를 타고 긴수염고래 한 쌍을 쫓아 북대서양을 누비며 사투를 벌이다가 마침내 길이 18미터의 수컷 고래를 죽이고, 그보다 더 큰 암컷 고래는 놓아줬다. 암컷 고래는 잡지 않겠다고 약속했기 때문이다. 하지만 암컷 고래가 도망치면서 꼬리로 그들의 배를 후려치는 바람에 선체에 금이 가고 엔진도 고장 나버렸다. 아문센과 친구들은 이미 잡은 수컷 고래도 바다에 버린 뒤 배에 물이 차오르지 못하게 막고 해류를 따라 표류하며 구조 신호를 보냈다. 소형 구명보트로 뛰어내려 배를 버릴 준비까지 했을 때, 때마침 지나가던 캐나다 어선이 그물을 던져 그들을 구조해 캐나다로 데려갔다.
 이미 늦가을이었으므로 아문센은 당분간 캐나다에 머물면서 작은 배를 빌려 미시시피 강을 따라 여행하기로 했다. 그는 어려서 마크 트웨인의 《톰 소여의 모험》을 각색한 애니메이션을 보며 미시시피 강 여행을 꿈꿨다. 톰, 허크, 톰, 허크. 아문센은 배를 타고 노래를 흥얼거리며 뜻밖의 여행 기회를 얻을 수 있어서 행운이라고 생각했다.
 초봄에 캐나다로 다시 돌아온 그는 친구들과 만나 수리를 마친 배를 찾으러 갔다. 그때 켄트라는 선원이 자기 고향에 가서 물범 사냥을 함께 하자고 제안했다. 켄트의 고향인 래브라도 주는 유명한 하프물범 서식지였다. 아문센은 유럽에서 물범 사냥을 해봤는데 그리 어려운 사냥은 아니었다. 모험을 좋아하는 아문센에게 선뜻 구미가 당기는 제안은 아니었지만 켄트의 적극적인 제안을 거절할 수 없어서 그러기로 했다.

마침 새끼를 밴 하프물범이 새끼를 낳고 기르기 위해 해변으로 몰려드는 계절이었다. 아문센과 켄트, 또 다른 사냥꾼들이 배를 빙원 근처에 정박하고 물범이 있는 유빙 지역까지 걸어서 이동했다. 추운 나라에서 온 아문센은 눈과 얼음으로 뒤덮인 회색빛 대지에 친근감을 느꼈다. 물범 무리가 현장학습을 나와 경치를 감상하는 초등학생처럼 한가로이 얼음 위에 엎드려 있었다.

사냥하러 가는 동안 켄트가 물범 사냥에 대한 지식을 아문센에게 전해줬다. "갓 태어난 물범은 온몸이 하얀 털로 덮여 있기 때문에 '하얀 코트white coats'라고 불러요. 그리고 이 주가 지나면 흰털이 은빛 털로 바뀌어서 '낡은 재킷ragged jackets'이라고 부르는데 약 십구 일이 지나면 흰 털이 다 빠지고 은회색의 '비터'*가 된답니다. 예전에 유럽에서 모피가 유행할 때 귀부인들이 제일 선호하는 모피는 하얀 코트 털이었는데 지금은 비터 외에는 사냥할 수 없도록 법적으로 금지되어 있어요. 사실 난 뭐가 다른지 모르겠어요. 하얀 코트를 죽이든 비터를 죽이든 물범 한 마리를

---

* beater, 헤엄을 잘 못 치고 수면을 때리기만 한다는 뜻으로 붙은 이름.

죽이는 건 마찬가지 아닙니까?"

"엽총이 없는데 한 자루 빌려줄 수 있어요?"

"물론이죠."

다음 날 켄트가 그에게 건넨 건 총이 아니라 특수 제작한 몽둥이였다. 야구방망이 길이의 몽둥이 앞부분에 쇠갈고리가 박혀 있었다.

"이걸 어떻게 씁니까?" 아문센이 의아한 듯 물었다.

"물범의 머리요. 머리를 이걸로 쳐요. 쿵. 그러면 끝이죠. 노련한 사냥꾼은 한 방으로 끝내고 그 자리에서 껍질도 벗겨요." 켄트가 말했다. "게임 시작합시다."

일행이 유빙 지역으로 들어가자 물범들이 놀라 울부짖으며 뿔뿔이 도망쳐 물속으로 뛰어들었다. 물범은 얼음 위에서는 빠르게 움직이지 못하지만 일단 물속으로 들어가고 나면 사냥꾼도 어쩔 방도가 없었다. 하지만 어린 물범의 경우 빠르게 뛰지도 못하고, 간혹 수영 실력이 서툴러 과감하게 물에 뛰어들지 못하고 주저하다가 사냥꾼의 몽둥이를 맞을 때도 있었다. 옆에서 사냥하는 광경을 보던 아문센은 자신처럼 건장한 사내도 물범을 한 방에 때려잡기는 쉽지 않다는 것을 알았다. 특히 유빙이 조금씩 흔들리고 물범도 요리조리 도망쳐 다니는 상황에서는 정확히 급소를 향해 일격을 날리기가 어려웠다. 그 때문에 대다수 물범은 여러 대 두들겨 맞고 피투성이가 된 채 울부짖으며 도망쳤다. 몽둥이를 맞고 기절하거나 다쳐서 더는 저항할 수 없는 물범은 사냥꾼이 몽둥이를 휙 돌려 반대쪽에 있는 갈고리로 목을 낚아챈 뒤 배가 있는 쪽으로 끌고 갔다. 그러면 몽둥이가 다친 것처럼 몽둥이 끝에서 피가 흘렀다.

하지만 물범이 사냥꾼을 공격하려 들지 않았기 때문에 아문센은 끝내 아무것도 할 수 없었다. 그에게 있어 옛 시대의 고래 사냥, 그러니까 적어도 고래 사냥이 스칸디나비아 문화의 중요한 일부라고 믿는 그와 그의 동료들이 해온 고래 사냥은 목숨을 걸어야 하는 일이었다. 하지만 그 순간 그의 앞에 있는 건, 어린 시절 우리가 한때 지닌 커다란 눈망울과 응애응애 우는 소리를 가진 지극히 연약한 생물이었다. 그는 도저히 그들에게 몽둥이를 휘두를 수 없었다. "차라리 총을 쓰는 게 낫겠어." 아문센은 어떤 도구를 사용해 살육하는가에 따라 살육의 의미가 달라진다는 걸 처음 알았다.

배가 있는 곳까지 끌려간 물범은 즉시 가죽이 벗겨졌다. 사냥꾼은 물범 머리에 난 상처에서 시작해 날카로운 칼로 가죽을 가른 뒤, 꽉 끼는 청바지를 벗기듯 두 사람이 함께 잡고 천천히 가죽을 벗겼다. 물범의 피가 흰 얼음 위로 쉬지 않고 흘러내렸다.

눈꺼풀까지 다 벗겨져 미끈한 눈만 덩그러니 남은 채 눈과 얼음 위에 내던져진 물범들의 모습에 사냥에 익숙한 아문센도 등줄기가 선득했다.

"죽은 뒤에 가죽을 벗기지 그래요?"

"살아있을 때 벗겨야 빠르거든요." 켄트가 그의 걱정스러운 표정을 보고 말했다. "난 물범이 죽었는지 꼭 확인하는 편이지만,

물범의 두개골이 깨졌는지 확인하지 않는 사냥꾼이 많은 게 사실이에요. 그래도 그들을 탓할 순 없어요. 시간이 돈이니까. 안 그래요?"

알피라는 베테랑 사냥꾼은 수컷 물범 두 마리를 잡아 생식기만 자르고 가죽은 벗기지 않았다.

아문센이 그걸 보고 물었다. "물범의 생식기를 사려는 사람이 있어요?"

"다 자란 수컷 물범의 가죽은 값이 안 나가지만 생식기는 비싸게 팔려요. 아시아인이 먹죠. 그걸 먹으면 물범처럼 정력이 강해진다고 생각한대요. 물범 생식기를 먹는 그 바보들을 탓해야지요." 켄트가 웃으며 말했다. "사실 물범은 나보다도 정력이 약한걸요."

돌아오는 길에 아문센은 입을 꾹 닫고 한마디도 하지 않았다. 그는 켄트를 탓하지도, 다른 사냥꾼을 탓하지도, 자기 자신을 탓하지도 않았다……. 자신의 신념이 틀렸다는 생각은 들지 않았지만, 몸의 어느 부분이 텅 빈 느낌이 들었다. 켄트는 아문센의 눈동자에 비친 의구심과 상심, 힐난을 알아챘으며 오래전 그 자신도 마음속으로 자문한 의문이 다시 떠오르는 것을 느꼈다. 그는 친구의 시선을 피한 채 그의 어깨를 툭툭 두드리며 말했다. "사냥꾼의 생활도 녹록지 않아요. 이 일로는 겨우 입에 풀칠이나 할 수 있을 정도죠. 돈은 중간상이 다 가져가요. 이 사람들은 물범 사냥 말고 할 줄 아는 게 없어요. 물범 사냥을 금지하면 누군가는 생계가 흔들릴 수도 있어요."

이때 아문센의 가슴속 어딘가가 미세하게 떨렸다.

몇 달 뒤 노르웨이로 돌아온 아문센은 사라가 만든 생선절임을 먹다가 생선 눈알이 빠지고 오목하게 남은 자리를 본 순간, 눈동자를 되록되록 굴리던 초등학생 같은 물범의 눈빛이 불현듯 떠올랐다. 그는 자신이 충격을 받은 대상이 물범을 '죽이는' 일 자체가 아니라 죽이는 '방식'이었음을 깨달았다. 인류가 생존을 위해 다른 생명을 죽여야 한다는 사실은 바꿀 수 없다. 이누이트가 생존을 위해 물범을 잡는 것처럼 선악을 따질 수 있는 일이 아니다. 하지만 지금 사람들은 생존을 위해 물범을 죽이는 것이 아니며, 더 중요한 점은 사냥꾼들에게 물범의 고통을 살필 수 있는 체력도, 능력도 충분히 있지만 그럴 마음이 없다는 사실이었다. 오랜 시간 수없는 반복을 거치며 그들의 마음은 차츰 돌이 됐을 것이다. 생존을 위해 사냥하던 시절에는 사냥꾼들의 마음이 돌멩이 같지 않았다. 그들에게는 기대에 부풀어 그들이 돌아오길 기다리는 가족이 있었으므로 자신에게 잡힌 동물에게 고마워하는 마음이 있었다. 하지만 그가 본 물범 사냥은 그렇지 않았다. 모든 게 달라져 있었다.

그래서 그는 식탁에서 나이프와 포크를 내려놓고 사라에게 그날의 물범 사냥에 대해 얘기했다.

"아버지는 그게 옳지 않다고 생각하시는 거죠?"

"모르겠다. 지금은 물범의 개체 수가 많지. 그런데 고래도 개체 수가 많던 시절이 있었어. 사람들이 고래를 동정하지 않고 소모품으로만 여기며 마구잡이로 잡아다가 가장 두꺼운 고래기름만 잘라내고 다른 건 버렸지. 결국 바다에 고래가 점점 줄어들었어. 요즘 난 설사 고래와 물범의 개체 수가 많다고 해도, 우리가 생계를 유지할 수 있는 만큼만 사냥해야 한다는 생각이 들어."

"그러니까 아버지 말씀은……."

"이것이 생물종 하나의 생존 문제만이 아니라는 생각이 점점 드는구나. 우리가 왜 필요 이상의 것을 가지려 하는가의 문제인 것 같아."

"참, 물범 생식기는 어디에 판대요?" 그때 사라는 자신이 본 음경을 떠올렸다. 학교 친구 두 명의 것이었는데 그중 하나는 아르바이트를 하다가 만난 친구였다. 그들의 음경을 손에 쥐었을 때 몹시 뜨거웠고 그 안에 살아있는 무언가가 있는 것 같았다.

"중국, 홍콩이나 타이완이겠지." 아문센이 접시에 있는 달걀 반숙을 휘저으며 말했다. "사라, 내 어부 친구들의 마음은 아직 돌로 변하지 않았단다. 대부분은 생계를 위한 어쩔 수 없는 선택이야. 하지만 바다에 나오지 않고 히터 앞에서 돈만 세는 사장의 마음은 돌덩이처럼 피 한 방울도 흘리지 않아."

사라는 그때 아문센의 얼굴 위로 내려앉은 아름다운 연민을 지금도 기억했다. 사라는 다른 동물의 얼굴에서 그런 표정을 본 적이 없었다. 아문센의 눈동자가 마치 겹눈인 것처럼 가물가물 반짝였다. "사라, 난 이제 바다 사냥꾼으로 살지 않을 생각이다. 바다 사냥꾼을 그만둬야 할 때가 왔어. 지금 바뀌지 않으면 내가 헛된 삶을 살았다고 느낄 것 같아."

아문센은 자기 자신과의 약속을 지켰다. 그해 그는 배를 팔고 물범 사냥에 반대하는 국제 운동 단체에 가입한 뒤 캐나다에 가서 반대 운동을 펼쳤으며 노르웨이에서도 상업적 포경에 반대하는 운동에 참여했다. 아문센은 그때 이후로 대서양 양쪽에게 골칫거리 같은 존재가 됐다.

사라는 아버지가 말한 '우리 태평양'을 보며 만감이 교차했다.
해변은 '일시적으로' 정리되기는 했지만 파도가 밀려올 때마다 또 다른 쓰레기 소용돌이에서 떨어져 나온 쓰레기가 다시 해변에 흩뿌려졌다. 마치 그 섬이 지금 자신이 딛고 있는 이 섬과 하나가 되길 원하는 것 같았다.

리룽샹은 다른 용무가 있어서 원래 D대학 교수로 있는 친구에게 볼트와 사라의 가이드가 되어달라고 부탁하려고 했지만 등산을 잘 아는 친구가 더 적합할 것 같았다. "다허라는 친구가 있는데 원주민이에요. 타이완을 여행할 때, 특히 타이완 동부를 여행할 때는 원주민이 최고의 가이드랍니다."
차가 마지막 강의 다리를 건너자마자 붉은 두건을 머리에 묶은 까무잡잡한 피부의 남자가 그들에게 손을 흔들었다. 사라는 키가 크지 않고 우수에 찬 눈동자를 가진 그 남자에게 한눈에 호감이 생겼다. 그의 동작 하나하나에서 가식 없는 솔직함이 느껴졌다.
"사라 씨, 볼트 씨, 반갑습니다."

"저는 다허라고 합니다." 다허가 볼트 대신 운전석에 앉았다. 차로 삼십 분쯤 달리자 바다 위 집 근처 해안선이 나왔다.

이곳 바다는 아까 본 바다와는 상황이 또 달랐다. 해안선이 약간 구부러진 만을 이루고 있어 시선을 아무리 멀리 둬도 쓰레기 소용돌이의 끝이 보이지 않았다.

"복구 작업은 어떻게 하고 있어요?"

"우선 쓰레기를 분류하고 있어요. 근처 폐지 공장에 분해 탱크 다섯 개를 설치하고 분해 가능한 쓰레기는 그쪽으로 옮겨서 먼저 처리하죠. 값이 나가는 쓰레기는 또 다른 곳으로 보내서 분리수거하고요. 살아서 구조된 동물들은 전문가들이 연구할 수 있도록 근처 대학으로 보내요." 다허가 말했다. "아홉 구역으로 나눠서 작업하고 있지만, 솔직히 인력이 많이 부족해요."

"이곳 주민들은요?"

"대부분 팡차예요. 여기 아미족은 스스로를 팡차라고 불러요. 그들 대부분이 복구 작업에 참여하고 있어요. 해안이 망가지고 어장도 망가질까 봐 걱정이에요. 그러면 팡차의 해양 문화도 일정 부분 사라지게 될 테니까요. 한족에게 바다 오염은 단지 돈과 관련된 문제일 뿐이지만, 팡차에게 바다는 그들의 조상이에요. 바다에 관한 신화가 아주 많죠. 조상이 없으면 어떻게 사람이 되겠어요?"

"당신도 팡차예요?"

"아뇨. 전 부눈족이에요." 다허가 말했다.

"부눈Bunun은 진정한 '사람'이라는 뜻이에요."

사라는 완벽히 이해했다. 세계 각지의 모든 종족은 처음에 자신들만이 '진정한 사람'이라고 생각했으므로.

저녁은 다허의 집에서 먹었다. 집에 한 소녀와 여자가 있었다. 소녀는 다허의 딸로 우마프라는 귀여운 이름을 갖고 있었다. 또 다른 여자를 소개할 때 다허는 그가 자신의 아내인지 아닌지 말하지 않고 이름이 하파이라고만 했지만, 사라는 아내가 아닌 것 같다고 생각했다. 하파이와 다허의 관계는 언뜻 자신과 볼트와 비슷한 듯했지만 그보다는 논지가 불분명한 논문에 더 가까워 보였다. 팡차가 흔히 먹는 산나물로 만든 음식이 주를 이뤘고 해산물은 없었다. 우마프와 하파이는 영어를 할 줄 몰라 대부분 다허가 얘기했다.

"우리 음식에는 항상 해산물이 빠지지 않지만 지금은 없어요. 왜 그런지는 아시겠죠."

"괜찮아요. 아주 훌륭하고 풍성해요. 사실 미래에는 우리가 해산물을 먹을 수 있을지 알 수 없잖아요. 조금 일찍 초식동물이 되는 것도 나쁘지 않아요." 볼트가 웃으며 말하자 모두 힘없이 웃음을 터뜨렸다.

이 섬이 부채를 상환하기 시작한 것 같다고, 사라는 생각했다.

25 산길

그날 밤 앨리스는 혼자 일어나 손전등을 들고 산을 내려갔다. 여전히 부슬부슬 비가 내렸다. 이달 들어 타이완 동부에는 오늘까지 열여드레째 비가 계속되고 있었다. 타이둥으로 가는 고속도로와 철도 일부 구간은 바닷물에 침수됐고, 핑둥 지역에서는 지반 침하가 심각한 해안 마을 일부가 폐쇄되고 주민들이 전부 대피했다는 소식도 들렸다.

길이 잘 보이지 않았지만 앨리스는 제법 빠르게 걸었다. 산에 대한 두려움이 줄어들고 있었다. 산을 내려가는 방향에 있는 길과 길 주변에 있는 나무와 풀의 성장 속도에 익숙해졌다. 산도 사람과 마찬가지로 알면 알수록 두려움이 줄어든다는 걸 알았다. 하지만 그렇다고 해도 속으로 무슨 생각을 품고 있는지는 결코 알 수 없다. 상대가 바로 다음 순간 어떤 행동을 할지 모르는 것처럼, 산도 지금 당장 무슨 일을 할지 아무도 모른다.

해변에 다다르자 앨리스는 만감이 교차하는 심정으로 한때 아주 익숙했지만 지금은 너무도 낯설어진 해안선 가운데 섰다. 거주민이 비교적 많은 지역이기 때문에 기본적인 청소는 마친 뒤였지만 바닷물은 쉬지 않고 밀려다녔고, 쓰레기 섬이 차지한 해역의 면적이 타이완 전체보다 훨씬 넓었다. 그러므로 뒤이어 밀려온 쓰레기 파도가 금세 쓰레기를 걷어낸 틈을 다시 메웠다. 만조선이 바다 위 집보다 최소 50미터나 더 들어와 도로 가장자리에 맞닿아 있었고, 각종 쓰레기가 섞인 바닷물이 집을 에워싸고 있었다. 썰물이 시작되는 시간이었으므로 앨리스는 티셔츠를 벗어 방수 가방에 넣은 뒤 수영복 차림으로 아직 무너지지 않은 도로의 경사면을 따라 바다로 나갔다.

처음에는 종아리쯤 되는 깊이였지만 금세 발밑이 훅 꺼지며 사람 키보다 훨씬 깊어졌다. 차가운 바닷물에 앨리스의 몸이 잠깐 뻣뻣해졌지만 금세 이완됐다.

어두운 밤에는 바닷물이 먹물처럼 검다는 걸 앨리스는 처음 알았다. 물결 따라 흐르는 가로등 불빛이 반짝이는 씨줄과 날줄이 되어 아무도 알지 못하는 무언가를 직조하는 것 같았다. 앨리스는 물안경을 쓰고 소형 수중 호흡기를 등에 멘 뒤 잠수를 시작했다. 각종 플라스틱이 다양한 자태로 물속을 떠다녔다. 헤드랜턴 불빛 사이를 빽빽하게 채운 그것들은 마치 처음 보는 외계 생명체 같았다.

바다 위 집에 가까워지자 수면이 집 이 층 삼분의 이 높이까지 차올라 있었다. 모든 창문이 부서지고 한쪽 담장에 큰 구멍이 난 데다가 절반이 무너져 바다에서도 집 안을 들여다볼 수 있었다. 앨리스는 부서진 구멍을 통해 집으로 '잠수해' 들어간 뒤 기억을 더듬어 자기 방을 찾았다. 수압에 눌려 방문이 묵직했지만 문 아래에 부서진 구멍이 있어서 힘껏 밀어 열 수 있었다. 복도를 따라 헤엄쳐 들어가자 토토의 방이 나왔다. 방문이 열려 온갖 쓰레기가 안으로 밀려들어가고, 방에 있던 물건은 밖으로 쓸려 나오거나 쓰레기와 뒤섞였다. 고개를 들어 천장을 보니 야콥센과 토토가 그린 산 지도는 온전하게 남아 있었다. 앨리스는 그 지도에서 처음 보는 등반 노선을 발견했다.

그동안 앨리스는 다허에게 야콥센의 시신이 발견된 지점을 몇 번이나 물었지만 끝내 대답을 듣지 못했다. 다허와 경찰 사이에 암묵적인 합의가 있었는지 경찰도 산의 이름만 말해줄 뿐 정확한 위치는 시신을 찾은 사람만 알지 않겠느냐고 했다.
"우리가 시신을 메고 내려온 건 아니잖아요." 사건을 담당한 통통한 경찰관이 말했다.
처음에 야콥센과 토토가 실종됐을 때, 앨리스는 주위의 만류를 뿌리치고 자신도 수색대와 동행하겠다고 고집했다. 그래서 야콥센이 신고한 등반 루트를 알고 있었다. 하지만 다허가 야콥센의 시신을 발견한 산은 야콥센이 신고한 루트가 아니었다. 두 산이 연결되어 있기는 하지만 야콥센이 등반 루트를 신고할 때 그 산의 등반 허가증은 받지 않았다. 그는 왜 다른 산에서 발견됐을까?

그날, 앨리스는 사냥용 오두막에서 글을 쓰다가 불현듯 토토의 방 천장을 떠올렸다.

앨리스는 지금 그 천장 밑에서 지도를 올려다보고 있었다. 처음에는 약간 헷갈렸지만 요즘 수많은 지도를 봤기 때문에 금세 루트를 찾아낼 수 있었다. 앨리스의 예상대로 야콥센은…… 아니, 야콥센과 토토는 앨리스가 모르는 다른 루트를 등반하기로 함께 계획했을 것이다. 그들은 원래 신고한 루트를 벗어나 다른 산으로 옮겨갔고, 수색대는 그것도 모른 채 그들이 관제소에 신고한 루트만 샅샅이 뒤진 것이다. 그들의 실제 등반 루트는 천장에 그려져 있었다. 지도상의 루트를 눈으로 따라가며 앨리스는 입구, 길, 하늘, 돌멩이, 시냇물, 비가 눈앞에 보이는 듯했다.

바닷물. 등반 루트.

깊은 잠 같은 바다에서 올라와 다시 뭍에 발을 디딘 앨리스는 자신이 소리 없이 해변으로 밀려 올라온 외로운 고래가 된 기분이었다. 해안의 바위처럼 부서진 마음이 죽은 조개처럼 단단히 닫혔다.

다음 날 밤 앨리스는 사냥용 오두막의 바깥쪽 벽에 커다란 백지를 붙이고 3D 프로젝터로 그 위에 타이완 지도를 투사한 뒤 아트리에에게 그것이 '지도'라고 알려줬다. "우리가 사는 곳 어디든 이런 지도를 그릴 수 있어. 지도가 있으면 사람들에게 길을 알려줄 수 있고, 낯선 곳에서도 길을 찾을 수 있어." 앨리스가 어리둥절한 아트리에의 눈을 보며 말했다. "네가 지도를 볼 줄 안다면 말이지."

앨리스가 레이저포인터로 지도에서 타이완을 가리키며 말했다. "우리가 지금 이 섬에 있어. 네가 온 섬의 위치를 찾을 수 있겠니? 와요와요 섬을?" 아트리에가 우울한 미소만 지었다.

"아니에요, 땅, 여기." 아트리에가 땅바닥을 가리키며 흙을 한 줌 집어 올렸다. "아니에요, 저기."

"아트리에, 알아듣지 못했구나. 지도는 우리 땅을 축소해서 종이에 그려놓은 거야. 세계가 이 그림에 다 들어 있어. 더 많지도 더 적지도 않게." 앨리스는 자기 설명이 적절치 않다고 느꼈지만 어차피 아트리에는 이해하지 못할 테니 상관없었다.

"바다도, 지도가, 될 수 있어요?"

"물론이지. 바다 지도라는 게 있어." 앨리스가 남태평양의 한 점을 가리켰다. "내 생각에 와요와요 섬이 이쯤에 있는 것 같아."

앨리스가 다른 지도로 화면을 바꿨다. 섬의 중부를 관통하는 산맥의 일부분으로, 등고선과 구불구불한 등반 루트가 어지럽게 그려져 있었다. 붉은색 노선은 토토의 방 천장에서 본 루트를 기억을 더듬어 그린 것이었다. 야콥센과 토토가 실제로 올라간 산의 등반 루트였다.

"지금 우리가 있는 곳이 여기인데, 저기 가고 싶어. 이해하겠니? 난 저기 가고 싶어." 앨리스는 아트리에가 알아들었다고 고개를 끄덕일 때까지 반복해서 노선을 가리켰다.

"너도." 앨리스가 아트리에를 가리켰다. "나랑 같이 가겠니? 나랑 같이 가자."

"멀어요?"

"가깝지는 않지." 그때 갑자기 커다란 산누에나방이 날아와 지도 위에 앉았다. 어떤 표식처럼, 기호처럼, 중간에 삽입된 짧은 문장처럼 앉아서 날개에 있는 커다란 눈으로 그를 응시했다.

"쟤는요?" 아트리에가 오하요를 가리켰다.

"오하요는 여기서 기다릴 거야. 그렇지, 오하요? 넌 이 근처에서 우리가 돌아오길 기다릴 거지? 아니면 다허와 함께 있을래?" 오하요가 싫다는 듯 달콤한 울음소리를 몇 번 냈다. 산에서 자유롭게 놀고 싶은 듯했다.

앨리스는 며칠 동안 도서관에 가서 야콥센과 토토가 계획한 루트의 등반 기록을 전부 찾아 공부하고, 필요할 것 같은 장비를 구입했으며, 아트리에가 쓸 배낭과 텐트도 새로 샀다. 아트리에가 원래 쓰던 텐트와 달리 최신형 초경량 텐트였는데, 유선형 디자인과 기류 순환 시스템을 통해 텐트 외부에 보이지 않는 기류를 만들어 빗물이 천장에 미치는 영향을 줄이고 텐트 내부를 건조하게 유지했다. 앨리스가 아트리에와 함께 가려는 이유는 첫째, 아트리에를 누구에게 맡겨야 할지 모르겠고, 둘째, 혼자서는 산속에서 생존할 수 없기 때문에 의지할 사람이 필요해서였다. 바다 곳곳에 도사린 죽음의 함정을 피해 살아남은 아이이므로 지도상에 붉게 표시한 지점까지 갈 수 있게 도와줄 거라는 이기적인 생각도 있었다.

붉게 표시한 저곳에 기대한 암벽이 있었다. 등산동호회 사람에게 물어보니 그곳에는 거대한 암벽밖에 없는 데다가 대지진으로 형성된 절벽이라는 불안정성 때문에 그쪽 루트를 택하는 사람이 거의 없다고 했다. 또 반드시 거쳐야 하는 종주 코스도 아니고, 정상을 뜻하는 삼각점도 아니었다.

"암벽등반을 할 게 아니면 그쪽 루트로 가는 건 의미가 없어요." 등산동호회 코치가 말했다.

앨리스는 일기예보를 보고 근 삼 개월 내에 거의 유일하게 맑은 날이 이어지는 날짜를 선택해 출발했다. 기상전문가는 운이 좋다면 맑은 날이 대엿새 동안 계속될 수 있다고 했다.

출발하는 날 앨리스가 앞장서고 아트리에가 뒤를 따라 등반 루트로 향했다. 일부러 지도상에 없는 길을 골랐는데, 계곡 좌측에 있는 원주민 부락과 발전소를 우회해 검문소를 지나치지 않고 산을 오를 수 있는 길이었다. 원주민 부락은 몇 년 전부터 뉴스에 자주 등장하는 사키자야 부락이었다. 그들은 몇 년간 산사태가 빈발해 차츰 활성화되던 관광객유치 사업을 중단해야 했지만, 계곡을 따라 중앙 산맥으로 향하는 이 산길은 혼자 온 등반객이 가장 선호하는 루트였다.

다음 날 그들은 이미 깊은 산속에 있었다. 좁은 길이 협곡과 낭떠러지에 바짝 붙어 길게 이어졌는데 이처럼 강물에 깎여 형성된 깊은 골짜기는 타이완 섬 동부 산맥에서 흔히 볼 수 있는 지형이었다. 아트리에는 그동안 앨리스와 사냥용 오두막에서 살았지만 산 전체 모습을 본 적이 없었다. 그는 안개가 뭉게뭉게 피어오르며 계속 변하는 풍경을 보면서 몇 번이나 와요와요의 특별한 손동작으로 경의를 표했다.

셋째 날 새벽 두 사람이 계속 걷는데 바람에 구름이 걷히며 산그늘이 내려앉은 곳에 빗방울이 떨어지기 시작했다. 빗줄기가 산세를 가려 두 사람은 야트막한 언덕에 있는 듯한 착각이 들었지만 오후 햇살이 점점 강해지자 멀리 구불구불 이어진 산맥이 또렷하게 시야에 들어왔다. 구름 사이를 뚫고 내려온 햇빛이 산등성이를 비추고, 조금 낮게 드리운 안개가 협곡을 덮어 멀리 있는 산꼭대기가 구름 위에 뜬 섬처럼 보였다. 그 광경을 본 아트리에는 갑자기 자신이 와요와요 섬을 사랑하듯 이 섬과 사랑에 빠졌다는 걸 알았다. 그가 앨리스에게 물었다.

"산?" 아트리에가 먼 곳을 가리켰다.

"맞아."

"저렇게 많아요?"

"응."

"신이 저기 있어요?"

"뭐라고?"

"신이 저기 있어요?"

신이 저기에 있을까? 앨리스의 머릿속에 산에 관한 원주민 신화가 몇 가지 떠올랐다. 아타얄족의 시조는 다바젠 산에서 태어났고, 쩌우족은 큰 홍수가 일어났을 때 위 산으로 피난했으며, 부눈족도 자신들의 성산을 가지고 있었다. 거의 모든 원주민이 산에 관한 신화를 갖고 있는데 산은 그들에게 '신'이라기보다는 생존의 원천이자 피난처였다. 한편 타이완인의 신앙에서는 산

자체가 중요한 의미를 갖지는 않지만 어느 지역이든 토지신을 숭배하는 신앙은 다 있었다. 그러므로 너른 시선으로 본다면 어떤 시점, 어떤 의미에서는 이 산들에 분명히 '신'이 있었다. 최근 태풍이 닥칠 때마다 산사태가 일어나 원주민 부락 전체가 매몰되기도 하고, 운행하던 차량이 파묻히거나 도로가 끊겨 마을이 고립되는 일이 속출했다. 그럴 때마다 사람들은 자연으로 회귀해 자연을 존중해야 한다고 주장하고, 심지어 "다시 산신을 숭배하자"라는 구호를 외치는 사람도 있었다. 하지만 앨리스는 이미 너무 늦어버렸는지도 모른다고 생각했다. 신이 있었다고 해도 아마 진즉에 떠났을 거라고.

"옛날에는 있었지만 지금은 아마 없을 거야."

"와요와요 바다에, 신이 있어요. 산은 낮지만, 신이 있어요." 아트리에가 경건한 표정으로 말했다.

와요와요의 산신 야야커는 카방과 달리 형벌을 받고 있는 신이었다. 와요와요인은 카방 외에 다른 신도 있으며, 카방만큼 영험하지는 않지만 그들도 각자 다른 세계의 운명을 관장한다고 믿었다. 야야커는 카방이 죄를 지은 고래를 멸종시키기로 했을 때 고래들을 도와준 죄로 카방에게 벌을 받았다. 야야커는 산처럼 키가 큰 해초 숲을 만든 뒤, 거대한 고래들에게 카방의 화가 누그러질 때까지 해초 숲에 숨어서 나오지 말라고 했다. 하지만 어린 고래가 해초 틈으로 빠져나와 놀다가 카방의 눈에 띄는 바람에 카방의 진노를 샀다. 하지만 카방은 생물종 하나를 멸절하는 건 옳지 않다는 생각에 결정을 거둬들였다.

그러나 카방은 야야커에게 벌을 내려 자기 위신을 세우기로 하고 어떤 벌을 내릴지 궁리했다. 카방이 와요와요인에게 섬을 내려줬지만, 세월이 흐르면서 섬의 돌이 모래로 부서져 바람에 날아가거나 바닷물에 쓸려가면서 점점 작아질 운명이었다. 그래서 카방은 야야커를 작은 새로 만들어 날마다 바람에 날아가거나 파도에 쓸려가는 모래알을 물어다 섬을 채우는 일을 맡겼다. 바람과 파도는 멈추지 않았으므로 야야커도 조금도 쉴 수 없었다. 하지만 부지런한 야야커는 바다신과 바람신이 힘껏 일하지 않는 동안에도 열심히 모래알을 물어다가 와요와요 섬에 산을 만들었다. 산이 생긴 뒤 와요와요인은 어느 정도 나무를 심을 수 있게 됐고 와요와요 섬이 소실될까 봐 걱정할 필요가 없어졌다. 그 후 와요와요인은 야야커를 산신으로 숭배하기 시작했다.

"그럼 새가 너희 산신이니?"

"네."

"새를 산신으로 모신다니 정말 귀엽구나." 앨리스가 소년을 보며 미소 지었다. 소년의 말을 완전히 이해할 수는 없지만 언어는 단순히 언어만이 아니었다. 그의 눈빛, 동작, 말투, 음량까지, 소년은 타고난 이야기꾼이었다. 소년의 몸이 깎이고, 갈리고, 파내지고, 담금질된 것처럼 느껴졌고 그 안에서 나오는 이야기에는 마법이라도 깃든 것 같았다. 아무리 터무니없고 기이하고 불가사의한 이야기가 나와도 분명히 일어난 생생한 일처럼 느껴졌다.

"귀엽다고요? 아니에요. 야야커는 감정이 없어요. 냉정해요."

두 사람은 계속 길을 더듬어 올라갔다. 넷째 날 아침에 일어나 보니 앨리스가 지도에서 본 산봉우리들이 저 멀리 보였다. 지도상의 '숲'에 가까워진 것이다. 하지만 앨리스의 체력이 바닥을 드러내기 시작해 더 자주 쉬었다 다시 걸어야 했다. 앨리스는 쉴 때마다 아트리에에게 지도 보는 법을 가르쳤다. 지도의 핵심은 어떤 기호가 어떤 자연물을 표시하는지 아는 것인데 아트리에는 매우 쉽게 익혔다. 그다음으로 방위를 확인해 머릿속 지도와 실제 풍경을 대응한 화면을 떠올리는 능력도 아트리에가 앨리스를 훨씬 능가했다. 유일하게 아트리에가 이해하지 못하는 것은 비례였다. 아트리에는 그렇게 넓은 바다가 어떻게 이렇게 작은 그림이 될 수 있는지 도무지 이해하지 못하는 듯했다.

식사 시간이 되자 불을 피워 음식을 만들었다. 앨리스는 데우기만 하면 먹을 수 있는 진공포장된 음식을 넉넉히 챙겨 가지고 왔다. 이날 저녁 메뉴는 페스토 파스타와 뜨거운 커피였다. 그사이 아트리에의 위도 이 섬의 음식에 차츰 적응하고 있었다.

"참, 바다에서 제일 자주 먹은 음식이 뭐였어?"

"물고기요."

"어떻게 잡았어?"

"거스거스한 물건으로 작살총을 만들고 굴 껍데기로 갈고리를 만들었어요."

"날것으로 먹었어?"

"네?"

"불을 쓰지 않았느냐고."

"불, 없었어요."

"불이 없었구나. 그렇지. 바다에선 불을 피우기가 힘들지. 참, 와요와요인에게도 글자가 있어?"

"글자요? 이런 거요?"

"그래."

"글자, 없어요. 대지의 현자가, 언어는 모든 것이라고 했어요."

"글자가 없다니 아쉽구나. 글자로 표현할 수 있는 게 많은데."

"필요 없어요. 와요와요, 글자 없어도, 똑같아요."

"글자가 없는데 어떻게 시를 써?" 말을 이해하지 못한 아트리에가 아무 대답을 하지 못했다.

"참, 예전에 네가 말해준 걸 잊어버렸어. 달을 뭐라고 부른다고 했지?"

"나루샤."

"아, 카차미이와나루샤." 앨리스가 와요와요어를 했다.

"오늘 달이 떴다." 아트리에가 그 말을 중국어로 했다.

"그래. 맞아. 중국어가 많이 늘었구나. 오늘 달이 떴다. 맞아. 난 또 잊어버렸어. 태양은 뭐라고 했지?"

"이과샤."

"이과샤." 앨리스가 따라 했다.

"이과샤는 스스로 환하게 빛나고, 나루샤는 남의 빛을 빌린다." 아트리에가 와요와요의 동요 가사를 읊었다.

"이과샤는 스스로 환하게 빛나고, 나루샤는 남의 빛을 빌린다." 앨리스가 말했다. "와, 정말 시로구나."

하지만 아트리에는 시가 무엇인지 여전히 이해하지 못했다.

그날 밤 두 사람이 잠든 지 얼마 안 돼 아트리에가 잠에서 깼다. 그는 재빨리 앨리스의 입을 막고 아무 소리도 내지 말라는 손짓을 한 뒤 텐트의 다른 쪽 출구로 빠져나갔다. 앨리스는 고요한 어둠 외에 아무것도 보지 못했지만 아트리에는 뭔가 기척을 느낀 것 같았다. 앨리스의 피와 심장박동은 여전히 느렸고, 잠을 충분히 자지 못해 두 다리도 아직 꿈결에서 빠져나오지 못했다. 아트리에는 신경을 또렷하게 곤두세우고 어둠 속을 자세히 살폈다.

얼마 후 나무 그림자가 있는 곳에서 다른 그림자 하나가 나오더니 천천히 앞으로 걸어왔다. 주저하는 듯 보였지만 사실 확신에 찬 걸음걸이었다. 그림자가 텐트 가까이 다가왔을 때 앨리스는 꿈속에서 찬물을 뒤집어쓴 듯 정신이 확 들었다.

"곰!"

곰이 고개를 들고 소리가 나는 쪽을 향해 몸을 일으키더니 코를 길게 뻗어 냄새를 맡았다. 거대한 밤하늘처럼 어두운 몸통 가운데 앞가슴에 있는 반달무늬가 선명하게 보였다. 곰이 텐트 안에서 새어 나오는 냄새를 맡은 듯 잠시 머뭇거리더니 거칠게 텐트를 '열어젖힌' 뒤 앨리스와 아트리에의 음식을 쏟아놓고 하나씩 맛보기 시작했다.

앨리스와 아트리에는 최대한 숨을 죽이고 곰을 지켜봤다. 앨리스는 이 틈에 도망치려고 했지만 아트리에는 그 자리에서 가만히 있는 것이 최선이라고 생각해 앨리스를 두 팔로 꼭 붙잡았다. 지금까지 본 다른 모든 동물과 마찬가지로 눈앞에 있는 이 우람하고 예민하고 씩씩한 동물도 아트리에의 눈에 무척 아름다워 보였다. 와요와요 섬에는 몸집이 이렇게 장대한 동물이 없었으므로 아트리에는 홀린 듯이 매료됐다.

희미하게 동이 틀 무렵 곰은 다시 일어나 텐트를 짓밟아 뭉갠 뒤 쿵쿵대며 냄새를 맡았다. 성인 남자보다 더 커 보였다. 아트리에의 손을 꼭 쥔 앨리스의 손이 이슬처럼 차가웠다. 곰이 천천히 숲으로 돌아가자 숲이 다시 열리며 그림자를 받아줬다.

곰은 소리를 내지도, 위협하지도, 그들을 쫓지도 않았다. 그저 자신이 원하는 것을 찾은 뒤 다시 숲으로 돌아갔다. 그러나 앨리스와 아트리에에게는 생사를 오가는 시간이었다. 그들은 아주 오래된 냄새를 맡았다. 산 같지만 또 산과는 다른 특별한 영혼의 냄새였다. 필요하다면 곰은 그들의 생명을 앗아갈 수도 있었을 것이다.

그때 아트리에가 천천히 몸을 돌려 앨리스를 보며 아주 조심스럽게 말했다.

"신은 분명히 있어요!"

26 복안인 II

 남자가 눈을 떴을 때 예상했던 극심한 통증이 느껴지지 않았다. 그는 막 꿈을 꿨고, 꿈속에서 한 치 앞도 보이지 않는 깜깜한 어둠 속을 더듬어 암벽을 타고 내려오려고 했다. 사방에 어둠뿐이었기 때문에 온몸의 세포로 암벽의 결을 느껴야 했다. 아내의 몸에 처음 들어갔을 때와 같은 느낌이었다. 그때 그와 아내는 영혼에 무언가가 다시 채워지는 듯한 미묘한 떨림을 경험했다.
 삼분의 이 지점에 다다랐을 때 손톱이 아프기 시작하고, 발가락에 힘을 너무 줬는지 감각이 느껴지지 않았다. 헤어밴드를 착용하지 않아 이마에서 흘러내린 땀이 눈을 아프게 찔렀다. 하지만 신체적인 압박감이 심해질수록 정신적인 쾌감은 더 고조됐다. 이런 운동을 해보지 않은 사람은 이해할 수 없을 것이다. 남자는 손끝에 자신감이 돌아올 때까지 심호흡을 계속했다.
 그 순간 그의 손가락이 암벽에서 미끄러졌다. 마치 자기 몸에서 빠져나와 점점 작아지는 자신을 보는 것 같았다. 하늘의 구름도 안개도 별도 사라지고 주위 모든 것이 흩어져 어둠 속에 오직 허공만 남았다.

 꿈이었구나. 남자는 소리 나지 않게 살금살금 텐트 밖으로 나와 절벽 끝으로 갔다. 진짜 암벽은 꿈에서처럼 칠흑같이 깜깜하지는 않았지만, 달빛에 은은하게 반짝이는 나뭇잎, 청개구리의 등, 풀 줄기가 휘어진 자리, 오목한 잎사귀에 담긴 물방울 등 우련한 빛을 머금은 것과 대비되어 더 어둡게 보였다.
 왜 내려가 보지 않아? 남자가 속으로 생각했다. 안 돼. 텐트에 아이가 있잖아. 사고라도 나면 큰일이야.
 왜 시도해보지도 않아? 안 돼.
 왜 어둠 속 등반을 해보지 않는 거야? 안 돼!
 왜 장비 없이 맨손으로 등반해보지 않는 거야?
 계속되는 질문이 그를 점점 강하게 유혹하고, 그의 혈관에 흐르는 피를 자극했다. 어느 순간 남자가 벌떡 일어나더니 초크백을 허리춤에 매고, 클라이밍슈즈로 갈아 신은 뒤, 제일 앞에 보이는 바위부터 천천히 내려가기 시작했다. 이제 그를 막을 수 있는 것은 아무것도 없었다.
 어둠 속 암벽은 칼날 같기도, 그림자 같기도 해서 붙잡기가 쉽지 않았다. 전신의 모든 감각과 힘을 짜냈지만 겨우 5미터 내려갔을 뿐이었다. 아직 돌아갈 수 있었다. 하지만 남자는 돌아보지 않았다. 아니, 위를 올려다보지 않았다고 해야 할 것이다. 계속 밑으로 기어 내려갔다. 먼저 발끝으로 더듬어보고 체중의 일부를 실어 발을 디뎠다. 삼지점 원칙*을 최대한 지켜 어느 한쪽 어깨나 손가락에 과도한 무게가 실리지 않도록 했다. 누구라도 어둠 속에서 이 모든 것을 지켜봤다면 그의 훌륭한 클라이밍 기술에 감탄했을 것이다. 그는 대담하면서도 섬세했고, 몸이 충분히 단련되어 있었으며 원숭이처럼 자신이 넘쳤다.

그런데 바로 그때, 그리 멀지 않은 절벽에서 누군가의 숨소리가 들렸다.

고도로 집중한 클라이머는 아주 미세한 소리까지 들을 수 있다. 손가락이 진흙을 파고드는 소리, 손끝에서 이끼가 미끄러지는 소리, 배 깊숙이에서 음식이 소화되는 소리, 힘이 발가락 끝에 전달되는 소리까지, 모든 소리를 들을 수 있다. 그런데 지금 남자가 들은 것은 분명 또 다른 클라이머의 숨소리였다.

누가 또 어둠 속에서 암벽을 타는 걸까? 나와 같은 암벽을?

그 소리에 갑자기 승부욕이 불끈 솟구쳐 자기도 모르게 동작이 빨라졌다. 어둠 속에서 두 사람이 경주라도 하듯 상대도 동작이 빨라졌다. 숨소리와 가끔 옷이 바스락거리는 미세한 소리를 통해 그의 동작을 느낄 수 있었다. 누가 어둠 속에서 발을 디딜 수 있는 돌출부를 더 빨리 찾아내는지 두 사람은 분명히 알 수 있었다.

---

* 클라이밍의 기본 원칙으로 두 팔과 두 다리 사지 중 하나를 옮기는 동안 다른 세 개는 반드시 암벽에 붙어 안정적인 균형을 유지해야 한다는 것.

바로 그때 남자는 꿈에서 본 광경이 재연되고 있음을 알았다.

그의 발끝이 휙 미끄러지며 동작에 가속이 붙더니 순간적으로 밑으로 꺼지는 힘 때문에 그의 왼손도 백분의 일 초 동안 암벽에서 떨어졌다. 평소 반사 신경이라면 충분히 다른 바위를 붙잡을 수 있었지만, 정말 불운하게도 어둠 속을 날아가는 커다란 딱정벌레목인지 뭔지 알 수 없는 것이 그의 콧등을 때리고 지나갔다. 잠깐 눈앞이 아찔해 힘이 빠진 백분의 일 초 사이에 그의 몸이 휘청 미끄러졌다. 어둠 속에서 그는 점점 작아지는 자신을 봤다. 하늘의 구름도 안개도 별도 사라지고 주위 모든 것이 흩어져 어둠 속에 오직 허공만 남았다.

깨진 헬멧이 옆에서 뒹굴고 남자는 극심한 통증을 느꼈다. 전신의 뼈 마디마디가 아스러진 것 같았다. 이건 꿈이 아니었다. 빌어먹을 비가 내리기 시작했다. 빗방울이 그가 누워 있는 풀밭 위로 떨어졌겠지만 남자는 왠지 깊은 호수 위로 떨어지는 빗소리 같다고 느꼈다.

눈꺼풀은 반만 열리고 눈앞의 모든 것이 흐릿한데 그림자 하나가 다가와 그의 곁에 무릎을 굽히고 앉으며 말했다. "뼈가 다 부서졌군." 남자는 그가 자신과 함께 암벽을 타던 사람인지 목소리로는 알 수 없었지만 숨소리를 듣고 바로 확신했다.

"내가 죽었나요?"

"음. 그런 셈이지. 이런 곳에 떨어졌으니 누군가에게 발견됐을 때는 이미 죽은 뒤일 거야."

남자는 이해할 수 없었다. 자신을 구해줄 생각이 없다는 뜻으로 들렸기 때문이다.

"날 구해줄 수 있나요?"

"아니. 난 누구도 구해줄 수 없어." 아무 감정도 없고 조금의 망설임도 없는 단호한 대답이 돌아왔다.

몸은 몹시 고통스러웠지만 남자의 의식은 또렷한 편이었고 시야도 점점 분명해졌다. 자신을 보는 상대가 보였다. 상대와 마주 보는데 남자는 다른 이가 아닌 스스로를 보는 것 같은 기분이 들었다. 남자가 다시 눈을 감았지만 그의 두 눈이 눈앞에서 지워지지 않았다. 정말 기이하게 생긴 눈이었다. 마치 아주 작은 호수들이 모자이크처럼 모여 거대한 호수를 이룬 것 같았다.

'이 남자의 눈이…… 왜 겹눈처럼 보이지? 어떻게 사람 눈이 겹눈일 수가 있지? 내가 뭘 잘못 봤나?' 남자는 속으로 생각했다. 이 복안인複眼人은 남자를 구해줄 생각이 없다면서도 그의 곁을 떠나지 않고 조용히 그를 내려다봤다.

잠시 후 견딜 수 없는 졸음이 밀려왔다. 남자가 하품을 하기 시작했다. 처음에는 삼십 초에 한 번, 그다음에는 십오 초에 한 번, 십 초에 한 번, 오 초에 한 번…… 급기야 하품이 쉬지 않고 연거푸 나오고 눈물이 줄줄 흘렀다. 그리고 곧 남자는 깊은 잠에 빠졌다.

얼마나 흘렀을까 남자가 깨어났다. 전신의 통증은 여전히 견디기 힘들었지만 몸을 일으켜 앉을 수 있고 일어날 수도 있었다. 움직이는 데는 문제가 없었지만 움직일 때마다 다친 부위가 송곳으로 찌르듯 아팠다. 그에게 남은 건 어두운 절망뿐이었다. 남자는 복안인이 아직 옆에 있는 것을 보고 다시 그에게 도움을 청할 수밖에 없었다.

"난 구해주지 않아도 괜찮아요. 그런데 내 아들이 저 위에 있어요. 암벽 위에. 제발 그 아이를 구해주세요."

"난 아무도 구할 수 없어." 복안인의 대답은 아무 감정도 망설임도 없이 단호했다. "그리고 저 위에는 아무도 없어."

"말도 안 돼요! 내 아들이 거기 있다고요! 당신이 누구든 상관없으니, 제발, 제발, 부탁이에요. 내 아들을 구해주세요!" 어디서 기운이 났는지 남자가 소리를 질렀다.

"너도 알다시피……" 그를 응시하는 복안인의 눈동자 속에서 수많은 작은 눈이 빠르게 반짝였다. 바다 밑에 흐르는 암류처럼 사람을 빨아 당기고, 휩쓸어가고, 파묻어버릴 것 같은 눈빛이었다. "위에 아무도 없어. 아무도."

10장

복안인의 손에 있는 번데기가 격렬하게 꿈틀거렸다. 마치 은하계 하나가 고통에 몸부림치며 막 탄생하는 것 같았다. 그의 눈동자가 석영이 박힌 듯 반짝였다. 하지만 자세히 보면 정말로 반짝이는 것이 아니라 겹눈 속 수많은 홑눈이 바늘 끝보다 가늘고, 보이지 않을 만큼 미세한 눈물을 흘리고 있는 것이었다.

27 숲속 동굴

 저녁을 먹으며 좁쌀술을 너무 많이 마셨는지 모두 즐거움과 몽롱함 사이에서 한껏 달떴다. 그 기분에 취해서인지 우마프가 "오늘 밤은 숲속교회에서 자요" 하고 말했을 때 다허, 하파이, 아누, 심지어 중국어를 알아듣지 못하는 볼트와 사라까지 일제히 찬성했다.

 천국의 문 앞에 서자 각자 손에 들린 손전등이 서로 다른 각도에서 커다란 킹벤자민고무나무 두 그루의 일부를 비췄다. 천국의 문은 아누가 지은 이름이었다. 땅거미가 짙게 깔린 숲을 바람이 흔들고 지나갔다. 나무 위에 앉은 부엉이 소리, 먼 산에서 들리는 아기 사슴의 울음소리, 가까이에서 들리는 풀벌레 소리, 달과 돌이 이따금 짖는 소리가 복잡하게 섞여 원근이 교차하는 리듬을 만들었다. 숲속교회에 대해 아무것도 모르고 가벼운 밤 산책이라고 생각했던 볼트와 사라는 예상치 못한 원시림 앞에서 조금 어리둥절했다.

술기운이 제법 오른 듯한 아누가 맨 앞으로 나가 한쪽에 있는 조령옥에 기도하기 시작했다. 조령옥은 조상신을 모신 사당이었다. 부눈어를 전혀 알아듣지 못하는 사람에게는 아누의 기도 소리가 나무끼리 부딪치는 듯 둔탁하면서도 어딘가에 깊이 뿌리 내린 나무의 음성처럼 들렸다. 아누는 허리춤에서 술병과 작은 술잔을 꺼내 술을 따르고 조령옥을 향해 기도한 뒤, 바닥에 뿌린 다음 또 한 잔을 따라 다음 사람에게 건넸다. 사람들이 차례로 술잔을 받아 자신의 언어로 기도한 뒤 술을 마셨다. 다허는 우마프의 손을 잡고 부눈어로 기도했고, 하파이는 아미족 언어로 기도했으며, 볼트는 독일어로, 사라는 노르웨이어로 기도했다.

"괜찮아요. 숲은 다 알아들어요." 아누는 금세 장난기 넘치는 모습으로 돌아와 엄숙해진 분위기를 가볍게 풀었다.

"큰형과 큰누나가 있을지도 모르니까 막대기로 풀밭을 휘휘 저으며 걸어야 해요." 아누가 목소리를 낮추며 말했다. "큰형과 큰누나란 독사를 뜻해요. 뱀이라고 부르는 건 그들에게 무례한 일이에요." 그가 다시 원래 목소리로 말했다. "다들 따라와요. 손전등으로 다른 사람 눈 비추지 않게 주의하고 앞사람 발소리 듣고 따라와요." 다허가 볼트와 사라를 위해 아누의 말을 영어로 통역해줬다.

아누가 앞장서서 가는 길은 그가 자주 다니는 사냥 루트였다.

그가 젊었을 때 한 대기업이 이곳에 납골당을 지으려 했고 그는 부눈족의 사냥터인 이 숲을 지키기 위해 대출을 받아 땅을 사들였다. 재테크에 서툰 그가 빚 부담 때문에 여러 번이나 땅을 팔고 포기하려고 했지만 다행히 다른 부족 친구와 몇몇 한족 친구의 도움으로 가까스로 지탱할 수 있었다. 최근에는 부눈 문화를 체험하려는 관광객이 몰리면서 유명 관광지가 됐다. 몇 년 전 그의 어린 아들 리안Lian이 물길을 확인하러 숲에 들어갔다가 조상신에게 기도하는 것을 잊었는지, 아니면 기도할 때 불경을 저질렀는지 태풍에 부러진 커다란 고무나무 가지를 맞는 불의의 사고를 당했다. 리안은 그날 석양 무렵에야 나무에 깔려 숨을 거둔 채 발견됐다. 오래전 아내와 이혼하고 혼자 큰아들을 키우던 아누는 그 후로 매일 한 번씩 숲에 가서 위안을 얻으며 슬픔을 삭였다. 아누는 숲을 탓하지 않았다. 숲은 제 역할을 다할 뿐이고, 숲이 생장하고 시들고 나뭇잎을 떨구고 죽는 과정에서 부러진 나뭇가지에 부눈족 소년이 깔려 죽은 거라고 생각했다.

 아누는 타이완고무나무와 녹나무가 어우러진 이 넓은 숲을 볼 때마다 누구에게도 말할 수 없는 기분이 들었다. 아들이 이 숲에 있는 어떤 킹벤자민고무나무의 늘어진 공기뿌리가 됐을 것이라는 믿음 아래 숲을 지키겠다는 신념이 더 굳어졌다. 그는 생태관광을 온 방문객을 안내할 때마다 한 번에 한 가지 감각기관만으로 숲을 느껴보게 했다. 눈을 감고 나무뿌리를 만지고, 나무에 기대어 야생 버섯의 향기를 맡고, 가시 달린 머귀나무잎을 씹고, 새소리를 듣고 얼마나 멀리 떨어져 있는지 가늠해보는 것이다. 이렇게 하다 보면 누군가는 그의 아들의 영혼을 만지거나 냄새를 맡거나 소리를 듣거나 느낄 수 있을 것 같았다. 그에게 리안은 어떤 형태로는 아직 살아있었다.

아누가 일행을 데리고 커다란 바위 앞에 섰다. 나무뿌리에 단단히 감겨 있는 바위 아래 작은 동굴이 있는데 부눈족 사냥꾼들이 비를 피하는 곳이었다. 다허도 관광 가이드로 일하며 그 동굴에 가봤고, 우마프와 하파이도 여러 번 들어가봤다. 아누가 말했다. "우리는 동굴과 잘 아는 사이지만 손님들은 낯설 거예요." 그러면서 볼트와 사라에게 동굴에 들어가 '인사'를 하라고 했다.

동굴은 성인 두 명이 겨우 들어갈 수 있는 크기였는데 볼트와 사라의 키에 비해 천장이 조금 낮았다. 다허가 부눈족은 170센티미터 넘는 키를 장애로 친다면서 볼트처럼 190센티미터에 가까운 키는 아주 심각한 장애라고 우스갯소리를 했다. 키가 그렇게 크면 열대림에서 넝쿨에 걸려 넘어지거나 넝쿨이 자꾸 발목에 감겨 빠르게 달릴 수 없다면서.

"숲 곳곳에 이런 구멍이 있어요. 바위 동굴도 있고, 흙과 돌이 빗물에 깎여 만들어진 동굴도 있죠. 특히 나무나 바위에 난 구멍이 많은데, 높은 산에 있는 구멍은 곰이 자는 곳이기 때문에 함부로 들어가면 안 돼요. 곰이 돌아왔다가 마주치면 큰일 나요." 아누가 말했다. "곰에게 잡혀 경찰서로 연행될 거예요."

모두 한바탕 웃었다. 아누는 담배 반 개비를 태울 시간만큼 머문 뒤에 일행을 다른 곳으로 안내했다. 그는 나무 밑에 밧줄을 묶어 건물 이 층 반 정도 높이까지 나무를 타고 올라갈 수 있게 해줬다. 계속 비가 내려 땅이 축축하고 미끄러웠기 때문에 모두에게 조심하라고 여러 번 주의를 줬다.

아누는 거드름을 피우지 않는 이 외국인 두 명이 무척 마음에 들었다. 볼트는 학자이면서도 세상사에 통달한 어른처럼 교수라는 신분을 내세우지 않았고, 사라는 새로운 도전을 망설이지 않았다. 아누는 자신이 따라준 좁쌀술 첫 잔을 단숨에 비우는 사라를 보고 그와 잘 지낼 수 있을 것 같다는 생각을 했다.

"술맛을 따지지 않고 받자마자 한입에 마시는 사람은 친구일 거야." 아누가 소년이었을 때 그의 아버지가 이렇게 말했다.

주위에 불빛이 하나도 없었다. 아누는 두 사람이 한밤의 숲을 더 분명하게 느낄 수 있도록 모두 손전등을 끄고 서로 손을 잡거나 소리를 듣고 앞사람을 따라가자고 했다.

그래서 하파이가 맨 뒤에 남아 혼자 동굴로 들어간 걸 아무도 눈치채지 못했다.

우마프가 하파이를 숲속교회에 처음 데리고 간 날 하파이는 자신을 담을 수 있는 그릇을 찾은 듯한 기분에 가슴이 뛰었다. 그날 이후 하파이는 아무도 모르게 혼자 숲속 동굴에 가서 겨울잠 자는 곰처럼 아무 생각도 하지 않고 웅크리고 있다가 왔다.

하파이는 원주민이지만 거의 도시에서 살았다. 동부로 돌아온 뒤에도 대부분의 시간을 도시에서 보냈다. 일곱째 시시드를 시작한 뒤 아미족 친구들의 제안으로 그들 부락 단체에 가입한 적도 있지만, 부락 사람들이 아무리 친절하고 함께 춤을 취도 늘 자신이 이방인처럼 느껴졌다. 심지어 가끔은 부락에 갔다가 전에 손님으로 온 남자를 만나기도 했다. 그래서 그 후로는 난처한 상황을 만들지 않으려고 오히려 부락 사람들을 피하기도 했다.

하지만 처음 숲속교회에 들어가 나무뿌리와 풀 냄새를 맡고 축축한 공기를 느꼈을 때 자신에게 꼭 맞는 곳에 왔다고 생각했다. 킹벤자민고무나무가 자기 몸을 지탱하기 위해 한 줄기 한 줄기 늘어뜨린 공기뿌리가 땅에 연결되어 나무 전체가 뿌리를 지탱하는 생존 형태가 마음에 들었고, 옹이투성이인 오래된 나무는 더 좋았다. 벌어진 틈마다 나무 진액이 채워지며 아무는 모습이 마치 어떤 고통도 다 봉합되고 치유된다는 사실을 보여주는 것 같았다.

이나가 살아있었다면 틀림없이 이곳을 좋아했을 거라고 생각했다.

이나는 친구들의 충고를 듣지 않은 탓에 죽었다. 생활이 안정되자 이나는 또 손님을 사랑하게 됐고, 세상 모든 손님이 랴오 씨처럼 남들과 다른 방식으로 자신을 사랑하는 줄 알았다. 이나의 친구에게 전화를 받았을 때 하파이는 별로 놀라지 않았다. 아마 이나가 계곡물에 뛰어들어 랴오 씨의 시신을 찾아냈을 때 이미 이나의 죽음을 예감했기 때문일 것이다. 하파이의 꿈에서 수없이 반복된 장면처럼 이나는 결국 물속에서 죽었다. 다만 이번에는 검은 꽃처럼 활짝 피어난 이나의 머리칼이 끝내 물 위로 떠오르지 않았다.

마사지숍 동료들은 그날 하파이의 이나가 '곰 형'이라는 남자와 함께 나갔다고 했지만 그가 누구인지 아무도 알지 못했다. 그가 이나의 새 애인일 거라는 사실 외에 이나가 죽은 이유도 알 수 없었다. 단 하나 확실한 건 이나의 계좌에 있던 돈이 다 인출됐고 돈을 인출한 사람이 이나 자신이라는 사실이었다. 그 때문에 경찰은 더 추적할 수 없었다. 다행히 이나가 하파이를 위해 따로 저축해놓은 통장이 있었으므로 하파이가 어느 정도 살아갈 기반은 있었다.

어둠을 틈타 동굴에 숨은 하파이는 편안함을 느꼈다. 이곳의 어둠은 예전에 쪽방에 살았을 때의 어둠과 달랐다. 작은 동굴이지만 바깥 소음이 차단되어 막 들어왔을 때 귀가 약간 먹먹하고 심장박동 소리가 들렸다. 오늘은 술을 제법 마셨으므로 동굴 속에서 잠시 혼자 비를 피할 필요가 있었다.

다허는 모두를 데리고 커다란 킹벤자민고무나무의 허리까지 올라간 뒤 하파이가 없는 것을 알았다. 하지만 곧 그가 바위 동굴에 들어가 있을 거라고 짐작했다. 다허도 자주 하는 행동이었다. 그 동굴은 누구라도 들어가서 웅크려 있고 싶은 매력이 있다. 하파이를 방해하지 않고 조용히 내버려두기로 했다. 숲이 하파이에게 무엇을 하든 그는 개입할 필요가 없었다.

아누는 두 외국인 친구에게 바바칼룬Vavakalun의 이야기를 들려줬다. 지난 이십 년 동안 그는 그 이야기를 적어도 천 번 이상 했지만 매번 처음 하는 기분으로 이야기하려고 했다.

"옛날에 부눈족은 큰 바위와 나무를 지표로 삼았어요. 그래서 우리 조상은 커다란 나무를 경계로 서로 땅을 나눴죠. 그런데 얼마 정도 시간이 흐르고 나면 땅의 경계가 움직이는 것처럼 천천히 달라지더랍니다. 유심히 살펴보니 경계로 삼은 고무나무가 크게 자란 뒤 공기뿌리가 땅에 박혀 굵어지고 나면 원래 나무는 죽고 공기뿌리가 새로운 나무가 되는 것이었어요. 한참 만에 그 땅에 간 사람들은 새로 생긴 나무가 옛날 나무인 줄 알았던 거죠. 그래서 그걸 걸어 다니는 나무라는 뜻으로 바바칼룬이라고 부르게 됐어요."

아누는 볼트와 사라에게 나무뿌리를 만져보고 '나무가 물을 빨아들이거나 한 그루가 두 그루로 변하는 소리'가 들리는지 보라고 했다. 두 사람이 아누가 시키는 대로 나무를 쓰다듬었다. 북쪽 나라에서는 이렇게 뿌리가 얽히고설킨 나무를 거의 볼 수 없기 때문에 그들에게는 이 모든 게 무척 신기했다.

볼트는 어둠 속에서 바위를 감고 있는 뿌리를 더듬어보다가 언젠가 뿌리가 바위를 쪼개버릴 수도 있다는 생각이 들었다. 뿌리가 바위 속으로 비집고 들어가면 소리가 날 것이고, 바위가 쪼개지는 순간 큰 소리가 날 것이다. 엔지니어인 볼트는 자기 전공 분야에는 자신이 있었지만, 이 순간 자기보다 훨씬 위에 있는 자연의 힘이 무슨 일을 하는지 알 수 없었다. 일개 엔지니어가 다 헤아릴 수 없는 수많은 힘이 작용하고 있는 건 분명했다. 예컨대 지금 그의 손등 위를 기어오르는 한 마리의 가위개미처럼.

어둠 속에서 볼트가 사라의 눈빛을 찾았고 두 사람의 시선이 잠시 맞닿았다.

여기까지 오는 길은 그리 힘들지 않았다. 그들은 모든 감각을 통해 다가오는 열대림의 깜깜한 사냥길을 걸으며 수많은 미세한 소리에 귀를 기울였다. 볼트는 자신에게 별다른 장점은 없지만 유일하게 내세울 수 있는 것이 예민한 청력이라고 말했다. 그의 타고난 장점이었다. 그는 교양 있는 가정에서 자랐다. 아버지는 한 기업의 관리자였고 어머니는 중학교 교사였으며 외아들인 그는 학교 성적이 좋아 순조롭게 좋은 학교에 진학했다. 청력이 남들보다 월등히 좋았기 때문에 어려서부터 아무 소리도 날 것 같지 않은 사물에 귀를 대고, 그 안에서 나는 미세한 소리를 끄집어낼 방법을 궁리하는 취미가 있었다. 한번은 한밤중에 몰래 일어나 앞마당 화단에 있는 개미굴을 파 지하 2미터까지 파들어간 적도 있었다. 아침에 일어난 부모님은 마당에 난 커다란 구멍과 진흙투성이가 된 볼트를 보고 깜짝 놀랐지만 그를 나무라지 않고 마음대로 땅을 파게 내버려뒀다. 그 후 어린 볼트는 가는 곳마다 무릎을 꿇고 앉아 땅을 파거나 산을 더듬어보는 습관이 생겼다.

그는 열아홉 살에 한 기술학교를 견학하다가 찰스 윌슨이 설계한 굴착기 모형을 보고 기계에 매료됐던 느낌을 아직 기억했다. 굴착기는 그에게 어떤 것이든 깊이 파고들어갈 수 있는 힘을 의미했고, 그의 눈에는 그것이 세상에서 가장 완벽한 기계로 보였다. 그 후 그는 지질학과 기계 관련 과목을 모두 선택해 수강했다. 그에게 이 두 분야의 지식은 '원리를 파악해 어려움을 뚫고 곧장 핵심으로 파고든다'라는 공통점이 있었다.

볼트는 윌슨의 굴착기를 개량한 덕분에 이름을 날리고 업계에서 신뢰를 얻었지만, 그에게 가장 잊을 수 없는 일은 이 섬의 터널 공사에 참여했을 때 겪은 그 일이었다.

그때 그 산의 동굴에서 모두가 들은 소리는 대체 뭐였을까? 풀리지 않는 수수께끼에서 온 당혹감이 오랫동안 그의 마음속을 떠나지 않았고, 사라를 만난 뒤에야 자신이 이해하지 못하는 모든 소리를 꼭 알아야 할 필요는 없다는 생각이 들기 시작했다. 밝혀지지 않았을 때 비로소 온전하게 보존되는 소리가 있다.

조금 전 사라와 함께 그 작은 동굴에 들어갔을 때 그의 어깨가 사라의 어깨에 부딪히자 꿈속에 있는 듯한 기분이 들었다. 동굴 벽 뒤에 있는 커다란 산의 소리가 들리는 것 같았다.

살아있는 숲과 살아있는 산이 내는 소리는 곧 가슴에 구멍이 뚫릴 산에서 나는 소리와 정말 달랐다. 볼트는 자신의 이런 생각이 전해지길 바라며 사라의 손을 잡았다.

하지만 그때 사라는 다른 쪽 손으로 나무뿌리를 만지며 많은 곳을 탐험한 아버지 아문센도 이런 열대림을 본 적이 있을까, 생각하고 있었다. 아버지도 미시시피 강을 따라 따뜻한 남쪽까지 내려가 지금 그가 보고 있는 것과 비슷한 나무를 봤을까?

사실 사라는 아버지의 시신을 보지 못했다. 그에게 아버지의 사망 소식이 전해졌을 때 아문센의 친구들은 이미 '그들의 아문센'을 화장하고 있었다. 그는 자신이 가장 좋아하던 빙원 위에서 죽었다. 다만 그 병원이 캐나다에 있었을 뿐.

　사라는 아문센에게 아무런 원망도 없다고는 할 수 없었다. 적어도 어린 시절 한동안은 바다와 물고기, 고래, 그리고 훗날 물범에 대한 아버지의 사랑이 자신을 향한 사랑보다 훨씬 크다고 생각했다. 어머니가 떠난 뒤, 아직 어린 사라는 남성성이 충만한 세계로 내던져졌다. 남자들만이 핏줄 터질 듯 열광하는 살육과, 지칠 줄 모르는 집념으로 사냥감을 추적하는 모습을 신물 나도록 봤다. 바다 생활에 적응하지 못한 그에게 아버지는 한마디 위로의 말도 건네지 않았고 바다에 할퀴어지고 상처받도록 내버려뒀다. 바다는 그를 어머니와 갈라놓기도 했다. 어머니를 찾으러 가고 싶어도 육지로 돌아갈 수 없었다. 아버지가 말하고 있을 때 고개를 돌려 바다를 보는 것이 그가 아버지를 벌주는 유일한 방식이었다.

　열다섯 살이 되어서야 아버지는 마침내 그가 육지에서 살도록 허락했다. 그때부터 사라와 아버지는 각각 육지와 바다에 떨어져 살았다. 아버지는 늘 바다에 있었고, 그는 바닷가의 연구실에서 밤낮으로 과학 지식을 쌓으며 드넓은 바다를 새롭게 인식하고 지금껏 얻지 못한 자유를 누렸다. 해양 연구에 발을 들여놓은 뒤 그는 자신이 다른 학생보다 바다에 대해 훨씬 많이 안다는 사실을 알았다. 강의실에서 교수님이 알려주는 지식은 그가 과거에 이미 경험한 일에 대한 해석이나 설명일 뿐이었다. 그는 그제야 사춘기 이전의 바다 생활을 돌이켜 다시 생각하기 시작했다. 가끔 해양생태계 문제를 생각할 때 아버지가 뱃전에 서서 우렁찬 목청으로 얘기하는 소리가 귓가에 들리는 것 같았다.

아버지는 늘 같은 날짜에 빠뜨리지 않고 돈을 부쳤지만 짧은 엽서조차 보낸 적이 거의 없었다. 사라는 박사학위를 딴 뒤 학술계에서 용맹한 전사로 명성을 떨쳤다. 대다수 학자가 정부 편을 들 때 그는 반대편에서 지식으로 무장한 예리한 창이 됐다. 정부나 자본가가 환경보호라는 미명하에 저지르는 범죄행위를 파헤치고 가짜 지식으로 뭉친 방패를 날카롭게 뚫었다. 극지방 유전 채굴, 메탄하이드레이트 채굴, 더 나아가 연구를 빌미로 자행하는 고래 남획 등의 문제에서 그의 탄탄한 연구는 자본가를 옹호하는 학자들을 번번이 속수무책으로 물러서게 만들었다. 사람들이 그를 사납고 용맹한 학자로 형용할 때, 오래전 기억 속에 맺힌 어두운 응어리를 아는 사람은 오직 사라 자신뿐이었다.

사라의 아버지 아문센이 사냥꾼들에게 발견됐을 때, 처음에는 가죽이 벗겨진 물범으로 오인받았다. 물범을 사냥하는 몽둥이로 여러 번 두들겨 맞은 것처럼 얼굴 형체를 거의 알아볼 수 없고, 온전히 붙어 있는 치아가 하나도 없었기 때문이다. 사망하고 며칠 뒤 발견된 탓에 물에서 올라온 물범들에게 팔과 복부를 뜯어 먹히고 생식기조차 남지 않은 것 같았다.

아문센은 말년에 환경 운동에 투신한 뒤 딸과 마찬가지로 절대 굽히지 않는 기개로 이름을 날렸다. 남극에서 과학 연구 활동으로 위장한 포경선을 자신의 배로 막아 칠 일 동안 버티다가 배가 충돌하며 부서진 적도 있고, 불법으로 총기를 사용해 물범 사냥꾼을 위협해 쫓아낸 뒤 겨우내 얼음 위에서 진을 치고 물러서지 않다가 협박죄로 체포되기도 했다. 백발이 성성하고, 얼음과 눈에 긁힌 얼굴은 흉터투성이였으며 소금 결정이 달라붙은 수염은 고래수염처럼 질겼다. 심장병 때문에 미간을 자주 찡그려 우울한 사람처럼 보였지만, 오직 늙은 아문센만이 제 일생을 통틀어 그때만큼 만족감을 느낀 순간이 없다는 걸 알고 있었다.

그의 친구들은 특별히 그를 위해 밍크고래, 긴수염고래, 보리고래, 대구, 하프물범 등에게 장례식 초대장을 보냈다. 물론 그들은 참석하지 않았고 그의 딸 사라는 참석했다. 행크 아저씨라는 아문센의 오랜 친구가 그의 유품을 사라에게 건넸다. 엽총 한 자루, 고래작살 한 자루, 망원경 하나 그리고 해마다 부칠 시기를 놓친 사라의 생일 선물이었다. 선물은 모두 똑같았다. 작고 밀폐된 크리스털 상자에 파란 바다가 담겨 있고, 그 위에 3센티미터 크기의 스티로폼 조각배가 떠 있는 장식품이었다. 배에 한 소녀가 타고 있고, 소녀의 원피스 앞가슴에 '사라'라고 적혀 있었다. 상자 밑바닥에는 파도처럼 비뚤배뚤한 아문센 특유의 필체로 '우리 태평양' '우리 인도양' '우리 북극해' '우리 노르웨이해'라는 글자가 적혀 있었다. '우리'라는 두 글자만 굵은 글씨로 되어 있고, 끝에 날짜가 쓰여 있었다.

"저 아래가 우리 부락이에요." 아누가 일행을 데리고 다른 숲을 가로질러 산의 가장자리로 가자 눈앞에 탁 트인 풍경이 펼쳐졌다. 산 허리춤에 있는 부락에는 아직 드문드문 불빛이 보이고,

멀리 라쿠라쿠 강에는 은은한 빛이 반짝였다. "여기가 우리 부락이에요. 산은 우리의 성지이자 냉장고이고요."

우마프도 하파이가 보이지 않는 것을 알고 자꾸 고개를 돌려 어둠 속에서 누가 따라오지 않는지 봤다. 하파이를 찾으러 가고 싶다는 뜻으로 다허의 손을 잡아당겼다. 다허는 어둠 속에서 딸과 눈이 마주쳤다가 문득 딸의 눈빛이 더는 상처 입은 아기 새의 눈빛과 같지 않음을 알았다.

"하파이는 조금 있으면 따라올 거야. 우선 내버려두자." 다허가 허리를 숙여 딸에게 작은 소리로 말했다.

"다들 괜찮으시면 오늘 밤은 부눈족의 전통 가옥에서 묵을게요. 바로 저쪽에 대나무와 돌로 지은 집 두 채가 있어요. 불편할 수도 있지만 이 산에서는 오성급 호텔이랍니다. 밤에 산이 내는 소리를 다 들을 수 있을 거예요." 다허의 통역을 들은 볼트와 사라가 좋다고 했다. 사라는 원양어선에서도 살아봤으므로 어떤 곳도 두렵지 않았다.

술기운이 아직 가시지 않은 아누가 부락을 가리키며 말했다. "이곳 이름이 사자사Sazasa예요. 사탕수수가 높이 자라고 동물들이 뛰어다니며 사람도 잘 살 수 있는 땅이라는 뜻이에요." 아누가 한쪽에 있는 산을 가리킨 뒤 고개를 돌려 또 다른 쪽 산을 가리켰다. "일본인들 때문에 원래 살던 산에서 쫓겨나는 바람에 멀리 떨어진 이 강기슭으로 이주한 뒤, 이 산에 의지해서 살게 됐다고 아버지께 들었어요. 하지만 그 덕분에 바다에 더 가까워졌죠. 어릴 적 아버지를 따라 사냥 다닐 때, 이 산의 사냥로를 따라

올라가 산을 넘으면 바닷가가 나왔어요. 아버지는 산과 달리 바다는 모든 걸 깨끗이 씻어낸다고 하셨어요. 우리의 바깥쪽과 안쪽 모두를요."

"지금의 바다는 예전과는 좀 다르지만요." 아누가 말했다.

28 암벽 아래 동굴

 연일 계속된 산행으로 피로가 쌓여 앨리스는 결국 몸살감기에 걸렸다. 구급함에 있는 약은 아무 효과를 내지 못했고 곧 고열과 오한으로 반혼수 상태에 빠졌다. 아트리에는 도감에서 배운 지식으로 몇 가지 약초를 따 왔다. 가스를 아껴 써야 했기 때문에 마른 가지를 주워다가 불을 피운 뒤 약을 달여 앨리스에게 먹였다. 약초 달인 물을 마시자 앨리스는 조금 정신이 들었다.
 "산이 치료해줄 거예요." 아트리에가 말했다.
 앨리스는 비가 오기 전 마지막 남은 반나절 동안 숲을 건너 커다란 암벽까지 가려고 했다. 말이 통하지 않아서인지, 아니면 말 없이도 앨리스의 결심이 고스란히 전해졌기 때문인지, 어느덧 건장한 청년이 된 아트리에는 이 연약해 보이지만 속은 돌처럼 단단한 여자를 업고 숲을 건너기로 했다.
 전형적인 중고도의 숲에 세월을 따라 층층이 쌓인 낙엽이 두

껍게 깔려 있었다. 나무는 모두 곧고 키가 크고 각자 자기만의 그림자를 갖고 있었다. 아트리에는 파도 위를 걷듯 물컹거리는 낙엽층을 밟고 걷다가 거스거스 섬과 와요와요 섬의 모든 것이, 특히 우르슐라가 생각났다.

 아트리에는 앨리스의 다리를 두 팔로 감싸고 걸으며 자기도 모르게 발기되는 것을 느꼈다.
 우르슐라의 치차술이 생각나고, 마지막 밤 우르슐라의 눈빛과 신음, 체취, 매끄러운 피부가 생각났다. 등에 업힌 앨리스와 전혀 다르면서 또 매우 비슷했다.
 그동안 아트리에는 아무도 가르쳐주지 않았지만 저절로 깨닫게 된 사실이 몇 가지 있었다. 와요와요의 차남이 섬을 떠나기 전날 밤, 여자들이 차남을 풀숲으로 끌고 갈 수 있게 한 이유. 차남들에게 와요와요에 자기 씨를 남길 기회를 주려는 것이었다.
 만약 누군가 그의 아이를 임신했다면 그 여자가 우르슐라이길 아트리에는 바랐다. 와요와요 섬에서는 여자가 임신했을 때 아이 아빠가 누구인지 아무도 궁금해하지 않는다. 와요와요 섬 여자들은 나이가 없고, '첫 아이를 낳은 해' '둘째 아이를 낳은 해'만 계산하기 때문에 와요와요 섬 여자 중 아이를 낳은 적이 없는 이들은 나이를 묻는 질문에 대답할 수 없다. 아이를 낳지 않은 여자는 나이를 계산할 수 없고 가족들에게 보호받지도 못한다. 그래서 아트리에는 우르슐라가 임신했기를 바랐다. 그래야 적어도 누군가에게 보살핌을 받을 수 있기 때문이다. 비록 우르슐라를 보살펴줄 사람이 자기 형 나리에다겠지만. 나리에다는 우르슐라가 물고기를 널어 말리는 건조대를 가득 채워줄 책임이 있었다. 그게 와요와요의 규칙이고 율법이었다.

우르슐라가 임신했는지는 알 수 없지만 꿈을 꾸기 직전에 자주 희미한 소리가 들렸다. 하지만 지금 그는 다른 섬에 있고 와요와요가 얼마나 멀리 있는지도 모르기 때문에 그 소리가 어디에서 오는지 알 수 없었다.

그런 생각이 들자 아트리에는 한 걸음 내디딜 때마다 빠져나올 수 없는 숲속 깊숙이 들어가는 것 같았다.

아트리에의 등에 엎드린 앨리스는 알 수 없는 위로를 느꼈다. 야콥센이 돌아와 자신을 업고 있는 듯한 위안을 느끼며 소년의 등을 꼭 끌어안았다.

앨리스는 요즘 자신과 아트리에의 산속 생활이 평온한 듯하지만 언제든 변할 수 있다는 걸 알고 있었다. 언제까지 사냥용 오두막에서 지낼 수는 없었다. 사냥용 오두막은 너무 허술해서 태풍이 한 번만 닥쳐도 무너질 것이다. 또 아트리에가 언제까지고 이렇게 산속에 숨어서 살 수도 없었다. 다른 사람들에게 아트리에를 보여줄 것인지를 포함해 아트리에를 위해 몇 가지 결정을 내려야 했다. 최소한 다허와 하파이에게는 먼저 보여줘야 할 것 같았다. 어쩌면 아트리에가 우마프와 오누이 같은 친구가 될지도 모르겠다고 생각했다. 그런 다음 시간이 흐르면 아트리에는 와요와요인에서 타이완인으로 바뀔 수 있을 것이다.

하지만 앨리스에게도 나름의 문제가 있었다. 그동안 조용히 나물을 캐고 일상을 보내고 글을 쓴 것처럼 보이지만 사실 앨리스는 글 속에서만 살 수 있는 자신을, 오직 자기 자신과의 대화 속에서만 살 수 있는 자신을 미워하고 있었다.

그 암벽에 한번 다녀와야 할 것 같다고, 앨리스는 생각했다.

아트리에의 등에 업혀 지세가 오르락내리락하는 숲을 지나며 앨리스는 문득 몇 년 전 야콥센과 물을 길러 갔다가 아름다운 뿔을 가진 크레나투스굽은턱사슴벌레를 발견한 일이 생각났다. 그때 그는 토토에게 깜짝 놀랄 생일 선물을 주고 싶어서 그걸 표본으로 만들기로 했다. 크레나투스굽은턱사슴벌레를 에테르로 기절시킨 뒤 3호 표본핀으로 딱딱한 껍데기를 뚫어 작은 표본 상자에 고정했다. 상자에 이미 타이완왕사슴벌레와 타이완사슴벌레 표본이 있었지만, 새로 넣은 크레나투스굽은턱사슴벌레는 진짜 사슴처럼 눈에 띄었다. 정말 멋진 사슴벌레였다.

어느 날 밤, 앨리스가 잠이 오지 않아 종이와 펜을 꺼내 글을 쓰려고 서랍을 열었다가 깜짝 놀라 서랍을 놓치는 바람에 안에 있던 것이 다 쏟아졌다.

표본핀에 꽂혀 있던 크레나투스굽은턱사슴벌레의 다리 세 쌍이 아직도 헤엄을 치듯 천천히 움직이고 있었다. 에테르 사용량이 너무 적어서 생명력이 왕성한 사슴벌레가 잠깐 기절했다가 다시 살아난 것 같았다. 옆에 있는 곤충 두 마리는 표본핀에 꽂혀 조용히 엎드려 있는데 이 크레나투스굽은턱사슴벌레만 쉬지 않고 다리를 버둥거리면서도 아무 데도 가지 못했다.

벌레도 아픔을 느낄까? 어쩌면 가족이 사라져도 아무것도 모를지 모르지만, 3호 표본편에 관통당했을 때도 우리가 상상하는 것처럼 정말 아무것도 느끼지 못했을까?

 아트리에가 앨리스를 업고 숲속을 걷는 동안 서로 다른 기억을 가진 두 사람에게서 서로 다른 체취가 났다. 후각이 특히 예민한 숲속 동물 모두 그들의 냄새를 맡았다. 오랫동안 쌓여 있던 축축한 낙엽에서는 소리가 나지 않았지만 떨어진 지 얼마 되지 않은 것에서는 소리가 났다. 마치 누군가의 뼈가 바스러지듯 한 걸음 한 걸음 걸을 때마다 조금씩 바스러지는 소리가 났다. 그때 빗방울이 천천히 떨어지기 시작했다. 아트리에가 고개를 들어 올려다보자 가닥가닥 모든 빗줄기의 끝이 보이는 것 같았다.
 어둠이 내려앉기 전 숲을 지나 마침내 거대한 암벽 앞에 도착했다. 거대한 벽이 가로막은 듯, 거대한 생명체가 우뚝 선 듯, 세상 모든 바람이 그 앞에서 멈추고 숲도 그저 올려다볼 수밖에 없을 것 같았다.
 아트리에는 앨리스를 내려놓고 땀에 젖어 반짝이는 얼굴을 닦았다. 앨리스는 바람막이에 달린 우의를 끄집어내고 방수 모자를 뒤집어써 작고 노란 세계 안에 몸을 감췄다. 그러자 의외로 평온하고 아늑한 기분이 들고 바로 여기구나, 하는 생각이 들었다. 그렇다. 바로 여기였다.

 날이 어둡고 곰이 텐트를 망가뜨렸기 때문에 두 사람은 어쩔 수 없이 산에서 하룻밤 더 묵어야 했다. 비를 피할 수 있는 곳을 찾다가 암벽 밑자락에서 동굴을 찾았다. 깊은 동굴은 아니지만 몸을 웅크리고 앉으면 몇 명쯤 들어갈 수 있을 것 같았다. 동굴 천장은 한쪽이 높고 한쪽이 낮게 비스듬했다. 낮은 쪽이 다른 동굴과 연결됐는데 빛이 없어 제대로 보이지 않았다. 앨리스는 암벽이 처음부터 있던 게 아니라 지진으로 인해 단층의 위치가 바뀌며 생겼다는 등산동호회 사람의 말을 떠올렸다.

산이 갈라진 뒤에야 생겨난 절벽. 이 지도의 종점이 다허가 야콥센의 시신을 찾은 곳일까?

앨리스는 불을 피우고 차를 우리는 아트리에의 뒷모습을 물끄러미 바라봤다. 가물가물한 불빛에 그의 그림자가 야콥센처럼 커지기도, 토토처럼 작아지기도 했다. 앨리스는 촉각에 의지해 거대한 암벽 밑부분, 움푹 들어간 돌에 비친 아트리에의 그림자를 더듬으며 중얼거렸다. "당신 여기에 있었구나." 그 순간 머릿속이 또렷해지며 모든 게 그림자에 불과하다는 사실을 깨달았다. 하지만 그림자의 그림자만으로 충분했다. 그림자만으로도 충분했다.

아트리에가 불을 피우고 앉아 빗줄기를 바라봤다. 갑자기 세찬 빗줄기가 쏟아지더니 동굴로 흘러들어온 물이 낮은 쪽으로 흘러가 사라져 졸졸 흐르는 소리만 들렸다. 마치 동굴 안에 있는 마르지 않는 강이 산의 마음속으로 흘러들어가는 것 같았다.

"오늘 바다 날씨가 어때?" 갑자기 아트리에가 조용히 물었다.

앨리스가 몇 초쯤 머뭇거리다가 빗방울처럼 가느다란 목소리로 대답했다. "아주 맑아."

29 복안인 Ⅲ

 남자가 바닥에 앉아 있다가 통증을 못 이겨 다시 누웠다. 슬픔인지 다른 무엇인지 알 수 없는 감정이 들다가 갑자기 입이 크게 벌어지며 하품이 나왔다. 세상이 너무 무료해 차라리 영원히 잠이나 자려는 사람처럼.
 하품을 하고 나자 어쩐지 통증이 조금 너누룩해진 느낌이었다. 그래서 나오는 대로 참지 않고 하품을 하자 줄을 서서 기다린 것처럼 연거푸 하품이 났다. 일 분도 안 돼서 하품을 열세 번이나 했다.
 "생각보다 아프지 않은데?"
 남자는 전신의 뼈가 이어 붙일 수 없을 만큼 토막난 걸 알았다. 여러 번 심각한 골절을 겪어봤고 뼈가 부러진 느낌도 분명히 알았지만 지금은 이상하게 통증이 거의 느껴지지 않았다.
 "안 아파. 이상해." 남자는 이것이 어떤 가능성을 의미하는지

금방 알았다. "내가 죽었나?"

"하품을 몇 번이나 했지?"

"열다섯 번이요." 사실 열세 번이었다. 남자가 잘못 셌다.

"그럼 일반적인 정의로 볼 때 당신은 죽었어."

남자는 '일반적인 정의'가 무슨 뜻인지 이해할 수 없었다. 가까스로 몸을 일으켜 암벽 앞으로 다가가 절박한 눈빛으로 위를 올려다봤다. "내 아들이 저 위에 있어요."

남자가 이 상황을 이해하지 못하는 게 난처한 듯 복안인이 고개를 저었다. "그 애는 위에 없어. 물론 저 위에 있다고 말할 수 있지만, 사실 없어. 당신도 그걸 알고 있고."

난 몰라. 알아. 몰라. 알아. 몰라. 알아. 몰라. 알아……. 남자가 성난 얼굴로 복안인을 사납게 쏘아보고는 암벽을 타고 기어올라가려고 했다. 하지만 그럴 힘이 없는 걸 금세 알았다. 아직 존재하는 것 같기는 하지만 원하는 대로 자유자재로 움직일 수 없었다. 정확히 말하면 암벽을 타고 올라갈 수 없었고, 어떤 평면에서 조금씩만 움직일 수 있는 납작한 사람이 된 것 같았다. 이제 보니 죽음이란 이런 것이었다.

"당신은 올라갈 수 없어." 복안인이 잘라 말했다. 아무 감정도 없고 망설임도 없는 단호한 말투였다.

남자는 복안인의 말이 옳다는 걸 알았다. 그는 올라갈 수 없었다. 남자가 한숨을 내뱉었다. 주위에 있는 식물에 서리가 앉을 만큼 무겁고 시린 숨이었다. 하지만 남자는 아들 걱정 때문에 포기하지 않고 자꾸 올라가려고 시도했다.

복안인도 말리지 않고 그가 제풀에 지쳐 바닥에 주저앉을 때까지 지켜보며 기다렸다. 절망에 빠진 남자가 간절하게 도움을 구하는 눈빛으로 그를 응시했다. 복안인의 겹눈이 시시각각 새로 조합되고 배열되는 것처럼 빠르게 변했다. 각각의 홑눈마다 완전히 다른 풍경이 쉬지 않고 스쳐 지나갔다. 남자는 그의 눈을 자세히 들여다보다가 홑눈에 비치는 모든 정경에 매료됐다. 해저 화산이 분출하는 모습이기도, 상공을 활공하는 독수리가 보는 세상이기도, 나뭇잎이 떨어질 듯 흔들리는 모습이기도 했다. 저마다의 홑눈 속에서 어떤 다큐멘터리 필름이 돌아가는 것처럼 보였다.

복안인이 지면을 가리켰다. "급하지 않으면, 앉아서 얘기할까?"

자기가 정말 죽었다면 뭐 그리 급할까 싶어서 남자가 털썩 주저앉았다.

"기억이 어떤 건지 알아?"

예상치 못한 질문에 남자가 당황했다. "기억하는 거잖아요. 아닌가요?"

"맞아. 간단히 설명해줄게. 보통 인간의 기억은 말할 수 있는 기억과 말할 수 없는 기억으로 나뉘어. 말할 수 있는 기억이란 말과 글을 이용해 표현할 수 있는 것이고, 말할 수 없는 기억은 구체적으로 말할 수 없는 것인데 당신들이 잠재의식이라고 부르는 것과 비슷해. 주체조차도 자기가 어떤 기억을 가진지 자각하지 못할 수 있어. 말할 수 없는 게 아니라 말해질 수 없는 것이지. 자기 자신도 모르니까 말이야. 이해하겠어?"

남자는 고개를 끄덕였지만 자신이 왜 여기에 앉아 이런 얘기를 들어야 하는지 알 수 없었다.

"음, 이 두 가지 기억은 다시 사건 기억과 사실 기억, 익숙한 기억이라는 세 가지 기본 형태로 나눌 수 있어."

복안인이 말했다. "당신 아들은 세 살까지 말을 못 했어. 기억하지? 그러다 어느 날 표본을 보다가 갑자기 말을 했잖아. 안 그래?"

남자는 고개를 끄덕였지만, 이 남자가 어떻게 그렇게 세세한 일을 아는지 의구심이 들었다. 그러다 문득 생각해보니 그게 언제 일인지 정확히 기억나지 않았다. 아들이 세 살 때였는지, 네 살 때였는지. 아무튼 다섯 살 이전의 일이었다.

"그건 한 가지 사건이야. 당신이 그 사건을 얘기할 수 있으니까 그건 말할 수 있는 사건 기억이지. 또 아내와 아들의 생일을 기억하지?"

"물론 기억하죠."

"그래. 그게 바로 사실 기억이야. 그 기억은 당신이 잊어버려도 찾을 수 있어. 신분증에 쓰여 있으니까. 기억이 틀렸다 해도, 어쨌든 틀린 기억이라도 있는 거야. 그렇지? 착오가 없다면 당신 아내와 아들의 생일은 어디에서든 동일하게 기록돼. 사실이니까. 사람들은 그걸 확인할 수 있는 방법을 마련해놓기 때문에 인간이 만든 세상에서는 대체로 그 사실을 찾아서 확인할 수 있어. 이해하겠어?" 남자가 고개를 끄덕였다.

"하지만 사건 기억은 달라. 당신이 기억하는 세부적인 일은 분명히 당신 아내가 기억하는 것과 다를 거야. 안 그래? 예를 들어 당신과 아내가 처음 만났을 때, 당신이 그 숲에서 어떤 말을 몇 번 했는지 같은 것 말이야. 당신들은 나중에 싸울 뻔했잖아. 그렇지? 같은 사건이라고 할지라도 두 사람이 가진 기억이 조금씩 달라."

남자가 고개를 숙이고 생각에 잠겼다. "이해했어요. 그럼 익숙한 기억은 뭔가요?"

"당신은 이 암벽을 몇 번이나 올랐지. 위를 올려다보면 당신이 올라간 경로를 찾을 수 있겠어?"

그렇겠지. 남자는 생각했지만 확신할 수는 없었다. 등반 당시를 떠올려봤다. 베테랑 등반가는 같은 경로를 두 번 등반하면 암벽을 오를 때 지난번 등반의 세세한 기억이 저절로 떠오른다.

남자의 생각을 이어서 말하듯 복안인이 말했다. "맞아. 손가락 끝이 바위에 닿기만 해도 어렴풋이 기억날 거야. 하지만 평소에는 아무리 생각하려고 해도 기억나지 않지. 가끔은 등반하면서 심지어 그 돌 어디가 움푹 들어가 있는지도 머릿속에 떠올라. 그렇지?"

남자가 놀란 표정으로 복안인을 봤다.

"인간의 뇌는 무의식적으로 그런 기억을 엮어내. 가끔은 자신이 무엇을 기억하는지도 모르면서. 당신이 이 암벽을 백 번 등반했다면 돌과 발을 디뎠던 위치를 굳이 기억하려고 하지 않아도 몸이 저절로 기억할 거야. 나중에 다시 왔을 때, 누군가 돌의 위치를 옮겼더라도 몸이 그걸 알려줄 거고."

남자가 복안인의 눈을 봤다. 아주 작은 홑눈 속에서 익숙한 광경이 떠오른 것 같았다. 하지만 전체적으로 봤을 때 이 남자의 눈과 머리는 보통 사람보다 작았고, 겹눈 속에 있는 홑눈은 적게 잡아도 수만 개는 되어 보였으며, 모든 홑눈이 육안으로 존재를 확신할 수 없을 만큼 작았다. 그렇다면 그 홑눈에 어떤 풍경이 비쳤는지 내가 어떻게 알 수 있겠어? 남자가 속으로 생각했다.

"기억에 관한 한 인간은 다른 동물과 조금도 다를 게 없어. 농담이 아니야. 믿지 못하겠지만 사실 군소조차도 기억이 있어. 기억 연구로 유명한 에릭 리처드 캔들의 첫 연구 대상이 바로 군소였지. 그는 나치가 유대인을 본격적으로 학살하기 시작한 '수정의 밤'*에 운 좋게 살아남은 덕분에 기억을 연구할 수 있었어. 어쩌면 캔들은 기억의 각인이 무엇인지 누구보다 잘 알기 때문에 기억에 대해 연구할 수밖에 없었는지도 몰라." 복안인이 말했다. "아마 군소는 온전한 사건 기억과 사실 기억, 익숙한 기억을 가질 능력은 없을 거야. 그렇지만 철새는 바닷가를 기억하고, 고래는 자기 몸에 작살을 남긴 배를 기억하고, 사냥꾼에게 쫓긴 새끼 물범은 죽지 않고 살아남는다면 외투를 입고 몽둥이를 든 그 생물을 기억하겠지. 그냥 하는 얘기가 아니라 정말로 영원히 잊지 못할 거야. 그런데 오직 인간만이 기억을 기록하는 도구를 발

---

* 1938년에 나치 대원들이 독일 전지역의 유대인 가게와 사원을 약탈하고 방화한 날.

명했어."

복안인이 바지에 꽂혀 있던 펜 한 자루를 꺼내 부러뜨렸다. 하지만 부러진 펜으로도 틀림없이 쓸 수 있었다.

"글쓰기."

그때 멀리서 갑자기 천둥 번개가 치고 먹구름이 하늘을 뒤덮기 시작했다.

"방금 천둥 번개가 친 건 하나의 사실이야. 우리가 대화를 나누는 것도 하나의 사실이고. 누군가 조금 전의 일을 문자로 기록하지 않으면 우리 둘 각자의 사건 기억과 사실 기억과 익숙한 기억 속에서만 천둥 번개가 친 기록을 찾을 수 있겠지. 하지만 문자로 기억을 재현한다면, 머릿속으로 직조한 수많은 것이 사건 기억에 덧붙여졌음을 알게 될 거야. 따라서 문자로 재현한 세계는 당신들이 말하는 '자연계'에 더 가까울 뿐 아니라 하나의 유기체라고 할 수 있지."

복안인이 옆에 쓰러져 있는 고목의 메마른 나뭇가지 사이에서 딱정벌레의 애벌레처럼 희고 굵은 무언가를 꺼냈다. 그가 마술사처럼 보였다.

"인간은 세상을 너무 단편적으로 인식해. 편협하지. 때로는 너무 작위적이기도 한 게 당신들은 당신들이 기억하고 싶은 것만 기억하려 해. 사실 기억처럼 보이는 많은 것에는 허구의 상상이 뒤섞여 있어. 심지어 세상에 일어난 적 없는 일까지 사람의 머릿속에서 상상력을 통해 실제처럼 생생하게 구현할 수도 있어. 수많은 사람이 뇌가 병들어 어떤 사물을 다른 것으로 착각하기도

해. 아내를 모자로 착각한 그 사람처럼 말이지."

복안인의 시선이 먼 곳을 향했다. 겹눈이 초점을 맞추는 방식이 인간의 두 눈과 완전히 다른데도 남자는 그가 먼 곳을 응시하는 걸 알 수 있었다. "내가 방금 말한 것처럼 기억 능력이 인간만의 것이 아니듯, 인간만이 허구를 상상할 수 있는 건 아니야. 하지만 머릿속에 있는 모든 것을 문자로 재현해내는 능력은 인간만 갖고 있어. 내 손에 있는 이 애벌레는 자신의 번데기 시절 기억을 결코 재현해낼 수 없을 거야."

복안인의 손에 있던 애벌레가 어느새 갈색 번데기로 변했다.

"그러니까 당신이 하려는 얘기는⋯⋯." 남자는 말을 잇지 못하고 혼란에 빠졌다. 죽음 직후의 인간이 모두 경험하는 상태인지도 몰랐다.

"당신 아들은 당신 아내의 글 덕분에 산 거야." 복안인이 남자를 보며 말했다. "그해 여름을 기억해? 그 뱀을? 그 오후를? 어떤 존재들은 이미 오래전에 사라졌지. 당신 아내가 매일 일기를 쓰고, 당신 아들이 했을 법한 일을 대신 했어. 아들이 조금씩 자랄 때마다 필요하게 될 물건을 샀지. 당신 아내는 상상 속 아들이 조금 더 자라면 흥미를 느낄 것 같은 도감을 읽고, 야외에서 곤충을 채집해다가 표본을 만들고 아들의 표본집이라고 했어. 주변 사람들은 당신 아내를 보호하기 위해, 아니, 정확히 말하면 당신 아내의 '뇌'를 보호하기 위해 그동안 그의 기억과 그가 믿고 싶어하는 기억에 맞춰줬어. 그래서 당신 아내와 아들은 생과 사의 양쪽 끝에서 모종의 형태로 공생하게 됐지."

남자는 눈앞에서 번개가 번쩍 스치고 지나간 것 같았다. 누군가가 그의 생명의 불을 껐다. 누군가가 무엇을 꺼버렸다.

"당신 아들은, 사실 당신 아내의 글과 생활 속에만 존재했고 당신도 거기에 참여했어. 당신들은 슬픈 기억을 수용하고 창조한 인간이야."

남자가 한숨을 게워냈다. 그는 그 숨과 함께 무언가가 몸속에서 빠져나가는 분명한 느낌이 들었다. "그럼 그 일 이후 내 아들의 존재는 아무 의미도 없었다는 건가요?"

"그렇지 않아. 정말로. 적어도 얼마 동안은 암묵적인 약속의 형태로 당신과 아내 사이에 살아있었잖아? 살아있었어. 마치 쇠사슬처럼. 일반적인 정의로서의 죽음이 아니라, 다만 더는 살아있지 않았을 뿐이야. 다른 어떤 생물도 글을 통해 이런 감정을 느끼고 나눌 수 없어."

복안인이 남자의 눈을 봤다. 반짝이던 눈이 조금씩 조금씩 어두워졌다. 열네 번째 하품이 곧 나온다는 신호였다.

"하지만 파도가 언젠가는 떠나가듯이 기억과 상상은 언젠가는 분리될 수밖에 없어. 그러지 않으면 사람이 살 수 없지." 복안인이 말했다. "이건 대부분의 생물이 문자로 기억을 저장할 수 없는 것과 달리, 유일하게 글을 쓸 수 있는 존재, 인간이 치러야 할 대가야."

그때 복안인의 손에 있던 번데기가 안에 갇힌 게 고통스러운지 고통을 끝내려는 듯 꿈틀거리기 시작했다.

"솔직히 난 당신들의 그런 능력이 부럽지도 않고 그 능력에 감탄하지도 않아. 인간이 다른 생물의 기억을 완전히 무시하기 때문이지. 당신들은 다른 생명 존재의 기억뿐 아니라 스스로의 기억도 함부로 짓밟아. 다른 생명이나 생존 환경을 기억하지 않고서는 그 어떤 생명체도 살아남을 수 없어. 인간은 자신들이 다른 생명의 기억에 의지하지 않고도 살 수 있을 거라 생각해. 꽃은 당신들 눈을 즐겁게 하기 위해 존재하고, 멧돼지는 당신들에게 고깃덩이를 제공하기 위해 존재하며, 물고기는 당신들을 위해 미끼를 문다고 생각하지. 또 인간만이 슬픔을 느낄 수 있다고 착각하고, 계곡에 돌 하나가 떨어지는 것도, 삼바가 고개 숙여 물을 마시는 것도 아무런 의미가 없다고 생각해. 하지만 사실 모든 생명의 움직임은 아무리 미세한 동작이라도 전부 생태계의 변화를 의미해." 복안인이 무거운 탄식을 토하며 말했다.

"하지만 그게 바로 당신들이 인간인 이유겠지."

"그럼 당신은 누구인가요?" 남자가 마지막 남은 절반의 숨을 모아 뱉어낸 이 말은 수천 가지 소리가 한데 모인 합창 같았다.

"내가 누구냐고? 내가 누구냐고?" 복안인의 손에 있는 번데기가 격렬하게 꿈틀거렸다. 마치 은하계 하나가 고통에 몸부림치며 막 탄생하는 것 같았다. 그의 눈동자가 석영이 박힌 듯 반짝였다. 하지만 자세히 보면 정말로 반짝이는 것이 아니라 겹눈 속 수많은 홑눈이 바늘 끝보다 가늘고, 보이지 않을 만큼 미세한 눈물을 흘리고 있는 것이었다.

"그저 지켜볼 수만 있을 뿐, 개입할 수 없는 것이 내 유일한 존재 이유지." 복안인이 자기 눈을 가리키며 말했다.

11장

고통스럽게 꼬리를 흔드는 고래 주위로 거대한 모래 웅덩이가 파였다. 고래는 머릿속에서 어떤 기억을 밀어내려는 듯 머리를 모래에 처박았다. 고래 머리가 바닥에 부딪히는 둔중하고 단조롭고 절망적인 소리가 산 너머까지 전해져 밭일을 하던 마을 사람들의 가슴이 저릿거렸다.

30 복안인 Ⅳ

소년은 암벽을 기어 내려가기로 마음먹었다.

안전로프를 몸에 매고 천천히 내려갔다. 체중이 가벼워 처음에는 무게를 느끼지 못했지만 얼마 안 가 힘이 점점 빠졌다. 소년은 자신이 이렇게 무거울 줄은 몰랐다. 위를 올려다보니 암벽 외에 아무것도 보이지 않았다. 땀이 눈에 들어가지 않도록 흐르는 땀을 어깨로 닦았다. 소년의 갈색 눈동자는 각도에 따라 푸르스름하게 보이기도 했다.

절반쯤 올라갔을 때 소년의 발이 미끄러지며 밑으로 훅 떨어졌다. 다행히 다시 암벽을 디뎠지만 체력이 소진되어 더 내려갈 힘도, 다시 올라갈 힘도 없었다. 몸에서 열이 나기 시작하고 땀이 비 오듯 흘렀지만 움직임을 멈추자 스치는 바람이 느껴지며 오한이 나 몸이 떨렸다.

진퇴양난으로 암벽에 매달려 있던 소년은 청각이 평소보다 훨씬 예민해진 걸 알았다. 바람 소리, 낙엽 바스락거리는 소리, 곤충의 날개가 떨리는 소리 외에 암벽 밑에서 아빠가 어떤 남자와 대화하는 소리도 들리는 것 같았다. 대부분 이해할 수 없는 말이었지만, "일반적인 정의로서의 죽음이 아니라, 다만 더는 살아있지 않았을 뿐이야"라는 말을 들었을 때 소년은 갑자기 몸이 가벼워지는 걸 느꼈다. 아니, 더는 무게감이 느껴지지 않았다고 하는 편이 정확할 것이다.

소년이 무슨 생각을 하는 듯 고개를 약간 갸우뚱했다가 내려가지 않기로 마음을 바꾼 뒤, 다시 암벽을 기어오르기 시작했다. 그런데 왜 그런지 몰라도 암벽을 올라가기 시작하자 새의 깃털처럼 몸속이 텅 빈 것 같은 기분이 들었다.

암벽 위로 올라간 소년은 텐트에 가 배낭에 있던 곤충 채집통을 하나씩 꺼내 밖으로 나왔다. 뚜껑을 열고 곤충을 전부 바닥에 쏟았다. 채집통에 기절해 있던 딱정벌레들이 처음에는 두려움에 다리를 바짝 움츠리고 바닥에 벌러덩 누운 채 꼼짝도 하지 않았지만, 소년이 뒤집어주자 얼마 뒤 몇 마리가 살짝 기어가다가 겉날개를 펼쳤다. 그러고는 겉날개 밑에 숨어 있던 거의 보이지 않을 듯 얇고 투명한 날개를 파닥파닥 움직이며 날아갔다.

파닥파닥, 파닥파닥, 파닥파닥…….

소년이 낭떠러지에 서서 아름다운 눈으로 공중을 응시했다. 막 날아간 딱정벌레들이 소년의 시야에서 작은 점으로 변했지만 겉날개의 생김새는 아직 어렴풋이 알아볼 수 있었다. 정말 예쁜 벌레야. 소년이 노래하듯 중얼거렸다.

그때 겉날개에 매혹적인 초록색과 노란색 반점이 있는 커다란 딱정벌레가 소년 바로 앞에 있는 돌 위에 날아와 앉았다.

앞장다리장수풍뎅이! 수컷 앞장다리장수풍뎅이이야! 소년이 신이 나서 외쳤다.

저 긴 다리 좀 봐! 큰 겉날개 좀 봐!

하지만 그 순간 소년은 모든 게 '모호'해지기 시작하는 걸 느꼈다. 사전적인 의미의 '모호함'이 아니라 인간이 상상하기 힘든 모호함이었다. 자신이 나뭇잎이나 곤충, 새소리, 물방울, 이끼, 돌멩이로 변하는 것 같았다.

파닥파닥, 파닥파닥, 파닥파닥…….

마치 그 풍경 속에 거대한 암벽을 기어오르는 소년이 한 번도 존재한 적 없는 것처럼, 모든 풍경이 복안인의 겹눈 속, 바늘 끝보다 작은 홑눈으로 빨려 들어갔다. 모든 풍경이 기억 속에만 존재했다.

31 해가 떠오르는 길 The Road of Rising Sun

  다허가 앨리스에게 준 휴대전화로 여러 번 전화를 걸었지만 앨리스는 받지 않았다. 숲속교회에서 하룻밤 자고 난 아침, 다허는 그가 무사한지 살펴보려고 혼자 차를 몰고 바다 위 집 근처 해변으로 향했다. 해변에 도착해 보니 자원봉사자들이 쓰레기를 정리하며 또 하루를 시작하고 있었다. 사실인지 착각인지 몰라도 바다 위 집이 더 가라앉은 것 같았다. 바다 위 집 앞에서 어머니와 아들로 보이는 두 사람이 바다 위 집을 가리키며 얘기하고 있었다. 다가가 물어보니 작가 K의 전 부인과 아들이었다.

  "어머니께서 예전에 살던 곳에 와보고 싶다고 하셨어요. 온 김에 교수님 안부도 알아보고요." 작가의 아들이 말했다.

  "교수님은 안전한 곳으로 대피하셨어요." 다허가 말했다.

  작가의 전 부인이 못내 안타까운 표정으로 말했다. "예전에 여기 살 때는 채소를 심으며 바다를 봤는데, 이렇게 바다에 잠길 줄은 몰랐어요."

 다허는 사냥용 오두막에 가보기로 했다. 앨리스가 화를 낸다고 해도 어쩔 수 없었다. 오두막에 도착해 둘러본 뒤 그는 앨리스가 다른 누군가와 함께 살고 있음을 확신했다. 오두막 앞에 텐트가 세워져 있고, 옆에 고정식 폴대도 보였다. 또 식량을 보관하는 것 같은 저장고도 있고, 오두막 안에 책과 그림이 흩어져 있는데, 다듬어지지 않은 야성과 기이한 상상력이 넘쳐 한눈에도 앨리스의 그림이 아닌 걸 알 수 있었다. 계속 전화가 연결되지 않은 이유도 알 수 있었다. 휴대전화는 앨리스가 없는 오두막에 전원이 꺼진 상태로 덩그러니 놓여 그림이 날아가지 않도록 누르는 용도로 쓰이고 있었다. 다허는 휴대전화를 가지고 가려다가 마음을 바꾸고 그대로 뒀다. 그리고 햇볕이 잘 드는 방향으로 태양광 패널을 두고 송신기를 켠 다음 앨리스에게 쪽지를 남기기로 했다. 그러면 앨리스가 돌아와서 연락할 수 있고, 앨리스가 어딜 가든 휴대전화로 위치를 찾을 수 있었다.
 다허는 그래도 마음이 놓이지 않아 우선 산을 내려가 수색대를 꾸린 뒤 앨리스를 찾으러 가기로 했다. 앨리스가 지금 구조가 필요한 상황인지는 알 수 없으나 언제나 최악의 시나리오를 염두에 둬야 했다. 그것이 그가 야생의 경험에서 얻은 교훈이었다.

 그 시간 앨리스는 아트리에의 등에 업혀 산을 내려오고 있었다. 앨리스는 멀리서 산을 올라오는 다허를 발견하고 아트리에에게 내려달라고 했다. 두 사람은 다허에게 들키지 않도록 숨어 있다가 다허가 사냥용 오두막을 둘러보고 돌아간 뒤, 수풀에서 나왔다. 다시 아트리에에게 힘없이 업혀 오두막에 돌아온 앨리스는 제일 먼저 휴대전화로 다허에게 전화를 걸었다.

"돌아왔구나! 사냥용 오두막에 갔는데 당신이 없길래 수색대를 꾸려 다시 올라가려던 참이야." 다허가 반색을 하며 말했다.

"괜찮아, 괜찮아. 수색대 필요 없어."

"혹시 누구랑 같이 지내? 며칠 동안 어디 갔었어?"

"아." 앨리스가 머뭇거렸다. "나중에 얘기할게."

앨리스는 전화를 끊은 뒤 오하요를 찾아다녔다. 한참 만에야 아트리에가 풀로 짠 바구니 안에 새근새근 잠들어 있는 오하요를 찾았다. 앞발로 눈을 가리고 무엇에도 놀라지 않을 것 같은 완벽한 원의 형태로 몸을 옹송그린 채 잠들어 있었다.

깊이 잠든 오하요의 모습에 앨리스는 불현듯 글을 쓰고 싶은 충동이 들었다. 단 일 분도 지체할 수 없어 곧장 자신의 '글쓰기 정자'에 앉아 노트를 펼친 뒤 며칠 동안 완성하지 못한 소설을 이어서 쓰기 시작했다.

아트리에가 말했다. "아픈데, 왜, 쉬지 않아요?"

"쓰고 싶은 글이 있어."

"뭘 쓰고 있어요?"

"일어난 것 같지만 어쩌면 전혀 일어난 적 없는 일." 앨리스가 말했다.

사라는 숲속교회의 부눈족 전통 가옥에서 하룻밤을 보낸 다음 날부터 부락에서 지내기 시작했다. 매일 아침 일찍 일어나 해변의 여러 구역을 관찰하고 기록하고 연구 계획을 세웠다. 볼트는 그의 운전기사가 되어주고 가끔 부락의 부눈족 사람들과 사냥을 하거나 좁쌀과 수수를 심었다. 두 사람은 이 해변에 익숙해질수록 점점 슬퍼졌다. 사라는 매일 구역별로 같은 장소에서 바다의 수온을 측정한 뒤 과거 기록보다 섭씨 1.6도 정도 상승했다는 사실을 알았다.

"앞으로 강우량이 계속 늘어날 가능성이 크다는 뜻이야." 사라가 볼트에게 말했다.

"바다 오염은 어때?"

"심각해. 무척추동물만이 겨우 살아남을 거야. 용존 산소량도 낮아졌고, 햇볕에 오래 노출된 플라스틱은 쉬지 않고 독을 풀어대는 마녀처럼 바닷물에 지속적으로 독성을 방출할 거야. 저길 봐. 바다색이 변했잖아."

볼트가 보니 정말로 바다가 군데군데 붉은색과 갈색을 띠었다. "해조류가 얕은 바다를 뒤덮고 있어."

얼마 안 되는 시간이었지만 볼트와 사라는 이 섬을 사랑하게 됐다. 하지만 그들은 이 가난하지만 낙천적인 주민들이 바다로 나갈 권리조차 빼앗겼다는 사실도 알게 됐다.

다허는 앨리스가 무사한 걸 확인한 뒤 아누와 함께 해변 복구 작업과 숲속교회 일을 계속했다. 앨리스는 영상통화만 거절할 뿐 전화는 받았다. 바다 위 집 근처를 지나가다가 가끔 산에서 내려온 앨리스를 마주치기도 했다. 몇 번은 볼트와 사라도 앨리스를 봤다. 사라는 집이 바다에 잠겨 사냥용 오두막에서 지내는 이 여자에게 궁금한 게 많은 듯했다. 앨리스는 겉보기에는 사람들과 가벼운 대화를 잘 나누는 것처럼 보였지만 그에게는 영원히 열리지 않을 것 같은 창 하나가 있었다. 사냥용 오두막에서 누구와 함께 지내는지 다허가 여러 번 물었지만 그는 말하지 않고 항상 "아직 시간이 필요해"라고 대답했다.

하파이는 부락 친구들과 부락을 찾아온 여행객에게 살라마 커피를 만들어주고, 우마프와 함께 여행객에게 아미족과 부눈족의 여러 이야기를 들려주는 일을 했다. 사람들에게 이야기를 들려주는 일에 재미를 느낀 우마프는 하루가 다르게 소녀티가 나기 시작했다. 앞머리를 기르고 뒷머리를 포니테일로 묶어 양쪽 귓불에 있는 점을 드러냈다.

그렇게 겨울이 지났다.

봄이 막 왔을 무렵 볼트가 한 대학의 강연 요청을 받아 사라와 함께 귀국해야 했다. 귀국을 앞둔 어느 저녁, 여럿이 함께 모인 자리에서 하파이가 다 같이 타이완 남부 여행을 다녀오자고 제안했다. "사라에게 더 남쪽에 있는 바다를 보여주지 못한 게 아쉬워요." 그 자리에서 남부 여행이 결정되고 구체적인 계획이 세워졌다. 다허와 아누가 운전해 차량 두 대로 움직이기로 했다.

앨리스에게도 같이 가자고 했지만 앨리스는 역시 다른 핑계를 들어 거절했다.

"기다리면 좁쌀에 싹 틀 날이 올 거야." 하파이가 다허를 위로했다.

그들이 탄 차가 부락 입구를 지날 때 다허가 차창을 열고 길가에 쭈그려 앉은 노인에게 부눈어로 말을 건넸다. "미쿠아 디하닌Mikua dihanin?"(날씨가 어때요?)

"나 후다난Na hudanan."(비가 올 거야.) 노인이 대답했다.

사실 작년부터 섬에는 줄기차게 비가 내렸다. 강우일수와 강우량 모두 기상전문가의 예상을 한참 뛰어넘었다. 부슬부슬 그칠 줄 모르고 내리는 가랑비, 이따금 반짝 해가 들었다가 다시 내리는 비, 먹구름 자욱한 오후의 비, 아무 조짐도 없이 급작스럽게 퍼붓는 폭우 등, 마치 비가 이 섬의 유일한 날씨인 것 같았다. 곧 통째로 침수될 것 같은 분위기에 섬 전체가 무겁게 가라앉았다. 계속된 홍수와 산사태, 자연재해로 인한 경기 침체가 일년 넘게 이어지고, 그로 인해 작년 말에 치러진 선거도 절반을 넘지 못한 저조한 투표율을 기록했다. 사람들은 정치가가 자신들을 이 곤경에서 구원해줄 거라는 믿음을 버린 지 오래였다.

"어떻게 말뚝망둥어 한 마리가 진창에 빠진 동족을 구해낼 수 있겠는가?" 늘 비관적인 앨리스의 친구 M은 신문에 기고한 칼럼에서 이렇게 냉소했다.

어느 날 아침 앨리스는 마침내 장편소설 한 편과 단편소설 한 편의 가필을 끝마쳤다. 아트리에는 '소설'이라는 단어를 어렴풋이 이해했다. 거스거스 섬에서 본 이해할 수 없는 물건들이 저마다 이야기를 품고 있던 것과 비슷하리라 짐작했다. 소설이 완성됐다고 하자 아트리에가 물었다.

"이름이 뭐예요?"
"긴 소설? 짧은 소설?"
"긴 소설."
"복안인."
"짧은 소설."
"그것도 복안인."

그날 오후 아트리에가 앨리스에게 함께 가야 할 곳이 있다고 단호하게 말했다. 앨리스는 몹시 당황스러웠다. 그는 여전히 아트리에의 존재를 사람들에게 알리고 싶지 않았다. 아트리에게 해가 될까 싶어서였다. 해변에 거의 다다랐을 때 아트리에가 오른편, 잘 보이지 않는 숲길로 앨리스를 데리고 들어갔다. 원래는 산비탈이었지만 지형이 바뀌는 바람에 해변에 아주 가까웠다. 숲길 가장자리에 아직 치워지지 않은(아마 치워지지 않고 방치될) 각종 쓰레기가 수북이 쌓여 있었다. 아트리에가 쓰레기처럼 보이는 커다란 천을 들추자 앨리스는 깜짝 놀랐다.

거기 배 한 척이 감춰져 있었다.

알고 보니 아트리에는 앨리스가 잠든 틈을 타 밤마다 이곳에 내려와 조용히 배를 만들고 있었다. 하지만 타라와카는 아니고, 산에 있는 여러 종류의 나무와 해변에서 주운 쓰레기를 이용해 만든 배였다. 앨리스는 배 위에 비를 막기 위한 천막이 있는 것을 제외하면, 타오족의 전통 조각배와 기본 구조가 비슷하다고 생각했다. 아트리에에게 물어보니 그가 "책에 있는 배를 보고 배웠어요"라고 했다.

눈앞에 있는 이 소년이 간단한 공구와 책에 나온 사진 몇 장으로 이렇듯 그럴싸한 조각배를 만들었다고?

"책 볼 줄 알아요." 아트리에의 말은 사실이었다. 그는 거스거스 섬에서 지낼 때부터 책을 많이 봤다. 책에 쓰여 있는 글자는 전혀 이해할 수 없지만 다른 방법으로 책을 읽었다.

앨리스는 아트리에가 떠나지 않길 바랐지만 아트리에는 그가 바라는 대답을 들려주지 않았다. 아트리에가 이미 마음을 굳혔음을 앨리스는 알 수 있었다.

"우르슐라의 목소리를 들었어요. 아주 작은 소리지만 매일 밤 들려요." 아트리에가 말했다. "처음에는 두 가지 목소리였는데 요즘은 한 가지만 들려요. 와요와요 사람은 바다에 어울려요. 우르슐라를, 찾으러 갈 거예요."

두 사람이 무거운 발걸음으로 말없이 사냥용 오두막으로 돌아갔다. 그날 밤 두 사람 모두 잠들지 못했다. 이튿날 새벽 앨리스는 항해에 필요할 것 같은 물건을 준비했다. 커다란 상자 두 개가 가득 찬 것을 보고 아트리에가 웃더니 물건을 추려 상자 하나로 줄이고는 펜을 한 뭉치 달라고 했다.

"너무 빨리 죽으면, 내 영혼이, 떠나지 못할지도 몰라요. 한참 있다가 죽으면, 몸에 그림을, 그릴 수 있겠죠." 아트리에가 이렇게 말하며 앨리스가 사준 초록색 폴로셔츠를 벗었다. 가슴, 팔뚝, 배, 팔을 뒤로 돌려 닿을 수 있는 등까지, 곳곳에 두 사람이 함께 지낸 동안의 이야기가 가득 그려져 있었다. 오하요, 비 오는 날 바다로 흘러가는 계곡물, 산새. 그리고 토토도 있었다. 아트리에는 엉덩이부터 견갑골까지 이어진 거대한 암벽 위에 토토의 작은 몸을 그렸다. 앨리스는 그가 그걸 어떻게 그렸는지 상상도 할 수 없었다.

앨리스는 다시 죽음의 항해를 떠날 거무스름한 젊은 몸을 어루만지며 벗어나려 해도 벗어날 수 없는 끈질긴 우기처럼, 하염없이 눈물을 흘렸다.

다허와 아누가 각각 볼트와 사라, 하파이와 우마프를 태우고 남쪽으로 차를 몰았다. 바닷물이 바위로 이루어진 해안단구를 집어삼킨 모습과 부락 전체를 내륙 쪽으로 이주시킨 바다를 보았다. 그들은 순찰하듯 태평양 곳곳을 살펴보고, 인간이 버린 쓰레기를 바다가 어떻게 다시 인간에게 되돌려줬는지, 인간이 땅을 파서 만든, 영원할 것 같던 도로를 산이 어떻게 다시 파묻었는지 두 눈으로 직접 봤다.

다허는 십여 년 전 가까스로 뚫은 지방 도로 쪽으로 차를 몰았다. 당시 지방정부는 외딴 지역의 교통 문제를 해결하고, 섬을 일주하는 순환도로를 완성하기 위해 도로를 건설한다고 홍보했지만, 마을 주민의 교통 편의가 아니라 원전 폐기물을 작은 마을에 가져다 버리기 위해 만든 사실이 나중에 드러났다.

전날 밤 그들은 어느 작은 바닷가 마을의 국숫집에 짐을 풀고 저녁을 먹었다. 아누는 물만두를 한꺼번에 이백 개나 주문했고, 다허는 다음 날 새벽에 걸어 가야 하는 길에 대해 얘기했다. "젊었을 때 한 번 가봤는데 그때는 이 도로가 뚫리기 전이었어요. 새 도로 말고 옛길을 보여줄게요. 바다와 산을 끼고 이어져서 끝내주게 멋진 해안을 볼 수 있어요. 아주 오랜 옛날 산 저쪽에 사는 원주민과 이쪽에 사는 원주민이 서로 왕래하던 길이에요. 일출에 맞춰 일찍 출발하는 게 좋겠어요."

 그때 국숫집 텔레비전에서 토크쇼 패널들이 지칠 줄 모르게 떠들고 있었다. 주제는 해상 표류와 버뮤다 삼각지대였다. 이야기가 오가던 중, 멕시코 만에서 발생한 한 사건이 언급됐다. 반년 전쯤, 이십여 년 전 한 정유회사의 기름 유출로 어획량이 크게 감소한 해역에서 한 오징어잡이 배가 까무잡잡한 피부에 빨간 머리를 가진 한 소녀를 구조한 사건이었다. 한 달 정도 바다를 표류한 듯 무척 쇠약한 상태로 발견된 소녀는 구급대원의 응급조치에 몇 분 정도 정신이 들었다가 다시 혼수상태에 빠졌다. 소녀는 깨어난 직후 힘없이 "아트리에, 아트리에" 하고 중얼거렸는데 일부 언어학자는 소녀가 쓰는 언어에서 기도할 때 쓰는 말일 것이라고 추측했다. 소녀는 생명 유지 장치를 부착하고도 혼수상태에서 깨어나지 못하고 가까스로 숨만 쉬다가, 제왕절개로 배 속에 있던 태아를 꺼내자 뇌파가 멈췄다.

 "기적적인 일이군." 하파이와 다허는 다리가 길고 짙은 메이크업을 한 진행자를 알아봤다. 쓰레기 소용돌이가 들이닥친 날 일곱째 시시드에 취재하러 왔던 릴리였다. 그날 일로 아나운서가 교체됐었는데 어떻게 다시 진행자가 됐는지 알 수 없었다. 소녀의 배 속에 있던 아기는 선천적인 장애가 있었지만 생명력이 아주 강했다. 애석하게도 고래의 꼬리지느러미처럼 하나로 붙은 두 다리를 제외하면 다른 부분은 모두 건강했다.

사라는 다허에게 방송 내용을 통역해달라고 했다. 다들 방송을 보며 슬퍼해야 할지, 아기를 위해 기뻐해야 할지 난감했다. 그때 우마프가 말했다. "다리가 붙어 있다니 얼마나 좋아요! 헤엄칠 때 편하잖아요."

일기예보에 좋은 소식이 없으리라는 건 누구나 알았다. 3월 초밖에 안 됐는데 벌써 먼 곳에서 올해 첫 태풍이 생겨난 데다 이 섬을 향해 동진할 가능성이 크다고 했다. 전문가들은 태풍이 닥치면 쓰레기 소용돌이가 비바람에 흩어져 섬 전체를 둘러쌀 것이라고 예측했다. 게다가 태풍의 구름 구조로 볼 때 상당히 많은 비를 내릴 가능성이 컸다.

다음 날 이른 새벽, 다허 일행이 숙소를 출발했다. 아직 어둠이 걷히지 않은 길 위로 두 대의 차 안에 여러 언어로 된 대화 소리가 가득 찼다. 얼마 가지 않아 전방에 길이 보이지 않자 다허가 천천히 차를 세웠다.

"길이 안 보여요." 다허가 말했다.

길이 사라졌다.

그때 자욱한 안개에 가린 희붐한 태양이 수평선 위로 떠올랐다. 헤드라이트 불빛이 닿는 바로 앞만 보이다가 조금씩 사방이 밝아지기 시작했다. 전방에 출렁이는 바닷물이 그제야 보였다. 원래 길이 있어야 하는 곳이 바다에 잠겨버린 것이다. 너무 외딴 곳이라 뉴스에 보도되지 않았거나, 보도됐으나 그들이 모르고 지나쳤을 수도 있다. 내비게이션에도 상황이 업데이트되지 않았다. 오가는 사람도 거의 없는, 원전 폐기물 운반용 도로가 소리 없이 바닷속에 가라앉아 있었다.

마치 일부러 바다 쪽으로 내놓은 도로처럼, 길 끝에 서서 멀리 내다보면 아득한 태평양과 맥없는 일출이 펼쳐졌다.

다허, 하파이, 우마프, 아누, 볼트, 사라 모두 차에서 내려 바다로 들어가는 도로 위에 말없이 서 있었다. 바다는 멀리서부터 한 겹 한 겹 쉬지 않고 파도를 밀어 올리고 있었다.

다허 일행이 출발하기 조금 전, 앨리스와 아트리에가 숲속에 있던 배를 천천히 밀고 나와 바다로 향했다. 앨리스는 옆에 있는 아트리에를 보며 이 모든 것이 정말 실제로 일어나는 일인지, 자신이 만들어 낸 환각은 아닐지 생각했다. 정말로 태평양의 쓰레기 섬에서 온 청년과 함께 살았던 걸까?

어둠에 휘감긴 바다가 빛바랜 사진처럼 흐리멍덩했다. 손을 뻗으면 허공 속 무언가를 움켜쥘 수 있을 것처럼 세상이 온통 굵고 거친 입자로 이루어져 있었다. 두 사람은 배에 걸터앉아 먼 곳을 바라보며 서로 다른 생각에 잠겼다. 시간이 천천히 흘렀지만 아트리에는 노를 저을 생각이 없는 듯 바다만 봤다. 그러다가 갈매기 무리가 앞을 날아간 뒤 입을 열었다.

"앨리스, 날 위해 기도해줄 수 있어요?"

"물론이지. 누구에게 기도할까?"

"누구든 상관없어요. 카방이든, 당신들의 신이든, 바다든."

"기도가 도움이 될까?"

"아마 안 될 거예요. 바다의 현자…… 내 아버지는 바다가 갑자기 무엇을 가져갈지, 무엇을 가져다줄지 영원히 알 수 없다고 하셨어요. 그게 우리가 기도해야 하는 이유예요." 말의 뒷부분은 와요와요어로 했기 때문에 앨리스는 의미를 온전히 알아듣지 못했다.

다허 일행은 이 도로의 끝이 해변인 것처럼 길 위에 앉았다. 계획한 대로 옛길에 갈 수 없는 걸 알면서도 누구도 이대로 돌아가고 싶지 않았다. 다허가 오래전 옛길을 따라 여행한 이야기를 들려줬는데 목소리가 점점 작아져 자기 귀에도 들리지 않았다. 우마프는 바닷물을 찰방이며 발장구를 쳤고, 사라는 표본병에 바닷물을 담았다. 볼트는 카메라를 꺼내 사진을 찍고, 아누는 옷을 벗고 바다에 뛰어들어 헤엄을 쳤다. 다허는 오늘 하파이가 부츠 대신 여섯째 발가락이 드러나는 샌들을 신은 것을 보고 작은 발가락이 막 싹을 틔운 좁쌀처럼 귀엽다는 생각을 했다.

하파이가 노래를 부르기 시작했다. 하파이의 입에서 노래가 흘러나오자 일제히 동작을 멈추고 파도마저 사그라들어 세상에 그의 노랫소리만 남은 것 같았다.

하파이는 먼저 아미족의 노래 한 곡을 부른 뒤 자기가 만든 노래를 부르고, 그다음엔 오래된 팝송을 불렀다. 그 남자가 선물한 CD에 들어 있는 노래였다. 비록 가사의 뜻을 다 이해하지는 못하지만 하파이는 CD에 있는 모든 노래를 외우고 있었다.

오, 어디 있었니, 푸른 눈의 내 아들아?
오, 어디 있었니, 사랑스러운 내 어린 아들아?
난 안개 자욱한 높은 산 열두 개를 비틀거리며 다녔어.
구불구불한 고속도로 여섯 개를 따라 걷고 또 기었어.
일곱 개의 슬픈 숲속에 들어갔고,
열두 개의 죽은 바다 앞에 있었고,
묘지 어귀에서 만 마일을 걸었어.
세찬, 세찬, 세찬, 세찬,
세찬 비가 퍼부을 거야.

오, 무엇을 봤니, 푸른 눈의 내 아들아?
오, 무엇을 봤니, 사랑스러운 내 어린 아들아?
난 늑대 무리에 둘러싸인 갓난아기를 봤어.
아무도 없는 다이아몬드 고속도로를,
피를 뚝뚝 흘리는 검은 나뭇가지를,
피 묻은 쇠망치를 든 사람들로 가득 찬 방을 봤어.
물에 잠긴 하얀 사다리를,
혀가 망가진 달변가 만 명을,
아이들 손에 들린 총과 날카로운 칼을 봤어.

세찬, 세찬, 세찬, 세찬,
세찬 비가 퍼부을 거야.*

오래된 팝송이었다. 하지만 하파이의 노래를 수없이 들어본 다허조차 하파이의 노랫소리가 공허한 몸속을 채워주는 것 같다고 생각했다. 가사를 한마디도 알아듣지 못한 아누는 노랫소리에 담긴 슬픔을 달래줘야만 할 것 같은 기분이 들었고, 산의 깊은 곳까지 닿아본 적 있는 볼트는 무언가가 파내진 뒤 아무리 채워도 채워지지 않는 깊은 동굴을 만난 것 같았다. 그리고 아직 진정한 세상을 경험하지 못한 어린 우마프는 정말로 곧 세찬 비가 내릴 것 같은 느낌에 사로잡혔다.

사라는 하파이의 노랫소리에 가슴이 덜컹 내려앉았다. 그의 빨간 머리가 깃발처럼 바람에 흩날렸다. 하파이의 노래 속 빗방울이 거센 바람에 산산이 부서져 빗줄기가 실제보다 훨씬 거세 보였다. 사라가 하파이와 눈빛을 주고받은 뒤 이어서 노래를 부르자 하파이가 화음을 넣어 함께 불렀다.

무엇을 들었니, 푸른 눈의 내 아들아?
무엇을 들었니, 사랑스러운 내 아들아?
난 경고하듯 우르릉거리는 천둥소리를 들었어.
온 세상을 집어삼킬 듯 으르렁거리는 파도 소리를,

* 밥 딜런의 노래 '세찬 비가 퍼부을 거야 A Hard Rain's A-Gonna Fall'.

백 명의 드러머가 손을 불태우듯 맹렬히 두들기는 소리를,
누구도 귀 기울여 듣지 않는 만 가지 속삭임을 들었어.
한 사람이 굶주리는 소리와 수많은 이의 웃음소리를,
시궁창에서 죽은 한 시인의 노랫소리를,
골목에서 울부짖는 한 광대의 소리를 들었어.
세찬, 세찬, 세찬, 세찬,
세찬 비가 퍼부을 거야.

오, 누굴 만났니, 푸른 눈의 내 아들아?
누굴 만났니, 사랑스러운 내 어린 아들아?
난 죽은 조랑말 옆에 앉은 어린아이를 만났어.
검둥개와 산책하는 백인을,
몸이 불타고 있는 젊은 여인을 만났어.
한 소녀를 만났고, 그 아이는 내게 무지개를 줬어
사랑에 상처받은 한 남자와
미움에 상처받은 또 다른 남자를 만났어.
세찬, 세찬, 세찬, 세찬,
세찬 비가 퍼부을 거야.

 그 시각 막 새벽잠에서 깨어나던 와요와요 섬 사람들은 어젯밤 바람이 유난히 세게 분 것 같다고 느꼈다. 사실 와요와요 섬의 밤바람은 언제나 거셌지만, 섬사람들은 진정 모르고 있었다. 지난 몇백 년 동안 와요와요 섬이 매일 밤 구멍벌레 몸길이의

만분의 일씩 북쪽으로 이동하고 있었으며, 손바닥 한 뼘만큼의 땅을 잃어왔음을. 이 맑은 날 새벽, 함대 하나가 대양의 어느 해역에서 소리 없이 먼바다를 주시하고 있었다. 그들은 형을 집행하려는 듯한 자세로 조용히 줄지어 있었고, 모든 선원이 각자 위치에 서서 먼 곳을 응시하고 있었다. 얼마 후 하늘로 솟구친 한 줄기 섬광이 수천 킬로미터를 가로로 날아가다가 다시 방향을 틀어 바다로 수직 낙하했다. 막 깨어난 와요와요 섬 사람들은 거대한 별이 바다에 떨어졌다고 생각했다.

바닷속으로 들어간 섬광은 해구로 깊숙이 파고들었다. 그곳에는 인류가 한 번도 본 적 없는 푸른 바다와 외계에서 온 것 같은 기이한 생물이 있었다. 그 순간 어떤 거대한 생명체가 바다를 떠나려는 것처럼, 광활한 바다에서 지금껏 한 번도 들어보지 못한 굉음이 들렸다. 해구 근처 깊숙한 곳에 거대한 구덩이가 생기고 그 진동이 해구 양옆으로 퍼지면서 한 번도 경험한 적 없는 엄청난 힘이 해일을 일으켰다. 그러자 해일이 세상에서 가장 큰 대패처럼 바다 위에 뜬 또 다른 쓰레기 소용돌이를 와요와요 섬 쪽으로 힘차게 밀어냈다. 삼 분 삼십이 초 사이에 이 작은 섬의 살아있는 모든 생명체와 무생명체가 말끔히 밀려나 바다 밑으로 가라앉았다.

바다의 현자와 대지와 현자만이 이 사실을 미리 알았다. 그들은 어제 카방에게 기도했지만 응답을 받지 못했다.

"카방께서 왜 응답하지 않으시는 걸까?" 대지의 현자가 바다의 현자에게 말했다.

"응답하지 않으실 것 같네."

"사람들에게 경고해야 할까."

"무슨 의미가 있겠나?"

두 사람이 잠시 침묵하다가 대지의 현자가 중얼거렸다. "카방께 이유를 듣고 싶어. 카방께 이유를 듣고 싶어." 그의 이목구비가 동굴로 훅 꺼져버린 것처럼 얼굴에 깊은 골짜기가 생겼다.

"카방이 하시는 일에 이유는 필요하지 않다는 걸 알잖나. 설령 와요와요가 세상의 외딴 구석에서 그저 조용히 살아가고 있을 뿐이라 해도." 바다의 현자가 말했다.

"설령 와요와요가 세상의 외딴 구석에서 그저 조용히 살아가고 있을 뿐이라 해도." 두 현자가 합창하듯 동시에 한 번 더 말했다. "설령 와요와요가 세상의 외딴 구석에서 그저 조용히 살아가고 있을 뿐이라 해도."

각종 쓰레기를 실은 거대한 해일이 밀어닥쳤을 때 두 사람은 섬의 양쪽 끝에서 한 사람은 바다를 바라보고, 다른 한 사람은 바다를 등진 채 앉아 있었다. 그들은 눈을 크게 뜨고 눈앞에서 벌어지는 일을 전부 지켜봤다. 너무 힘을 줬는지 바다의 현자의 부릅뜬 눈가에서 피가 흘러내렸다. 대지의 현자는 손가락 마디가 다 부서지도록 양손으로 땅을 움켜쥐었다. 거대한 파도가 들이닥치자 그들의 몸이 순식간에 찢겼다. 아무리 강한 의지로 버티려 해도 끝내 비명이 터져 나왔다. 섬의 집, 조개껍데기를 붙인 담장, 타라와카, 아름다운 눈동자, 애처로운 손의 굳은살, 소금기를 머금은 머리카락과 바다에 관한 섬의 모든 이야기가 순식간에 산산이 부서졌다.

 같은 시각, 와요와요 차남들의 화신인 향유고래 떼가 계시를 받은 듯 조용히 머리와 꼬리를 맞대고 지느러미와 지느러미를 가볍게 스치며 파도를 가로질러 헤엄치고 있었다. 그들은 밤에도 영혼으로 변하지 않고 밤낮없이 쉬지 않고 헤엄쳤다. 남회귀선을 지나고 새로 만들어진 태풍의 눈 세 개를 지나쳐, 찬 바다와 따뜻한 바다를 건너 곧장 육지로 향했다.

 일주일 뒤 어느 새벽, 칠레 남부의 발파라이소 해변에서 향유고래 수백 마리가 발견됐다. 그들의 눈빛은 어둡고, 가죽은 메말라 갈라졌으며, 체중을 견디지 못한 갈비뼈는 으스러지고, 머리는 원래 눈물을 흘리지 못하는 고래가 흘린 눈물에 축축이 젖어 있었다. 마을 사람들이 만조를 이용해 그중 몇 마리를 밀어 바다로 돌려보내려고 했지만 고래들은 고집스럽고 굳세게 해변으로 다시 올라왔다.

 세계 각지의 고래연구자가 앞다퉈 달려왔다. 고래들이 전부 수컷이라는 점이 매우 특이하기도 했지만, 몸길이가 20미터에 가까운 거대한 향유고래의 존재 자체가 특히 놀라웠다. 근 몇 년간 이렇게 큰 향유고래가 발견된 건 처음이었다. 남획으로 인한 성조숙 탓에 향유고래의 몸집이 예전보다 훨씬 작아졌기 때문이다. 학자들은 진정으로 거대하다고 할 만한 향유고래는 이제 이 세상에 남아 있지 않다고 여겨왔다.

 해변에 모여든 학자들은 생의 마지막 날까지, 단 하나의 이야기만을 되풀이했다. 거대한 생명의 죽음을 목격한 경험에 대해.

거대한 고래의 입에서 붉은 피가 흘러나오고, 머리 왼쪽 끝에 있는 콧구멍에서 고약한 악취를 동반한 가스가 뿜어져 나왔다. 고통스럽게 꼬리를 흔드는 고래 주위로 거대한 모래 웅덩이가 파였다. 고래는 머릿속에서 어떤 기억을 밀어내려는 듯 머리를 모래에 처박았다. 고래 머리가 바닥에 부딪히는 둔중하고 단조롭고 절망적인 소리가 산 너머까지 전해져 밭일을 하던 마을 사람들의 가슴이 저릿거렸다.

해변으로 올라온 고래들은 뭍에 제 몸을 부딪친 것 외에 어떤 소리도 내지 않았지만, 훗날 그곳에 있던 연구자들은 그때 그 자리에서 고래의 비명을 들었다고 입을 모아 말했다. 이후 그들은 중국어, 영어, 독일어, 인도네시아 토착 언어 중 하나인 클론어, 갈리시아어 Galician, 디베히어 Dhivehi로 소리를 묘사해보려고 했고, 심지어 어느 언어 천재가 이미 사라진 맨어와 이야크어로까지 시도했으나 어떤 언어로도 정확히 재연할 수 없었고, 목구멍에 생선 가시가 걸린 듯 고통스럽기만 했다.

발파라이소가 상처 입은 고래처럼 떨고 있을 때 한 마리, 한 마리, 한 마리, 한 마리, 한 마리, 한 마리, 한 마리…… 고래들이 해변에서 숨을 거뒀다. 먼저 숨이 끊어진 고래들이 뜨거운 태양 아래서 차츰 부풀어 오르고 부패하다가 갑자기 차례로 폭발하기 시작했다. 무겁고 축축한 하늘로 솟구쳤던 내장이 고래연구자, 어민, 고래 뼈를 주우러 온 아이들 위로 비처럼 쏟아져 내렸다. 그들은 한 번도 맡아보지 못한 썩은 내에 기절하거나 바닥에 엎드려 구토했다.

그들이 정신을 차렸을 때 고래들은 이미 전부 죽은 뒤였다. 학자들이 고래 사체를 세어보니 총 삼백육십오 마리였다. 스웨덴에서 온 일흔이 넘은 고래연구자 안드레아스가 바닥에 엎드려 오열하다가 돌연 사망했다. 그가 죽기 전 울부짖은 소리가 현장에 있던 모든 사람의 마음을 뒤흔들어 여기저기서 잇따라 울음소리가 터져 나왔다. 그들이 흘린 눈물이 모래 위로 떨어졌다가 얼마 뒤 밀물에 섞여 바다로 쓸려갔다.

그러나 그들의 눈물로 바닷물의 염도가 더 높아지는 일은 없었다.

와요와요 섬이 해일에 집어삼켜지는 순간, 마침 해가 떠오르고 있었다. 아트리에는 섬을 등지고 말하는 피리를 불며 부서진 쓰레기 소용돌이 속으로 곧장 노를 저어 들어갔다. 그의 피리 소리는 이해할 수 없을 만큼 부드럽고 또 형언할 수 없을 만큼 씁쓸했다. 앨리스는 아트리에를 배웅한 뒤 바다 위 집 지붕으로 헤엄쳐 올라가 부서진 태양광 패널 위에 서서 아트리에의 뒷모습을 찾았다. 한참 뒤에야 아트리에의 배를 겨우 찾았다. 배와 천막이 모두 쓰레기 소용돌이에서 떨어져 나온 것으로 만들어져 쓰레기 바다 위에서 완벽한 위장 효과를 발휘했다. 아트리에의 뒷모습은 이미 갈매기만큼 작았다. 잠시 후 앨리스가 노래를 부르기 시작했다. 아트리에를 위한 노래이기도, 자신을 위한 노래이기도 했다. 그리고 야콥센을 처음 만난 날 밤, 야콥센이 바다를 보며 부른 노래 중 하나였다. 앨리스는 야콥센이 1808년부터 1809년까지 덴마크와 스웨덴 사이에 벌어진 전쟁에 대해 들려주며 캠핑샬로텐룬요새에 있는 포대가 바로 그 전쟁이 남긴 유적이라고 한 것을 아직 기억했다.

"예전에 정말로 전쟁을 겪은 해안이에요. 포대에서 정말 포탄을 발사했고, 병사들이 정말 이 해변에서 죽었어요. 지금 우리가 보는 저 바다에서 배가 침몰했어요. 이건 장식용 대포가 아니에요." 야콥센은 자신이 30미터 넘는 깊이의 땅속 동굴에서 살아보기도 했고, 외돛배를 타고 대양을 횡단한 적도 있으며, 지금은 암벽등반에 도전하려고 한다고 말했다. 그런 뒤에 그들은 섹스를 했다. 횃불 같은 야콥센의 페니스가 앨리스의 몸속 깊숙이 파고들었다. 작은 텐트 안에서 앨리스는 야콥센의 어깨너머로 세상이 환해지는 것을 봤다. 그리고 어느 순간 야콥센의 연푸른 눈동자를 보며 백만 개의 세상을 본 것 같은 착각이 들었다.

오, 이제 무엇을 하려고 하니, 푸른 눈의 내 아들아?
오, 이제 무엇을 하려고 하니, 사랑스러운 내 아들아?
난 비가 내리기 전에 길을 나서려고 해.
아주 깊고 어두운 검은 숲으로 들어갈 거야.
그러고는 가라앉을 때까지 바다에 서 있을 거야.
하지만 난 노래를 부르기도 전에 이미 노래를 잘 알고 있겠지.
세찬, 세찬, 세찬, 세찬,
세찬 비가 쏟아질 거야.

"바다가 널 축복할 거야." 앨리스가 멀리서 바늘보다도 작은 소리로 중얼거렸다. 소년이 바다로 떠났다. 바다 위는 조금도 맑지 않았고 먼 하늘에 비구름도 모여들어 있었다. 폭우를 수없이 본 섬사람들도 겪어본 적 없는 폭우가 곧 들이닥칠 것 같았다.

앨리스가 해변으로 헤엄쳐 돌아오자 아침 일찍 일어난 자원봉사자들이 온몸이 흠뻑 젖은 그를 보고 달려와 괜찮은지 물었다. 그러나 앨리스는 말없이 사냥용 오두막 쪽으로 걸음을 옮겼다. 그들에게 얼굴을 보여주기 싫어 고개를 숙인 채 걸었다. 사랑도 연민도 없는 숲의 가장자리를 향해 혼자 걸었다. 그곳은 아트리에와 처음 만난 곳이자, 몇 년 전 야콥센이 계곡에 물을 길러 다니던 오솔길이었다. 걷다보니 풀잎에 맺힌 물기가 천천히 운동화 속 발가락 사이로 스미고 그의 눈가에도 스며들었다. 그때 문득 보송보송한 무언가가 다리를 스치는 감촉이 느껴졌다.

오하요. 오하요구나.

앨리스는 이렇게 소리 내어 부를 수 있는 상대가 남아 있다는 사실에 기뻤다. 어느새 오하요는 아주 예쁜 고양이로 자라 있었고, 그는 이 살아있는 작은 생명체를 위해 무언가 해줘야 했다.

고양이가 그의 부름에 응답하는 듯, 작고 신비하리만치 오묘한 머리를 들어 한쪽은 파랗고 한쪽은 갈색인 눈동자로 그를 올려다봤다.

複眼人 (THE MAN WITH THE COMPOUND EYES)
Copyright © 2011 by 吳明益 (Wu Ming-Yi)

All rights reserved.
Published in agreement with Wu Ming-Yi c/o The Grayhawk Agency, through Danny Hong Agency.
Korean translation copyright © 2025 by Viche, an imprint of Gimm-Young Publishers, Inc.

이 책의 한국어판 저작권은 대니홍 에이전시를 통한 저작권사와의 독점 계약으로 ㈜김영사에 있습니다. 저작권법에 의해 한국 내에서 보호를 받는 저작물이므로 무단전재와 복제를 금합니다.

옮긴이 **허유영**

한국외국어대학교 중국어과 및 동 대학 통번역대학원 한중과를 졸업하고 현재 전문 번역가로 활동하고 있다. 옮긴 책으로《도둑맞은 자전거》《그랜드 캉티뉴쓰 호텔》《꽝쓰치의 첫사랑 낙원》《햇빛 어른거리는 길 위의 코끼리》《나비탐미기》《삼체0: 구상섬전》《고독한 용의자》《마천대루》《해풍주점》(근간) 등이 있다.

복안인

1판 1쇄 인쇄 2025년 9월 15일 **1판 1쇄 발행** 2025년 9월 25일

지은이 우밍이 **옮긴이** 허유영
펴낸이 박강휘
편집 류효정 장선정 **디자인** 유향주
마케팅 박유진 **홍보** 박상연 이수빈

발행처 김영사
주소 경기도 파주시 문발로 197(문발동) 우편번호10881
등록 1979년 5월 17일(제406-2003-036호)
구입 및 문의 전화 031)955-3100 팩스 031)955-3111
편집부 전화 02)3668-3276 팩스 02)745-4827
전자우편 literature@gimmyoung.com
비채 블로그 blog.naver.com/viche_books
인스타그램 @drviche @viche_editors 트위터 @vichebook
ISBN 979-11-7332-319-5 03820 책값은 뒤표지에 있습니다.

비채는 김영사의 문학 브랜드입니다.